A Sedução da Água

Carol Goodman

A Sedução da Água

TRADUÇÃO
Vera Maria Marques Martins

2004

EDITORA BEST SELLER

Título original: *The Seduction of Water*

Coordenação editorial
Janice Flórido

Editores
Eliel Silveira da Cunha
Fernanda Cardoso

Editoras de arte
Ana Suely S. Dobón
Mônica Maldonado

Revisão
Levon Yacubian

Editoração eletrônica
Dany Editora Ltda.

EDITORA NOVA CULTURAL LTDA.

EDITORA BEST SELLER
uma divisão da Editora Nova Cultural Ltda.
Rua Paes Leme, 524 – 10º andar
CEP 05424-010 – São Paulo – SP
www.editorabestseller.com.br

2004

Impressão e acabamento:
RR Donnelley América Latina
Fone: (55 11) 4166-3500

A minha filha, Maggie —
verdadeira princesa de Tirra Glynn

Agradecimentos

Minha profunda gratidão à extraordinária agente literária Loretta Barrett, cuja fé e empenho tornaram possível escrever este livro, e à minha editora, Linda Marrow, cuja impressionante visão e senso de humor fizeram do trabalho de escrevê-lo um verdadeiro prazer. Agradeço também a Nick Mullendore, de Loretta Barrett Books, por todas as explicações necessárias, e a todo o pessoal do Ballantine que o transformaram em um lar para mim: Gina Centrello, Kim Hovey, Gilly Hailparn e Kathleen Spinelli.

Eu tenho a sorte de ter um círculo de amigos e uma família dispostos a ler e fazer comentários sobre os meus primeiros rascunhos. Obrigada a Barbara Barak, Laurie Bower, Gary Feinberg, Emily Frank, Wendy Rossi Gold, Marge Goodman, Robert Goodman, Lisa Levine-Bernstein, Mindy Ohringer, Scott Silverman, Nora Slonimsky e Sondra Browning Witt.

Obrigada a Mary Louise Morgan por me mostrar a instituição St. Vincent's Home for Boys e a Ed Bernstein por salvar o manuscrito.

Acima de tudo, obrigada a meu marido, Lee Slonimsky, pelo constante incentivo e amor. Você é a minha fonte de inspiração.

Primeira Parte

A Pérola Partida

1

QUANDO EU ERA PEQUENA, minha história favorita, aquela que eu implorava para ouvir todas as noites, era *A Mulher-Foca*.

— A mesma velha história — minha mãe comentava, no exato tom de voz que usava para dizer "oh, esta coisa velha", quando meu pai elogiava seu vestido, embora seus olhos verde-claros denunciassem sua satisfação. — Não quer ouvir um conto diferente? — sugeria, mostrando-me um livro novo de capa brilhante.

O livro podia ser um dos presentes de tia Sophie, irmã de meu pai, como *As Gêmeas Bobbsey*, ou, quando fiquei mais velha, *Nancy Drew*, histórias americanas com mensagens instrutivas e heroínas intrépidas e decididas.

— Não. Eu quero a *sua* história — eu teimava.

A história era dela, porque ela a sabia de cor, ouvira-a de sua mãe, que por sua vez a ouvira da sua, que... Uma longa linhagem de mães e filhas que eu visualizava como as imagens repetidas de nós duas nos espelhos do vestíbulo.

— Bem, se isso a ajuda a dormir... — ela cedia.

Eu afirmava que ajudava e me entocava mais profundamente no abrigo das cobertas. Essa era uma das poucas exigências que eu insistia em fazer, talvez porque a hesitação de minha mãe tornara-se parte do ritual, mas também por causa da história. Era um jogo que fazíamos, pois eu sabia que ela gostava do fato de eu preferir sua história, em vez de uma comprada na livraria. E mesmo quando estava pronta para sair e ia ao meu quarto apenas para me desejar uma boa-noite, ela se sentava na borda da cama, deixava o casaco tombar para trás, de modo que a gola de pele preta pousava ao redor de seus quadris, e eu me aninhava contra o veludo escuro e perfumado. Ela, então, preparava-se para contar a história, brincando com os longos fios de pérolas em seu pescoço, produzindo um tilintar suave, e fechava os olhos. Eu imaginava que ela fechasse os olhos porque a história ficava guardada em algum lugar de seu íntimo, escrita em um pergaminho invisível que se desenrolava por trás de suas pálpebras, e toda vez ela lia as mesmas palavras, noite após noite.

— Muito tempo atrás, antes de os rios serem tragados pelo mar, numa terra entre o sol e a lua... — começava.

Então, abria os olhos e passava as mãos pelos arremates da cabeceira de minha cama, em forma de uma lua crescente e de um sol, entalhados por Joseph, o jardineiro do hotel, para substituir os que se haviam quebrado. Usávamos os móveis e roupas de cama que estavam gastos demais para uso dos hóspedes, cobertores com os vieses das bordas puídos, cômodas com gavetas meio emperradas, mesas com marcas esbranquiçadas, onde descuidadas mulheres da cidade haviam pousado xícaras de chá quente na madeira, em vez de nos pires. Os próprios aposentos onde morávamos eram sóbrios, cômodos no sótão, anteriormente ocupados por criadas, quando as dependências de empregados na ala norte ainda não haviam sido construídas. Fora ali que minha mãe vivera, quando chegara ao hotel para trabalhar como camareira e, mesmo depois de casada com meu pai, o gerente, insistira em morar lá em cima. A paisagem do rio, correndo para o sul na direção da cidade de Nova York e do mar, era mais linda quando vista dali, das janelas do sótão.

— Naquela terra, de onde veio nosso povo, os pescadores contavam uma história sobre um homem que se apaixonou por uma das mulheres-focas, *selkies*, como eram chamadas, criaturas que, uma vez por ano, deixavam de ser focas e transformavam-se em seres humanos.

— Então, eram mulheres fingindo-se de focas, ou focas fingindo-se de mulheres?

Minha mãe ignorava a interrupção, pois essa era uma pergunta que eu sempre fazia e que era respondida pela própria história.

— Ninguém nunca soube o que elas haviam sido no princípio, mulheres ou focas, e isso é parte de seu mistério. Quando alguém olhava nos olhos da foca, via neles a expressão de um ser humano, mas quando ouvia a mulher cantar, percebia o som do mar em sua voz.

Apesar de continuar insatisfeita, ainda me perguntando se as criaturas eram principalmente focas ou seres humanos, eu me aconchegava mais sob as cobertas e fechava os olhos para mostrar a minha mãe que ela logo poderia parar de contar a história. Sabia que ela precisava ir a algum lugar e que podia continuar ali comigo apenas por mais alguns minutos. Ou eu a fazia pensar que estava começando a adormecer, ou me arriscava a perder o trecho da história que ela podia contar no tempo de que ainda dispunha.

— Um dia, um fazendeiro foi até à beira do mar...

— Ele foi lá para juntar conchas para cobrir os caminhos de seu jardim? — eu perguntava. — Como Joseph disse que fazem na França?

Joseph cuidara dos jardins dos melhores hotéis da Europa, depois da guerra. Quando ele arregaçava as mangas, viam-se números tatuados em seu braço direito, no mesmo tom de azul de suas desbotadas camisas de trabalho.

— Isso mesmo, caminhos de conchas devem ser muito bonitos — minha mãe comentava, sorrindo. Ela gostava, quando eu sugeria novos detalhes para sua história. — O fazendeiro queria que a trilha que levava à porta de sua casa brilhasse à luz da lua, como se fosse coberta por pérolas partidas. Era nisso que ele pensava, quando viu uma moça de pele cor de pérola e cabelos pretos como carvão, deitada em um rochedo, tomando sol.

Cabelos pretos. Como os de minha mãe. Como os meus. Não faz muito tempo, achei um velho livro de contos folclóricos irlandeses que pertenceu a minha mãe e que contém *A Mulher-Foca*. Mas as ilustrações mostram uma mulher de cabelos loiros. Minha mãe decidira dar à heroína de sua história cabelos pretos como os nossos.

— A moça de cabelos pretos e pele nacarada cantava uma canção maravilhosa, que as pessoas só podem ouvir em sonho, mais linda do que qualquer outra cantada em teatros ou até mesmo no Carnegie Hall.

A essa altura, eu entreabria os olhos e furtivamente observava minha mãe, que continuava de olhos fechados, com a expressão de alguém que ouvia uma bela melodia. Ela fazia uma pausa, e eu não preenchia o silêncio com nenhuma pergunta porque achava que, se ficasse quieta, ouviria também o que ela estava ouvindo. Mas só ouvia os passos abafados e os murmúrios das criadas noturnas e o gemido do elevador antigo levando hóspedes de volta para seus quartos depois da ceia. Se alguém cantava, era um dos professores de música aposentados que alugavam quartos no sótão para o verão. Assim que minha mãe abria os olhos, eu fechava os meus rapidamente.

— O fazendeiro apaixonou-se pela moça de cabelos pretos e decidiu que a queria como esposa. Pensou em ir até o rochedo onde ela estava sentada, mas a jovem percebeu sua presença e mergulhou no mar. O homem ficou parado na praia, esperando, pois ela não poderia ficar muito tempo sob a água. Por fim viu aparecer uma cabeça escura e lustrosa num ponto além da arrebentação. Mas não era a cabeça da moça. Era...

— A da foca! — eu exclamava, esquecendo, em meu entusiasmo, de fazer com que minha voz parecesse sonolenta.

— Certo. O fazendeiro ficou um longo tempo olhando para as ondas, pensando no que vira ou no que achava que vira, então lembrou-se de que precisava ordenhar as vacas e alimentar as galinhas e voltou para casa.

— Mas não esqueceu a moça e sua linda voz.

— Não, não esqueceu. Você esqueceria?

Eu nunca estava preparada para responder a essa pergunta, apesar de minha mãe fazê-la todas as vezes. Não que duvidasse de que ficaria deslumbrada ao ver e ouvir a cantora de cabelos escuros, como o fazendeiro ficara, mas o jeito como minha mãe fazia a pergunta levava-me supor que eu devia responder que seria capaz de resistir à canção da mulher-foca.

O fazendeiro ficou tão apaixonado pela moça, que não conseguia mais dormir, e o som do mar, que ele ouvira desde o dia em que nascera, começou a abalar-lhe os nervos. Sua cama sempre parecia estar cheia de areia, por mais que ele sacudisse os lençóis. Além disso, ele tinha a impressão de estar morrendo sufocado dentro de casa, mesmo mantendo todas as janelas abertas.

Nesse ponto da história, eu sempre captava um leve tom de irritação na voz de minha mãe. Achava que isso tinha algo a ver com aquela areia nos lençóis, pois, afinal, ela fora camareira de hotel e costumava me dizer que era extremamente desagradável descobrir que os hóspedes haviam deixado migalhas de biscoito ou *coisas piores* na cama. Mas, quando fiquei mais velha, percebi que sua irritação tinha mais a ver com sua própria dificuldade para dormir.

A situação tornou-se tão difícil para o fazendeiro, que ele começou a negligenciar suas plantações. As vacas não eram ordenhadas, e as galinhas invadiam os quintais dos vizinhos em busca de comida. Desesperado, ele procurou a ajuda de uma velha sábia que morava numa cabana no topo de um rochedo à beira do mar. No instante em que pousou os olhos no moço e viu suas pupilas contraídas, as costelas protuberantes sob a camisa puída, fazendo seu peito parecer o casco de um barco arruinado, os cabelos emaranhados como um feixe de algas, soube qual era seu problema.

Fazendo-o sentar-se junto ao fogo e dando-lhe uma xícara de chá amargo, ela perguntou quanto tempo fazia que ele vira a mulher-foca, e o fazendeiro respondeu que faria um ano no dia seguinte, que se lembrava muito bem, pois fora na primeira manhã da primavera. A velha sorriu e disse que ele não precisaria disso para lembrar-se, mas também não o aconselhou a esquecer a mulher-foca. Apenas mandou-o tomar o chá, que o faria dormir a noite toda, e disse que no dia seguinte ele devia ir até o rochedo onde a vira, sem que ela percebesse. Veria uma pele de foca enrolada ao lado dela. Devia roubar a pele, e a mulher, sem outra alternativa, teria de segui-lo até sua casa.

O fazendeiro perguntou se a moça ficaria com ele, se seria sua esposa e teria filhos com ele, e a velha afirmou que sim. Então, perguntou se um dia ela o amaria. A velha deu de ombros, mas o moço nunca soube se o gesto significava que ela não sabia, ou se achava que ele estava pedindo demais. Como o chá já estivesse fazendo efeito, ele mal podia manter os olhos abertos e sentia as pernas e os braços pesados. Saiu cambaleando da cabana da velha e só conseguiu chegar em casa porque o caminho todo era uma descida. Nem tentou ir para a cama, dormiu no tapete diante da lareira.

Quando acordou, sentia-se como se houvesse dormido durante um ano e viu, pelo ângulo dos raios de sol que entravam pela janela, que dormira a noite toda e quase o dia inteiro. Então, ouviu o rugido do mar e uma voz que cantava. A voz dela.

Correu para o mar, lembrando-se no último instante de que devia aproximar-se silenciosamente. Entrou na água, e o forte marulhar das ondas da maré alta abafou o ruído que ele fazia, andando desajeitadamente em direção ao rochedo. À luz do sol poente, viu a moça e um rolo escuro e lustroso a seu lado: a pele que ela usava quando era foca. No instante em que ele pôs a mão sobre a pele enrolada, a moça virou-se e olhou-o de um modo que fez seu sangue gelar. Os olhos dela, orlados por cílios escuros como carvão, tinham a cor verde-clara da espuma do mar. O fazendeiro abriu a boca e engoliu tanta água, que teria afundado, se a pele que apertava contra o peito não funcionasse como um salva-vidas, mantendo-o na superfície. Virou-se e voltou para a praia, tentando esquecer o olhar duro que a moça lhe lançara. Refletiu que ela mudaria de idéia a seu respeito, assim que se acostumasse com ele.

Sair do mar foi mais difícil do que o jovem pensara, pois uma ventania súbita começou a soprar, açoitando as ondas e tornando-as turbulentas. Embora a pele que ele carregasse o mantivesse flutuando, também parecia arrastá-lo para longe da praia. A correnteza que se enrolava em suas pernas parecia ter músculos, como se fosse uma enguia gigantesca que tentasse segurá-lo e puxá-lo para baixo para afogá-lo. Quando finalmente conseguiu chegar à areia, ele estava fraco demais para manter-se de pé. Queria erguer o rolo de pele e mostrá-lo à moça, como um orgulhoso vencedor exibindo um troféu, mas tudo o que pôde fazer foi deixar-se cair na areia e encostar a pele enrolada no rosto, como se fosse uma criança procurando conforto no contato com seu cobertor favorito. A pele ainda estava quente, como se houvesse absorvido o calor do sol até a última fibra. Ele ergueu os olhos e viu a moça de cabelos escuros sentada alguns passos adiante, onde a areia formava uma elevação. Ela dobrara os joelhos, apertando-os contra o peito, e os logos cabelos caíam a sua volta como uma cortina, escondendo sua nudez. Os olhos verdes fitavam-no com expressão impassível, e o fazendeiro notou que ela estava esperando para ver se ele se afogara, ou não. Então, quando ela percebeu que ele estava vivo, levantou-se e começou a caminhar na direção da casa dele. Foi o jovem, afinal, que a seguiu, e não o contrário.

A essa altura da narrativa, minha mãe fazia uma pausa para ver se eu já adormecera, obrigando-me a controlar minha reação cuidadosamente. Se eu parecesse desperta demais, ela acharia que a história não estava funcionando, então a interromperia e, em tom severo, me mandaria dormir. Se parecesse estar quase adormecida, ela apagaria a luz e sairia do quarto fechando a porta atrás de si, e eu ficaria no escuro, com a história inacabada fervilhando em meu cérebro, mantendo-me acordada, como a canção da mulher-foca mantivera acordado o fazendeiro. Era a mesma sensação que eu tinha quando punha um sanduíche pela metade em algum lugar e depois não me lembrava de onde o deixara, ansiando por saborear o resto dele. Eu ficaria sozinha no escuro, ouvindo os sons do hotel diminuir de ritmo lentamente como a melodia de uma caixinha de música. Sabia que minha mãe também tinha o mesmo horror por insônia e, se eu pedisse com voz bastante sonolenta para ouvir um pouco mais da história, ela suspiraria, ajeitaria o casaco com bordas de pele ao redor dos braços, como se estivesse com frio, e me atenderia.

Durante muito tempo, tudo parecia correr bem para o fazendeiro e sua mulher-foca. Eles tiveram cinco filhos, primeiro uma menina, depois quatro meninos, todos com cabelos pretos e olhos verde-claros. Ela aprendeu a cozinhar, cuidar da casa e dos animais e da horta. Tudo o que tocava ficava bonito. Pendurou nas janelas conchas e pedaços de vidro trazidos pelo mar, de modo que eles produziam música, quando soprados pelo vento. Sua voz tinha o poder de acalmar um cavalo enfurecido e de fazer com que os carneiros ficassem quietos durante a tosa.

Mas certas coisas, como tricotar, tecer renda e remendar redes de pesca, ela nunca aprendeu. Por mais que as mulheres da aldeia tentassem ensiná-la, ela nunca foi capaz de fazer uma única laçada ou dar um nó. Não conseguia nem mesmo trançar os cabelos da filha ou amarrar as fitas de seus próprios vestidos. Na verdade, as mulheres notavam que perdiam pontos de seu tricô, quando a moça juntava-se a elas, e que as barras dos suéteres que estavam tricotando desmanchavam-se misteriosamente. Não demorou muito para que elas lhe dessem outras tarefas para mantê-la longe do círculo de tricô, e como era nessas ocasiões em que se reuniam para tricotar que trocavam mexericos e histórias, a moça foi excluída dessas conversas também.

Ela, porém, parecia não importar-se.

Cantava sempre, enquanto trabalhava, e seu canto era tão lindo, que estranhos que passavam pela estrada paravam para ouvir. Às vezes, porém, as canções eram tão tristes, que os habitantes da vila choravam e não conseguiam dormir à noite. Isso acontecia principalmente em dois dias do ano: no equinócio da primavera e no do outono. Nesses dias, sua canção — parecia ser de fato uma só, que começava ao romper do dia e só terminava quando o sol mergulhava no mar — era tão dolorosamente triste, que ninguém conseguia trabalhar. As mulheres deixavam o mingau queimar, não conseguiam fazer queijo, seus suéteres de tricô desmanchavam-se, enquanto os homens perdiam suas redes de pesca e, se tentavam fazer algum trabalho de carpintaria, martelavam mais os dedos do que a madeira.

Depois de suportar isso durante alguns anos, os aldeões pediram ao fazendeiro que proibisse sua mulher de cantar naqueles dois dias, e ele respondeu que seria o mesmo que tentar proibir a Terra de girar, ou a primavera de chegar depois do inverno, e o inverno de chegar depois do outono.

Essa foi a resposta que o fazendeiro continuou dando, ano após ano, mas quando a filha, a mais velha da prole, completou dez anos, ele já não suportava mais os olhares irritados das mulheres e as coisas que os homens diziam por trás de suas costas, criticando-o por não conseguir controlar a esposa.

Por fim, disse à mulher que, para seu próprio bem, ela precisava parar de cantar, pois aquela canção apenas a deixava triste e tirava-lhe o sono. Pediu-lhe que pensasse nas crianças, perguntava-lhe se ela queria contagiá-las com sua tristeza.

O olhar da mulher foi o mesmo que ela lhe lançara no dia em que ele roubara sua pele de foca. Ele nunca mais vira aquele olhar, e naquele momento sentiu-se como se estivesse afundando no mar, com a boca cheia de água. Ela, porém, concordou em fazer o que ele lhe pedia, sem reclamar. Naquele primeiro dia de primavera ficou dentro de casa e não disse uma única palavra. Tirou os móbiles de conchas e pedaços de vidro das janelas e tapou as aberturas das chaminés para não ouvir o assobio do vento passando por elas. Repreendeu a filha por estar cantarolando uma canção infantil enquanto pulava corda, e nunca antes a repreendera por coisa alguma.

No dia seguinte ao equinócio de primavera, o fazendeiro pensou que as coisas voltariam ao normal, mas não voltaram. A mulher fez tudo o que tinha de fazer, mas parecia feita de pedra. Preparou o mingau da manhã, mas queimou-o. Os animais esquivavam-se, não a deixando tocá-los. Quando olhava para os filhos, era como se os olhasse através de um lençol de água clara.

E foi assim por toda primavera e até o fim do verão. A princípio, o fazendeiro achou que o comportamento da esposa mudaria, mas quando viu que isso não aconteceria, seu coração endureceu-se contra ela. Era a menina que ia procurar a mãe, quando ela saía de casa à noite. Encontrava-a enrolada como uma bola entre as vacas, no celeiro, ou apertada entre dois rochedos, na praia, tentando encontrar um lugar onde pudesse enganar a insônia que passara a persegui-la. Quando as noites tornaram-se mais frias, a menina via a mãe ao ar livre, tremendo em sua fina camisola, e pensava que, se aquela situação continuasse, ela acabaria morrendo congelada.

Foi numa noite de setembro, uma noite antes do equinócio de outono, que a temperatura, antecipando a inclinação do planeta que deixaria aquela região mais longe do sol, caiu tanto, que a menina viu o vapor da respiração da mãe transformar-se em gelo nas paredes dos rochedos a sua volta, e a bruma pesada que vinha do mar formar uma camada de cristais de gelo nos cabelos dela, fazendo com que as longas mechas tilintassem na fria brisa marinha.

A menina correu de volta para casa e abriu o baú onde ficavam os cobertores, mas o pai já empilhara todos sobre os filhos que dormiam. Ela passou as mãos pelo fundo do baú com tanto desespero, que farpas de madeira feriram seus dedos, fazendo-os sangrar. Enterrou as unhas na madeira, querendo sentir mais dor e, para sua surpresa, viu abrir-se uma fresta no fundo, e suas mãos afundaram em algo morno e macio como seda.

Pensou que fosse algo vivo.

E, mesmo quando ergueu o pesado tecido e viu que era a pele de um animal, não pôde acreditar que fosse uma coisa morta. A pele pulsava e brilhava como uma brasa. A menina levou-a ao rosto e sentiu o cheiro do mar, ouviu o som das ondas entranhado em cada pêlo eriçado. O mesmo som que ficava aprisionado nas voltas profundas de um caramujo marinho.

Ela envolveu-se na pele e correu para onde a mãe estava deitada entre os rochedos na praia. Em vez de pesar-lhe nos ombros, o manto de pele parecia flutuar ao vento e erguer seus pés do chão, como se ela voasse, em vez de correr.

Quando se aproximou dos rochedos, a menina julgou ter chegado tarde demais, que a mãe já morrera. A bruma que vinha do mar congelara sobre a pele dela, criando uma fina camada que a fazia parecer presa numa rede de contas de cristal. Mas, então, notou que a respiração da mãe também se cristalizava no ar, sinal de que ela ainda estava viva. Estendeu a pele sobre a mãe e deitou-se entre ela e a encosta de um dos rochedos, cobrindo-se também. No mesmo instante, sentiu o corpo da mãe aquecer-se. A rede de gelo derreteu-se, ensopando a pesada pele que cobria mãe e filha.

Elas dormiram juntas na praia, e a menina não sentiu medo, pois mesmo no sono podia sentir os dedos da mãe acariciando seus cabelos.

Às vezes eu adormecia nesse ponto da história. Um canto de meu cobertor esgarçara-se e fora remendado com feltro macio. Depois que minha mãe saía do quarto, eu gostava de pegar aquele canto e colocá-lo sob a face, fazendo de conta que era a pele da mulher-foca. Ou, então, imaginava que era a pele da gola do casaco de minha mãe, daquele que ela usava para ir a algum lugar especial, como uma festa que a faculdade local estava oferecendo em sua homenagem, um jantar com seu editor em Rhinebeck, no outro lado do rio, ou uma reunião literária na cidade. Essas coisas ainda aconteciam, embora o último livro dela houvesse sido publicado anos atrás. Além disso, a venda dos livros que escrevera — dois — diminuíra tanto, que eles não estavam mais sendo impressos.

No entanto, minha mãe ainda tinha seus admiradores. Escrevera dois livros de uma trilogia sobre um mundo de fantasia chamado Tirra Glynn. O título do primeiro, escrito cinco anos antes de eu nascer, era *A Pérola Partida*. O do segundo, escrito quando ela estava grávida, era *A Rede de Lágrimas*. Ela sempre me dizia que a idéia para o livro e eu havíamos sido concebidas ao mesmo tempo e que nós duas levamos exatamente nove meses para vir à luz. Ninguém jamais soube como se chamaria o terceiro livro, pois esse não apareceu. Quando eu estava com seis anos, minha professora da primeira série me perguntou se eu alguma vez vira minha mãe escrevendo. Contei essa conversa a minha mãe, e ela me tirou da escola pública, mandando-me para uma particular em Poughkeepsie. Dois anos mais tarde, voltei para a escola pública. A venda dos livros de minha mãe caíra vertiginosamente. Quem ia querer ler os dois primeiros livros de uma trilogia, se não haveria o terceiro livro?

O hotel também estava enfrentando tempos difíceis. Era a década de 60, e os americanos haviam descoberto as viagens aéreas para a Europa. Um por um, os grandes hotéis ao sul e oeste de nossa região foram fechando. Se não fosse por um grupo de clientes fiéis, pessoas cujos avós já haviam se hospedado no hotel, e pelos pintores que iam para lá para pintar as paisagens que nos rodeavam, nós também teríamos fechado as portas. Quem ia querer viajar três horas de carro até lá, para nadar num lago de águas geladas? O hotel Equinox, encarapitado num platô acima do rio Hudson, ficava muito fora de mão, era muito antiquado e então, depois que minha mãe foi embora, tornou-se triste demais.

Ela partiu para sempre quando eu tinha dez anos. Fora convidada para participar, com um grupo de escritoras de ficção científica e histórias fantásticas, de uma conferência de dois dias na Universidade de Nova York. Era para ela partir para a cidade pela manhã, mas, como não conseguisse dormir, pediu a Joseph que a levasse para o outro lado do rio, onde pegaria o trem noturno. Ouvi-a discutindo com meu pai no corredor, diante de meu quarto.

— Mas onde você vai ficar? — ele perguntou. — Sua reserva no hotel é para amanhã.

— Eles podem arrumar um quarto para eu passar a noite — ela argumentou, rindo. Imaginei-a pondo a mão na testa dele e empurrando seus cabelos para trás, algo que ela sempre fazia comigo, para me acalmar, quando eu estava com medo. — Você se preocupa demais, Ben. Vai dar tudo certo.

Então, ela entrou em meu quarto para me dar um beijo de despedida e sentou-se na borda da cama. Pressionei o rosto contra a pele da gola de seu casaco, abotoado até o queixo. Ela não o desabotoou para deixá-lo cair ao redor dos quadris, como normalmente fazia.

— Conte a história da mulher-foca — pedi.

Ela pôs a mão em minha testa, como se quisesse ver se eu estava com febre, então penteou meus cabelos embaraçados com os dedos. Esperei pelo costumeiro comentário: "a mesma velha história". Mas daquela vez ela disse:

— Hoje, não.

Mandou-me fechar os olhos e dormir. Eu estava de olhos fechados havia alguns minutos, quando ela se inclinou e me beijou, e as pérolas de seu colar tilintaram suavemente, batendo nos botões do casaco. Então, ela foi embora.

Quando chegou a Nova York, minha mãe não se hospedou no hotel Algonquin, onde o editor reservara um quarto para ela a partir do dia seguinte, embora depois descobríssemos que podia ter feito isso, pois havia quartos disponíveis naquela noite. Ela nem foi até lá. Hospedou-se no Dreamland, um hotel malcuidado em Coney Island, perto do local do antigo parque de diversões Dreamland. Era o último fim de semana de setembro de 1973, o fim de semana em que o hotel Dreamland foi destruído por um incêndio. Passaram-se semanas antes que tivéssemos certeza do que acontecera com minha mãe, porque ela não se registrara no hotel com seu nome de casada, Kay Greenfeder, nem com seu pseudônimo, K. R. LaFleur, ou o nome de solteira, Katherine Morrissey. Minha mãe e o homem com quem ela estava registraram-se como sr. e sra. John McGlynn. O investigador que viu o registro chegou a essa conclusão porque sua esposa, que era admiradora dela e que soubera de seu desaparecimento, reconheceu o nome McGlynn, porque minha mãe chamara seu mundo de fantasia de Tirra Glynn.

Ele foi ao nosso hotel levando uma pulseira de berloques, que meu pai identificou como sendo o presente que dera a minha mãe no Natal do ano anterior. O investigador e meu pai fecharam-se na biblioteca, e eu me escondi no pátio, sob as janelas, e ouvi tudo o que eles disseram. Meu pai perguntou se o homem com quem minha mãe estava fora identificado, e o investigador respondeu que não haviam encontrado seu corpo, que minha mãe morrera sozinha.

Durante anos, depois disso, eu só conseguia dormir ouvindo a história da mulher-foca. E pedia a minha tia Sophie, que passara a cuidar de mim, que a contasse.

— A mesma velha história? — ela perguntava, usando as palavras que minha mãe usara, mas querendo dizer algo totalmente diferente. — Aquele conto mórbido?

Ela pronunciava "mórbido" do mesmo jeito que dizia "sujo", quando eu era pequena e tentava comer um doce que caíra no chão, ou um pastel que um dos hóspedes deixara no prato. Pensamentos mórbidos, segundo minha tia, eram os que eu tinha quando não estava cumprindo minhas tarefas, ou quando não ia prontamente para a cama para que ela pudesse cumprir as suas. Mórbida fora minha mãe. Mas, apesar de sua opinião a respeito da história, minha tia podia ser convencida a contá-la, quando achava que isso me faria dormir. Eu apertava contra o rosto a ponta do cobertor remendada com feltro e imaginava que era a gola de pele do casaco de minha mãe, imaginava as mãos dela afagando meus cabelos, como a filha da mulher-foca sentira as da mãe dela, mesmo estando adormecida. Minha tia conseguia contar a história palavra por palavra porque, como fiquei sabendo naquela época, aquele era o primeiro capítulo do livro de minha mãe, *A Pérola Partida*. E, quando eu fechava os olhos com força suficiente, podia ouvir a história na voz de minha mãe.

— Pela manhã, quando a filha da mulher-foca acordou, estava sozinha na praia — minha tia recitava. — Durante o sono, ouvira a mãe agradecer-lhe por ela ter lhe devolvido a pele e dizer: "Agora posso voltar para o mar, que é o meu lugar, e onde tenho cinco filhos iguais a mim, assim como tenho cinco filhos humanos na terra. Você terá de cuidar de seus irmãos de agora em diante. Não chore por mim. Toda vez que sentir saudade, venha para a beira da água e ouvirá minha voz nas ondas. No primeiro dia da primavera de cada ano, e no último dia de verão, você me verá como me viu até agora, uma mulher com pele de mulher".

A menina voltou para a casa, determinada a manter a promessa que fizera à mãe, embora suas pernas parecessem mais pesadas a cada passo que ela dava, como que presas em uma rede que a arrastasse para o mar, querendo levá-la na correnteza da maré vazante. Até seus cabelos, congelados durante a noite, pareciam puxá-la para a água. Mas ela foi para casa, acendeu o fogo e fez o mingau. Quando os irmãos acordaram, contou-lhes que a mãe fora embora, mas que ela os levaria para vê-la, duas vezes por ano, e que tomaria conta deles.

Mais tarde, ainda sentindo o peso do gelo nos cabelos e achando isso estranho, ela se olhou no espelho. Foi quando viu o presente de despedida da mãe. Lembrou-se, então, das mãos carinhosas afagando-lhe os cabelos a noite toda. A mãe, que nunca fora capaz de tricotar, de fazer renda, de nem mesmo atar um simples nó, tecera uma guirlanda de espuma do mar congelada ao redor de sua cabeça, onde, presa em sua trama, brilhava uma única lágrima verde, da cor do oceano.

Minha tia apagava a luz, ajeitava as cobertas em volta de mim e afastava os cabelos caídos em meu rosto. Eu sentia seus lábios secos roçar minha testa, então ficava sozinha no escuro, ouvindo os sons do velho hotel. Em noites de vento, as traves do teto e tábuas do assoalho estalavam como toras queimando numa fogueira, e eu imaginava o hotel incendiando-se. Mas em noites calmas, se eu prestasse bastante atenção, podia ouvir, ou pelo menos achava que ouvia, o suave murmúrio do rio que corria muito abaixo de nós. Pensava em minha mãe e a via descendo o Hudson em direção ao sul naquela última noite, imaginando que ela obedecia ao chamado do mar que ia receber o rio, que não morrera no incêndio do hotel Dreamland, mas que voltara para seus outros filhos no fundo do oceano, que era justo que agora ficasse algum tempo com eles. Eu só precisava ter paciência e esperar, pois ela voltaria para mim, quando esse tempo se esgotasse.

2

REDAÇÃO Nº 3

Escreva sobre o conto de fadas de que você mais gostava na infância. Reconte a história, diga o que pensava dela naquela época e quem a contava para você. O que você aprendeu com essa história? O que ela lhe dizia a respeito do mundo em que você vivia?

EU SEMPRE OFEREÇO um modelo para os trabalhos de redação de meus alunos. Assim, escrevi sobre a mulher-foca para aqueles que freqüentam minhas aulas de reforço na Faculdade Grace. Gostei do que escrevi. Fazia algum tempo que não escrevia algo tão bom.

Compartilho o que escrevo com meus alunos, quando lhes dou algum trabalho para fazer. De todas as escolas onde ensino, a Grace é aquela em que me sinto mais à vontade para compartilhar experiências pessoais. Muitos dos alunos vieram para este país como imigrantes, recentemente, e alguns foram encaminhados à Grace para participar do programa de ensino a presidiários. Não é apenas seu limitado conhecimento da língua inglesa que os torna menos intimidadores, ou o fato de quê, por não estarem familiarizados com o sistema universitário americano, é menos provável que me tratem com pouco respeito por eu ser apenas uma professora-auxiliar. Na verdade, suas perguntas ingênuas às vezes me causam embaraço. Por que não tenho um escritório na escola? Por que minha caixa postal não fica na mesma fileira das dos outros professores? Na verdade, se estou disposta a compartilhar com eles muitas de minhas experiências pessoais, é porque essa foi uma das recomendações que recebi da administração da faculdade. "Pode ser que você seja a pessoa mais instruída com quem eles falam o dia todo", o reitor me disse quando me entrevistou durante quinze minutos, antes de me contratar. "Ou, pelo menos, a pessoa mais instruída disposta a passar algum tempo conversando com eles a respeito de outras coisas que não sejam o modo de preparar o almoço da pequena Ashley ou a quantidade certa de goma a ser usada em camisas sociais da marca Brooks Brothers. Desperte o interesse deles. Fale sobre os lugares de onde eles vieram, depois faça-os escrever a respeito de coisas de que eles gostam."

É claro que fiquei animada, ouvindo tal discurso humanitário e compreensivo do reitor. Foi só quando descobri que as redações finais de meus alunos seriam avaliadas por uma banca formada por professores catedráticos, e que nove entre dez deles seriam reprovados, que comecei a questionar aquela caridosa maneira de encarar o ensino.

Amelie, uma moça da Jamaica de vinte e nove anos, que trabalhava como babá e tentava juntar dinheiro para trazer os filhos para Nova York, depois da avaliação mostrou-me um maço de papéis que parecia pingar tinta vermelha, de tantas correções, com um "D" rabiscado através da primeira página. "E eu que pensei que estava indo bem na sua matéria", queixou-se.

Aprendi rapidamente que estaria prestando um desserviço a meu alunos, se não os fizesse escrever em todas as aulas e não corrigisse cada sentença, cada palavra. Mesmo assim, metade deles não passou pela malha fina da banca examinadora. Às vezes, eu chegava a duvidar que meus próprios trabalhos sobreviveriam ao fogo cerrado daqueles professores.

Contudo, tento encontrar temas que os interessem. Gostei da idéia do conto de fadas por causa de seu valor multicultural, porque a linguagem dessas histórias geralmente é simples e porque eu sempre gostei delas. Gosto tanto, que as escolhi como tema de minha tese de doutorado. Eu sempre conseguia afastar minha mãe de sua escrivaninha, quando lhe pedia para me contar uma história. Mais tarde, quando fiquei com idade suficiente para ler os livros dela, percebi que ela os entremeara com contos de fadas. Talvez ainda estivesse procurando por contos novos para incorporar no terceiro livro, que ficara inacabado. Ler contos dos irmãos Grimm ou de Andersen para mim devia ter sido uma boa pesquisa para ela. Aprendi muito cedo que minha mãe tinha mais facilidade para escrever quando encontrava algo que tivesse alguma ligação com o livro em que estivesse trabalhando. Ela aceitava de bom grado a sugestão de um passeio até as cascatas, quando eu dizia que podia ser que encontrássemos um lugar encantado. Acho que foi ela que espalhou a idéia de que os bosques ao redor do hotel eram habitados por espíritos da terra e da água, que cada fonte e árvore abrigavam uma náiade, mas fui eu quem se tornou perita em procurar e identificar recantos e fendas onde viviam os seres mágicos. As teias de aranha que se espalhavam sobre as violetas, na primavera, eram tendas de fadas, e o musgo aveludado que recobria os rochedos, seu acolchoado. Minha mãe deu nome a todos os rochedos e fontes: Meia-Lua, Castelo, Estrela Vespertina, Pôr-do-Sol e Duas Luas. Depois, Joseph construiu quiosques — que ele chamava de *chuppas* — nesses lugares, seguindo projetos criados por ela. Às vezes penso que, se ela houvesse canalizado menos energia criativa para o que a cercava, e mais para a tarefa de escrever, teria terminado aquele terceiro livro.

— Então, sua mãe também era escritora? — pergunta o sr. Nagamora, um japonês de meia-idade, que trabalha fazendo consertos em roupas em uma lavanderia. — A senhora seguiu os passos dela?

Eu não me lembrava de ter dito à classe que era escritora. Talvez os alunos pensassem que todos os professores de inglês eram romancistas.

— Bem, minha mãe escrevia histórias fantásticas — digo ao sr. Nagamora. — E eu prefiro uma ficção mais realista.

— Por que não lê um de seus livros para nós? — sugere a sra. Rivera, que todas as noites pega um trem da Long Island Rail Road para ir à escola, depois de trabalhar o dia inteiro como babá de três crianças, em Great Neck.

Tive minhas razões para prometer a mim mesma que não diria a meus alunos que também era escritora. Se há algo mais difícil do que explicar por que não sou uma professora de verdade, nenhuma doutora, mas simplesmente Íris Greenfeder, alguém que ainda está escrevendo sua tese, é confessar que não existe nenhum livro escrito por mim. Mesmo odiando meu desejo servil de impressionar aquele grupo de imigrantes e prisioneiros em liberdade condicional, sou sempre rápida em salientar que algumas coisas minhas saíram em revistas, mas não naquelas que podem ser compradas em bancas. E sou sincera quando digo que, mesmo que meus alunos pudessem encontrar as revistinhas e jornais literários que publicaram meus contos e poesias, não tenho muita certeza de que gostaria que eles os lessem. Imagino o que o sr. Nagamora pensaria, lendo o conto sobre a adolescente que acompanhou uma banda de rock por todo o país e acabou casando-se com um palhaço de rodeio no Arizona. Ou como a sra. Rivera reagiria às imagens clitoridianas de alguns de meus primeiros poemas.

Na verdade, *A Filha da Mulher-Foca* é a primeira coisa que escrevo em vários anos que posso deixar meus alunos ler sem me sentir envergonhada. A sra. Rivera acha interessante eu ter crescido num hotel em que minha mãe foi camareira, pois trabalhou em um dos maiores hotéis de Cancún e diz que as senhoras que se hospedavam lá eram exatamente iguais às que descrevi, sempre querendo mais alguma coisa, sempre estragando móveis com seu descuido. Amelie, que está novamente em minha classe, depois de ser reprovada nos exames do outono, pergunta como eu me sentia, sendo criada por uma tia do lado paterno, e acabo descobrindo que seus filhos estão com a irmã do marido, na Jamaica.

— Receio que aquela mulher os envenene contra mim — confessa.

O sr. Nagamora interessa-se pelo uso de conchas marinhas em trilhas de jardim. Todos sentem-se motivados a escrever as histórias que ouviram na infância e ficam tão envolvidos com suas redações, que somos a última turma a deixar o prédio. A rua Hudson está estranhamente deserta, e quando caminho para oeste, indo na direção do rio e de minha casa, sinto, pela primeira vez em muito tempo, que estou de fato ansiosa para ler o que os estudantes escreveram.

Encorajada pelo meu sucesso, decidi dar a mesma tarefa a meus alunos da The Art School. Eles já estão trabalhando com colagens de arquétipos míticos nas aulas de montagem. Digo a eles que podem anexar fotografias de seu trabalho artístico à redação, se usarem o mesmo conto de fadas para ambos — estão sempre me pedindo para dar-lhes pontos extras por seus projetos de arte. Mostro-lhes um slide de *Loop My Loop* (Dê um Laço em Meu Laço), de Helen Chadwick, no qual cabelos loiros e tripas de porco se entrelaçam, e depois um outro de *Cinderela*, de Disney, e convido-os a refletir sobre o modo como imagens de contos de fadas mudam de significado, dependendo de quem os conta.

Leio para eles uma citação do crítico de arte John Berger, que sublinhei muitos anos atrás em meu exemplar de *From the Beast to the Blonde* (Da Fera à Loira) de Marina Warner: "Se você se lembra de que ouvia histórias na infância, certamente se lembra de que sentia prazer, ouvindo o mesmo conto muitas vezes, e de que se tornava três pessoas enquanto ouvia. Era uma fusão incrível: você se tornava o contador da história, o protagonista e o ouvinte".

Natalie Baehr, uma aluna de terceiro ano do curso de desenho de joalheria, que mantém os cabelos azuis presos com presilhas Hello Kitty, comenta que uma das feias filhas da madrasta da Cinderela de Disney tinha cabelos ruivos, e a outra, pretos, em contraste com os loiros, ao estilo de Marilyn Monroe, de Cinderela. "Sua mãe, ao transformar a mulher-foca da história, de loira em morena, subverteu o ícone cultural predominante para insuflar auto-estima na filha", observa.

Foi isso que minha mãe quis fazer?, pergunto-me, meio hipnotizada pelos gatos de plástico pendurados nos cabelos de Natalie. Subverter um ícone cultural predominante? Lembrei-me de como minha mãe ficava sentada em sua escrivaninha, absorta, durante horas, sem escrever nada, só olhando pela janela, observando a luz do dia mudar sobre o vale do Hudson.

Gretchen Lu, uma desenhista de estampas de tecidos, acrescenta: "E o modo como a mulher-foca se recusava a tricotar também é uma óbvia subversão de um tradicional papel de fêmea".

Papel de *fêmea*? Imagino Gretchen escrevendo aquilo e vejome circulando a palavra com lápis vermelho e escrevendo "use outro termo" na margem. Mas não ia tirar um ponto da nota dela por aquilo. Tiraria, se fosse na Grace, mas na escola de arte eu permitia uma certa liberdade no uso da linguagem. Ali, os estudantes são mais visuais do que verbais, como gostam de dizer. *Picta non verba* seria o lema da escola, se houvesse um.

O que importa é que meus alunos estão entusiasmados com o tema da redação. Gretchen quer usar *A Sereiazinha*. Ela até já tem idéia de montar um cenário com velhas meias do tipo rede e peixes mortos, e só espero que esteja se referindo a peixes mortos de plástico. Mark Silverstein, um dos costureiros, como são chamados, um tanto desdenhosamente, os estudantes do curso de moda, quer decorar uma vitrine usando como tema o conto *As Roupas Novas do Imperador*: manequins nus, segurando cartazes com nomes de estilistas famosos. Depois de lembrar os alunos de que o trabalho deve apresentar uma parte escrita, deixo-os tagarelando alvoroçados na entrada da Dean & Deluca, na universidade. Caminho para o lado sul e, justamente quando estava passando pelo parque Washington Square, começa a cair um pouco de neve. Não é tão fora do normal assim, nevar na terceira semana de março, mas vejo aquilo como o sinal de alguma coisa. Do quê, não sei.

Na manhã seguinte, tomando o trem que corre ao longo do rio, vejo que o gelo acumulado nas margens derreteu, e que os salgueiros ladeando a água assumiram o brilho amarelado que prenuncia novos brotos. Como de costume, àquela altura da semana já estou em busca de novas idéias. Duvido que os doze homens daquela turma matinal, presidiários da Casa de Correção Rip Van Winkle, ficarão tão animados quanto meus alunos da The Art School com minha sugestão de que escrevam sobre contos de fadas. Embora essa classe deva seguir o mesmo programa seguido por aquela da Faculdade Grace, para que os homens possam ser transferidos facilmente de uma para a outra quando estiverem em liberdade condicional, eu tive de adaptar o roteiro para que os temas de redação que lhes dou despertem seu interesse mas não causem tumulto. Embora eu nunca tenha causado nenhuma confusão, uma vez os guardas tiveram de intervir, quando os alunos começaram uma briga, porque alguns achavam que Billy Budd era "namorada" do capitão Vere, e os outros achavam que não era. Nem tenho certeza se quero ou devo usar o termo "contos de fadas" nessa classe.

Quando o condutor do trem anuncia a parada que antecede a da penitenciária, estou na metade de meu segundo copo de café da Dunkin´ Donuts e mais do que meio adormecida, porque fiquei acordada até tarde da noite, com Jack. Talvez eu possa chamar os contos de fadas de histórias da hora de dormir, ou lendas folclóricas. Imagino se algum desses termos tem outro significado na gíria dos presos.

Desço do trem na próxima parada, entrando numa leve garoa soprada do rio, e ainda estou indecisa. A caminhada da estação até o portão da penitenciária é curta, e essa é uma das razões de eu ter aceitado o trabalho, quando o reitor da Grace perguntou se eu gostaria de dar aulas para prisioneiros.

Outra razão é que achei que isso me daria algo sobre o que escrever.

Até agora, porém, não vi nada na vida de meus alunos que pudesse me inspirar a escrever. Essa experiência semanal de ensinar gramática e literatura a eles me fez sentir agudamente como fora presunçosa, achando que podia tentar escrever sobre a vida daquelas pessoas, se nem sequer conseguia imaginá-la.

Registro-me na portaria e, enquanto espero a pessoa que me acompanhará, em vez de pensar na aula que darei naquele dia, fico refletindo sobre o fato deprimente de que, quanto mais ensino os outros a escrever, menos escrevo. O pensamento que eu tivera um dia, de que ensinar proporcionava um bom campo para um escritor, fora o que me fizera começar a jornada atrás de um doutorado, mas agora essa é mais uma coisa que continua incompleta em minha vida.

O policial — não um guarda, como me fora explicado no curso de treinamento — chega e me entrega meu crachá de identificação, que penduro no pescoço: Íris Greenfeder, professora-auxiliar. O crachá devia dizer Íris Greenfeder Q. Isso contaria a história de minha vida. Íris Greenfeder Quase. Quase escritora publicada, quase professora, quase casada. Nos últimos tempos, parece que o "quase" está superando tudo o mais. Depois de tantos "quase", o que sobra? Um pão com a crosta comida, como diria minha tia Sophie.

O policial pára na entrada do pátio para trocar uma série de gestos com os guardas nas torres. Desvio o olhar, como se fosse apanhada ouvindo uma conversa atrás da porta. O gramado, cortado por caminhos cimentados, desce numa rampa íngreme até o rio, onde se ergue o muro com sua coroa espiralada de arame farpado e que, apesar de bastante alto, deixa visível uma estreita faixa de água. Muitas vezes imagino se o arquiteto que projetou a penitenciária fez aquilo de propósito, para provocar os prisioneiros com uma sugestiva visão de liberdade.

Meu acompanhante e eu recebemos permissão para atravessar o espaço aberto, e começamos a andar, ele na frente, eu atrás. A chuva, que não passava de uma garoa, quando desci do trem, agora é mais pesada, e eu gostaria de tirar meu guarda-chuva da pasta, mas penso nos guardas posicionados nas torres, com suas armas automáticas, e desisto.

Minha sala de aulas fica num prédio baixo, junto ao muro. Os alunos já estão lá. Meu acompanhante espera até eu fazer a chamada, e ficamos sabendo que um dos alunos está na solitária e que outro saiu em liberdade condicional. Assim que termino de fazer a chamada, o oficial se retira. Quando comecei a lecionar na Van Wink — como os presidiários chamam a penitenciária —, ver o oficial ir embora me deixava nervosa. Pensara, ao aceitar o trabalho, que haveria um guarda na classe o tempo todo. Agora, o que mais me enerva é saber que o oficial fica do lado de fora, junto à porta, ouvindo tudo o que se passa na sala. Tomo consciência daquele ouvinte invisível várias vezes durante a aula.

Enquanto tiro meus papéis da pasta, os homens a minha frente, escarrapachados nas carteiras, assumem uma postura ligeiramente mais ereta. Não é tanto por desrespeito que se sentam daquele modo relaxado, mas por causa do pouco espaço das carteiras antiquadas, do tipo de escola primária. Se eles se sentassem direito, seus joelhos bateriam sob a superfície usada para escrever, atravessada a sua frente. Simon Smith é tão grande, que só pode sentar-se de lado. Perguntei ao diretor se não era possível trocar as carteiras, mas ele respondeu que não, que aquelas eram aparafusadas no chão. A única peça móvel na sala é a cadeira leve de plástico atrás de minha mesa, que também é presa no piso. Eu costumava mover a cadeira para a frente da primeira fileira, para ficar mais perto dos alunos, mas alertaram-me contra isso, e agora, eu simplesmente me sento na borda da mesa.

Emílio Lara, meu aluno mais velho neste semestre, pergunta se há algo que ele pode fazer por mim. É um cavalheiro e, tanto quanto lhe permite seu confinamento, está sempre me fazendo alguma gentileza. Acho que, se pudesse, carregaria minha pasta, me acompanharia através do pátio, abriria portas para eu passar. E também passaria por todas elas. Alega que está "lá dentro" por falsificação, mas não acredito nas histórias românticas que esses sujeitos inventam para me contar, embora ache encantador que eles se dêem ao trabalho de imaginar alternativas para crimes mais prováveis, como homicídio, estupro e tráfico de drogas.

Aidan, por exemplo. Ele diz que está aqui por contrabandear armas para o IRA.

— Eu também — afirmou Simon Smith, meu aluno de cento e cinqüenta quilos do Bronx Sul, na primeira vez em que Aidan deu essa informação. — Me dê um beijo, também sou irlandês.

Hoje, os olhos verde-azulados de Aidan estão esquivos, evitando os meus. Há algum trabalho que devia ser entregue e do qual me esqueci? Acho que não. Em geral faço com que os alunos escrevam suas redações durante a aula. Admito que o ambiente da penitenciária não é o mais favorável para alguém fazer a lição de casa, embora os presos sejam, entre todos os meus alunos, os que dispõem de mais tempo livre. Devia estar acontecendo alguma coisa com Aidan. Ele tem pele muito branca, cabelos pretos, olhos claros orlados de cílios escuros, é do tipo que minha tia Sophie chama de irlandês negro, algo que me fez acreditar, durante anos, que havia negros na Irlanda. Em condições normais, o efeito dessas características de Aidan já é impressionante, mas hoje sua pele está mais branca do que nunca, e ele dá a impressão de que vai se fundir à parede de pintura descascada a qualquer instante. Os pesados cílios escuros mantêm-se abaixados. Ele estará adormecido antes de chegarmos à metade da lição de gramática. Foi perceber isso que me fez tomar uma decisão. Mais tarde, alegarei que a única outra alternativa que eu tinha a respeito de como passar a manhã chuvosa na penitenciária era falar sobre os perigos dos importunos partícipes. Mas eu sei que o que de fato queria era manter Aidan desperto.

— Aidan, você conhece a lenda da mulher-foca? — pergunto.

Fico contente ao ver um pouco de cor subir ao rosto pálido.

— Conheço uma bailarina com esse nome — diz Simon Smith.

Emílio Lara emite um som sibilado, pedindo silêncio, e sorri, mostrando um dente de ouro, mas não diz nada. Cortesia tem limites, e Simon é grande demais.

— A mulher-foca é uma lenda irlandesa — explico a Simon. — Um conto folclórico. É isso que vamos fazer hoje.

— Vai ler um conto de fadas para nós? — ele pergunta.

Ouço um geral farfalhar de tecido e batidas de joelhos nas tábuas das carteiras, quando os homens se empertigam. Até acredito ouvir um suspiro incrédulo do oficial lá fora.

Agora já falei, penso, quase arrependida. Mas, então, vejo que os homens estão se ajeitando, parecendo mais atentos do que nunca em muitas semanas. Estão meio inclinados para a frente, e acho que, se as carteiras não estivessem pregadas no chão, eles as puxariam para mais perto de minha mesa. E, mesmo que não tenham se movido de seus lugares, tenho a sensação de que formaram um círculo a meu redor e que sou o foco de sua atenção. Poderiam ser crianças à espera de uma história. Então, percebo que tenho a platéia perfeita para meu conto.

3

DESCUBRO, ENTRETANTO, que meus alunos não me bastam como platéia. Quando embarco no trem, na estação da Rip Van Winkle, pensando no conto que escrevi, decido: tem bastante chance de ser publicado. Levo esse pensamento comigo na volta para a cidade, juntamente com a chuva que me segue através das montanhas, de Tappan Zee, até as correntes salgadas de Inwood Park e às docas de Hoboken e Chelsea, uma infusão gelada que se ergue do porto de Manhattan, passa pelos estreitos e praias de Coney Island e finalmente encontra o oceano Atlântico.

"Tem bastante chance de ser publicado", canto para mim mesma nos dias chuvosos que se seguem. Num fim de tarde, vou até a biblioteca da rua Quarenta e Dois para verificar quais das revistas que publicaram meus trabalhos ainda são publicadas. A maioria não é mais, porém isso não me desanima. Volto para casa atravessando o parque Bryant, onde as gotas de chuva teceram redes de cristal ao redor dos galhos nus dos plátanos ingleses. As luzes da avenida Oito refletem-se na calçada molhada. A chuva não amortece o barulho do trânsito, transforma-o em um som mais líquido. Os carros espirram água, passando pela enxurrada de três, quatro centímetros de altura ao longo das sarjetas. Buzinas têm um som distante, como que carregado para longe por uma torrente de água. Na cidade, quando chove, geralmente sente-se o cheiro do mar ou das montanhas. Hoje, sinto o cheiro de ambos, uma mistura inebriante de pinho e sal, neve derretida e decadência.

As gotas batendo no meu guarda-chuva cantarolam minha canção favorita, chamada *Tem Bastante Chance de Ser Publicado*. A

Tarde de Verão de Henry James pode ir pastar. Nunca se escreveu sentença mais linda em língua inglesa do que "tem bastante chance de ser publicado". Não faz mal que algumas revistas saíram de circulação. Sei para quem vou mandar o conto: para Phoebe Nix, da *Caffeine*. Eu a conheci em uma noite de poesia, no Cornelia Street Café, algumas semanas atrás, e ela me disse que gostou do poema que apresentei. "Já pensou em escrever mais a respeito de sua mãe?", me perguntou. Dei de ombros e respondi que detestava a idéia de alguém se aproveitar da fama dos pais, ou no caso de minha mãe, uma fama agora quase esquecida. Disse que passei a maior parte de minha vida tentando me recuperar do bloco de papel de minha mãe. As pessoas geralmente riem, quando digo isso, mas Phoebe ficou muito séria. No entanto, pelo fato de ela parecer ter dezenove anos, atribuí sua reação à falta de maturidade.

Mais tarde, quando eu estava com Jack no restaurante, no andar de cima, ela me deu seu cartão de visitas, que a identificou como editora no comando da *Caffeine*, a nova revista literária que eu já vira pela cidade, em livrarias e cafés.

— Sabe de quem ela é filha? — Jack perguntou, quando estávamos na rua.

— Não. De alguém famoso?

— De Vera Nix — ele respondeu, citando o nome de uma poetisa que ficou tão famosa por seu suicídio, quanto por sua poesia.

— Droga — resmunguei, então contei-lhe o que eu dissera sobre me recuperar do bloco de escrever de minha mãe.

— Parece que você tem um radar que capta um possível sucesso e o arrasta para bem longe de sua vida — comentou Jack, abanando a cabeça com um ar de quase admiração.

Mesmo assim, mandei alguns poemas para Phoebe. De uma filha de escritora morta para outra, embora minha mãe não tivesse se matado. Não exatamente. Ela me enviou um bilhete amável, rejeitando meus poemas, mas me encorajando a mandar-lhe outros.

Guardei o bilhete na caixa de "mande outros", ou seja, a velha caixa de charutos de meu pai, que eu mantinha sobre minha escrivaninha. Sempre que eu abria a caixa, um odor de charutos cubanos escapava, e por um breve momento era como se meu pai entrasse na sala. Ou como se ele houvesse acabado de sair. Era assim que eu o encontrava no hotel, quando era pequena: seguindo o cheiro de seu charuto, no saguão de entrada, no grill, na cozinha, na escada de serviço que levava ao roupeiro, em seu escritório, no segundo andar.

Tenho medo de que, se abrir a caixa com muita freqüência, o odor se dissipe, então a abro com parcimônia. Estabeleço um prazo de validade igual para todos os bilhetes de "mande outros". Através da experiência que adquiri, durante os vinte anos em que tenho mandado trabalhos para revistas literárias, sei que, depois de receber uma palavra de incentivo de um editor, posso fazer mais três tentativas. Se nada for aceito nessas três vezes, é provável que o editor desista de me dar atenção. O brilho promissor desaparece. Meu próximo trabalho me será devolvido sem nenhum bilhete encorajador, acompanhado apenas de uma nota de rejeição xerocada. Como os amuletos mágicos dos contos de fadas, os bilhetes possuem poder temporário e devem ser usados sabiamente.

Quando chego ao pé da escada de entrada de meu prédio, estou decidida a usar o bilhete de Phoebe. Quase posso sentir o cheiro de fumo no vento que sopra do rio. Fecho os olhos para me concentrar nesse cheiro, segurando o corrimão de ferro, enquanto subo os degraus. Então, tropeço em alguém sentado no topo. Abro os olhos e recuo, achando que veria um dos sem-teto que perambulam pelo bairro e que ali se abrigara da chuva, mas fico aliviada ao reconhecer o homem. Meu alívio rapidamente desaparece, quando me lembro de onde o conheço. É Aidan Barry.

— Não quis assustar a senhora, professora — ele explica, levantando-se. — Só queria lhe dar isto.

Há alguma coisa na sacola azul e branca da locadora de vídeos Blockbuster que ele me mostra. Não parece ser uma arma, mas dou um passo atrás e quase caio pela escada abaixo. Ele estende a mão rapidamente e me segura pelo braço. Estou sem fôlego. Olho para um lado e outro da rua para ver se está passando alguém, mas, mesmo com tempo bom, aquele trecho da rua Jane, perto da rodovia West Side e do rio, não é muito movimentado. Agora, então, com chuva, o único movimento é o dos carros na estrada. E é sexta-feira. Um dia em que Jack não vai me ver.

Aidan tira a mão de meu braço, olha para o chão e abana a cabeça. Noto que gotas de chuva brilham em seus cabelos escuros.

— Acho que eu não devia ter vindo, mas estava trabalhando na rua Varick, e como havia seu endereço na cópia daquela história que nos deu, vi que morava perto, então...

— Como assim, "trabalhando na rua Varick"? Você não está... não está preso?

Aidan ri.

— No mês passado, recebi licença para trabalhar fora da penitenciária, professora. Estou prestes a sair em liberdade condicional. Vou me transferir para sua turma da Faculdade Grace, na semana que vem. Pensei que a senhora já soubesse.

Movo a cabeça, negando. Aposto como os professores efetivos da Grace ficam sabendo, quando seus alunos prisioneiros são libertados. Ou, talvez, não dêem aulas para prisioneiros.

— Viu meu endereço na redação que dei a vocês?

Ele tira da sacola um papel dobrado, que me entrega. Vejo que é a primeira página de uma das cópias xerocadas de *A Filha da Mulher-Foca* que dei aos alunos. No alto, no canto esquerdo do papel timbrado que uso para mandar meus trabalhos para revistas estão meu endereço, número de telefone e e-mail. Sem perceber, eu o usara para imprimir a primeira página de meu conto, do qual fizera cópias para os estudantes. Dera meu endereço residencial a todos meus alunos, inclusive aos doze da Casa de Correção Rip Van Winkle.

— Droga! — exclamo, sacudindo o papel na direção de Aidan — Por favor, diga que meu número de telefone não está escrito nas paredes dos banheiros masculinos da Van Wink.

Aidan sorri e faz um gesto negativo com a cabeça. Gotas de água escorrem de seus cabelos e pingam na gola da jaqueta jeans. Uma delas me atinge e corre por minha nuca, fazendo-me estremecer.

— Ei, não se preocupe — ele diz. — Emílio notou o cabeçalho com seu endereço, então nós pedimos um vidro de corretor aos guardas e apagamos tudo. Os caras da classe gostam da senhora. Não dariam seu endereço aos outros. Suponho que eu não devia ter deixado o cabeçalho no meu papel, mas aquela história que a senhora nos leu sobre sua mãe me fez lembrar de um livro de contos de fadas que eu tinha quando era menino e decidi tentar encontrá-lo, para usá-lo em minha redação.

Aidan continua segurando a sacola de plástico azul e branca. Pego-a da mão dele e olho o conteúdo. Vejo um livro e um maço de papéis dobrados.

— Veio me entregar sua redação? Eu disse que na próxima aula daria tempo a vocês para escrevê-la.

Vejo Aidan dar de ombros e estremecer. A jaqueta jeans é leve demais para aquela noite chuvosa de março, e está ensopada. Em circunstâncias normais eu o convidaria a entrar, mas, mesmo depois de superar o choque inicial de ver um de meus prisioneiros na rua, não me sinto preparada para levá-lo a meu apartamento.

— Tive tempo no trem — ele explica, então olha para o relógio em seu pulso. — Na verdade, preciso ir, ou perderei o trem de volta. Durmo numa casa de detenção perto da penitenciária. E lá eles não gostam, quando chegamos tarde. Não pensei que a senhora fosse demorar tanto. Teve um encontro com o namorado?

Penso no tempo que passei na sala de publicações periódicas, na biblioteca, mas detesto desapontar Aidan. Posso chamar de "encontro com o namorado" o tempo que passo com Jack nas noites de quarta-feira, sábado e domingo?

— É, tive um encontro.

Aidan ergue a gola da jaqueta e põe as mãos nos bolsos.

— E onde está esse sujeito de sorte? Vocês brigaram?

— Não. Eu queria escrever um pouco — respondo, olhando nos olhos verde-azulados de Aidan. É a primeira vez que o vejo fora da claridade doentia das lâmpadas fluorescentes da penitenciária. Até a iluminação da rua é melhor. Noto que há gotas de água nos longos cílios dele, e que a camiseta sob a jaqueta está molhada. Parece que ele foi sentar-se na porta do meu prédio saindo do rio, não vindo da rua Varick. — Mas agora acho que vou ler sua redação.

Tiro o maço de papéis da sacola. Vejo que Aidan escreveu à mão. Dentro da sacola de plástico há uma menor, de papel, com o nome de uma livraria especializada em livros infantis que fica na rua Dezoito.

— Adoro essa livraria — digo.

— É boa. Procurei em cinco livrarias, antes de encontrar essa, que tinha o livro de que eu me lembrei.

Pego o livro e vejo que é uma velha edição de uma antologia de contos irlandeses. A capa é revestida de tecido verde-claro, com letras douradas, que se projetam dos sinuosos cabelos de uma mulher sentada num rochedo. Os cabelos descem abaixo dela, envolvendo um homem que nada nas ondas revoltas junto à rocha.

— É lindo, Aidan, e deve ter custado muito caro. Não posso aceitar.

— Claro que pode, professora. Onde eu guardaria o livro? O que acha que meus companheiros de alojamento pensariam de mim, se me vissem com um livro de contos de fadas?

Olho com atenção para a capa do livro e vejo que a mulher está nua. O homem nadando no mar também está nu. Os cabelos da mulher-foca enrolam-se nas pernas e nos braços dele, como serpentes. Sinto-me corar e espero que Aidan não perceba, na fraca claridade das luzes da rua.

— Bem, vou ficar com o livro, por enquanto, mas quando você encontrar outro lugar para ficar...

— Certo — ele concorda, começando a descer a escada de costas. — Dentro de dois meses, no máximo, terei um lugar para morar... se encontrar um emprego. Espero que goste do livro... e de minha redação. Tive muito trabalho para escrever isso aí. Fazia anos que nem sequer pensava nessas histórias.

Vira-se e acaba de descer os degraus. Atravessa a calçada e, com um pé no meio-fio e outro nos paralelepípedos da rua, volta-se para me olhar, como se houvesse se lembrado de algo. Alguma coisa naquele gesto, que me parece estudado, me faz imaginar que Aidan vai pedir dinheiro, um lugar para ficar, um favor qualquer.

— Professora, se sua mãe era irlandesa católica, e seu pai judeu, a senhora foi criada em que religião?

Fico surpresa, principalmente porque, de todos os que leram meu trabalho até agora, apenas ele fez essa pergunta.

— Em nenhuma — respondo. — Uma pessoa só é judia, se a mãe for judia, e a minha não era. E ela abandonou o catolicismo.

Faço uma pausa, tentando mais uma vez entender por que minha mãe se afastara da Igreja, mas, como acontece com tantas coisas a respeito dela, não tenho nenhuma pista. Uma vez, quando eu estava com seis anos, encontrei, entre suas bijuterias, uma corrente de onde pendia uma medalha de ouro com a figura gravada de uma bonita mulher segurando uma rosa. Algo no rosto da mulher me atraiu tanto, que desisti dos colares de contas e pus a corrente no pescoço. Minha mãe me viu usando-a apenas alguns dias depois. Tirou-a bruscamente de meu pescoço. "Dême isso, antes que seu pai ou sua tia vejam", ela disse.

A corrente, puxada com força, arranhou meu pescoço, mas pior do que isso foi a expressão de raiva que vi no rosto de minha mãe. Eu nunca a vira daquele jeito e não podia imaginar o que a deixara tão zangada. Mais tarde, queixei-me a meu pai, enquanto ele aplicava gelo no arranhão, dizendo entre soluços que ela nunca me proibira de usar seus colares, e ele explicara que aquilo era diferente, uma coisa de católicos, que a medalha era o retrato de uma santa, e que minha mãe prometera que não me criaria como católica, apesar de ter me batizado. Explicou que ele próprio não faria nenhuma objeção, mas que talvez ela pensasse que isso o ofenderia, ou a tia Sophie.

— Minha mãe quis que eu fosse batizada — digo a Aidan, ansiosa por lhe oferecer alguma coisa além da verdade nua e crua de que faltava religião em minha vida.

— Oh, claro, ela não queria que você acabasse no limbo, não é? Nem a mais negligente das mães católicas haveria de querer isso.

— Mas ela esperou até eu completar três anos. Parece que não estava com tanta pressa assim de salvar minha alma imortal.

— Três anos?!

Pronto. Eu finalmente conseguira escandalizar aquele bom moço católico. Aquele bom condenado católico, corrijo-me. Por alguma razão, isso não me deixa satisfeita. Ao contrário, sinto-me vagamente embaraçada, talvez por mim, ou por minha mãe, não tenho certeza.

— Ela me levou à mesma igreja onde foi batizada, no Brooklyn... Santa Maria Estrela do Mar? É isso?

— Não sei — responde Aidan. — Cresci em Inwood, e a maior parte de meus parentes mora em Woodlawn. Não conheço o Brooklyn.

— Quando o padre me viu indo para a pia batismal, andando com meus próprios pés, teve um ataque.

Aidan ri.

— Acredito.

Sorrio e continuou a contar, colorindo a história:

— "Por que esperou tanto tempo?", o padre perguntou. Minha mãe respondeu: "Eu a trouxe agora, não trouxe? Vai batizá-la, ou não?

— E ele batizou?

— Não ia deixar de salvar mais uma alma.

— Sua mãe devia ser uma mulher e tanto. A minha nunca enfrentaria um padre dessa maneira. Tinha medo deles. Agora, minha avó... Mas falo disso em minha redação. — Aidan cruza os braços contra o peito e esfrega-os, obviamente sentindo frio. — Bem...

Ainda não tenho intenção de convidá-lo a subir comigo, não sou nenhuma idiota, mas por um instante penso que nós dois sabemos que, se a situação fosse diferente, aquele seria o momento em que eu convidaria. Visualizo meu apartamento de canto, no último andar, um único aposento na torrezinha hexagonal voltada para o rio — um barco vazio flutuando acima de nós. Aidan gostaria da vista. Seria a vista que ele teria da penitenciária, se não fosse aquele muro.

— Não posso perder o trem — ele comenta.

— É, não pode — concordo, aliviada, então me despeço: — Até a próxima quinta-feira.

— Segunda-feira — ele me corrige. — Lembre-se de que agora vou assistir às suas aulas na Grace.

Movo a cabeça, concordando, mas Aidan já se virou e se afasta. Quase digo que ele está adiantado demais para aquela turma, que devia ir para a classe que está um nível acima, que eu posso recomendá-lo. Mas não digo nada. Não dou aulas para a turma do outro nível.

Observo-o andando pela rua Jane, então entrar na Washington. Penso em meu pai de pé no pátio de trás do hotel, vendo hóspedes importantes partir em seus táxis. Ele sempre esperava até que o último táxi fizesse a curva e desaparecesse atrás do paredão de pinheiros que protegia os fundos do hotel. Quando lhe perguntei por que fazia aquilo, se era para mostrar-se educado, ele riu e respondeu: "Não, só quero ter certeza de que realmente foram embora".

4

O CONTO DE FADAS de Aidan, como eu devia ter adivinhado, é uma história de príncipe encantado. Ele deve ter escolhido esse entre dezenas de outros, todos com o mesmo tema: um jovem da realeza, possuidor de maravilhosas qualidades, é transformado em algum tipo de animal, como um sapo, um urso, uma fera qualquer. *Um ex-condenado.* Uma princesa deve ser capaz de ver o homem que existe por trás da feia aparência, pois só assim poderá salvá-lo e devolver-lhe sua verdadeira forma e sua posição de príncipe-herdeiro do reino. *A Bela e a Fera* ou *O Príncipe-Sapo* serviriam, mas Aidan escolheu *Tam Lin*, uma história celta que fala de um príncipe que, depois de ser raptado por fadas, é resgatado pelo verdadeiro amor.

Atiro sua redação na pilha de trabalhos não lidos em cima de minha escrivaninha. O papel brilha na luz mortiça que vem da rua. Ainda não acendi o abajur sobre a escrivaninha. E, embora tenha decidido tirar o bilhete de Phoebe Nix da caixa de charutos, não faço nada por alguns minutos, apenas fico sentada, olhando pela janela.

Meu apartamento ocupa um dos cantos do quinto andar, um único aposento na pequena torre hexagonal na esquina da Jane com a West. Tem três janelas, cada uma voltada para uma direção diferente. Coloquei minha escrivaninha sob a janela do meio. Às vezes penso que escreveria mais, se a vista não fosse tão bonita, mas é justamente ela que tem me mantido neste apartamento durante todos esses anos. Bem, a vista e o aluguel. Estendo o olhar por um longo trecho do rio, além do porto e até a região brumosa que oculta o começo do oceano. Meu maior sonho é morar de frente para o mar, mas estou começando a suspeitar que nunca viverei mais perto dele do que agora.

Hoje, porém, com a escuridão e a chuva, o mar parece muito distante. Só consigo distinguir o brilho oleoso do rio escuro, rolando pesadamente como uma criatura marinha carregando as luzes de Nova Jersey em suas costas largas. O ar que entra pela janela aberta tem cheiro de pedra, de água tirada de um poço profundo. Noto que o vento, soprando de noroeste, está trazendo respingos de chuva para dentro, umedecendo as folhas dos trabalhos de meus alunos. Levanto e inclino-me sobre a escrivaninha para fechar a janela, e meus dedos roçam a madeira macia da caixa de charutos de meu pai. Agora não, penso. Vou ler algumas redações, antes de abrir a caixa. Acendo o abajur, decidindo deixar a janela aberta por mais algum tempo, e pego a redação de Aidan.

"TAM LIN

Essa é uma história que minha avó me contava. Ela sempre dizia que, se fôssemos maus, se não obedecêssemos às freiras que nos davam aulas na escola, se não aprendêssemos o catecismo, as fadas viriam nos buscar. Explicava que as fadas eram anjos caídos, nem bastante perversos para serem demônios, nem bastante bons para continuarem como anjos. Gostavam de roubar crianças para terem companhia, mas só podiam levar as que se comportavam mal. Eu achava que fora isso que acontecera com meu irmão Sean, que morreu quando tinha quatro anos, e eu, dois, mas, quando perguntei a minha mãe o que ele fizera para ser levado embora, ela me deu um tapa. Aquela foi a primeira e última vez que ela me bateu. Agora, papai... Mas essa é outra história.

Voltando ao assunto, minha avó sempre contava histórias de crianças roubadas por fadas, e uma delas era sobre um menino chamado Tam Lin. Vovó dizia que ele era um bom menino, só que às vezes não obedecia aos pais, nem às freiras, ou fugia para andar pelos bosques em vez de ir à escola. Um dia, ele estava no mato, caçando, e ficou tão cansado que se deitou sob uma árvore e adormeceu.

Eu gostava de imaginar a cena. Adormecido sob uma árvore. Gostava de ir ao parque Inwood e procurar um ponto afastado, aonde ninguém ia. Um guarda do parque uma vez me contou que aquele era o único lugar, em toda a ilha de Manhattan, onde nenhuma árvore era cortada. Uma floresta virgem, ele disse, uma descrição engraçada para um parque municipal onde as pessoas faziam todos os tipos de coisas não exatamente virginais. Mas tudo bem. Eu sempre pensava na aventura que seria passar a noite no parque, mas tinha medo de dormir lá.

Tam Lin foi explorar um bosque, um dia, e encontrou um velho poço. Estava com sede, então tomou um pouco da água do poço e adormeceu. Quando acordou, viu-se rodeado de fadas e duendes. A rainha deles era uma mulher idosa, bonita, mas assustadora, com aqueles cabelos brancos e toda vestida de verde. Ela explicou a Tam Lin que o poço pertencia às fadas, e como ele bebera daquela água, agora também pertencia a elas. Disse que ele seria muito feliz, porque viveria para sempre, como as fadas. Deu-lhe um cavalo branco e um traje verde — porque essa é a cor das fadas e duendes — e obrigou-o a segui-la.

Nesse ponto da história eu ficava com medo, porque vovó sempre dizia que, se papai não parasse de beber e de nos bater, a senhora da assistência social nos levaria para um asilo. Nossa assistente social era muito magra e alta e usava os cabelos tão puxados para trás, que a pele ao redor do rosto ficava brilhante, como um balão prestes a estourar. Eu achava que ela se parecia um pouco com a rainha das fadas e refletia que Tam Lin teria preferido ficar com a família em vez de ir com as fadas e tornar-se um duende, mesmo que isso o fizesse viver para sempre.

Mas há sempre alguma coisa que ninguém nos conta e que só descobrimos depois. É como comprar uma caixa de flocos de cereais por causa do brinde que vem dentro, então descobrir que é preciso juntar dez tampas de caixas e ainda mandar algum dinheiro para ganhar o brinde, que não passa de uma porcaria qualquer de plástico. O fato é que as fadas tinham de pagar um preço para viver eternamente. Cada sete anos, no Dia das Bruxas, elas precisavam sacrificar um ser humano.

No Dia das Bruxas do ano seguinte, Tam Lin e as fadas estavam cavalgando e passaram pelo poço ao lado do qual ele adormecera. Ele ficou surpreso, porque não vira mais o poço, desde que fora levado pelas fadas, então percebeu que voltara ao mundo dos mortais. Estava pensando em fugir e ir para casa, quando outro menino do grupo teve a mesma idéia e saiu correndo. No mesmo instante, as fadas caíram sobre ele e, quando se deram por satisfeitas, no chão só ficou uma pilha de ossos totalmente limpos.

Então, podemos apostar que Tam Lin ficou apavorado e decidiu não tentar fugir sem primeiro tecer um plano cuidadoso.

Mais quatro anos se passaram, e a cada Dia das Bruxas Tam Lin ainda não podia fugir porque não planejara nada. Percebia que fada-rainha estava se cansando dele e sabia que seria o próximo a ser devorado, se não encontrasse uma maneira de escapar. Assim, no sexto Dia das Bruxas, conseguiu ficar para trás no passeio a cavalo e, quando passou pelo poço, viu uma mocinha parada lá. Ela parecia ter visto um fantasma, e podemos dizer que vira mesmo. Não um, mas uma tropa deles.

Tam Lin saltou do cavalo e começou a andar em sua direção. Viu uma rosa e apanhou-a, imaginando que a garota ficaria menos assustada, se ele lhe desse um presente. Os espinhos feriram seus dedos, e ele gritou. Ficou envergonhado por ter se ferido diante da jovem, mas ela tirou um lenço do bolso e enrolou-o em volta da mão dele, toda preocupada. Foi assim que ela soube que ele não era realmente um duende. Não podia ser, pois sangrava.

— Venha comigo — ela convidou, quando estancou o sangue.

Mas Tam Lin ouviu os cavalos das fadas voltando e sabia que a rainha mataria os dois.

— Não posso — ele respondeu. — Mas, se você voltar aqui no próximo Dia das Bruxas, talvez consiga me salvar. Traga um pouco de água benta da igreja e um punhado de terra de seu jardim. Quando me vir passar por você, faça-me descer do cavalo, me abrace e não me solte, aconteça o que acontecer. Então, ficarei livre das fadas, e nos casaremos. Mas, se você não me salvar, as fadas me matarão, porque já estarei com elas há sete anos.

A mocinha pareceu ficar em dúvida, mas disse que o esperaria junto ao poço no próximo Dia das Bruxas. Então, ele precisou partir.

Sempre achei que aquele último ano foi o pior para Tam Lin, pois ele não podia parar de imaginar se a jovem iria encontrá-lo, ou se conheceria outro rapaz e o esqueceria, ou se ficaria com medo demais para manter sua promessa. Se ela não estivesse a sua espera, as fadas o comeriam vivo. É mais ou menos como quando um preso está prestes a conseguir livramento condicional e não quer, de jeito nenhum, cometer algum erro e estragar tudo, mas fica pensando muito em como será estar em casa, então acaba relaxando e é aí que põe tudo a perder.

É claro que eu não sabia nada a respeito de liberdade condicional, naquele tempo, mas agora sei, e acho que essa foi uma das razões pelas quais me lembrei desta história.

Porque as coisas deram certo para Tam Lin. A mocinha — acho que o nome dela era Margaret — estava ao lado do poço e, quando viu Tam Lin, puxou-o do cavalo e abraçou-o com tanta força, que ele pensou que ia matá-lo sufocado. A rainha das fadas ficou furiosa, quando viu os dois abraçados.

— Solte-o, e eu lhe darei toda a prata que existe no mundo — disse a Margaret.

— Não — a mocinha respondeu. — Não soltarei meu Tam Lin.

— Oh, é Tam Lin que você está abraçando? — perguntou a rainha.

Margaret viu, então, que estava segurando uma enorme cobra nos braços, e que a cobra também a segurava, mas não a soltou.

— Solte-o, e eu lhe darei todo o ouro que existe no mundo — a rainha propôs.

— Não. Não soltarei meu Tam Lin — a garota teimou.

— Oh, é Tam Lin que você está abraçando?

A cobra transformou-se em um leão que rugiu diante do rosto de Margaret, e ela não o soltou.

A rainha das fadas ficou tão furiosa, que começou a puxar os cabelos brancos e gritar:

— Pois vou lhe ensinar!

Transformou Tam Lin em um ferro em brasa, que queimou a pele de Margaret. Não adiantou, porque a mocinha, mesmo sentindo o cheiro de sua própria pele queimada, não o soltou. Foi nesse momento que ela tirou do bolso o frasco de água benta que levara, abriu-o e derramou o conteúdo dentro do poço. Em seguida, jogou também o ferro em brasa, que se transformou em Tam Lin. Ele estava nu, desculpe eu dizer isso, mas suas roupas haviam se queimado.

Margaret tirou-o do poço e envolveu-o com sua capa. Espalhou no chão a terra de seu jardim, formando um círculo ao redor dos dois, e, embora a rainha das fadas gritasse e puxasse os cabelos, cheia de ódio, não podia fazer nada contra eles. Margaret era uma princesa e levou Tam Lin para seu castelo.

E... bem, a senhora pode adivinhar o resto. Acho que também pode adivinhar por que escolhi essa história. Estou na Rip Van Winkle há sete anos, tinha vinte e dois quando fui condenado, e agora vou sair em liberdade condicional. Achava que nunca ia sair da prisão, mas agora que estou prestes a ficar livre, não posso deixar de pensar em como será minha vida no lado de fora.

Acho que às vezes, depois que nos acostumamos com algo ruim, como estar na prisão ou em poder de fadas, seria melhor continuar nessa situação do que tentar mudá-la. E se, tendo a chance de mudar, cometermos um erro, pondo tudo a perder? E se essa for nossa última oportunidade?

Agora, penso que farei qualquer coisa para não voltar à prisão, mas vejo sujeitos que saem e vão para seu antigo bairro, então não conseguem arrumar um emprego decente porque ninguém quer se arriscar, dando uma oportunidade a um ex-presidiário. Aí, eles procuram sua velha turma e começam a fazer a mesma coisa que os levou para a cadeia na primeira vez, seja tráfico de drogas, de armas, ou roubo de carros, e logo estão de novo atrás das grades. É o fim. Dali por diante, a vida deles vai se resumir em entrar e sair da cadeia, uma porta giratória. Então, me pergunto: de que adianta?

Mas agora a história de Tam Lin fez com que eu me sentisse melhor. Margaret acreditou nele. Continuou abraçada a ele, mesmo quando o viu como uma cobra ou um leão, mesmo quando ele se transformou em ferro em brasa e a queimou. Continuou a abraçá-lo com força. Começo a pensar que talvez alguém acredite em mim, mesmo eu sendo um ex-presidiário. Talvez alguém se arrisque a me ajudar. O que acha, professora Greenfeder?"

Atiro a redação de Aidan sobre a escrivaninha, como se fosse o ferro em brasa da história, e a atiraria no poço, se ali houvesse um. Aquela pergunta no final, dirigida diretamente a mim, me sobressaltou, arrancando-me da atmosfera acalentadora da narrativa . É como se o homem na capa da antologia de contos celtas que Aidan me deu houvesse se virado para mim e piscado. Sinto-me como se estivesse sendo observada, exposta no círculo de luz do abajur.

Estendo a mão, apago a lâmpada protegida por uma cúpula de mica e fecho a janela. Alguma coisa na história de Aidan me arrepia. É uma história que minha mãe nunca me contou, mas que me lembra os livros que ela escreveu, cheios de coisas que se transformam, animais que abandonam a pele para viver entre os homens, seres humanos cuja verdadeira natureza é mascarada por uma aparência falsa: mulheres que se tornam focas, homens em cujas costas crescem asas. Durante anos pesquisei a origem da maioria das criaturas imaginadas por ela, e o tema de minha tese é: *Falsas Aparências: Estratégias de Revelação e Disfarce na Ficção Fantástica de K. R. LaFleur*. As criaturas que são fadadas a trocar de pele continuamente, nunca encontrando a verdadeira, são claramente derivadas da lenda irlandesa da mulher-foca. Os homens com a maldição de viver como cisnes saíram de uma combinação de fontes, como os contos gauleses *Mabinogion* e a história de Hans Christian Andersen, *Os Cisnes Selvagens*. Eu nunca, porém, ligara os seres mutantes dos contos dela à história de Tam Lin, que muda de forma três vezes, antes de se livrar do encantamento.

Eu devia ficar contente e ser grata a Aidan por essa pista que ele me deu, mas ainda estou nervosa por causa da inesperada aparição dele em minha porta. É óbvio que ele sabia que me assustaria. Aparecer daquele jeito fora um comportamento impróprio, até agressivo. No entanto, quando me lembro dele na escada, com frio e molhado, esperando por mim, não posso deixar de pensar em como parecia frágil. E amedrontado. A maneira como ele descreveu os perigos da liberdade condicional me comoveu. É como se ele tivesse medo de sua própria natureza, como se não pudesse confiar em si mesmo para evitar uma reversão. Está na situação de Tam Lin, pedindo que alguém o abrace e o impeça de tornar-se um animal ou, pior ainda, um objeto que queima.

Mas o que posso fazer por ele? O que ele espera de mim?

Tenho novamente a sensação de que estou sendo observada, embora houvesse apagado a luz. Levanto-me e estendo a mão para puxar a cortina sobre a janela, mas primeiro olho para a rua lá embaixo. Vejo uma parte da calçada e uma faixa de paralelepípedos ao longo da sarjeta iluminada pela luz do poste. Uma sombra alonga-se na calçada, mas seja o que for que a projeta no chão, está fora de meu campo de visão. Nem consigo discernir se é a sombra de uma pessoa ou de algo inanimado, como um latão de lixo ou, talvez, algum móvel deixado na rua para ser levado. Tento captar som de passos, mas só ouço a chuva, o zumbido do trânsito na rodovia West Side e, na distância, o Hudson fluindo para o mar.

5

MANDO O ARTIGO *A Filha da Mulher-Foca* para a *Caffeine*, e antes do fim da semana Phoebe Nix me telefona e diz que não só vai publicá-lo, como quer que ele saia na edição do Dia das Mães. Nas poucas vezes em que minhas matérias foram aceitas, tive de esperar meses, até anos, antes de vê-las publicadas. Por duas vezes, revistas literárias que aceitaram meu trabalho saíram de circulação antes que meus artigos aparecessem. Agora Phoebe me diz que meu conto estará à venda por volta do primeiro dia de maio, só três semanas a partir de hoje.

— Acho muito interessante que você tenha decidido explorar um assunto referente a sua mãe — ela comenta. — Você não quer escrever uma continuação?

Ao dizer "continuação", Phoebe ergue a voz de um jeito que provoca uma agitação em meu estômago, e algo como alegria expande-se dentro de mim. "Escrever uma continuação" podia muito bem tornar-se o novo coro para a canção que eu vinha cantando, tomando o lugar de "tem bastante chance de ser publicado" como minha frase favorita.

— Bem, andei pensando em algumas variações do assunto — minto.

— Talvez você possa escrever mais sobre como foi sua experiência de crescer em um hotel. Acho que seria interessante. Depois que meu pai e minha mãe faleceram, eu praticamente vivi em hotéis... Tento lembrar se algum dia estive no hotel de seus pais.

— Meus pais não eram donos do hotel Equinox, eles... — começo a corrigi-la.

Ela me interrompe:

— Você disse que o sobrenome de solteira de sua mãe era Morrissey. Não me é estranho. Acho que minha mãe o mencionou em seu diário. Será que nossas mães se conheceram?

Embora eu ache extremamente improvável que minha mãe conhecesse a grande poetisa Vera Nix, respondo com um murmúrio que não esclarece nada.

— Poderíamos almoçar juntas, quando a prova de *A Filha da Mulher-Foca* ficar pronta. Eu já disse que adorei o título?

Estou tão feliz, que quebro a regra que Jack e eu estabelecemos de não nos telefonar durante o dia e ligo para ele, que fica tão contente por mim, que muda nossa rotina de nos vermos apenas às quartas-feiras, aos sábados e domingos e me convida para jantar naquela noite, uma terça-feira. Combinamos de nos encontrar no parque Washington Square, no meio do caminho entre minha casa e a dele, no Lower East Side.

Atravessando o West Village, não tenho certeza do que é que me deixa mais feliz: a reação de Phoebe a meu artigo, o calor na voz de Jack, quando lhe dei a boa notícia, ou as árvores precocemente floridas ao longo da rua Bleecker.

Quando chego ao parque, lembro-me de que faz apenas algumas semanas que passei por ali, voltando de minha aula na The Art School, e parei para observar a neve caindo. Lembro que pensei que a neve de março podia ser sinal de alguma coisa, mas não sabia do quê. Agora sei. A neve fora um prenúncio de minha boa sorte, daquele anoitecer de primavera antecipada, do modo como os últimos raios de sol iluminam as flores brancas suavemente sopradas pela brisa fazendo-as parecer soltas no ar. O parque está cheio de moças da Universidade de Nova York, usando tops que apenas cobrem os seios, e de rapazes circulando à volta delas com seus skates. Há uma multidão ao redor de um casal de bailarinos de rua, e o ar está impregnado do perfume das árvores floridas e do cheiro de maconha. Que transformação mágica! Um reino de conto de fadas, liberto do encantamento lançado pelo inverno.

Procuro o banco no canto do parque, onde Jack e eu combinamos de nos encontrar, achando que teria de esperá-lo, mas ele já está lá. Outra surpresa, porque ele sempre se atrasa. Trocou a costumeira camiseta salpicada de tinta por uma camisa jeans, desbotada, mas limpa e passada. É a camisa que me faz notar, aparentemente pela primeira vez em anos, como os olhos dele são azuis? Ou isso se deve ao fato de que faz muito tempo que não o vejo à luz do dia? Quanto tempo? O tempo que lhe resta, depois de dar aulas na The Art School e na Cooper Union, ele ocupa pintando em seu ateliê, no sótão onde mora. A melhor luz para seu trabalho é a das primeiras horas da manhã, então ele gosta de acordar e já começar a pintar. Por isso, vai ao meu apartamento todos os sábados e quartas-feiras, mas nunca dorme lá, embora nos vejamos novamente no domingo à noite. Às vezes ele me oferece um jantar em seu sótão — é um ótimo cozinheiro, e no verão cultiva seus próprios tomates e manjericão no terraço, mas também nunca passo a noite lá.

Tia Sophie diz que me tornei uma Lee Krasner, subordinando minha arte à dele, o que é muito engraçado, considerando-se que ela abandonou seus estudos na Art Students League para ir juntar-se ao irmão, no interior do Estado de Nova York, quando ele precisou desesperadamente de uma pessoa que cuidasse da contabilidade do hotel. Ou, talvez, minha tia receie que eu cometa o mesmo erro que ela cometeu.

O que ela não compreende, porém, é como meu acordo com Jack me é conveniente. Sempre achei que ele e eu somos muito parecidos e, desde que nos conhecemos, dez anos atrás, num curso sobre como desenhar usando o lado direito do cérebro, no Instituto Ômega, julgo uma sorte tê-lo encontrado. Quantos homens tolerariam minha variável agenda de trabalho e compreenderiam que preciso de tempo para escrever? Quantos entenderiam minha necessidade de passar tardes inteiras sentada a minha escrivaninha, olhando para fora da janela, esperando que a musa chegue voando de Nova Jersey?

Mas, quando Jack se ergue do banco para me saudar, segurando um cone de papel verde nos braços — nossa, ele me trouxe flores! —, penso duas coisas ao mesmo tempo. Uma é que há algo estranho, quase vampiresco, num relacionamento conduzido quase que exclusivamente nas horas da noite, e outra, que Jack é muito bonito e que eu o amo demais.

— Salve a heroína conquistadora — ele diz, dando-me o buquê com um gesto floreado.

Íris brancas, flores que têm o mesmo nome que eu. Quando Jack inclina-se para me beijar, noto centelhas de luz em seus cabelos, que a princípio julgo respingos de tinta, depois pétalas minúsculas, até que finalmente percebo que são fios grisalhos. Eu me pergunto há quanto tempo não fazemos algo tão simples como nos encontrarmos no parque.

— Pensei em jantarmos no Mezzaluna — ele diz.

Mezzaluna costumava ser nosso restaurante favorito em Little Italy, mas faz tanto tempo que não vamos lá, que imagino se ainda funciona. Descemos a rua Thompson, depois pegamos a West Broadway. Atravessar o Soho normalmente aborrece Jack. Ele se lembra de quando ali só havia armazéns abandonados e algumas casas de alimentos naturais. Agora, luxuosas lojas de roupas e elegantes galerias de arte tomaram conta da área, obedecendo a uma mentalidade turística. Fico esperando que ele comece a resmungar sobre proprietários de galerias e artistas que vendem quadros "como água", mas, em vez disso, ele me pede para falar de meu conto, que a *Caffeine* vai publicar.

— Não é um conto, mas um artigo biográfico sobre minha mãe — explico.

— Biográfico? — ele estranha. — Desde quando você escreve biografias?

— Pelo menos não é uma autobiografia — comento. Conheço a opinião de Jack a respeito da enxurrada de autobiografias egocêntricas que tem inundado as livrarias nos últimos anos. — Eu conto uma história de fadas que minha mãe, e depois tia Sophie, costumavam me contar. Pedi a meus alunos que escrevessem uma dissertação sobre seu favorito conto de fadas e também escrevi uma. Você sabe, como modelo.

— Acho bom que tenha saído algo de útil daquelas aulas que você dá.

Outra opinião de Jack: o tempo que não se dedica à própria arte é tempo desperdiçado. Lecionar é um mal necessário. Eu sempre lhe dizia que gostava realmente de dar aulas, mas depois desisti, não tanto porque ele não acreditava em mim, mas porque, quanto mais tentava convencê-lo, menos eu própria acreditava.

— Só espero que você não esteja entrando na onda das biografias porque é comercial — ele continua.

— Não, não foi por isso que escrevi um artigo biográfico — asseguro.

Chegamos ao Mezzaluna, mas paramos na porta, e presumo que Jack espera que eu explique por que escrevi o artigo. É óbvio que ele não está acreditando que o escrevi para meus alunos. Seria como ele pintar um quadro que combinasse com a decoração da sala de um cliente. De súbito, não sei mais como foi que acabei escrevendo *A Filha da Mulher-Foca*. Para servir de modelo de redação, ou primeiro escrevi o artigo e depois tive a idéia de dá-lo como tema a meus alunos?

— Tenho pensado muito em minha mãe, ultimamente — digo. — Nas histórias que ela contava e depois tornavam-se parte de seus livros. Fico imaginando que, se examinasse aqueles dois livros e visse todos os contos que ela usou, talvez pudesse adivinhar o que viria depois e descobrisse por que o terceiro livro da trilogia nunca foi terminado. Pode ser que algo a respeito do último livro tivesse apresentado uma dificuldade tão grande, que ela não pôde superar e que por isso parou de escrever. Como aconteceu com John Steinbeck, que parou de escrever os contos sobre o rei Arthur quando chegou à parte em que Lancelot e Guinevere se beijam.

— Então, você acha que, se descobrir o que causou o bloqueio de escritor de sua mãe, quebrará seu próprio bloqueio?

Acho a pergunta maldosa, mas quando olho para o rosto de Jack, vi que ele não tivera a intenção de me magoar. Ele pode ser brutalmente honesto, mas apenas porque acha que isso será útil a longo prazo. No entanto, vê as lágrimas em meus olhos, pois ao me guiar para dentro do restaurante, murmura em meu ouvido:

— Talvez você tenha razão. Já funcionou, não é? Afinal, você está escrevendo de novo.

Viro-me para olhá-lo, mas o *maître* aproxima-se com dois cardápios nas mãos, e Jack sorri para ele e cumprimenta-o chamando-o pelo nome. Quando nos sentamos, Jack pede uma garrafa de vinho, e decido mudar de assunto. Pergunto a respeito dos quadros que ele está pintando para a exposição dos professores da The Art School. Ele, porém, ainda quer falar sobre meu trabalho.

— Você está diferente — comenta. — Sempre sei quando está escrevendo, porque seu rosto ganha uma espécie de brilho.

Eu coro. A verdade é que não escrevi mais nada, depois de *A Filha da Mulher-Foca*. Com tantas redações sobre contos de fadas para corrigir... Então faço algo que nunca fiz com Jack: minto.

— Estou escrevendo, sim. E acho que estou indo bem.

— Isso é ótimo, Íris. Para ser franco, eu estava um pouco preocupado com você, mas não queria dizer nada.

Sorrio e pego meu cardápio. Quando conheci Jack, achei maravilhoso ter encontrado alguém que me amava por eu ser escritora, mas depois comecei a imaginar o que aconteceria, se eu parasse de escrever. Ele deixaria de me amar?

— Qual é seu conto de fadas favorito? — pergunto, desesperada para mudar o rumo da conversa da qual me tornara o centro.

Jack ri, cuspindo algumas migalhas do pedaço de pão que está comendo.

— Não adivinha?

Abano a cabeça e tomo um gole do vinho que o garçom pôs em meu copo.

— Oh, Íris, *Jack e o Pé de Feijão*, naturalmente.

— Ora, vamos, não pode estar falando sério.

— Estou. *Jack e o Pé de Feijão.*

— Só porque o herói tem seu nome?

— Pode ser. Mas o que há de errado com *Jack e o Pé de Feijão*? Não gosta dele porque não é tão arrepiante quanto suas histórias de donzelas torturadas?

— Não sei, só acho muito óbvio. Depois, tenho a versão de Mickey Mouse gravada na cabeça, e aquela trepadeira sempre me pareceu um tanto obscena.

— É uma história boa. O menino inteligente se sai bem, engana o gigante mau, foge com a harpa mágica, corta o pé de feijão e vive feliz para sempre.

— Ah, entendo, o gigante mau é a instituição artística.

— Ei, eu não psicanalisei seu conto — Jack protesta, parecendo verdadeiramente magoado.

— Desculpe, tem razão. É seu conto favorito. Pelo menos não há nele nenhuma bruxa perversa.

— É, e fala de uma horta.

Claro. Jack é um hortelão fanático, uma proeza nada fácil para quem vive na cidade de Nova York. Mas ele é um daqueles nova-iorquinos que vivem como se morassem na zona rural do Nebraska. Toma café e come seus ovos todas as manhãs na mesma lanchonete — onde critica os preços dos leilões de arte, em vez de criticar o preço da comida. Faz compras no mercado da praça Union, duas vezes por semana, e cultiva tomates no terraço em velhos tambores de lata. Com suas desbotadas camisas jeans, calças manchadas de tinta e botas do tipo que podem ser encomendadas através de um catálogo da JCPenney, ele parece mais um fazendeiro do que um artista urbano. Tem até uma caminhonete.

— Eu gostaria muito de ter uma horta de verdade — ele diz. — No chão, não no topo de cinco andares de concreto.

— E o que vai fazer? Mudar-se para Long Island? — provoco.

Jack está convicto de que a vida fora de Nova York é repleta de armadilhas que podem acabar com um artista: prestações de casas com garagens para dois carros, gramados que precisam ser aparados, empregos de período integral, filhos para alimentar e mandar para a universidade... Concordamos, muito tempo atrás, que tal vida seria a morte da carreira artística de pelo menos um de nós dois, e Jack salientou, generosamente, que em geral era a carreira da mulher que sucumbia primeiro.

— Long Island? — ele repete, abanando a cabeça. — Não, de jeito nenhum. Mas andei pensando que seria bom sair da cidade por uns tempos. Não sei se vou suportar outro verão aqui. Passar as férias no interior seria ótimo. O que acha?

Jack está me convidando para passar o verão com ele, fora da cidade?

— Acho que seria muito bom — respondo cautelosamente, tomando outro gole de vinho.

Já vejo nós dois numa pequena cabana no meio de um bosque, onde ele pode pintar, e eu, escrever, um riacho onde nadamos nus, uma larga cama de latão, coberta por uma desbotada colcha de retalhos, onde fazemos amor no meio da tarde.

— Bem, vamos pensar nisso — Jack diz.

O garçom traz o que pedimos, talharim com molho de mexilhões e alho, e deixamos o assunto morrer, mas a visão da cabana no bosque me acompanha, e quando fazemos amor naquela noite, em meu apartamento, a luz da rua que se filtra pelas janelas e banha minha cama estreita parece morna como a do sol.

No dia seguinte, ainda envolvida pelo entusiasmo de Jack pelo meu sucesso, pela emoção da sutil mudança que percebo em nosso relacionamento, decido compartilhar as boas notícias com tia Sophie. Ramon, o funcionário da portaria do hotel, transfere minha chamada para a lavanderia, onde ela está conferindo o estoque de roupas de cama, mesa e banho. Pelo farfalhar de tecido, noto que minha tia não parou de sacudir um lençol para falar comigo, e logo que ouço a voz dela, sei que cometi um erro. Tia Sophie e boas notícias não combinam. Se uma boa notícia é uma fonte de luz, tia Sophie é um buraco negro que suga todos os seus raios para sua órbita gravitacional e os apaga. Conto que meu artigo foi aceito pela revista *Caffeine* e sairá na edição do Dia das Mães. Então, esperando despertar seu instinto maternal, prometo lhe mandar um exemplar, mas tudo o que ouço é um longo silêncio, quando queria ouvir algo enfatizado por pontos de exclamação. Então, ouço o estalo de um lençol pesado sendo sacudido, como asas batendo, e depois a inevitável pergunta:

— Vão lhe pagar por essa história da foca?

— Tia Sophie, eu já lhe disse que revistas literárias não podem pagar pelas matérias que publicam, mas o crédito...

— Bem, então, eles vão lhe ficar devendo...

— Não é esse tipo de crédito — explico inutilmente, pois ela sabe do que estou falando. Aos setenta e seis anos de idade, tia Sophie ainda é tão esperta quanto uma raposa. Cuida da contabilidade do hotel há cinqüenta anos, e nunca houve um centavo de diferença em suas contas. — É uma honra. Posso incluir isso nas cartas que escrever a editores, quando lhes apresentar meus artigos ou contos, e a probabilidade de que publiquem alguma coisa minha aumentará.

— E lhe pagarão?

— Talvez, se for uma revista de grande circulação. O fato de eu ter um artigo publicado na *Caffeine* ajudará muito.

— Que nome é esse, *Caffeine*? O que eles vendem? Revistas ou café?

— A idéia de uma revista lida em cafés é estimulante... como cafeína. É uma boa revista. Publicou um conto de John Updike, no ano passado.

— Bem, o sr. Updike pode se dar ao luxo de distribuir seus contos de graça, mas você não pode. Qual foi sua renda bruta no ano passado?

— Dezoito mil dólares — informo, mas tia Sophie sabe disso muito bem, pois é ela quem cuida de meu Imposto de Renda.

Ouço um ruído como que de ossos se partindo, então percebo que ela está sacudindo outro lençol. Posso vê-la na lavanderia atrás das dependências de empregados na ala norte. A mesa onde dobram as roupas fica sob uma fileira de janelas voltadas para a entrada de carros nos fundos do hotel. Quando eu era pequena, gostava de subir na mesa, ajeitar-me entre duas pilhas de lençóis dobrados, ainda quentes da secadora, passar a mão na vidraça embaçada de vapor para limpá-la e observar a chegada de hóspedes. Era um perfeito ponto de observação, de onde eu podia ver sem ser vista.

Pela linha telefônica chega até mim o silvo dos ferros a vapor, mudo o receptor para a orelha esquerda e sacudo a cabeça como para tirar água do ouvido. Eu podia dizer a tia Sophie que quanto ganho não é da conta dela, mas na verdade é. Ela me manda um cheque todos os meses para complementar meu magro salário. Se não fosse isso, eu não poderia pagar nem mesmo o baixo aluguel do minúsculo apartamento. Devo a minha tia até o fato de morar naquele apartamento, propriedade de um de seus amigos dos tempos da Art League.

Passando o receptor outra vez para a orelha direita, espero pelo resto. Quase sempre, depois da referência a meu pequeno salário de professora-auxiliar, tia Sophie fala do que eu poderia ganhar, se desistisse da idéia tola de ser escritora, voltasse para o hotel e assumisse o cargo de gerente. Quando meu pai faleceu, no ano passado, os Mandelbaum, proprietários do hotel, deixaram claro que eu poderia ocupar o lugar dele quando quisesse. "Você pode continuar a escrever", Cora Mandelbaum me disse. "Terá tempo para isso, à noite. Sua mãe escrevia, morando aqui."

Mas minha mãe não era a gerente. Embora houvesse começado como camareira do hotel Equinox, depois que se casou com meu pai não trabalhou mais, a não ser como recepcionista, durante a temporada. Fora da temporada, do outono até meados da primavera, podia dedicar-se apenas a escrever. Meu pai, entretanto, trabalhava, e muito, até nessa época. Sempre havia reparos a fazer, além do balanço anual de todo o estoque. Sei que eu encontraria tempo para escrever, fora da temporada, mas sempre tive medo de que a responsabilidade de gerenciar o hotel fosse pesada demais para mim. Meu pai, depois de dirigir o Equinox durante cinqüenta anos, parecia curvado sob esse peso, como se o imponente prédio de seis andares o houvesse pressionado para baixo. Além disso, não quero deixar a cidade.

Espero mais um pouco, mas minha tia não me faz a costumeira oferta de emprego.

— O hotel abre na semana que vem, certo? Está tudo pronto? — pergunto.

Agora, estou quase implorando para que ela me regale com o relato das confusões e correrias de última hora, que reclame do mau gerenciamento e diga que, se eu quisesse, poderia pôr tudo nos eixos, ocupando o cargo que fora de meu pai.

— Suponho que sim — ela responde. — Isso agora não faz muita diferença, já que o hotel vai fechar quando a temporada acabar.

— Fechar? — repito, mas minha voz sai mais como um soluço, pois perdi o fôlego.

Entendo agora por que minha tia parecia tão calma. Estava sendo cautelosa, segurando aquela bomba embaixo da capa, por assim dizer.

— É, vai fechar — ela confirma. — Ira e Cora cansaram-se, finalmente. Compraram um pequeno motel em Sarasota que vão dirigir pessoalmente. Se eu tiver sorte, eles se compadecerão de mim, uma velha, e me deixarão ficar na portaria, à noite, e arrumar as camas. Mas é com você que estou preocupada, *bubelah*, porque não poderei mais lhe mandar dinheiro.

Bubelah. Agora ela ficou maternal. Agora, que está dando as más notícias.

— Tem certeza, tia Sophie? Faz anos que os Mandelbaum falam em aposentar-se, mas o hotel é a vida deles...

— Sugou a vida deles, isso sim. Claro que tenho certeza, ainda não estou caduca. Eles compraram o motel, deram aviso prévio aos empregados e puseram o hotel à venda.

— Então, alguém vai comprar, e talvez você possa trabalhar para o novo proprietário.

Talvez eu possa ser a gerente. Agora, que meu rejeitado emprego deixou de existir, sinto-me repentinamente um barco que perdeu a âncora.

— Quem compraria este velho elefante branco? A reforma custaria uma fortuna, e seria um gasto inútil. O hotel não fica lotado há vinte temporadas. A verdade é que faz dez anos que funcionamos com menos da metade da lotação. Há impostos atrasados, e algumas coisas estão penhoradas. Não sei como Ira e Cora agüentaram tanto tempo.

— Mas, então, o que vai acontecer, se ninguém comprar o hotel?

— Será demolido, com certeza. Não vão deixá-lo como uma ruína, para que se desfaça aos poucos, vítima de vândalos. Vão demolir o prédio e transformar a propriedade em um parque.

— Não podem fazer isso! O hotel tem mais de cem anos! Não devia ser tombado, tornar-se parte do patrimônio nacional ou algo assim?

Ouço tia Sophie fungar. Por um momento, acho que a idéia de ver o velho prédio demolido a emociona também, mas então lembro que a lavanderia é um lugar quente e úmido, e imagino que ela simplesmente pegou uma sinusite. Quanto a mim, viro minha cadeira giratória para olhar o rio através da janela, como se, olhando com bastante atenção, conseguisse ver as brancas colunas do hotel Equinox erguendo-se ao longe, acima da margem. São mais de cento e cinqüenta quilômetros de distância, mas eu nunca deixara de sentir a força de atração daquele lugar, como se fosse uma âncora que me firmasse ali, na entrada do porto.

— Não consigo acreditar que o hotel não existirá mais — queixo-me.

— Nada dura para sempre, *shayna maidela*.

Shayna maidela. Era assim que meu pai me chamava. Menina bonita. Não me lembro de ter ouvido minha tia dizer isso, mas hoje, repentinamente, ela se torna uma fonte de palavras carinhosas em iídiche.

— Não pense demais no passado — ela continua. — Aconteceu uma coisa boa, seu artigo vai ser publicado naquela revista de cafés! Saia de casa, tome um pouco de sol. Você fica muito tempo na frente dessa escrivaninha, pensando no passado. Como sua mãe. Isso é mórbido. Não se preocupe com um hotel velho e uma mulher velha. Saia e aproveite os dias de sol.

6

COMO QUE EM REAÇÃO direta à sugestão de minha tia, de que eu devo sair e aproveitar os dias de sol, chove a semana toda. A chuva derruba as flores brancas das árvores, deixando os galhos nus e cobrindo o chão com pétalas sujas, como uma camada de lama de neve. Nem parecia que o inverno terminara.

Jack cancela nosso encontro da noite de quarta-feira para compensar o tempo que perdeu saindo comigo na terça. Precisa pôr o trabalho em dia. Percebo que, em vez de significar uma mudança para melhor em nosso relacionamento, a noite de terça-feira foi apenas um lançamento adiantado no livro de contabilidade para ser descontado depois.

Conto as redações sobre contos de fadas de todos os meus alunos. Oitenta e seis ao todo, incluindo a de Aidan, que coloquei com os papéis dos estudantes da Grace, quando recebi a notificação de sua transferência. Depois de corrigidos os erros de ortografia e pontuação, uso incorreto de palavras, parágrafos obscuros, a pilha de papéis parece sangrar, de tantas anotações em vermelho, meus dedos estão manchados como os de um açougueiro, e ainda não corrigi todos os trabalhos.

No fim de cada dia, depois de dar minhas aulas e cumprir a tarefa que estabeleci para mim mesma, de corrigir um determinado número de redações, sento à escrivaninha e procuro escrever um pouco. Olho para fora da janela, de onde, em certos dias, vejo as nuvens dissiparem-se ligeiramente antes do pôr-do-sol, deixando aparecer uma estreita faixa de luz cor de cobre acima da silhueta de Nova Jersey recortada no horizonte. Bato a caneta na mesa no ritmo de "escrever uma continuação" e "tem bastante chance de ser publicado". Tento pensar em minha mãe, no que devo escrever a respeito dela. Mas penso em meu pai, em como ele ficaria triste, se soubesse que o hotel ia ser vendido, talvez demolido.

O hotel era sua vida. Ele voltara da guerra e fora para lá, usando o único terno que possuía — outros veteranos tingiram seus uniformes para continuar a usá-los, mas meu pai queimara os dele — e sem levar nada, a não ser as admoestações de meu avô soando em seus ouvidos. "Isso é emprego para um judeu?", o velho protestara. "Trabalhar num hotel?" Ficara estabelecido que meu pai faria o curso de contabilidade na faculdade municipal, mas no primeiro dia de aula ele pegara um trem para o norte e respondera ao anúncio que os Mandelbaum haviam colocado no *Times*, procurando um recepcionista noturno para o Equinox, "um hotel familiar, no coração das montanhas Catskill, com vista para o lindo rio Hudson".

Fumando um charuto e tomando água mineral com gás — meu pai nunca tomava bebida forte —, ele contava aos hóspedes reunidos no salão Sunset que gostara do anúncio. "Um hotel familiar. No fim da guerra, na França, uma família me acolheu em seu hotel, enquanto eu convalescia, depois de uma pneumonia. Isso me fez gostar da vida num hotel, E, claro, pensei que os Mandelbaum fossem judeus."

Não eram. Os Mandelbaum eram quacres. E o hotel não ficava naquela parte central das montanhas, mas ao norte de Grossingers e a leste de Concord, isolado num platô acima do rio Hudson. Várias gerações de famílias abastadas da cidade haviam passado o verão lá, divertindo-se de modo simples, fazendo caminhadas e nadando no lago gelado, não jogando bingo ou canastra na beira da piscina. À noite, era mais provável que a diversão ficasse por conta de palestras sobre passarinhos ou canções folclóricas cantadas ao redor da fogueira, em vez de um show cômico ou um baile. Mas os Mandelbaum não se importaram por meu pai ser judeu e nem por ele nunca ter trabalhado em um hotel.

Uma vez, Cora Mandelbaum me disse: "Gostei do ar honesto de seu pai, sabia que ele seria um bom funcionário, e ele nunca nos decepcionou".

De fato, nunca, a não ser na última primavera, quando ele voltou do hospital em Albany com a notícia de que a indigestão que tinha todas as noites não era culpa do repolho recheado de Cora, mas de um tumor no estômago, perto demais do coração para ser operado, e que os médicos haviam lhe dado oito meses de vida.

Cora disse-lhe que naquela temporada ele seria hóspede, não gerente, que descansaria o dia todo numa espreguiçadeira, deixando que os estagiários da faculdade fizessem seu trabalho.

Mas meu pai não era de ficar descansando em espreguiçadeiras. Ficava, sim, às vezes, para fazer companhia a um hóspede, fumando seu charuto, tomando sua água mineral e admirando o pôr-do-sol, parecendo ter todo o tempo do mundo. Nunca se agitava. Mas sempre observava o barman e ficava de ouvidos atentos, percebendo, pelo rangido do cascalho sob os pneus de um carro e o toque da campainha no balcão da portaria, que novos hóspedes haviam chegado. Ele trabalhou durante aquela temporada com a mesma elegância e, quando o último hóspede partiu, voltou para o hospital em Albany — como que comparecendo a um encontro marcado — e morreu.

Agora penso que foi bom ele não ter vivido para ver o hotel vendido ou demolido. Mas esse pensamento não me consola. Nem mesmo meu almoço com Phoebe Nix — *almoço com minha editora*, cantarolo — consegue me tirar da tristeza em que estou afundando.

Ela e eu nos encontramos no Tea & Sympathy, um restaurante que é uma toca, na avenida Greenwich, o preferido dos ingleses, que ali vão matar a saudade de salsichas, purê de batata e carne com repolho. Quando Phoebe mencionou o restaurante, lembrei-me de que sua famosa mãe fora casada com um lorde inglês e pensei que ela fosse me tratar com chá de primeira qualidade e me contar histórias divertidas sobre a vida no outro lado do oceano.

Mas não há nada de divertido em Phoebe Nix. Eu a vira apenas uma vez e me esquecera de que ela é muito séria. E magra. A camiseta e a calça jeans preta deixam evidente que não há um grama de gordura sobrando em seu corpo, por isso é mais fácil para ela apertar-se no exíguo espaço que nos cabe no Tea & Sympathy do que para mim. Os cabelos de Phoebe, finos como os de um bebê, são cortados tão rentes, que vejo as veias pulsarem nas têmporas sob os fios muito claros, como pedras com veios azulados no leito de um riacho de montanha. E seu único adorno é uma aliança com delicados desenhos gravados, que ela usa no polegar direito.

— Foi de minha mãe — ela explica, quando me vê olhando para a aliança. — É a única jóia dela com que fiquei. O resto foi devolvido ao patrimônio da família, e eu nem queria nada daquela velharia.

— É linda — digo.

Inclino-me sobre a minúscula mesa para ver melhor a aliança e derrubo um coador de chá. Phoebe tira a aliança do dedo e a põe em minha mão. Seguro o estreito aro de prata, morrendo de medo de deixá-lo cair em meu chá Earl Grey, e observo o desenho. Levo alguns segundos para perceber que a gravação representa um entrelaçamento de arame farpado e espinhos. Então, derrubo a aliança... dentro do açucareiro.

— Nossa! — exclamo, tirando a aliança do açúcar. — Os votos de casamento de seus pais devem ter sido muito interessantes.

Phoebe abana a cabeça e sopra seu chá de camomila, da mesma cor de seus cabelos e sem açúcar.

— Fui eu que gravei — informa. — Fiz um curso de gravação na Parsons só para isso. Queria me lembrar, toda vez que olhasse para a aliança, que o casamento é uma cilada. Foi o casamento que matou minha mãe. Não lhe permitiu mais escrever, e ela decidiu que não poder fazer poesia era o mesmo que estar morta.

— Nossa! — digo pela segunda vez e penso com ironia que Phoebe deve estar impressionada com meu vocabulário. — O casamento deles foi assim tão ruim? — pergunto, devolvendo-lhe a aliança.

— *Todo* casamento é assim tão ruim — ela declara, examinando a aliança em busca de cristais de açúcar.

Põe a aliança na boca, chupa-a, então a cospe no guardanapo. Por um instante, penso ver sangue no guardanapo, como se o arame farpado e os espinhos, em contato com a boca de Phoebe, ganhassem o poder de ferir, mas então vejo que é apenas um ramo de rosas bordado no pano.

— Mas você deve saber disso — ela continua, pondo a aliança novamente no polegar. — *A Mulher-Foca*, a história que você escolheu como tema para o artigo sobre sua mãe, é um clássico caso de cilada. A verdadeira natureza da mulher, sua pele, é roubada pelo homem, e ele a mantém cativa, escondendo a pele. Foi isso o que meu pai fez. Antes do casamento, ele prometeu a minha mãe que lhe daria apoio financeiro para que ela pudesse dedicar-se à poesia. Mas depois, quando ela não quis começar a ter filhos imediatamente... estava com mais de quarenta anos quando eu nasci, ele ficou furioso, porque queria um herdeiro para dar continuidade ao nome Kron, e transformou a vida dela num inferno, bebendo e tendo casos com uma mulher atrás da outra. Por fim, quando minha mãe cedeu e teve um bebê, ele ficou ainda mais furioso, porque queria um menino, e eu era menina. Ela se matou quando eu tinha seis meses.

Phoebe toma um gole de chá, olhando para um retrato da rainha Elizabeth pendurado na parede, e eu não consigo pensar em nada para dizer. A pior parte, acho, é ela saber que a mãe optou pela morte tão pouco tempo depois de ter dado à luz. Eu, pelo menos, tinha dez anos, quando minha mãe morreu.

— Nossas mães tinham muito em comum — Phoebe observa depois de alguns instantes de silêncio. — Seria interessante, se as duas houvessem se conhecido.

— Você viu se no diário de sua mãe há alguma referência à minha?

Phoebe olha atentamente para mim, então faz um gesto que, em se tratando dela, pode ser considerado expressivo: vira a mão para mostrar a palma vazia.

— Ela menciona uma Katherine em um dos primeiros cadernos de seu diário, mas não sei se é sua mãe. Os outros cadernos estão em minha casa, no campo.Vou verificar se há mais alguma referência, quando for lá, no verão. Mas, mesmo que as duas não tenham se conhecido, as histórias delas são muito semelhantes.

Minha mãe parou de escrever um ano antes de morrer, e a sua não conseguiu terminar o terceiro livro. Não acha que isso tem algo a ver com o casamento?

Abano a cabeça. Embora me sinta lisonjeada por Phoebe ter me incluído em sua irmandade de filhas de escritoras — afinal, a mãe dela foi uma poetisa famosa, enquanto a minha escreveu apenas dois livros que já não são mais publicados —, não posso permitir que ela culpe meu pai por minha mãe não ter acabado de escrever o terceiro livro.

— Na verdade, meu pai sempre deu total apoio a minha mãe e incentivou-a a escrever. Quando os dois se conheceram, ela era camareira do hotel, e ele encontrou partes do livro que ela estava escrevendo escondidas embaixo de uma pilha de roupas de cama, mas, em vez de despedi-la, permitiu que ela usasse um dos quartos de hóspedes para escrever com tranqüilidade. — Vejo os olhos de Phoebe alargarem-se por cima da borda da xícara, mas continuo: — Quando ele descobriu que minha mãe gostava de escrever em papel de correspondência do hotel, do tipo caro, com marca de água, encomendou uma quantidade extra para uso dela. E, quando a pediu em casamento, no lugar de um anel deu-lhe uma máquina de escrever. Uma Underwood — acrescento tolamente.

Por sorte, nosso almoço chega nesse momento — um prato de verduras sem tempero para Phoebe, torradas com queijo derretido e bolinhos de aveia grelhados para mim —, do contrário eu continuaria entoando louvores a meu pai e às alegrias do casamento.

Phoebe pega um punhado de escarola picadinha com o garfo e aponta-o para mim.

— Então, por que sua mãe não terminou o terceiro livro, se seu pai criou uma atmosfera tão perfeita para ela escrever?

Olho para a poça de queijo derretido em meu prato e dou de ombros. Até dar de ombros é um gesto expansivo demais para o pouco espaço do Tea & Sympathy. O movimento desaloja minha sombrinha do braço da cadeira e a derruba meio aberta no chão, como um grande pássaro molhado.

— Ela escreveu os dois primeiros livros antes de eu nascer — conto, curvando-me para pegar a sombrinha do chão, e bato com a cabeça na mesa vizinha. — Assim, tenho de presumir que sua incapacidade de terminar o terceiro livro teve mais a ver com o fato de ela ser mãe do que de ser esposa.

Quando saio do Tea & Sympathy, estou quase surpresa por Phoebe Nix ainda querer publicar *A Filha da Mulher-Foca* na *Caffeine*. Mas ela quer, porque me entregou a prova tipográfica, um maço de papéis que coloquei embaixo da capa para que não se molhasse. No entanto, tenho a impressão de que me portei como uma estúpida em meu primeiro almoço com ela. A chuva e o vento não ajudam. Minha sombrinha, que adquirira vida própria no restaurante, vira do avesso, quando a abro, e sai voando na direção do hospital St. Vincent. Não há nada que eu possa fazer, a não ser curvar a cabeça sob as rajadas de água e começar a andar para o lado oposto, para a rua Jane e o rio, de onde parece que estão vindo toda a chuva e o vento.

Chego em casa, finalmente, e o maço de papéis sob minha capa está mole e manchado. Leio o artigo, que em vez de ganhar estatura, assim impresso, parece ter encolhido e murchado. O pouco que ainda acho bom me dá a sensação de plágio. Estou contando a história que minha mãe me contava e que ela ouvira de minha avó. Quando escrevi o artigo, pensei no modo como os contos de fadas são passados de mãe para filha. Mas agora, em vez dessa idéia de laço matriarcal, há um cheiro estranho, igual ao de peixes mortos que vem do rio, ou um cheiro de roubo. Roubei a história de minha mãe, simplesmente? Até o título, *A Filha da Mulher-Foca*, que Phoebe admirou, e que eu achei uma variação original de *A Mulher-Foca*, soa falso, como se eu já o houvesse ouvido em algum lugar. Pesquisei no Amazon.com, para ver se havia algum livro com o título de meu artigo, mas o mais parecido que encontrei foi *A Filha do Otimista*, de Eudora Welty.

Nas semanas seguintes, o tempo melhora, mas isso não me ajuda a sair do estado depressivo; ao contrário, deixa-me agitada demais para escrever. Não faço nenhum progresso no novo artigo sobre minha mãe e vergonhosamente atraso a correção das redações. E me sinto mal, porque meus alunos ficaram muito entusiasmados com o assunto dos contos de fadas, e cada vez que entro na classe de mãos vazias, eles se sentem desapontados por ainda não poder ver o resultado de seu trabalho.

Numa segunda-feira, quase no fim de abril, decido acabar de corrigir as redações antes da aula noturna na Grace, mas, quando leio a da sra. Rivera, que conta uma versão mexicana de *Rapunzel*, de repente sinto o desejo urgente de comer vagens, como a mulher grávida da história. Não há nenhuma horta de bruxa de onde eu possa roubar vagens, então vou ao mercado Greenmarket, na praça Union. Digo a mim mesma que só estou indo lá porque preciso comprar algo para o almoço, mas sei que também tenho a esperança de encontrar Jack.

Em vez de Jack, encontro Gretchen Lu.

Ela está em uma banca de verduras, pegando dois grandes sacos de lixo das mãos de uma jovem de avental.

— Vai à abertura hoje, professora? — ela pergunta, segurando os sacos nas mãos protegidas por luvas brancas.

Forço a memória, mas não sei de que abertura ela está falando.

— Desculpe, Gretchen, não me lembro...

— A exposição dos alunos, professora. O cenário que montei foi inspirado no trabalho sobre contos de fadas.

Oh, sim, os peixes mortos.

— É verdade. Você usou *A Sereiazinha*, não é?

— Não. Essa ficou com jeito de história da Disney. Mudei de idéia. Não leu minha redação?

Visualizo o trabalho de Gretchen na pilha sobre minha escrivaninha. É um dos últimos. Ela, porém, parece não se importar com a negligência de sua professora de redação em inglês, pois continua:

— Eu queria alguma coisa mais ligada a meu interesse maior, sabe, tecidos, então li os contos de Hans Christian Andersen. Adivinhe qual deles escolhi.

Será que consigo? Percorro mentalmente a lista das histórias de Andersen. *A Rainha da Neve*? *O Soldadinho de Chumbo*? *O Pati-*

nho Feio? Não, nenhum deles me faz pensar em tecidos. Distraio-me, olhando para as pilhas de verduras a nossa volta, frescas e úmidas como se houvessem sido colhidas momentos antes, numa grande horta orvalhada.

— *Os Cisnes Selvagens*! — Gretchen exclama. — Pensei na mocinha, Elisa. Os onze irmãos dela foram transformados em cisnes, e a coitadinha precisou tecer onze camisas para trazê-los de volta, sem poder falar com ninguém até terminar, não é? E a sogra fazia parecer que ela estava matando os próprios filhos, sujando sua boca com sangue. Como Elisa podia se defender, se não podia falar?

Gretchen não faz uma pausa longa suficiente para que eu possa responder, então fico apenas movendo a cabeça, fascinada, no círculo formado por comerciantes e fregueses atraídos pela história.

— Assim, Elisa vai ser queimada como bruxa. Mas continua tecendo, e finalmente termina as onze camisas, a não ser pela última, que fica sem uma das mangas. Os onze irmãos chegam voando e descem na praça da aldeia, onde ela vai ser queimada. Ela joga as camisas sobre eles e todos voltam a ser rapazes, mas o mais novo, o que fica com a camisa inacabada, tem uma asa quebrada no lugar de um braço.

Parando de falar, Gretchen respira fundo, e noto que as pessoas a nossa volta também respiram e voltam a seus afazeres, umas vendendo, outras comprando ervas aromáticas, queijos de leite de cabra e flores silvestres recém-colhidas. Existem mesmo flores silvestres como aquelas em algum lugar? A floresta de pinheiros em volta do lago — minha mãe a chamava de Tirra Glynn — está cheia de violetas? Há sapatinhos-de-nossa-senhora florescendo nas margens do lago que se estende junto ao rochedo Duas Luas? Já estamos realmente quase em maio?

— Não é um detalhe de arrepiar? Um braço em forma de asa? — Gretchen comenta, estremecendo de mórbido prazer, e os sacos de lixo em suas mãos sacodem-se como pompons de líder de torcida.

— É sim — concordo, tentando imaginar de que modo ela mostrará o "detalhe de arrepiar" em seu cenário. Mas qualquer coisa é melhor do que peixes mortos, certo? — A que horas vai ser a abertura da exposição, Gretchen? Eu adoraria ver o que você fez.

Ela ergue o braço esquerdo para olhar para o relógio. Noto, então, que não são luvas que cobrem suas mãos, mas bandagens.

— Às oito — ela informa. — Faltam apenas sete horas, e eu ainda tenho de tecer mais três camisas. Ninguém vai me queimar numa fogueira — diz, rindo. — Mas agora eu sei o que Elisa sofreu.

— Você está tecendo as camisas com que material? — pergunto, então me lembro da história. Não preciso olhar para dentro dos sacos que ela abriu com suas mãos arranhadas e enfaixadas. Urtiga. Foi urtiga que Elisa usou para tecer as camisas dos irmãos. E urtiga queima. — Meu Deus, Gretchen!

Toco de leve na mão direita dela. Vejo que, acima da borda branca da atadura, a pele está coberta de pontos vermelhos, como pequenas gotas de sangue. Sei o que é aquilo, porque uma vez caí numa moita de urtiga. A queimadura foi tão séria, que minha mãe teve de me dar longos banhos de água com aveia durante uma semana.

Gretchen nota minha preocupação, mas dá de ombros e sorri.

— Como diz o ditado, professora, é preciso sofrer pela arte.

7

CONSIDERANDO QUE Gretchen chegou a se ferir para executar a tarefa que lhe dei, penso que o mínimo que posso fazer é ir ver o que ela criou para a exposição. Mas há um problema: minha aula na Grace só termina às oito e trinta. Então, me ocorre, enquanto corrijo apressadamente as últimas redações, que pode ser pedagogicamente desculpável dispensar os alunos mais cedo e convidá-los para ir também à The Art School para ver a exposição. Gretchen me deu uma porção de folhetos, e vejo que o tema da mostra é *Sonhos e Pesadelos: Lembranças da Infância*. Alguém desenhou um lobo à espreita, usando uma touca de vovó, e a figura aparece abaixo das informações sobre o local e o horário. Sei que, além de Gretchen, outros alunos da The Art School criaram seus estandes baseados em contos de fadas, de modo que isso combina maravilhosamente com o tema que pedi que os da Grace desenvolvessem.

Às quatro da tarde, todas as redações estão corrigidas, menos uma, a do sr. Nagamora, que deixei por último porque o inglês dele é tão ruim, que ler o que ele escreve torna-se doloroso, e corrigir, uma verdadeira agonia. Decido fazer um intervalo e preparar um jantar leve, antes de tentar desembaraçar os nós da sintaxe do sr. Nagamora. Refogo, em azeite de oliva e alho, um pouco de acelga e folhas novinhas de dente-de-leão que comprei no Greenmarket e misturo tudo com macarrão. É muito raro eu ter tanto trabalho para cozinhar só para mim, mas as verduras frescas parecem exigir um pouco mais de respeito. Não tenho uma mesa de cozinha, muito menos uma de jantar, apenas um balcão e uma única e cambaia banqueta de bar, de modo que vou comer sentada à minha escrivaninha, olhando pela janela. Embora a faixa do litoral de Nova Jersey que vejo seja ocupada principalmente por armazéns e docas, julgo distinguir um pouco de verde mais para o norte. As últimas viagens de trem que fiz para a Rip Van Winkle foram em dias de chuva, de maneira que não notei o verde das partes arborizadas dos rochedos Palisades. E nem falei mais com tia Sophie, desde que ela me deu a notícia de que o hotel foi posto à venda. No entanto, é certo que levará algum tempo até que alguém o compre ou ponha abaixo. Tempo suficiente para eu ir lá quando as aulas terminarem, para passear nos bosques verdes atrás do hotel. Para nadar no lago.

Acabo de comer meu macarrão com verduras, mas ainda não me sinto saciada. Como no caso da mãe de Rapunzel, esse desejo que tenho de comer verduras transcende o apetite. O verde que eu desejo é o verde translúcido da floresta no vale, o verde-claro das samambaias, o verde sombrio dos pinheiros, o verde do lago tocado pelo sol. Apesar de sempre ter sentido que meu lugar é aqui, na cidade, percebo agora como preciso daquele recanto no campo, a apenas algumas horas de viagem para o norte, para me refugiar, nem que seja em pensamento.

Com um sobressalto, desperto de meu devaneio em verde, percebendo que vou me atrasar para a aula. E ainda não corrigi a redação do sr. Nagamora. Todo o trabalho que fiz hoje será inútil, se eu não entregar todos os trabalhos de uma vez. Decido ler a redação rapidamente, sem corrigir nada, apenas para saber do que se trata.

Surpreendo-me ao descobrir como me é difícil ler sem a caneta vermelha na mão. Por duas vezes, faço um gesto para pegá-la, mas, então, a pura beleza da história, visível como a urdidura de um elaborado brocado, é mais forte do que eu, e leio com as mãos cruzadas no colo. Quando termino de ler, sei que, se corrigisse cada erro do sr. Nagamora, cada crime cometido contra o idioma, teria de lhe dar uma nota tão baixa, que ele seria reprovado. Mas, como a história é linda, e por causa do pouco tempo que tenho, rabisco um grande "A" no topo da primeira página de seu trabalho e a coloco depressa junto com os outros na pasta, antes que me arrependa.

No caminho para a escola, justifico o "A" do sr. Nagamora, decidindo que o farei ler sua redação em voz alta para a classe. A história sobre o pobre tecelão japonês que se casa com uma mulher misteriosa, capaz de tecer um mágico pano para velas de barcos, será a introdução perfeita para o assunto de como os tecidos, tema de Gretchen, aparecem em contos de fadas. *Rumpelstiltskin*, naturalmente, no qual a filha do moleiro é obrigada a fiar um tecido com fios de linho que devem se transformar em ouro. Em *As Três Fiandeiras*, a heroína, noiva de um príncipe, procura alguém para fiar em seu lugar e encontra, em vez de um anão, três irmãs deformadas que a substituem no trabalho. Assim, quando o príncipe, no dia de seu casamento, vê as três mulheres horríveis e fica sabendo que sua deformidade foi causada pelos longos anos que elas passaram fiando, diz a sua jovem esposa que ela está proibida para sempre de fiar. Parece haver um tom subversivo em todas essas histórias, um protesto contra a aspereza do trabalho feminino. Penso nos fusos que foram banidos do reino, em *A Bela Adormecida*. Penso na mulher-foca, que não consegue tricotar, mas tece uma guirlanda de espuma salgada para os cabelos da filha como presente de despedida. Penso nas mãos feridas de Gretchen Lu. Perfeito. Ouviremos a história do sr. Nagamora e depois iremos ver o que Gretchen criou, baseada em *Os Cisnes Selvagens*.

Quando digo à classe que terminaremos a aula mais cedo e depois iremos à exposição, percebo um frêmito de excitação, mas também um sutil estremecimento de ansiedade. Preciso garantir à sra. Rivera que ela não perderá o trem das nove e quarenta e cinco para Great Neck, pois seus patrões querem que ela durma na casa mesmo em seus dias de folga, para o caso de uma das crianças acordar durante a noite. E dou a Amelie instruções sobre linhas de metrô para que ela possa voltar para o Queens sem precisar fazer um enorme caminho a pé. No meio de toda a agitação, Aidan fica calado, e me ocorre que talvez ele precise obedecer a um toque de recolher na casa de detenção onde está passando as noites. Digo-lhe que entenderei, se ele não puder ir à exposição, mas ele sorri e responde que não a perderia por nada.

Entrego as redações corrigidas, e minha conversa com este ou aquele aluno disfarça os suspiros de desapontamento e exclamações de prazer em reação às notas. Depois de tantos anos, ainda não me sinto bem, avaliando trabalhos e atribuindo notas, fazendo o papel de julgadora. Sempre acho que fui exigente demais com os que tiveram notas ruins e complacente demais com os que tiveram notas boas. Quando entrego a redação ao sr. Nagamora, quase a recolho de volta, tão consciente estou da imprudência daquele "A", e as folhas estremecem no ar, antes de pousarem na carteira dele. Vejo as rugas de seu rosto apertarem-se, os olhos estreitarem-se, fixados na letra no topo da primeira página, e por um instante imagino se ele não está compreendendo o que significa. Um "A" teria outro significado no Japão, algo vergonhoso como a letra escarlate de Hawthorne? Mas, então, percebo que aquela tensão é apenas resultado do esforço que ele faz para reprimir o sorriso que finalmente inunda seu rosto.

— Eu acho que cometi muitos erros... ele comenta, olhando para mim.

— Mas a história é muito linda — eu digo. — Quer ler seu trabalho para a classe? Penso que, se a ler em voz alta, perceberá os erros e poderá corrigi-los mais tarde.

Não abandonei totalmente a causa da gramática, afinal. Li em algum lugar que a leitura de um texto em voz alta, feita como revisão, é um procedimento válido.

O sr. Nagamora cora intensamente, e imagino que seja tímido demais para ler sua redação diante dos colegas, mas ele se levanta e por vontade própria vai para a frente da classe, em vez de permanecer junto da carteira. O único sinal de seu nervosismo é o leve tremor das folhas em sua mão, quando ele começa a nos falar de *A Mulher-Garça*.

— No Japão, temos a história de um homem que se casa com uma mulher que lhe apareceu de modo misterioso, como o fazendeiro irlandês que se casa com uma foca. Sua história, professora, me fez lembrar a que meu pai me contava, e que durante muitos anos achei que era verdadeira, porque é sobre um tecelão de seda, como meu pai.

O sr. Nagamora respira fundo e olha para mim. Faço um sinal de cabeça, incentivando-o a continuar.

— O tecelão de seda da história, porém, tece velas para barcos, e meu pai tecia seda para quimonos — ele prossegue. — Havia um desenho que deixou meu pai famoso, chamado garça bailarina, e quando ele trabalhava nesse desenho, contava a história do homem que tecia velas e vivia sozinho.

Noto que a voz do sr. Nagamora muda nesse ponto, como se fosse o pai dele contando a história. Seu corpo também se apruma, e as folhas de papel param de tremer em suas mãos.

> "Um tecelão sentia-se muito solitário, porque não tinha uma esposa. Na primavera, observava as garças em sua dança de acasalamento e, embora fosse um bailado bonito, ele ficava triste, porque não tinha com quem dividir seu arroz à noite, ninguém para ajudá-lo a tecer ou admirar a leveza das velas depois de prontas. Numa noite de outono, ele ouviu o grito das garças voando para o sul, fugindo do inverno que se aproximava, e o som causou-lhe uma tristeza tão grande, que ele ficou parado na porta de sua casa até muito tarde da noite, olhando as aves passarem em bandos diante da lua. Por fim, ergueu os braços, e as longas mangas de seu quimono batiam ao vento, como as asas das garças. Sem perceber direito o que estava fazendo, começou a dançar diante da porta, girando em grandes círculos, imitando o movimento das garças em pleno vôo."

Uma das moças mais novas da classe, sentada numa carteira do fundo, começa a rir, e o sr. Nagamora baixa os papéis e a encara. Começo a mandá-la ficar quieta, mas ele sorri e diz:

— Eu também achava isso engraçado, quando era menino, e sempre ria nesse ponto da história. Meu pai dizia: "Ah, você acha engraçado, não é?" Eu ficava com medo, pensando que o deixara zangado, mas, então, ele se levantava do tear e dançava ao redor do aposento como um louco.

Agitando os papéis acima da cabeça como se fosse um tamborim, o sr. Nagamora corre de cabeça baixa na direção da moça que riu, fazendo-a dar gritinhos de susto e prazer. Dá uma volta na sala, abanando os braços para que as mangas de seu casaco largo se agitem como asas. Aidan Barry bate palmas, marcando o ritmo, e por um momento tenho a sensação inquietante de que perdi o controle da classe, mas o sr. Nagamora desliza de volta para a frente, pigarreia para limpar a garganta e continua a ler como se nada houvesse acontecido. Seus colegas, que estão gritando e pulando, divertindo-se com a dança, ficam em silêncio imediatamente, como que enfeitiçados.

O que me assombra é que os erros gramaticais que sei que estão lá desaparecem enquanto ele lê.

> "O tecelão dançou tanto, noite adentro, que dormiu até muito tarde no dia seguinte e ficou envergonhado por ter perdido tantas horas de trabalho. Ele precisava entregar uma vela para um capitão de navio no outro dia, e nem começara a tecê-la. Mas, então, ouviu as batidas da lançadeira do tear em sua oficina. Pensou que estivesse sonhando, mas quando tentou abrir a porta, viu que estava trancada. Uma linda voz de mulher soou lá dentro:
>
> — Por favor, espere, e verá que está tudo bem.
>
> Ele ficou confuso, mas estava cansado e faminto, de modo que foi ferver água para um chá, enquanto esperava. A porta continuou trancada pelo resto do dia e a noite toda, e o barulho da lançadeira não cessou um só instante. O tecelão refletiu que a mulher era muito forte, para tecer durante tanto tempo, e decidiu que, mesmo que ela fosse feia, ele a tomaria como esposa.
>
> Pela manhã, quando acordou, viu a mulher ajoelhada a seu lado segurando a vela terminada. Era a mulher mais linda que ele já vira, com uma pele branca como a neve e olhos escuros como a noite. Ela lhe entregou a trouxa de seda bran-

ca, e o homem teve a impressão de estar segurando o vento, tão leve era o tecido.

— Este é meu dote, se você me quiser como esposa — a mulher disse.

Era óbvio que ele queria uma esposa que, além de linda, era talentosa e trabalhadora. O capitão pagou-lhe o dobro do preço combinado, tão leve e perfeita era a vela.

Com esse dinheiro, o tecelão e a mulher viveram muito bem durante todo o inverno, mas na primavera não tinham mais nada, e era preciso tecer mais uma vela. Uma vela que convidasse o vento a enfuná-la.

— Só você consegue tecer uma vela assim — o tecelão disse à esposa. — Você me faria outra?

A mulher demorou para responder, o que surpreendeu o homem, porque ela estava sempre pronta para fazer tudo o que ele lhe pedia.

— Acredito que você não saiba o que está me pedindo, meu marido — ela comentou finalmente. — Esse trabalho exige demais de mim. Fiz a primeira vela com prazer, como meu dote, como um presente do meu coração, assim como sua dança foi um presente do seu. Mas, se você quer que eu faça uma vela, farei mais uma.

As palavras da esposa envergonharam o tecelão, e ele não gostava de se sentir assim.

— É isso mesmo, mulher. Quero que você me faça uma vela.

Ela, então, entrou na oficina e trancou a porta. Por dois dias e duas noites, o tecelão ouviu o barulho da lançadeira do tear, que não parou um só instante. Por fim, a mulher avisou, lá de dentro, que terminara o trabalho. Quando ele entrou, viu a esposa debruçada sobre o tear, com as mãos agarradas à lançadeira, como garras de uma ave. No chão a seu lado estava a vela, tão perfeita e leve quanto a primeira.

O tecelão vendeu-a pelo dobro do preço da outra, e eles viveram dois anos com esse dinheiro, mas no fim desse tempo não tinham mais nada. Quando o homem foi falar com a esposa, ela já sabia o que ele ia lhe pedir e nem o deixou falar.

— Não me peça isso, marido, pois estará pedindo que eu dê tudo de mim — explicou.

Mais uma vez ele ficou envergonhado, e não gostava de sentir-se assim.

— É isso o que uma boa esposa deve fazer — respondeu, levando-a para a oficina.

Daquela vez ela trabalhou três dias e três noites, sem parar. O tecelão esperou que ela o chamasse, mas quando isso não aconteceu, ficou preocupado, depois com medo, então com raiva.

— O que há de tão difícil em tecer, para ela fazer todo esse drama? — resmungou. — Vou ver o que está acontecendo.

Forçou a porta, e o que viu foi uma cena que nunca mais esqueceria enquanto vivesse. Diante do tear havia uma grande garça, segurando a lançadeira com suas garras. Ela curvou a cabeça e, com o bico, arrancou uma pena da asa, que usou para pôr na lançadeira. Estava tecendo a vela com a penugem mais branca e delicada de suas penas. A seda que escorregava para o chão tremulava como plumas ao vento. Enquanto o tecelão continuava parado na porta, a boca aberta de espanto, a garça virou-se, e ele viu os olhos escuros de sua esposa fitando-o. Então, ela soltou a lançadeira e voou pela janela.

Ele a chamou, gritando seu nome, e correu para fora atrás dela. Mas, embora a garça voasse devagar e perto do chão, ele não pôde alcançá-la. Depois que a perdeu de vista, seguiu o rastro de penas ensangüentadas que ela deixou, mas nunca a encontrou."

O sr. Nagamora baixa os papéis. De repente, parece cansado e abatido, como a garça ferida. Onde está o homem alegre que dançou momentos antes, como se ainda fosse muito jovem? Agora ele parece velho e confuso, olhando para um pequeno grupo de estranhos. Desço da borda da carteira onde me empoleirei para tirá-lo da "ribalta", mas ele sacode os papéis em minha direção, fazendo-me parar.

— Quando eu era menino, achava essa história muito triste — ele diz, e vários de seus colegas movem a cabeça, concordando. — Mas agora, quando a conto, o que eu lembro, acima de tudo, é de ver meu pai dançando. Estou contente por ter esta história que me faz lembrar dele.

Faz uma ligeira reverência e está voltando para sua carteira, quando a classe começa a aplaudir — acho que foi Aidan quem começou.

Não sei que fechamento dar à apresentação do sr. Nagamora. Não consigo pensar em nenhum comentário vigoroso, professoral, com que encerrar a aula. Assim, sugiro que nos dirijamos à The Art School para ver o que meus outros alunos haviam feito com o trabalho que lhes fora designado — um trabalho que parecia ter criado uma estranha vida própria.

Andamos pela cidade em um grupo espalhado. Noto que Amelie e a sra. Rivera andam com o sr. Nagamora entre elas, como se ele fosse uma das crianças de quem elas cuidam como babás. Fico satisfeita por vê-lo em tão boas mãos. Aidan Barry caminha a meu lado e me fala de seu emprego numa gráfica. Ele não gosta desse trabalho, confessa, e acha que não está aprendendo a operar a máquina de impressão tão rápido quanto devia. Se perder o emprego, isso não agradará à comissão de liberdade condicional.

— O que você fazia antes de... — hesito em dizer "ser preso".

Não preciso, pois ele responde:

— Trabalhei em um hotel, primeiro como porteiro, depois no balcão de recepção. Gostei. Hotéis têm classe. Se minha família tivesse um hotel, como a sua, eu trabalharia lá, aprenderia o negócio, talvez um dia o dirigisse.

— O hotel Equinox não pertence a minha família — eu o lembro. — Meu pai era o gerente, mas morreu no ano passado, e minha tia Sophie é só a contadora, embora costume meter-se em tudo. Além disso, o hotel foi posto à venda e, se ninguém o comprar, provavelmente será demolido.

— É uma pena — Aidan lamenta. — Por que não tenta encontrar alguém que o compre?

Sou obrigada a rir.

— Não conheço ninguém tão rico e, mesmo que conhecesse, quem haveria de querer fazer isso? A restauração do hotel custaria milhões e, embora o lugar seja de fato espetacular, não é exatamente um pólo turístico. Ninguém mais vai às montanhas Catskill.

Aidan abana a cabeça.

— Não devia desistir assim tão fácil do negócio da família.

— Não é um negócio da família... — começo, mas ele já não me ouve.

Chegamos à galeria estudantil da The Art School, e ele se adianta para abrir a porta para mim, um gesto que diverte os fumantes esparramados nos degraus de entrada. Por infelicidade, prolongo o momento de embaraço, estacando na porta, como que congelada.

A galeria é um prédio comprido, branco, com fachada envidraçada, voltado para a Quinta Avenida. É um local que pode transformar a obra do menos esforçado dos estudantes em algo notável. Esta noite, porém, o tablado montado no centro da galeria não precisa de nenhuma ajuda do lugar. Minha primeira reação é pensar que a história do sr. Nagamora criou vida, pelo menos a parte em que a garça foge, deixando um rastro de penas ensangüentadas. Há muitas penas e muito sangue. Bem, tinta vermelha, sem dúvida, mas ainda assim parece que ali aconteceu uma mortal batalha de travesseiros. A My Lai das batalhas de travesseiros. Gigantescas aves brancas pendem do teto, penas brancas flutuando para fora de suas barrigas abertas como balas caindo de *piñatas*. As penas caem constantemente sobre a bizarra cena de carnificina — como Gretchen conseguiu fazer isso é um mistério. Onze bonecos-bebês — sei que são onze, sem precisar contar — estão sentados em círculo ao redor de uma pira feita de madeira. No centro da pira, uma mulher, na verdade um manequim, num vestido rasgado de princesa Disney, está sentada de pernas cruzadas, tricotando. Mesmo da porta onde continuo parada, vejo as ataduras ensangüentas que cobrem suas mãos. Ela está tecendo uma camisa feita de folhas verdes espinhentas — urtiga, com certeza — e, mais perturbador ainda, arame farpado. Dez dos nove bonecos vestem camisas feitas dessa estranha fibra, e um deles estende a mão gorducha de bebê na direção da moça na pira. O outro braço foi arrancado. Penas e sangue jorram do pequeno buraco onde o braço se encaixava.

O fato de algumas pessoas bem-vestidas, quase todas de preto, estarem reunidas em volta da cena, gesticulando com seus copos de vinho feitos de plástico, apenas torna aquilo tudo mais chocante.

Meu pequeno grupo de alunos da Grace aproxima-se e pára junto de mim. Nós nos perdemos de alguns de nossos companheiros, por causa do trânsito, mas aqui estão a sra. Rivera, Amelie e o sr. Nagamora. O que eles pensarão disso?

Eu gostaria de poder fugir. Mas como explicaria a fuga a meus alunos? Além disso, enquanto continuo parada, fazendo com que Aidan se sinta obrigado a manter a porta aberta, Gretchen Lu me vê lá de dentro e corre para mim.

— Oh, professora, graças a Deus a senhora veio! Isto aqui virou um circo. Os curadores vieram, alguns repórteres também apareceram, e estão todos querendo saber de onde tirei a inspiração para fazer isso. A senhora pode explicar tudo, não é?

8

GRETCHEN LU ME PEGA pela mão. Mesmo que eu quisesse resistir não poderia, pois o toque de sua mão, que a atadura deixa disforme e macia como a pata de um gato, me desarma. Ela me leva até um pequeno grupo de pessoas que observam seu projeto. Reconheço alguns professores, efetivos na maioria, e o chefe do departamento de inglês, Gene Delbert. De jeans e jaqueta de couro pretos, Gene gira nervosamente o vinho em seu copo, enquanto fala com alguns homens e mulheres mais velhos que imagino serem os curadores da faculdade. Noto que há uma pena espetada nos cabelos dele e preciso lutar contra a tentação de tirá-la. Muitas outras pessoas em volta do estande também têm penas grudadas nos cabelos ou nas roupas. Como resultado, sua expressão séria parece fingida, como a de crianças fazendo-se de inocentes ao serem surpreendidas em plena guerra de travesseiros.

— Oh, ótimo — Gene diz, quando vê Gretchen me levando até seu grupo. — Aqui está a instrutora que deu a tarefa. Ela com certeza pode esclarecer sua intenção.

Pronuncia a palavra "intenção" como um advogado a pronunciaria em uma frase como "intenção de fazer mal". Também noto que ele me chamou de instrutora, não professora, certamente para deixar claro aos curadores que sou apenas uma funcionária sacrificável. Ninguém terá de lidar com desagradáveis questões ligadas a efetividade, por exemplo, quando eu for demitida por inspirar esta cena de emplumado massacre.

Respiro fundo e, soltando a mão de Gretchen, faço um gesto na direção de "Elisa" sobre a pira. Noto, agora que estou mais perto, que a boca do manequim está tapada com fita isolante prateada. Tento falar, mas a voz que ouço não é a minha.

— O conto *Os Cisnes Selvagens*, como tantos outros, trata da criatividade feminina silenciada — a voz explica de modo muito mais eloqüente do que eu seria capaz. — Elisa trabalha, mas é condenada ao silêncio, como todas as mulheres artistas que são forçadas a desistir de suas próprias opiniões para poder produzir alguma coisa num mundo de homens.

Viro-me e vejo Phoebe Nix atrás de mim. Ela põe a mão em meu ombro e estende a outra na direção do tablado. Fico tão aliviada por ter alguém que explique a cena sangrenta, que por um momento nem me ocorre perguntar o que ela está fazendo ali.

— E o que uma mulher pode produzir sem liberdade artística? — Phoebe continua.

Faz uma pausa, permitindo que todos nós reflitamos sobre a pergunta e a obra de Gretchen.

Noto que as minúsculas camisas dos bebês não foram tricotadas em simples ponto de meia, mas em tranças de urtiga e arame farpado. Se estou vendo bem, Gretchen conseguiu até fazer losangos em ponto arroz entre as tranças. Que cuidado ela teve com os detalhes! Mesmo que, com seu trabalho, aquela moça cause minha demissão, terei de lhe dar um "A+", a nota máxima.

— Roupas feias? — Mark Silverstein resmunga atrás de mim, bastante alto para Phoebe ouvir.

Pelo canto dos olhos, tento ver a vitrine que ele criou, inspirado em *As Roupas Novas do Imperador*, mas seus manequins nus, sem nenhum atrativo, haviam sido relegados a um canto, como um bando de indesejáveis. Não era de admirar que ele estivesse furioso com Gretchen.

Phoebe ignora o comentário e responde à própria pergunta:

— Elisa cria uma prisão para as filhas, vestindo-as com trajes tecidos com o arame farpado dos velhos mitos e do silêncio forçado.

Sou tentada a corrigir sua versão do conto. As bonecas com camisas de arame farpado e urtiga não são filhas de Elisa, mas seus irmãos. Então, noto que os curadores e professores efetivos movem a cabeça enfaticamente, concordando. Apenas um homem, muito mais velho do que os outros, usando um belo terno cinza-chumbo, não está fazendo isso. Ele olha para mim como se me desafiasse a corrigir o erro de Phoebe. Mas de jeito nenhum vou interromper a onda de aprovação que envolve a todos. Sinto que a tensão que havia no ar está se dissipando. Os convidados voltam a conversar, dividindo-se em grupos de dois e três, novamente girando o vinho em seus copos e retirando penas dos cabelos, como chimpanzés amigos tirando piolhos uns dos outros. Sorrio ao ver que Aidan Barry está cortejando Natalie Baehr, então me pergunto se devo contar a ela que ele é um ex-presidiário. Mais uma vez, pego o velho de terno cinzento olhando para mim.

Viro-me de costas para ele e me deparo com Phoebe.

— Obrigada pela explicação — agradeço. — Foi ótimo você ter aparecido aqui.

Ela não dá de ombros, não sorri, nem mesmo ergue uma sobrancelha. Nunca conheci ninguém que gesticule tão pouco quanto ela.

— Vim com meu tio Harry, que faz parte da diretoria. Achei que seria uma boa oportunidade para distribuir alguns exemplares da *Caffeine*. Se você houvesse me dito que ia participar da exposição, eu teria planejado um pacote, incluindo a edição deste mês.

— Já saiu?

— Já. Tivemos de adiantar um pouco a impressão. Há uma pilha ali, perto da porta.

Viro-me para a porta e vejo que várias pessoas estão folheando uma revista de capa azul-clara. O pensamento de que algumas delas já podem estar lendo meu artigo deixa-me estranhamente nauseada.

Confundindo minha onda de náusea com excitação — suponho que uma pessoa que não usa expressões faciais pode ser desculpada por confundi-las —, Phoebe diz:

— Vou lhe dar alguns exemplares, mas antes quero apresentá-la a meu tio. Ele é um fóssil imperialista, mas é rico como Creso e um grande patrocinador das artes, por isso acho bom você conhecê-lo.

Ela me toma pela mão, num aperto que me surpreende pela força, e me leva até o homem de terno cinzento.

— Tio Harry, quero que você conheça Íris Greenfeder, uma das escritoras publicadas na edição deste mês da *Caffeine*.

Os olhos azuis do homem têm uma expressão vaga, mas não inamistosa. Vejo-o compondo as feições numa expressão de educado interesse. Por um momento, sinto pena dele. É mais velho do que pensei a princípio, tem a idade de meu pai, no mínimo — ou a idade que ele teria, se fosse vivo. Lembro que na velhice meu pai sentia dor nos pés, quando precisava ficar algum tempo em pé, e que odiava estar em um recinto lotado, com muitas pessoas falando ao mesmo tempo. Ele dizia que achava difícil ouvir o que diziam. Imagino o esforço que o tio de Phoebe precisa fazer para fingir interesse em uma das escritoras novatas de sua sobrinha. No entanto, devo dizer que seu olhar vago transformou-se em uma expressão inesperada, talvez tanto para ele quanto para mim: interesse genuíno.

— Desculpe, mas acho que não entendi seu nome — ele diz.

Digo-lhe como me chamo, tentando fazer minha voz soar em tom bastante alto para ele me ouvir acima do vozerio, mas não tanto que pareça que estou gritando, e ele repete meu nome, tomando um gole de seu vinho com uma careta. Sem dúvida está acostumado a safras melhores.

— Íris está escrevendo a biografia da mãe dela, que era escritora de ficção — Phoebe informa.

Estou?

— Bem, apenas comecei — esclareço.

— Quem era sua mãe? — ele indaga com tanta avidez, que me espanto.

— Ela usava o pseudônimo de K. R. LaFleur — digo. — É provável que o senhor não tenha ouvido falar dela.

— LaFleur... — O tio de Phoebe movimenta as bochechas como se estivesse provando um vinho. Quase espero vê-lo cuspir. — A flor. O verdadeiro nome dela era nome de flor?

— Não. Ela se chamava Katherine, mas todos a chamavam de Kay. Não sei por que escolheu LaFleur.

Mais uma coisa que não sei sobre minha mãe, penso.

Como se captasse minha confusão, Karry Kron me socorre, observando:

— Ela devia ter suas razões. Meu nome, por exemplo, Kron, significa "coroa" em alemão, e foi por isso que dei o nome Crown ao meu primeiro hotel.

Faz uma pausa, uma pausa curta, como a de um orador que houvesse marcado em seu discurso os espaços reservados para aplausos ou risos, e percebo que ele espera que eu reconheça o nome. A princípio, "Harry Kron" não me diz nada, mas de repente as palavras "hotel Crown" fazem sentido.

— O hotel Crown, perto da estação Grand Central? — pergunto. — Meu pai sempre disse que esse era o hotel mais bem administrado de Nova York. Ele admirava a rede toda. Usou o gerenciamento dos hotéis Crown como modelo para gerenciar o nosso.

Noto que Harry Kron franze o rosto ao ouvir a palavra "rede" e percebo que cometi uma gafe. Redes são os hotéis Holiday Inn, até mesmo os Hilton, mas os Crown, uma dúzia de estabelecimentos que são verdadeiras jóias, conhecidos por seu luxo e exclusividade, são mais uma linhagem, como uma linhagem de cavalos de raça pura ou de descendentes da realeza. Os hotéis Crown são chamados de jóias da Coroa, aparecem nos guias *Michelin* azuis que meu pai guardava em uma prateleira acima de sua escrivaninha na portaria. Sinto a garganta doer. A visão de homens velhos às vezes faz isso comigo. Era essa a aparência que meu pai teria, se ainda fosse vivo. Pode parecer curioso, mas a visão de senhoras idosas nunca teve esse efeito sobre mim. Não consigo imaginar minha mãe velha. Mas aquele homem não apenas chegara a uma idade à qual meu pai nunca chegaria, como era tudo o que meu pai sempre quisera ser... um hoteleiro de primeira classe.

— Ah, seu pai dirigia um hotel, e sua mãe era escritora. Que combinação interessante! Talvez eu tenha conhecido seus pais.

— Não, não creio. O Equinox é um pequeno hotel de interior. Meu pai foi o gerente por quase cinqüenta anos. Faleceu no ano passado.

— Lamento. E sua mãe?

— Morreu em 1973, quando eu tinha dez anos.

— Ah, talvez, como minha cunhada, a pobre mãe de Phoebe, ela fosse sensível demais para viver neste mundo.

— Ela morreu no incêndio de um hotel, não o nosso... isto é, um em que estava hospedada, o The Dreamland, em Coney Island.

Algo parecido com desgosto anuvia o rosto de Harry Kron, e não sei dizer se foi a menção de um hotel tão desclassificado que causou isso, ou do incêndio, o pior pesadelo de todo hoteleiro.

— Eu me lembro desse fato. Uma tragédia. Incêndios representam o pior perigo para um hotel, e as leis de segurança a esse respeito já foram muito frouxas. Mesmo hoje, nem todos os gerentes são tão escrupulosos como deviam ser na questão de prevenção de incêndios. Os hotéis Crown são líderes nesse campo. Instalamos saídas de emergência e sistemas de irrigação muito antes de sermos obrigados por lei.

— Eu sei — digo enfaticamente. — Meu pai me disse. Ele instalou bombas para puxar água do lago e treinou os funcionários para que todos soubessem como proceder para combater o fogo. Minha mãe ficava apavorada só de pensar em um incêndio...

Paro de falar, interrompida por uma imagem de minha mãe, uma que eu não sabia que meu cérebro guardara: ela andando pelos corredores do hotel com as mãos na parede como uma cega, procurando um possível fogo na fiação elétrica.

Vendo emoção em meu rosto, Harry Kron com cavalheirismo me resgata, observando:

— Foi duplamente trágico, então, que ela tenha perecido em um. Qual era o nome de solteira de sua mãe?

— Morrissey — respondo. — Katherine Morrissey.

— Não foi à toa que vi algo de irlandês em você — Harry comenta. — É parecida com sua mãe?

Sorrio. Bem que eu gostaria de ser parecida com minha mãe, porque ela era linda. É verdade que herdei dela os cabelos escuros e os olhos verde-claros, mas tenho constituição mais sólida, mais robusta, como a de meu pai, descendente de europeus orientais, e um toque de palidez na pele, como ele.

— Morrissey — o velho repete. — Interessante.

— Você vai ter de ler o artigo de Íris na *Caffeine*, tio Harry — Phoebe intima.

Quase esqueci que ela ainda está perto de mim.

— Oh, claro que vou ler — ele promete.

Acredito que aquilo seja apenas uma mentira educada, mas me sinto ridiculamente lisonjeada pensando naquele homem lendo meu artigo.

— Uma escritora que vivia em um hotel — ele prossegue. — Muito interessante. Em que lugar do hotel sua mãe escrevia? Ela era como Jane Austen, que escrevia na sala de visitas e escondia seu trabalho em uma gaveta, quando entrava alguém?

— Não, não, ela escrevia...

Sou interrompida por Aidan Barry, que se aproxima com Natalie Baehr a reboque.

— Professora, a senhora precisa ver o que Natalie fez. A peça é tão pequena, que tenho medo que a senhora não veja.

Ergo a mão para indicar a Aidan que logo os seguirei, mas Harry Kron abre os braços num gesto magnânimo, como se fosse abraçar Aidan, Natalie e a mim, e diz:

— Eu a monopolizei demais, srta. Greenfeder. Por favor, vamos ver o trabalho dessa estudante.

Fico contente, tanto por mim quanto por Natalie. Afinal, Phoebe disse que seu tio é um patrocinador das artes. Talvez ele pudesse fazer alguma coisa por minha aluna.

Vamos até uma caixa de vidro num canto da sala. Aidan tem razão. O que Natalie expôs é tão pequeno, foi posto num lugar tão escondido, que eu de fato não o notaria. E detestaria, se isso acontecesse. Dentro da caixa, suspenso por um arame, de modo que parece flutuar, está um círculo feito de contas de cristal e pérolas, tão delicado, que parece ter sido tecido de orvalho. A peça poderia ser usada como colar ou tiara, mas, flutuando como está, parece ser algo mais do que apenas uma jóia... algo elementar, englobando todos os elementos: água congelada, modelada pelo vento, cintilante como fogo, presa à terra por uma única lágrima verde. Natalie fez o colar que serviu de modelo para a guirlanda, descrito na versão de minha mãe de *A Mulher-Foca*.

— Você fez o colar de minha mãe, Natalie — comento, tão emocionada, que mal posso confiar em minha voz.

Harry Kron, que pusera os óculos para ler o cartão no qual Natalie datilografara a parte de minha história que descreve a guirlanda tecida pela mulher-foca, vira-se para mim, seus olhos perturbadoramente aumentados pelas lentes.

— Sua mãe tinha um colar assim?

— Oh, não! — respondo, rindo. — Ela não tinha jóias, só algumas pérolas falsas.

Faço uma pausa. Assim como tivera uma imagem de minha mãe tateando as paredes, agora quase posso ouvir o suave tilintar das pérolas de seu colar, quando ela se inclinava sobre mim na cama para me dar um beijo de boa-noite.

— Ela descrevia o colar em seus livros — explico. — Rede de lágrimas, como o chamava. Penso que tirou a idéia da lenda da mulher-foca.

Paro de falar novamente. Talvez minha mãe não houvesse feito isso. Afinal, nunca encontrei nenhuma menção a colares nas versões que li de *A Mulher-Foca*.

— Ou simplesmente quis colocá-lo nas histórias que escreveu — prossigo. — Ela costumava fazer isso. Tomava um conto de fadas e alterava-o, usando-o como base para criar um mundo de fantasia. Sempre achei que os trechos mudados são aqueles em que ela falou de si mesma, sobre algo que lhe acontecera...

Minha voz morre. Esse era o tema de minha tese, e nunca me senti à vontade, falando sobre ele. Talvez seja essa a razão de eu ainda continuar uma *quase* doutora.

— Você precisa explorar isso na biografia que está escrevendo, essa ligação da vida de sua mãe com o que ela escrevia — Phoebe observa.

Harry Kron concorda com um gesto de cabeça e volta a olhar para o colar feito por Natalie.

— É verdade. Eu gostaria muito de saber qual foi a inspiração que ela teve na vida real para descrever algo assim.

Fico ali na galeria por mais uma hora e tomo três — ou seriam quatro? — copos do azedo vinho verde. Quando volto para casa, minha cabeça está girando. Nem olhei direito para as revistas que Phoebe colocou em minha sacola de livros, um pouco antes de eu sair. Paro na praça Abingdon sob a luz de um poste e tiro da sacola um exemplar da *Caffeine*.

Vejo meu nome na capa, e o efeito é totalmente inesperado: sinto uma vertigem. Ou talvez seja apenas o vinho. Eu devia estar contente. Meu nome é o primeiro da lista de colaboradores. Até a ilustração que Phoebe escolheu para a capa tem relação com meu artigo. É um desenho a bico-de-pena, representando uma mulher nua sentada em um rochedo, com os longos cabelos espalhados a sua volta como uma rede de pesca. Há um homem nu preso nessa rede. Nas bordas do desenho, formadas por espirais celtas, nadam focas sinuosas. É a mesma ilustração da capa do livro que Aidan me deu. Uma escolha esquisita para uma edição de Dia das Mães, eu penso, mas, então, noto a legenda ao pé da capa : "Reescrevendo a Vida de Nossas Mães: Cortando os Laços".

Posso esquecer a idéia de mandar a revista para minha tia Sophie. Como presente do Dia das Mães, terei de comprar para ela um bonito casaco, que darei junto com a agenda de endereços MOMA que já comprei.

Quando chego em casa, a exaltação que senti na festa evaporou-se e ficou tão amarga quanto o cheiro de verduras cozidas que impregna meu minúsculo apartamento. Reproduzo cada conversa que tive, procurando comentários errados como quem procura pontos perdidos em um trabalho de tricô. Como pude me referir aos hotéis Crown como rede? Ou me estender num monólogo a respeito de como meu pai copiava as técnicas de gerenciamento de Harry Kron? Embora o velho tenha me dito educadamente que "estaria de olho" em mim, foi Natalie Baehr que ele escolheu e a quem deu seu cartão.

"Estou pensando em modificar o logotipo dos hotéis Crown", ele disse à assombrada e muda Natalie. "Acho que eu poderia fazer alguma coisa com essa tiara extraordinária que você criou."

Muito bom para Natalie, penso, abrindo meu sofá-cama com tanta violência que prendo as mãos nas ripas do estrado. Eu devia estar feliz por ela. Devia exultar com o sucesso de minha aluna.

Entretanto, já deitada, pensando na estranha mistura de meus alunos na exposição, chuto os lençóis e me reviro, inquieta. Que grande erro! Harry Kron não foi o único a dizer a Natalie como poderia ser encontrado. Vi que ela e Aidan trocaram números de telefone. Como eu podia contar a essa moça que Aidan é um ex-presidiário?

Viro-me para o outro lado e tento pensar em algum aspecto positivo da noite. Alguns de meus alunos da Grace pareciam estar se divertindo muito. A sra. Rivera envolveu-se numa conversa animada com vários alunos já formados do curso de tecelagem sobre bordados maias. Poucas vezes a vi tão à vontade. Mas, então, poucos minutos antes de ir embora, notei o sr. Nagamora parado em um canto, sorrindo e movendo a cabeça para grupos de pessoas que simplesmente o ignoravam. Fui até ele, disse que gostara muito do modo como ele contara *A Mulher-Garça* e ofereci-me para andar em sua companhia durante parte do caminho para casa, mas nesse momento Phoebe aproximou-se com os exemplares da *Caffeine*, e quando me virei para o sr. Nagamora vi que ele se fora. Olhei em volta, procurando-o, mas ele fugira tão abruptamente quanto a ave de sua história, deixando para trás a mesma trilha de penas e sangue.

Fecho os olhos e um gemido alto me escapa diante da imagem que se estampa atrás de minhas pálpebras: gansos de *papier mâché* suspensos do teto da galeria, os ventres dilacerados soltando plumas brancas.

Saio da cama, vou ao banheiro e vomito bile amarga e esverdeada que parece água suja do mar. Sentindo-me um pouco melhor, arrumo os lençóis revoltos e torno a me deitar, esperando poder dormir. Começo a cochilar, então ouço a pergunta que

Harry Kron me fez e que nunca cheguei a responder: "Em que lugar do hotel sua mãe escrevia?"

A resposta é que ela escrevia em todos os lugares, entre os meses de outubro e maio, quando o hotel estava fechado. Primeiro escrevia à mão, usando o papel timbrado do hotel, o que naturalmente deixava tia Sophie furiosa, pois era papel caro. Se não bastasse esse desperdício, minha tia reclamava que ela roubava papel de correspondência dos quartos de hóspedes, de maneira que tudo precisava ser reposto antes de o hotel reabrir. Mesmo depois que meu pai comprou para ela uma grande quantidade do mesmo papel, minha mãe só o usava para datilografar o que escrevera, quando ficava satisfeita com o rascunho. Ela ia de quarto em quarto, até encontrar um onde sentia vontade de acomodar-se e escrever. Então, sentava-se à escrivaninha, tirava papel da gaveta, pegava a caneta-tinteiro que sempre levava no bolso e escrevia até que o suprimento de papel acabasse. Em seguida, procurava outro quarto, deixando para trás as folhas escritas, ou levando-as consigo, mas de forma tão descuidada, que algumas caíam ao longo dos corredores, deixando um rastro branco, como penas perdidas de uma ave ferida.

Meu pai e minha tia, e mais tarde eu também, juntávamos as folhas e as devolvíamos a ela, que as colocava em uma pilha que crescia lentamente durante o inverno, como um monte de neve. Um pouco antes da chegada da primavera, ela se isolava em um dos quartos e então, após um período de silêncio, ouvíamos as batidas ritmadas das teclas da máquina de escrever, soando como chuva no telhado.

Era difícil imaginar que um livro sairia daquele modo desordenado de escrever, mas dois haviam saído. Só depois que eu nasci foi que as coisas pareceram não funcionar direito. A pilha de folhas brancas cresceu, o trabalho de datilografia começou, mas os anos passaram, e nenhum livro surgiu. Era como se ela estivesse fiando em um tear vazio.

Em algum momento, no meio da noite, começa a chover, e é o som da chuva que finalmente me faz dormir e me acompanha em meu sonho, no qual percorro os corredores do hotel Equinox, não fugindo do som, mas seguindo-o, tentando encontrar sua fonte. Subo a escadaria principal, apalpando a parede, tentando captar a vibração. A princípio sinto apenas um leve estremecimento, mas então o tremor aumenta, e percebo que estou chegando perto. O lustre no patamar do segundo andar balança tanto, que as gotas de cristal cantam como sinos pendurados em uma janela, tocados pelo vento. O movimento violento, que sacode o hotel como um terremoto, vem do primeiro quarto no topo da escada, e a porta vibra nas dobradiças.

Eu me aproximo, e só quando ponho a mão na maçaneta de vidro lapidado é que me lembro que aquele é o lugar onde estou proibida de entrar, uma suíte reservada para hóspedes muito importantes. Mas é tarde demais, a porta se abre, o barulho cessa, deixando um horrível silêncio no lugar. Alguma coisa sai de uma gaiola preta na janela e volta-se para mim, mas um forte golpe de vento atinge meus olhos esgazeados e por um momento me cega. Quando volto a enxergar, o quarto está vazio, mas o sopro da brisa que entra pela janela aberta me lembra o toque da asa que roçou meu rosto úmido.

É de manhã, quando abro os olhos. A janela acima de minha cama abriu-se durante a noite, e a chuva molhou os lençóis. O telefone está tocando. Atendo, e minha voz é como um grasnido. Por um instante, ainda meio adormecida, penso na gigantesca ave suspensa acima da velha máquina de escrever. Em meu sonho, a ave arranca penas do peito para alimentar o rolo vazio da máquina. A pessoa no outro lado da linha tosse levemente, e passo o receptor para a outra orelha. Capto apenas a última parte de meu nome:

— ...feder?

— Íris Greenfeder, sim — respondo.

— Aqui é Hedda Wolfe. Fui agente de sua mãe. Quero ver a biografia dela que você está escrevendo.

9

— A LOBA? HEDDA WOLFE, a agente literária? — Jack pergunta naquela noite.

Quando telefonei, para contar que Hedda Wolfe me ligara, ele disse que ia a minha casa, embora fosse uma terça-feira.

— A própria — afirmo. — Li um artigo, na revista *Poetas e Escritores*, que seu escritório é chamado de toca da loba. Há quem diga que ela devora escritores.

— Ou os cria — Jack opina. — Ouvi dizer que ela conseguiu um adiantamento de alguns milhares de dólares pela primeira coletânea de contos de um jovem de vinte anos.

Surpreende-me que Jack — em geral tão abertamente desdenhoso da comercialização das artes — pareça impressionado pela quantia de "alguns milhares de dólares". Mergulho um talo de aspargo no molho holandês que resolvi preparar quando Jack apareceu em minha porta com um maço de tenros aspargos e uma braçada de lilases. O molho ficou cheio de grumos porque, enquanto eu o estava mexendo na panela, Jack encostou o rosto em minha nuca e me abraçou por trás, aninhando-se contra meu corpo. Essa é nova, pensei, desligando o bico de gás e virando-me lentamente no círculo de seus braços como um apertado novelo de linha desenrolando-se. Continuei com essa sensação, enquanto fazíamos amor, de algo fortemente enrolado, desenrolando-se devagar, mas com uma urgência que eu julgara perdida havia muito tempo. Tivemos essa urgência um dia, quando Jack, impaciente demais para abrir o sofá-cama, me deitou no largo banco sob uma das janelas.

Quando nos conhecemos, tanto ele como eu estávamos namorando outras pessoas: ele, uma aluna de arte da Cooper, e eu, um professor de literatura medieval da Universidade Municipal. Mas o ardor de Jack me arrebatara completamente. Na primeira noite em que eu o levei ao meu apartamento, fizemos amor de pé, contra uma janela, tão violentamente, que os vidros tremeram nos caixilhos, e depois outra vez, na cama. E no meio da noite, quando acordei com ele me acariciando. Assim que abri os olhos, ele entrou em mim e teve um orgasmo rápido, sem me esperar, sem se desculpar. Não me importei, fiquei admirada com a necessidade que ele tinha de mim. Nunca mais aconteceu algo como aquilo. Jack tem sido um amante cortês e generoso em todos esses dez anos de nosso relacionamento, mas às vezes eu sinto que aquela terceira vez em que fizemos amor, em nossa primeira noite, foi a última em que ele me quis mais do que eu o queria. A lâmina afiada embotou-se, o desejo sofreu um leve declínio, fazendo com que seja eu quem sempre fica querendo mais.

Amante e amada. Não é preciso ser as duas? Tenho me sentido a amante, nesses dez anos, mas hoje percebo uma ligeira mudança, algo tão sutil quanto o fino borrifo de chuva que se infiltrou pelas frestas da janela e molhou minhas costas, uma mudança no olhar com que ele me seguiu, quando voltei ao fogão para acabar de preparar o molho holandês e cozinhar os aspargos no vapor. Uma mudança na maneira como ele me observou pôr os pratos na cama, como se eu fosse uma poderosa feiticeira, e o cheiro de molho de manteiga e limão, um encantamento tecido por mim. Até os lilases, que estavam fechados e, de modo decepcionante, sem perfume, quando Jack os trouxera, abriram-se no calor do apartamento, no calor de nossos momentos de paixão, e exalaram sua inebriante fragrância roxa, aquela fragrância de flores que têm vida curta e desabrocham uma única vez.

É só quando estamos comendo os aspargos e o grumoso molho holandês, que me pergunto até que ponto essa mudança pode ser atribuída a meu recente sucesso e me sinto impelida a confessar minhas reservas a respeito de Hedda Wolfe.

— Minha mãe teve uma desavença com Hedda — conto.

— Você sabe por quê?

— Ouvi minha mãe dizer a meu pai que Hedda queria que ela renunciasse a tudo em favor da literatura, até da família.

— Como você interpretou isso?

— Penso que Hedda disse a minha mãe que ela não devia me deixar nascer. Devia achar que um filho prejudicaria sua carreira de escritora.

— E estava certa.

Eu rio para que Jack não veja como seu comentário me magoou. Além disso, a situação não deixa de ser engraçada. Hedda Wolfe — juíza literária, criadora e destruidora de escritores — quase me tirou a existência, trinta e seis anos atrás, como quem tira de um texto uma metáfora deslocada ou uma passagem prolixa.

— Obrigada, Jack — agradeço, tentando falar em tom de brincadeira. — Em outras palavras, você acha que teria sido melhor, se eu não nascesse.

— Você sabe que eu não quis dizer isso, Íris, mas penso que a história que sua mãe contava é a respeito das conseqüências sofridas por alguém que desiste de sua arte. É uma advertência.

— Bem, talvez seja uma advertência contra o perigo de se hospedar em hotéis baratos com amantes ilícitos...

— O que levou sua mãe a fazer isso? Acha, realmente, que ela teria ido para aquele hotel com um amante, se houvesse continuado a escrever? Teria de procurar satisfação em outro lugar, se houvesse terminado o terceiro livro?

Parece uma explicação pouco convincente, mas é a primeira vez que vejo Jack declarar a crença de que monogamia e fidelidade conjugal são apanágios do artista que se sente realizado. É um pensamento atraente. Talvez seja isso que o tem mantido um tanto longe de mim todos esses anos — o senso de que sou incompleta como artista. Talvez agora eu consiga algo mais do que um contrato de alguns milhares de dólares com meu livro.

— Vou ter de fazer muita pesquisa — comento. — Sei muito pouco, quase nada, do começo da vida de minha mãe. Pode ser que eu precise passar algum tempo no hotel, no verão, principalmente porque parece que será a última temporada do Equinox.

— Será bom para você — ele diz, afagando minha mão, então chegando mais perto e tocando meu rosto. As mãos dele cheiram a limão e manteiga. — Eu gostaria de sair da cidade, quando as aulas terminarem.

— Acredito que minha tia nos deixará ocupar os aposentos do sótão. — Aconchego-me a ele, fazendo com que me abrace. — A luz lá em cima é boa, e a paisagem, maravilhosa.

Jack não se dá ao trabalho de me dizer, como geralmente faz, quando menciono a famosa vista que se tem do hotel Equinox, que não é pintor de paisagens. Está absorto demais, admirando a paisagem de um de meus quadris, da curva de minhas costas, da depressão atrás de meu joelho. O lento desdobramento que experimentei antes torna-se agora uma palpitação, como se, o que eu pensava que fosse algo verde e com raízes, fosse, o tempo todo, um ser que batesse as asas no casulo de minha carne.

Caminhando para o apartamento de Hedda Wolfe na manhã seguinte, levo comigo a lembrança da noite com Jack, como um poder secreto: visão de raio X ou a capacidade de voar. Tornei-me um dos super-heróis de minha mãe, aquelas criaturas sobre as quais ela escrevia, que escondiam as asas entre as omoplatas e tinham brânquias escondidas no meio do peito. Imagino sentir o cheiro de lilases, então percebo que de fato sinto, pois as floriculturas e mercearias coreanas da rua Washington estão cheias deles. As grandes cabeças oscilantes — como a de bobos *spaniels* de orelhas compridas — das pencas de flores roxas estão em todos os cantos. De onde elas vêm? Não são flores cultivadas em estufas. Lembro-me dos arbustos que ladeavam a entrada de carros do hotel, que floresciam apenas durante uma semana ou duas, em maio. Não valia a pena cultivá-los, minha tia Sophie dizia, tentando convencer Joseph a arrancá-los e plantar algo que tivesse uma aparência mais arrumada, como uma sebe de buxos ou árvores, teixos, por exemplo. Mas Joseph sabia que os lilases eram os favoritos de minha mãe e envolvia-lhes as raízes a cada outono para ajudá-los a atravessar o inverno gelado. O que acontecerá aos lilases, se o hotel for vendido e fechado? Pensando nisso, o que acontecerá a Joseph, que agora deve estar perto dos oitenta?

Quando entro na rua Catorze, na direção do rio, o perfume de lilases é substituído pelo cheiro de sangue, acre, metálico. Passo por um grande galpão, onde um homem está lavando a calçada com uma mangueira. Vejo vultos brancos nas sombras lá dentro e desvio o olhar para o lado do rio, onde prédios baixos oferecem uma vista inusitada de céu aberto e sol. Noto um novo café na esquina, uma imitação dos cafés ao ar livre de Paris, e a fachada branca de uma nova loja de roupas. Verifico o endereço que Hedda Wolfe me deu, esperando não ter anotado errado. Embora o distrito de frigoríficos agora também abrigue lojas e restaurantes, não pensei que ali houvesse residências, e Hedda deixou claro, ao telefone, que estava me convidando para ir à casa dela. "Afinal, eu a conheço desde que você era um bebê", disse.

Quando finalmente encontro o número, vejo que se trata de um prédio industrial, um antigo armazém. Toco o interfone e luto contra a pesada porta de aço. Preciso tocar três vezes, antes de conseguir abri-la.

O andar térreo é amplo, sem paredes divisórias, algo que não se vê muito mais na cidade. O térreo do prédio onde Jack ocupa o sótão era assim, dez anos atrás, mas ali agora funciona uma loja sul-americana de móveis. Na penumbra do espaço cavernoso noto uma balança sob um gancho enorme pendurado do teto. Uma imagem das carnes em envoltórios brancos que vi no galpão, lá na rua, passa por minha mente, mas é claro que ali onde estou não há nada. Em vez do cheiro de sangue, sinto o leve odor de café em grão. À direita, vejo uma escada íngreme que vai até outra porta de aço.

Começo a subir os degraus de ferro, e pelos furos que a ferrugem produziu em alguns pontos, vejo o chão abaixo. Aquele lugar não é nada parecido com a casa que imaginei que a famosa Hedda Wolfe escolheria para morar. Eu esperava aposentos carpetados, paredes forradas de estantes de livros, em uma casa em Chelsea, com vasos de plantas e raras primeiras edições expostas em vitrines embutidas.

Bato na porta de metal e ouço a voz que reconheço imediatamente responder:

— Entre.

Voz de capitão de navio, penso, girando a maçaneta.

E a sala onde entro lembra mesmo um navio. Tenho a impressão de estar no convés de um luxuoso transatlântico, talvez por causa das janelas de vidro fosco, em forma de meia-lua, que vão do chão ao teto, ou da luz móvel que ondula nas paredes verde-claras, como o reflexo da água em uma caverna. Mas ali esse efeito não é produzido por água, mas pelo movimento dos galhos das árvores lá fora. Um longo sofá preto e sem encosto, bastante afastado da parede, estende-se ao longo das janelas, como se alguém fosse sentar-se ali, de costas para a sala, para admirar os quadros, ou, nesse caso, as vidraças opacas que não oferecem nenhuma vista.

Junto à parede oposta, há uma fileira de cadeiras de metal e espaldar reto. Imagino que sejam arrumadas em círculo, durante os workshops de Hedda. E, lá no fim da luz ondulante, está ela, sentada atrás de uma escrivaninha larga de tampo feito de pedra preta-esverdeada abaixo de outra janela em forma de meia-lua, mas de vidro transparente, em vez de fosco. Ela só se levanta e sai de trás da escrivaninha para me receber, quando começo a andar em sua direção. Tenho a impressão de que Hedda Wolfe está acostumada a ver as pessoas pararem, hesitantes, na soleira. Ando pelo assoalho de tábuas largas e estendo a mão para apertar a dela. Então me lembro, no instante em que ela ergue ambas as mãos e toca meus braços logo acima dos cotovelos, que me disseram que Hedda sofre de artrite grave — tão grave que não lhe permite apertar a mão de outra pessoa. Privada desse cumprimento convencional, fico imóvel, enquanto ela me observa com seus grandes olhos cinzentos, de pálpebras ligeiramente caídas.

Se eu não tivesse ouvido sua voz me mandando entrar, duvidaria de que se tratava da mesma mulher com quem falei ao telefone. Não sei bem o que esperava. Que ela tivesse garras, talvez? Glória Swanson em *Crepúsculo dos Deuses*? Mas não esperava ver uma mulher esbelta, elegante, com cabelos prateados cortados na altura do queixo, vestido de seda lilás, pérolas no pescoço e nas orelhas.

— Vejo Kay em você, e também vejo Ben — ela diz, descendo as mãos macias e nodosas ao longo de meus braços, ainda sustentando meu olhar. — Fiquei muito triste, quando soube da morte de seu pai no ano passado. Escrevi a Sophie e pedi-lhe que lhe transmitisse minhas condolências, mas talvez... Seja como for, fiquei triste. Seu pai era um homem refinado. Um príncipe.

Ela me fita por tempo suficiente para ver as lágrimas que me sobem aos olhos; então, com um gesto, me convida a ocupar uma das duas poltronas diante da escrivaninha e senta-se na outra.

— Fale-me de seu livro — pede. — O que a levou a escrevê-lo? E por que agora?

— Não sei — respondo com sinceridade. — Comecei a pensar na história da mulher-foca que minha mãe me contava e usei-a como modelo de redação para meus alunos. Fiquei surpresa com a reação entusiasmada deles à idéia de recontar contos de fadas que ouviram na infância.

Paro de falar, pensando nas mãos feridas de Gretchen Lu, e percebo que estou olhando para as de Hedda, pousadas em seu colo, com as palmas para cima, repuxadas, como peças tricotadas com pontos apertados demais. Olho rapidamente para o rosto dela e surpreendo uma expressão de impaciência em seus olhos.

— Então, não foi porque encontrou algo novo, como cartas ou um manuscrito?

Ela se inclina em minha direção, as mãos movendo-se, como que agarrando alguma coisa, mas me lembro de que é apenas a artrite que as faz parecer garras de bruxa. No entanto, entendo por que as pessoas têm medo dela. Hedda é a última pessoa que eu gostaria que lesse algo escrito por mim. Esse pensamento me dá força para ser honesta.

— Para dizer a verdade, nem tenho certeza de que quero escrever sobre minha mãe, ou de que conseguiria. Não sei muita coisa sobre ela. Nunca a ouvi falar de sua infância, da família, de nada do que aconteceu em sua vida antes de ela aparecer no hotel Equinox com uma única mala.

— Kay nunca falou da vida que levara antes de ir para o hotel — Hedda confirma, e a expressão de seu rosto torna-se mais suave. — Com ninguém.

Dou de ombros.

— Talvez não houvesse muito o que contar. Talvez ela tivesse tido uma vida totalmente sem graça e por isso criou um mundo de fantasia, Tirra Glynn, uma terra mágica, habitada por duendes, fadas e seres que mudam de forma.

— Exatamente — Hedda murmura, inclinando-se ainda mais para a frente, os olhos brilhantes de interesse.

É quase emocionante sentir aquela inteligência focalizada em mim, e imagino que estou vendo o lado oculto de sua personalidade áspera, que devo receber sua aprovação como recebo a luz do sol. Ela tenta entrelaçar os dedos, mas eles voltam a pousar inertes nas dobras do vestido de seda.

— Exatamente, o quê? — pergunto num fio de voz, horrorizada e envergonhada.

Aquelas mãos... É terrível pensar que uma mulher que passou a vida ajudando escritores a crescer agora provavelmente não consiga segurar uma caneta.

— Seres que mudam de forma. Kay deixou uma vida para trás, quando foi para o Equinox. É como se houvesse começado a existir ali no hotel, no verão de 1949, quando estava com vinte e cinco anos de idade. Ela inventou a si mesma, tornou-se uma de suas próprias personagens. Mas aquilo de que ela estava fugindo, fosse o que fosse, sempre aparecia em seus livros. Foi por esse motivo que ela não queria que o segundo fosse publicado.

— Ela não queria que o segundo livro fosse publicado? — repito estupidamente.

A idéia de um escritor não querer ver sua obra publicada é tão absurda para mim, que abro a boca de espanto.

— Nem mesmo o primeiro. Seu pai nunca lhe contou?

Abano a cabeça. Depois que minha mãe se foi, passei a evitar falar sobre ela na presença de meu pai. Era doloroso demais ver a expressão de seus olhos, quando ele ouvia alguma referência a ela.

— Foi ele quem me mostrou o primeiro livro de Kay. Eu me hospedava no Equinox todo verão, com minha avó, e então, quando aos vinte e poucos anos, consegui meu primeiro trabalho como agente literária, continuei indo lá para passar os fins de semana. Sua mãe sempre me fascinou. Ela era... tão linda, mesmo no tempo em que ainda era camareira, que fazia com que eu me sentisse uma intrusa, quando entrava em meu quarto e a encontrava arrumando a cama. No dia em que ela se casou com seu pai... bem, até os hóspedes, os costumeiros, que iam lá ano após ano, assistiram à cerimônia, no jardim. Foi como um conto de fadas, as pessoas sabiam que ela era especial. E quando fiquei sabendo que ela passava o inverno escrevendo, decidi que tinha de conhecer seu trabalho. Pedi a seu pai que me ajudasse, e ele me mostrou o rascunho do primeiro livro.

— Ele fez isso sem falar com ela?

— Fez, eu o convenci, dizendo que provavelmente Kay tinha receio de que o livro não fosse bom, que ninguém quisesse publicá-lo. Mas não era nada disso.

— Ela teve de concordar em deixar que o livro fosse publicado, não teve?

— Claro, mas quando ela ficou sabendo que seu pai me deixara ler o rascunho, eu já conseguira uma oferta de uma editora, e a quantia era muito boa na época. Como sua mãe poderia rejeitá-la? Ela e seu pai precisavam de dinheiro...

— Por minha causa? Porque ela estava grávida?

Hedda Wolfe ergue uma das mãos atrofiadas até a testa para proteger os olhos do sol que entra pela janela e fixa os olhos em mim.

— Querida, isso aconteceu alguns anos antes de você nascer. Mas ela estava grávida. Aquele foi o primeiro aborto...

Sinto a boca repentinamente seca. Era a primeira vez que ouvia falar que minha mãe abortara. Mas, afinal, quem me contaria?

— O primeiro?

— Não sabia? Ela teve dois, antes de você nascer. Não pode imaginar como ela ficou feliz, quando teve você. E todos nós ficamos felizes com ela.

— Quer dizer que a senhora não era contra ela ter filhos?

Hedda ri. É a primeira vez que a ouço rir, e o som me surpreende por sua leveza.

— Não! Por que seria? Fiquei contente por ela e, francamente, vendo as coisas de modo egoísta, achei que isso a impediria de ir embora. Kay sempre dava a impressão de que ia voar e desaparecer em um segundo, como uma tímida ave sempre pronta a fugir. Eu queria que ela ficasse onde estava e escrevesse seus livros, e foi o que ela fez... pelo menos por algum tempo.

— Mas não terminou o terceiro livro.

— Não? Mas ela ainda estava escrevendo, não estava?

Olho pela janela atrás da escrivaninha, onde os galhos de um plátano arranham o vidro. O verde tenro das folhas de primavera está se tornando mais escuro, e um pardal saltita entre elas em busca de alimento. Recordo o sonho com minha mãe, no qual ela era uma grande ave arrancando penas do peito e pondo-as na máquina de escrever em forma de gaiola, do som ritmado que me seguiu através dos corredores.

— De fato, ela continuou a escrever nos quartos de hóspedes, usando o papel timbrado do hotel... — Noto que Hedda sorri, como se aquela fosse uma cara lembrança para ela. — Eu a ouvia datilografando... Mas os anos foram passando, e nenhum livro apareceu.

— Isso não quer dizer que ela não o tenha escrito. Tenho motivos para pensar que sua mãe terminou o terceiro livro.

— Mas como poderia saber? Pensei que ela e a senhora houvessem tido uma desavença...

Eu não pretendia tocar naquele assunto, mas me sinto incapaz de controlar o rumo da conversa. É óbvio que Hedda Wolfe tem as rédeas nas mãos, desde o começo.

— Ben me contou. Nós dois ainda conversávamos. Ele se preocupava com Kay, que andava distraída e muitas vezes desaparecia. Disse que ela terminara o terceiro livro, mas que não queria que ele fosse publicado. Ela, porém, dissera isso a respeito dos dois primeiros, mas se rendera e parecera ficar mais sossegada após a publicação de cada um deles. Ben achou que, se eu a persuadisse a publicar o terceiro, ela talvez pudesse livrar-se do medo que a perseguia. Conseguiu convencê-la a falar comigo por telefone, e ela me disse que eu poderia não gostar do livro, mas concordou em me deixar lê-lo, quando o terminasse. Ia trazê-lo para mim, quando viesse à cidade para aquela conferência a que não chegou a comparecer.

— Se o trouxe, ele se queimou no incêndio. Nunca saberemos.

Hedda Wolfe abana a cabeça com impaciência.

— Kay deve ter feito uma cópia com carbono, como sempre fez, mas Ben disse que não a encontrou. Penso que ela a escondeu antes de vir para Nova York.

— Então, acha que a cópia está escondida em algum lugar do hotel.

Não consigo disfarçar o desapontamento. É isso o que a grande Hedda Wolfe quer de mim: que eu encontre o manuscrito perdido de minha mãe. Suponho que devia estar excitada com a idéia de que ele ainda existe. Passei a vida toda lendo os dois livros de minha mãe, tentando decifrar suas histórias míticas, em busca de uma mensagem para mim. E sempre me senti prestes a conseguir, como se os homens alados e as mulheres anfíbias de repente saltassem das páginas e me dissessem por que minha mãe me deixou quando eu tinha dez anos, para ir encontrar-se com um estranho em um hotel, e lá morreu. Mas, se os dois primeiros livros não me deram nenhuma resposta, por que devo acreditar que o terceiro daria?

— Pensei que já houvesse encontrado a cópia — Hedda comenta. — O título de seu artigo me levou a acreditar nisso. É o mesmo que sua mãe ia dar ao último livro de sua trilogia: *A Filha da Mulher-Foca*.

10

Depois de tudo o que ouvi no escritório de Hedda Wolfe, estou preocupada demais para poder dar uma boa aula, de modo que peço a meus alunos da Grace que escrevam uma dissertação de cinco parágrafos sobre o tema *O que o novo milênio significa para mim*. Sei que vou me arrepender disso depois, quando acrescentar vinte novas redações à pilha de trabalhos não corrigidos, mas pelo menos terei tempo para ficar olhando pela janela, para o fluxo do tráfego que se arrasta em direção ao túnel Lincoln, enquanto tento entender o que estou sentindo.

Eu devia estar exultante. Não apenas assinei meu primeiro contrato com uma renomada agente literária, como obtive duas informações sobre minha mãe que talvez aliviem o peso do fardo que tenho carregado durante tantos anos. A primeira é a de que ela ficou feliz quando nasci. Sempre achei que ela evitou ter filhos por tanto tempo porque receava que a maternidade interferisse em sua arte. Afinal, que mulher de sua geração esperaria chegar à idade de trinta e oito para ter o primeiro filho? Mas, se o que Hedda me disse é verdade, e minha mãe teve dois abortos antes de me dar à luz, então ela deve ter desejado um filho o tempo todo.

A segunda informação me parece ainda mais importante: minha mãe terminou o terceiro livro da trilogia sobre Tirra Glynn. Sempre acreditei que ela não o terminara por minha causa. Eu a seguia pelos corredores, apanhando as folhas que ela deixava cair, procurando ouvir as batidas das teclas da máquina de escrever de modo que pudesse encontrá-la. Eu não conseguia deixá-la em paz. Não me admira que ela mudasse tantas vezes de quarto para escrever! Eu a seguia aonde ela fosse, pedindo que brincasse comigo, me contasse uma história, exigindo seu tempo, sua atenção. Ela erguia os olhos do papel na máquina de escrever e por um momento — apenas um breve momento — eles pareciam vazios. Como se ela houvesse esquecido quem eu era. No instante seguinte, parecia arrependida e cedia a minhas exigências, especialmente quando eu lhe pedia uma história. Devia sentir-se culpada por aqueles poucos segundos em que não me reconhecera — como uma mãe esquece a própria filha? — e eu tirava vantagem dessa culpa, embora nem toda a atenção do mundo, nem todas as histórias do mundo pudessem compensar completamente aquele momento em que eu não existira para ela.

Estremeço, e o sr. Nagamora se oferece para fechar a janela. Olho para a classe e vejo que quase todos os alunos terminaram a tarefa que lhes dei. Apenas a sra. Rivera ainda escreve freneticamente em seu caderno espiral.

— Quem terminou pode ir embora — digo. — Não se esqueçam de acabar de ler o livro de Rodríguez, *A Fome da Memória*, até a aula da semana que vem.

Viro-me de costas para os alunos e luto com a janela até conseguir fechá-la. Estou tentando desencorajar os que se demoram a sair, pois não tenho vontade de ouvir desculpas dos negligentes que me devem algum trabalho, nem de conversar ou de responder às perguntas dos mais interessados. Quando volto a olhar para a sala, a sra. Rivera ainda está lá, escrevendo em seu caderno, e quando ela ergue a cabeça, vejo que seus olhos estão vermelhos e inchados, sinal de que esteve chorando.

— O que foi, sra. Rivera? — pergunto. — Aconteceu alguma coisa?

Ela tira um lenço floreado do bolso e assoa o nariz.

— Desculpe, professora. Não quero aborrecer a senhora com meus problemas.

Dou a volta em minha escrivaninha e vou me sentar na carteira perto da dela. Tento me sentar de lado, de modo que possa olhá-la, mas o tampo atravessado a minha frente me impede, de modo que viro a carteira, com movimentos desajeitados e fazendo barulho, enquanto a sra. Rivera respira fundo, tentando conter as lágrimas.

— Calma — murmuro, pegando-lhe a mão.

Embora ela tenha mais ou menos a minha idade, suas mãos são grossas, como feitas de couro. Sinto as calosidades e a aspereza da pele. As empregadas do Equinox que trabalhavam na lavanderia tinham mãos assim, e me lembro de que a sra. Rivera um dia disse que trabalhara em um hotel.

— É a escola? — pergunto. — Mas a senhora está indo bem. Sua última redação, aquela sobre *Rapunzel*, mostrou que fez um grande progresso. Encontrei apenas duas sentenças truncadas e um parágrafo meio confuso. Tenho certeza de que passará nos exames.

Não tenho certeza nenhuma, mas estou desesperada para estancar-lhe as lágrimas, antes que comece a chorar também. Já sinto um aperto solidário na garganta.

— Não, não é a escola, professora. Sua aula é a única coisa que está dando certo para mim agora. A culpa foi minha. Eu me diverti muito na exposição de arte que visitamos na semana passada. Sabe, a senhora é a única professora que faz essas coisas com os alunos, a única que realmente se importa conosco...

Eu me encolho, pensando em meu motivo egoísta para levar a classe à galeria.

— A culpa não foi sua, professora — ela diz após uma breve pausa.

— Culpa de quê?

— De eu ter perdido o emprego. Os Rosenberg me mandaram embora.

— Só porque chegou em casa um pouco mais tarde? Que horror! Olhe, posso mandar um bilhete para eles, ou telefonar.

A mulher abana a cabeça.

— Eles disseram que meu hálito estava cheirando a álcool. Só tomei um copo de vinho, professora, eu juro, nem gosto de beber. Eles já arrumaram outra babá e contaram às crianças. Não mudarão de idéia. Nunca voltam atrás, depois que dizem alguma coisa às crianças.

O queixo da sra. Rivera treme, quando ela diz "crianças", no entanto ela repete a palavra como se quisesse se endurecer contra a lembrança dos pequenos. Perdera não apenas o emprego, como também o contato com as crianças de quem cuidara durante anos. E isso acontecera em parte por minha causa.

— Deixe-me pelo menos tentar falar com eles — peço. — Não é porque contaram às crianças, que não podem mudar de idéia.

— Não, eles dizem que voltar atrás, depois de tomar uma decisão, destrói sua... credi...

Hesita diante da dificuldade da palavra, e eu ajudo:

— Credibilidade?

Ela concorda, movendo a cabeça.

Posso muito bem imaginar como são os Rosenberg de Great Neck. Pessoas cheias de princípios, que pagam plano de saúde para as babás e respeitam todos os seus direitos — para o caso de elas tentarem processá-los — e impõem limites aos filhos no que diz respeito a doces e televisão.

Aperto a mão calejada da sra. Rivera.

— Talvez eu possa ajudá-la a conseguir outro emprego.

Na quinta-feira, tento mais uma vez falar com tia Sophie antes de sair para dar minha aula na Rip Van Winkle. Estou tentando há uma semana. Desde que tive a idéia de arrumar um emprego para a sra. Rivera no hotel, venho me sentindo melhor a respeito da biografia de minha mãe. Não que faça muito sentido, mas penso que meu plano de passar o verão no hotel — interrogando minha tia e hóspedes antigos que conheceram minha mãe e vasculhando tudo em busca de um manuscrito perdido — me ajudará a evitar que a sra. Rivera seja deportada para o México, e isso faz toda essa coisa parecer menos mercenária. No entanto, tudo ainda depende da aprovação de tia Sophie, que fica incomunicável justamente quando estou disposta a aceitar o emprego que ela está tentando me impingir há anos. Janine, a telefonista do hotel, me pareceu embaraçada, na última vez em que telefonei, e começo a crer que minha tia está me evitando.

— Ela estava aqui um minuto atrás — Ramon me diz. — Ela tem se portado como um furacão, correndo de um lado para outro a semana toda, mas não diz por quê. Todos nós suspeitamos que o hotel vai receber uma celebridade . Quer que eu peça a ela para lhe telefonar?

Respondo que vou estar fora de casa a maior parte do dia, mas que tia Sophie pode me ligar à noite. Durante todo o caminho até a estação Grand Central, pergunto-me se o que Ramon disse tem fundamento, ou se não passa de tagarelice. Uma celebridade? No hotel Equinox? Cem anos atrás, talvez. Presidentes haviam se hospedado ali, assim como estrelas do cinema, famosos jogadores de beisebol, até um chefão da máfia — que meu pai me mostrou um dia, quando o homem estava andando no roseiral — e, de acordo com minha tia, uma princesa russa. Mas aquele tempo acabara. A clientela do hotel, nos últimos vinte anos, tem sido uma mistura heterogênea de refugiados políticos, músicos, pintores, observadores de pássaros e netos já idosos de famílias que costumavam passar o verão ali, saudosos daqueles tempos felizes.

Minha tia só teria tanto trabalho se estivesse esperando a visita de um possível comprador do hotel.

Essa idéia me faz estacar no meio do saguão de entrada da estação, tão abruptamente, que sou atropelada por passageiros que acabaram de desembarcar e correm como uma enchente em direção à rua. Procuro o refúgio do quiosque de informações e olho para a abóbada azul-esverdeada, muito acima de mim, como que tentando ler meu futuro nas constelações ali pintadas. Meu futuro. O futuro do hotel. Claro que seria bom, se aparecesse um comprador. Mas, e se o novo dono quisesse demolir o hotel e construir outro no lugar? Isso levaria anos. Não haveria emprego para mim nem para a sra. Rivera, para não falar em minha tia, em Joseph ou Janine, que já deve ter passado bastante dos setenta.

Olho para o relógio e vejo que cheguei bem antes do horário do trem para a Rip Van Winkle. Costumo ir de ônibus para a estação — metrôs me causam ataques de claustrofobia — mas hoje, ainda flutuando na promessa de Hedda Wolfe, tornei-me um pouco mais liberal e tomei um táxi.

"Acho que consigo vender a biografia que você está escrevendo, quer encontre o terceiro livro dela, ou não", Hedda me disse. "Mas, se pudéssemos apresentar o seu livro e o dela ao mesmo tempo, acredito que eu poderia conseguir um adiantamento muito bom."

Eu não fazia idéia do que Hedda Wolfe considerava "um adiantamento muito bom", mas imaginava que fosse muito mais do que eu jamais ousara esperar. Não que dinheiro seja o mais importante. Faz anos que mando contos e artigos para pequenas revistas, participo de workshops, assisto a palestras e seminários, orbitando à margem da vida literária de Nova York, como tantos outros. No entanto, a possibilidade de me tornar uma autora publicada sempre permanecia tão distante quanto uma das pequenas lâmpadas que pontilham o teto pintado acima de mim. Se eu não puder passar o verão no hotel, se não encontrar o manuscrito do terceiro livro de minha mãe, meu sonho continuará sendo apenas o que é, um sonho distante.

Saio da sombra do quiosque para a luz do sol que entra pelas três gigantescas janelas arqueadas na parede leste do terminal. É como tomar um banho de luz. Abro caminho no meio da multidão e não consigo distinguir o rosto das pessoas que vêm em minha direção, porque elas estão de costas para o sol. A luz é tão forte, que age quase como neblina, deixando as imagens borradas. Curvo a cabeça, protegendo os olhos com uma das mãos, e ando para o portão de embarque, mas paro quando um vulto escuro bloqueia meu caminho. Não vejo o rosto da pessoa, mas noto que é um homem alto de terno cinzento que cintila à luz como uma pele de animal. Casimira, penso. Ou alpaca. O tecido é tão atraente que sinto vontade de tocá-lo. O jeito como o homem me olha — presumo que me olhe, pela inclinação de sua cabeça — é desconcertante, e tento recomeçar a andar, mas ele toca meu cotovelo e vira-se para ficar a meu lado. Assim que vejo seu rosto, o reconheço. É Harry Kron.

— Ah, srta. Greenfeder, tenho pensado em você — ele diz, e não parece surpreso por me encontrar ali, no meio da estação Grand Central. — Que trem vai tomar?

— O Metrô-Norte das oito e cinqüenta e três — informo.

— Humm... Espere um minuto.

Chegamos ao portão da plataforma de onde meu trem vai partir. Harry olha para a placa indicadora das paradas e move a cabeça afirmativamente.

— Eu ia tomar o expresso, mas esse serve.

— Não quero atrasá-lo...

Espanta-me que o rico tio de Phoebe Nix ande de trem. Não devia estar em uma limusine, atrás de vidros escurecidos?

— Adoro trens — ele diz, como se lesse meu pensamento. — E a linha Hudson é uma de minhas rotas favoritas. Além disso, não consigo pensar em uma maneira melhor de passar uma manhã de primavera do que viajando ao longo do rio com uma linda e talentosa escritora. A menos, naturalmente, que você vá se ocupar com alguma coisa durante o percurso.

Penso nas redações não corrigidas na pasta que levo em minha sacola, mas dizer isso a Harry seria o mesmo que explicar a um garotinho que não posso levá-lo ao circo porque tenho trabalho a fazer.

— Eu adoraria viajar em sua companhia — afirmo.

— Ah, então vamos.

Harry Kron faz um gesto na direção da rampa como se fosse me levar a uma pista de dança. Muda a pasta de couro para a mão direita, me faz segurar seu braço esquerdo, e descemos para as entranhas da Grand Central, onde o trem das oito e cinqüenta e três nos espera, quase vazio. Encontramos facilmente dois assentos vagos, um de frente para o outro, junto das janelas voltadas para o rio. Harry me cede o virado para a frente e senta-se no outro. É tão alto, que nossos joelhos quase se tocam.

— Então, aonde está indo, nesta linda manhã de primavera? — pergunta quando o trem começa a se mover.

Falo de meu trabalho na penitenciária, e ele franze a testa, preocupado.

— Mas é seguro, trabalhar lá?

— Há sempre um guarda no lado de fora da sala, e todos os meus alunos são da ala de segurança média.

— Bem, ladrõezinhos e passadores de drogas. Não acredito que esse seja um modo produtivo de usar seu talento, srta. Greenfeder. Por falar nisso, gostei demais de seu artigo que saiu na revista de minha sobrinha. Não posso dizer o mesmo da maioria das bobagens que ela publica.

Saímos do túnel e emergimos para a amplidão da paisagem do rio, de modo que posso olhar modestamente para fora, enquanto agradeço o cumprimento.

— Devia estar usando seu tempo e talento para escrever, não para dar aulas a criminosos analfabetos — Harry Kron observa.

Fico dividida entre a indignação — penso em Aidan e em sua bonita versão de Tam Lin — e a gratidão por ter sido considerada talentosa. Decido ser honesta.

— Preciso do dinheiro — confesso.

Ele franze a testa, olhando para a janela, e parece um tanto embaraçado, como se eu houvesse mencionado alguma vergonhosa função corporal.

— Você precisa de um contrato para a biografia que está escrevendo. Tem um agente?

— Tenho — respondo. — Hedda Wolfe.

Ele me encara, alargando os olhos.

— Hedda? Muito bem.

— O senhor a conhece?

— Oh, conheço, sim. Fazemos parte da diretoria de várias instituições. Ela com certeza lhe conseguirá um adiantamento, para que você possa trabalhar em paz.

— Bem, ela disse que preciso de mais alguns capítulos, além do primeiro, e que ajudaria muito, se eu encontrasse o terceiro livro de minha mãe.

— Ela escreveu um terceiro livro? Pensei que houvesse escrito apenas dois. — Harry abre a pasta que leva sobre os joelhos e, para meu espanto, tira um exemplar de capa mole de um volume que reúne os dois livros de minha mãe, uma reedição dos anos

70, na época em que houve uma febre pela obra de Tolkien. Lembro que a ilustração da capa, uma sensual sereia ruiva, enfureceu meu pai. "Não há sereias nas histórias de Kay", ele reclamou durante dias. "Essa gente lê os livros dela?"

Minha tia replicava, dizendo que pelo menos receberiam um cheque pelos direitos autorais. De fato, o dinheiro pago por aquela edição custeou minha faculdade e o primeiro ano de pós-graduação.

— Seu pequeno artigo me inspirou a conhecer o trabalho de sua mãe, que, lamento dizer, não conhecia. — Harry Kron abana a cabeça, parecendo genuinamente contrito. — Não aprecio muito ficção científica... Ou você chama este gênero de fantasia? Mas achei os livros de sua mãe uma exceção. É fascinante o modo como ela tomou lendas do Velho Mundo e transformou-as, criando uma terra de fantasia. Essas mulheres-focas, por exemplo, que andam à procura de um colar perdido, de onde você acha que ela as tirou?

— Bem, elas vêm de uma história folclórica irlandesa, mas nunca encontrei nenhuma versão que falasse de um colar. Claro que a busca de uma jóia perdida é um tema arquétipo comum, como o anel na história de Tolkien, ou o vaso sagrado das lendas sobre a corte do rei Arthur... — Noto que os olhos de Harry tornam-se vagos, o que acontece com a maioria das pessoas, quando começo a usar termos como "tema arquétipo". — Seja como for, eu nunca compreendi o significado do colar, a rede de lágrimas, como ela o descreveu. Era para ser um presente de uma mãe para sua filha, mas foi roubado pelo perverso rei Connachar, no primeiro livro, e depois resgatado pelo herói Naoise, no segundo.

— Esse não devia ser o fim da história?

— Para infelicidade de Naoise, mas para alegria dos leitores que gostam de uma seqüência, o colar só lhe traz problemas. No fim do segundo livro, a mulher-foca Deirdre sabe que precisa encontrar a jóia e destruí-la. Talvez fizesse isso no terceiro livro, e seria aí que conheceríamos o significado do colar.

— E o que a faz pensar que existe um terceiro livro?

Digo a ele o que Hedda Wolfe me contou. Harry olha pela janela enquanto falo, aparentemente mais interessado nas elevações vermelhas dos rochedos Palisades e no brilho azul do Hudson do que no que estou dizendo.

— Estou planejando passar o verão no hotel, para procurar a cópia do manuscrito e conversar com pessoas que conheceram minha mãe.

— Ainda há muitas? — ele pergunta, saindo da preguiçosa contemplação da paisagem.

O ritmo do trem e a água luminosa do rio deixaram-me sonolenta, e abafo um bocejo antes de responder:

— Minha tia, Joseph, o jardineiro, e Janine, a telefonista. Talvez alguns dos hóspedes regulares, mas tudo vai depender de quantos irão para lá este verão.

Falo, então, das dificuldades financeiras enfrentadas pelo hotel, e Harry Kron anima-se um pouco. Ele entende muito mais disso do que de obscuras criaturas mitológicas. Conversamos algum tempo sobre hotéis, e ele se torna cada vez mais animado, falando de seus hotéis europeus favoritos, o Villa d´Este no lago Como, o Hassler em Roma — o primeiro onde trabalhou, depois da guerra, pois já vivera na Itália, estudando arte, antes do início do conflito —o Ritz, em Londres, o Charlotte, em Nice. Muitos dos nomes me são familiares, pois meu pai falava desses hotéis em suas reminiscências da Europa de pós-guerra, e digo a Harry quais eram os favoritos dele.

— Meu pai conheceu Joseph, nosso jardineiro, no Charlotte — conto. — Ele dizia que foi o tempo que passou na Europa, no fim da guerra, que lhe deu a idéia de dirigir um hotel.

— Ah, sim! — Harry Kron exclama, e seus olhos brilham. — A guerra abriu os olhos de muitos de nós para um mundo totalmente novo. Pode parecer um paradoxo, dizer que algum bem tenha resultado de tanto horror e tanta destruição, mas foi o que aconteceu, pelo menos para mim. Não foi o caso de meu irmão Peter, pai de Phoebe. Ele passou um ano em um campo de concentração no norte da Itália, e então, quando Mussolini morreu, fugiu e escondeu-se em uma propriedade perto de Ferrara, que pertencia a um velho amigo de nossa família.

Estou pensando no que Phoebe disse a respeito do pai, pintando-o como o vilão que levara sua mãe à morte.

— Ele ficou muito traumatizado com essa experiência num campo de concentração?

— Nunca falava muito a respeito. Preferia nos regalar com histórias sobre os vários meses em que ficou escondido na adega da condessa Oriana, e de sua fuga por desfiladeiros alpinos. Falava disso como de uma romântica aventura. Suponho que a vida comum de civil tornou-se insípida para meu irmão depois da guerra, e ele nunca conseguiu dedicar-se seriamente a coisa alguma. Para mim foi diferente, a guerra definiu meu futuro. Tive a grande oportunidade de servir como oficial, no trabalho de proteção a monumentos.

— Que trabalho era esse?

— Estávamos encarregados de proteger obras de arte e monumentos de importância artística nacional. Eu era aluno da Universidade de Cambridge, quando fui recrutado e mandado para a Itália, por causa do tempo que passara lá. Colaborei para recuperar alguns tesouros artísticos florentinos que haviam sido retirados da Galleria degli Uffizi pelos nazistas.

— Deve ter sido muito gratificante!

— Mais do que você possa imaginar. Fiz amizade com alguns americanos e decidi que, quando a guerra terminasse, levaria a cultura européia para os Estados Unidos. Vocês, americanos, descobriram a Europa depois da guerra. O gosto das pessoas, no que se refere a comida, vinho e arte, mudou. Tantas novas possibilidades! Era isso o que eu via, quando cheguei a Nova York, não apenas porque aqui havia dinheiro, mas porque as pessoas estavam querendo gastá-lo em... boa comida, bons vinhos, hotéis elegantes, como os da Europa.

— Então, fundou seu primeiro hotel, o Crown de Nova York?

— Exatamente. — Ele sorri para mim. — E seu pai também entrou no negócio de hotelaria.

Movo a cabeça, concordando. Claro que meu pai não tinha dinheiro para comprar um hotel. Tampouco acho que tivesse a mesma visão empresarial de Harry Kron. Acredito que ele via a vida em um hotel mais como um refúgio, um recanto de paz no qual abrigar-se depois de tudo o que vira na guerra.

— O país estava se reinventando — Harry prossegue. — E pensei que a melhor maneira de fazer isso era com viagens e hotéis. Num hotel bonito e elegante, as pessoas têm a possibilidade de reinventar a si mesmas.

— Meu pai dizia a mesma coisa. Dizia que férias dão às pessoas a oportunidade de revelar o que elas têm de melhor, e que é isso que um bom hotel deve fazer: trazer à tona o que existe de melhor dentro de cada um.

Harry Kron sorri.

— Eu gostaria muito de ter conhecido seu pai.

Perto demais das lágrimas para poder falar, apenas movo a cabeça, e nós dois olhamos pela janela, para a brilhante fita azul do rio, nosso constante companheiro de viagem. Percebo que estamos nos aproximando da estação onde vou desembarcar, e então o condutor anuncia o nome da prisão, que é também o nome da cidadezinha.

— Bem, esta viagem nunca foi tão rápida — digo, passando a alça da sacola pelo ombro. — Gostei demais de sua companhia.

— E eu, da sua — Harry afirma.

— Por favor, não se levante — peço, quando o vejo fazer menção de se erguer.

Mas ele se levanta e abre a porta que leva à plataforma entre vagões. Fica comigo lá, enquanto o trem entra na estação. Vejo os trilhos passando rapidamente abaixo de nós como os raios de uma roda, fundindo-se uns nos outros. Fico tonta, e Harry Kron põe a mão sobre a minha no corrimão a que me agarro. Percebo que ele próprio não se sente muito firme, porque aperta minha mão com tanta força que mordo o lábio para não gemer. Quando o trem pára, preciso arrancar a mão de sob a dele.

— Até logo — despeço-me, descendo os degraus de metal. Saltando para a plataforma, olho para trás. — Boa viagem e... — começo a dizer, mas o espaço entre os vagões está vazio.

De súbito, me ocorre que nem perguntei a Harry aonde ele estava indo.

11

Minha aula na Rip Van Winkle tem três horas de duração. Um intervalo não serviria de nada, porque nenhum de nós pode ir a lugar algum, de maneira que esse tempo parece interminável. Hoje, entretanto, é o exame final. Quando o último aluno acaba de escrever sua dissertação, vejo que consegui corrigir todos os trabalhos anteriores dessa classe. Não posso dispensar os homens mais cedo, então temos de ficar na sala até que o policial apareça para nos escoltar através do pátio. Falamos sobre a versão cinematográfica de *Otelo*, que lhes mostrei em fita de vídeo na última aula, aquela com Kenneth Branagh e Laurence Fishburne. Estava sendo muito difícil fazê-los compreender Skakespeare, então pensei que um filme ajudaria. Eles gostaram do ardiloso Iago, das lutas de espada, do porte majestoso de Laurence Fishburne. O que me preocupou foi que eles aplaudiram, quando Otelo matou Desdêmona.

— A vagabunda teve o que mereceu — um de meus alunos me diz.

— Mas ela não fez nada, não foi infiel — tento explicar.

Meu argumento cai em ouvidos surdos. O fato de Desdêmona ser inocente parece não ser levado em consideração, talvez porque esses homens estão acostumados a alegações de inocência. "Sou inocente, não fiz nada" é uma frase que não tem muito peso por aqui. Até Emílio Lara dá de ombros, como se concordasse que Desdêmona teve o que mereceu, mas sem querer dizer isso por ser um perfeito cavalheiro. Quando o policial entra na sala, sinto-me desanimada e deprimida. Ao passar pelo portão principal para ir embora, reflito que, se pudesse corrigir as redações agora, atribuir as notas e calcular a média final de cada um, não voltaria ali na próxima semana. Talvez o comentário de Harry Kron, de que estou desperdiçando meu talento com criminosos, tenha me afetado. Ou foi a discussão sobre *Otelo*. Ou, talvez, o fato de Aidan não estar mais naquela classe. De repente, fico desesperada para me livrar da obrigação de ir à prisão.

Vou a uma lanchonete na rua principal da cidadezinha e, enquanto como uma omelete grega e tomo várias xícaras de café, leio as redações finais dos alunos, dou as notas e passo-as para o relatório. Volto à prisão, entrego o relatório e, quando vou para a estação, o sol já está descendo para as montanhas no outro lado do rio. Passei ali o dia todo, mas pelo menos tenho a sensação de que concluí alguma coisa, algo raro para mim.

Preciso esperar meia hora pelo trem, então vou até uma das extremidades da plataforma e me debruço na cerca de arame de aço que separa o pátio ferroviário do rio. Ali o rio é largo, parece um fiorde, um rio engolido pelo mar, como os rios nos livros de minha mãe. "Muito tempo atrás, antes de os rios serem engolidos pelo mar..." Era assim que ela começava a contar a história da mulher-foca todas as noites. Suponho que essa seja apenas outra maneira de dizer "era uma vez".

O sol mergulha na direção das montanhas Catskill, e o rio assume uma fria cor azul de ardósia, tingido, imagino, pela água que sobe do Atlântico. As montanhas baixas no outro lado desdobram a luz em faixas que parecem feitas de pedras preciosas, esmeraldas, safiras, pérolas, ametistas. Fica difícil dizer onde as montanhas terminam e onde as nuvens arroxeadas do crepúsculo começam. É como se as montanhas estivessem puxando as nuvens carregadas de água para si, como uma mulher envolvendo os ombros num xale. Não é de admirar que os colonizadores holandeses pensassem que as montanhas eram a morada dos deuses da tempestade e dos espíritos. Parece que elas estão mesmo atraindo uma tempestade. Fecho os olhos para sentir o que resta do calor do sol, antes que a chuva comece a cair. Ainda estou de olhos fechados, quando sinto alguém tocar meu ombro.

Viro-me rapidamente e vejo Aidan Barry, que me olha, apertando os olhos contra os raios oblíquos do sol.

— Professora Greenfeder? Ah, eu vi que era a senhora.

— Meu Deus, Aidan! Não me assuste assim! Principalmente tão perto dos trilhos!

Uma observação absurda. Estamos a uma distância de pelo menos dois metros e meio da borda da plataforma, mas estou tentando disfarçar meu embaraço com uma admoestação professoral. Descobri, ultimamente que, perto de Aidan, preciso ficar lembrando que, além de ser sua professora, sou uns bons sete anos mais velha.

— Ah, eu não a deixaria cair nos trilhos, como Anna Karênina! Pelo menos, não antes de conseguir a carta de recomendação que estou querendo pedir à senhora.

Ele pisca para mim, como para acompanhar seu subitamente exagerado sotaque irlandês — ou pode ter sido por causa do sol. Eu me viro e começo a andar para que Aidan não tenha de ficar de frente para o sol para falar comigo, e não, digo a mim mesma, porque ficar sozinha com ele naquela ponta deserta da plataforma me deixa nervosa. Ele me segue, andando a meu lado.

— Que carta? — pergunto.

Ele faz um gesto de cabeça na direção da penitenciária.

— O oficial que está tratando de minha condicional disse que eu devia pedir a um de meus professores que escrevesse uma carta, dizendo que me tornei um bom cidadão, que estou regenerado. Pensei que a senhora poderia fazer isso por mim. Nenhum dos outros professores se deu ao trabalho de pelo menos aprender meu nome.

— Oh, isso não é verdade! — protesto.

Não posso imaginar que alguém tenha Aidan como aluno e não saiba quem ele é. Lançando-lhe um rápido olhar, noto que ele engordou um pouco desde que saiu da prisão, e que sua pele clara ganhou um pouco de cor. Os cabelos encaracolados cresceram e cobrem uma pequena parte das orelhas e a nuca.

— Será um prazer escrever essa carta para você, Aidan — afirmo. — Você é um ótimo aluno. E se houver mais alguma coisa que eu possa fazer...

— Bem, há... mas vou lhe dizer no trem. — Faz um gesto por cima do ombro, indicando alguma coisa com o polegar.

Viro-me para olhar e vejo, ainda bem distante, o brilho prateado do trem.

— Como soube que o trem estava chegando?

Aidan sorri e se balança nos calcanhares.

— Um velho truque indígena. Os trilhos atravessam Van Wink. Eu me acostumei a sentir a vibração, antes de ouvir o barulho — explica, orgulhoso.

Mas o orgulho momentâneo desaparece, substituído por outro sentimento, tristeza ou vergonha, ou uma mistura das duas coisas. Tento não pensar no que mais ele pode ter aprendido na prisão, imaginando se aquela sombra sempre o acompanharia.

Subimos no trem e nos sentamos lado a lado. Ele ocupa o assento junto à janela, o que significa que posso olhá-lo e ainda ver o rio. Não posso evitar de comparar a viagem da ida com a da volta. Na ida, sol, na volta, nuvens que prenunciam chuva. E em companhia de dois cavalheiros que me admiram! Um, velho o bastante para ser meu pai, e o outro, jovem o bastante para ser meu... o quê? Um irmão mais novo, suponho.

Estou tão ocupada, tentando adivinhar nossa diferença de idade, que perco parte do que Aidan está dizendo.

— Então, acha que existe uma chance de a senhora me ajudar? Eu sei, ninguém quer empregar um ex-presidiário.

Uma expressão de vergonha nubla seus claros olhos azul-esverdeados, como a sombra de chuva que vi passar sobre as montanhas, e isso me machuca.

— Eu o recomendaria a qualquer possível empregador — digo, e fico contente ao ver a sombra deixar seus olhos.

Chegamos à periferia da cidade. O Bronx é uma silhueta escura recortada contra um céu púrpura. As nuvens pesadas que vi juntando-se sobre as montanhas Catskill seguiram-nos para o sul. Vejo luzes no horizonte, então uma cortina de chuva as apaga.

— Ótimo! — Aidan exclama, lançando-me um sorriso tão eufórico, que sinto algo soltar-se em meu peito, como a chuva soltou-se das nuvens. — Eu sei que trabalhar em um hotel é o melhor para mim, é o que eu gosto de fazer. A senhora não vai se arrepender.

Mas faço o resto da viagem arrependida por não ter prestado atenção à conversa de Aidan. Como posso explicar a ele que o entendi mal porque estava ocupada demais, analisando a possibilidade de um relacionamento que não pretendo ter? Ele, inconsciente de meu remorso, está falando de suas experiências de trabalho. Vem de uma longa linhagem de pessoas que trabalharam no ramo de hotelaria. Quando a família ainda morava na Irlanda, os homens iam para Londres para trabalhar em grandes hotéis, como o Connaught, o Savoy, o Ritz, o May Fair, e mandavam o dinheiro para casa.

— Foi assim que minha mãe conheceu meu pai. Ela trabalhava como camareira, e ele era o recepcionista noturno. Vieram para cá porque um primo prometeu-lhes que lhes arrumaria um emprego em um hotel de Nova York, mas quando eles chegaram, o hotel havia fechado. Foi quando meu pai começou a beber, como se houvesse decidido que o mundo não tinha mais nada de bom para lhe dar. Mas o fato é que sempre achei que esse negócio de hotéis está em meu sangue. A senhora deve compreender, porque sua família também é desse ramo.

Eu podia contar a Aidan que passei a maior parte de minha vida evitando trabalhar no hotel. Seria um bom preâmbulo para a explicação de que não posso arrumar-lhe um emprego no Equinox. Mas, como estou planejando pedir a tia Sophie que me empregue, não posso fazer isso. Quando o trem entra na estação, resolvo que esperarei alguns dias, então direi a Aidan que pedi a minha tia que lhe desse um emprego, mas que infelizmente o quadro de funcionários está completo. Penduro a sacola no ombro e abotôo o casaco, decidida a levar esse plano adiante. Nós dois caminhamos depressa pela plataforma, rumo ao terminal principal, até darmos de encontro com a onda de pessoas que trabalham na cidade e estão voltando para suas casas, nos subúrbios. Aidan me pega pelo braço e me puxa através da multidão.

A abóbada acima de nós agora está escura, e as pequenas lâmpadas nas constelações brilham um pouco mais.

Que mal fará falar com tia Sophie?, comento comigo mesma. É bem possível que não haja trabalho para mim no Equinox, nem para a sra. Rivera, e muito menos para Aidan. É até possível que o hotel não funcione neste verão. Mas vou falar com minha tia, então poderei dizer a verdade a Aidan. Será um desapontamento para ele, mas não por culpa minha.

Sentindo-me melhor, viro-me para me despedir de Aidan na saída Vanderbilt. Digo que vou tomar um ônibus para casa, por causa da chuva. Mas, em vez de apertar a mão que lhe estendo, ele ergue as duas mãos, com as palmas viradas para cima, de modo que parece uma figura antiga representando a justiça ou o equilíbrio. Passam-se seguramente trinta segundos, antes de eu compreender o significado de sua mímica. Não está chovendo. Os trovões da tempestade que rolou das montanhas no oeste e desceu ao longo do Hudson foram como uma salva isolada de artilharia. A chuva lavara as ruas, refrescara o ar e fora embora.

— A noite está bonita, professora. Deixe-me andar com a senhora até sua casa.

Como não posso negar a verdade do que ele disse sobre a noite, não tenho razão para negar o que me pede.

Andamos pela rua Quarenta e Dois e atravessamos o parque Bryant, apenas porque as árvores de lá estão lindas. As folhas conservam aquele verde novo de primavera e ainda não são fartas o bastante para esconder a elegante estrutura dos galhos. As luzes da rua desenham teias de aranha nos brilhantes bancos molhados.

Aidan me fala mais sobre sua família, conta que foi ser criado em Inwood e que, se o pai nunca estivera muito presente em sua vida, a avó, tios e dúzias de primos haviam preenchido a lacuna.

Percorremos as ruas do distrito de lojas de roupas e acabamos na esquina da avenida Nove com a rua Trinta e Oito, o limite sul de Hell´s Kitchen.

— Sua família ainda mora em Inwood? — pergunto quando entramos na avenida.

— Minha mãe mora. Meu pai morreu dois anos atrás. E quase todos os meus primos moram em Woodlawn.

— É bom para você, estar perto de sua família.

Ele franze o rosto.

— Muito estilo clã para meu gosto — diz. — Mas é assim que se arruma trabalho, ficando em contato com os rapazes, só que...

Faz uma pausa, e posso dizer, olhando seu rosto quando passamos sob a luz de um poste, que ele, em atenção a mim, está tentando editar alguma coisa que deseja falar. Imagino o que poderia ser.

— Só que nem sempre gosto do trabalho que me arrumam — ele conclui.

Olha para mim, e faço um gesto de cabeça, concordando. Entendo que, em outras palavras, o trabalho nem sempre é legal. É isso que ele está tentando me dizer. Que, se eu não lhe conseguir um emprego no hotel, ele acabará envolvido com a mesma velha turma. Lembro o que ele escreveu em sua redação, sobre como ex-presidiários acabam voltando para a vida antiga porque ninguém está disposto a arriscar-se, dando-lhes a oportunidade de recomeçar. A menos que haja alguém como a mocinha do conto de fadas, que continuou abraçada ao rapaz, mesmo quando ele se transformou em uma cobra, depois em um leão e, por fim, num ferro em brasa.

Seria pedir muito, olhar para Aidan agora e ver o que ele poderia se tornar, se alguém lhe desse uma chance?

Digo-lhe que não precisa me acompanhar até em casa, mas ele responde que o faz com prazer. Que está se deliciando com o ar fresco e minha companhia. Passamos por um bar em Chelsea, e vejo-o olhar para um grupo de jovens que estão no lado de fora, fumando, e que o chamam pelo nome.

— Amigos seus? — indago quando nos aproximamos do bar que, noto, chama-se Red Branch, o título de uma lenda irlandesa.

— Como eu disse, conheço metade dos irlandeses que vivem na ilha de Manhattan.

— Bem, se quiser ficar com seus amigos, não se prenda por minha causa. Você já andou comigo mais da metade do caminho até minha casa.

Aidan sorri, e suponho que esteja satisfeito por eu o ter liberado, mas então passa um braço por meus ombros e me puxa para perto para murmurar em meu ouvido:

— Gostaria de entrar e tomar um drinque? Os rapazes ficariam muito impressionados, se me vissem com uma dama de tanta classe.

Não posso reprimir um sorriso, da mesma forma que não posso reprimir um estremecimento no peito, toda vez que ele me olha. Jack não irá a minha casa naquela noite, então, por que não? Não mereço me divertir um pouco, depois de todo o trabalho que tive, corrigindo redações e dando notas? O barzinho é bem iluminado, convidativo, muito diferente dos sujos e velhos bares irlandeses perto da estação ferroviária. Vejo velhos e jovens lá dentro, e ouço música. Nas mesas, velas ardem em castiçais de vidro colorido e, encaixado na clarabóia acima da porta, há um belo vitral representando três homens lutando contra as ondas de um mar encapelado e uma mulher envolvida em um manto vermelho, nos ombros de um deles.

— Está vendo aquele vitral? — pergunto a Aidan, ganhando tempo para decidir se aceito seu convite, ou não. — É a ilustração de uma história chamada *As Desventuras de Deirdre*. Conhece?

— Não foi Deirdre que causou a morte do marido e dos dois irmãos dele? — Aidan indaga, olhando para o vitral. — Sempre me perguntei porque o conto tem esse título, *As Desventuras de Deirdre*, quando foi ela que causou tanta desventura aos outros.

— Bem se vê que você é homem — comento. — Sempre culpando a mulher. Não foi culpa de Deirdre, se Naoise apaixonou-se por ela.

— Naoise?

Esse é um dos nomes escritos de um jeito e pronunciados de outro. Naoise, *Ne-she*, mas Aidan o pronuncia do mesmo modo que minha mãe fazia.

— É o homem que carrega Deirdre nos ombros. Ele se apaixona por ela, e os dois fogem, juntamente com os irmãos dele, Allen e Arden, porque ela está prometida ao rei, Connachar Mac Ness. Todos vivem felizes na Escócia durante algum tempo, mas depois são atraídos de volta com promessas enganosas, e Connachar tenta tirar Deirdre de Naoise. Quando eles fogem novamente, Connachar ordena que seu druida crie um oceano para detê-los. Esse vitral mostra os quatro tentando atravessá-lo.

— Eles conseguem?

— Não, e Connachar manda decapitar Naoise e os irmãos. Deirdre atira-se na cova onde os corpos foram lançados e morre nos braços de Naoise. É por isso que a lenda chama-se *As Desventuras de Deirdre*. Ela sofre por ter causado tantas mortes. Minha mãe deu o nome de Deirdre à principal personagem de seus livros, e há também um rei cruel chamado Connachar, e um herói chamado Naoise, mas ela não contou a mesma história. Acho, porém, que usou esses nomes como uma alusão aos perigos do amor, ao que pode acontecer, quando seguimos nosso coração.

Aidan continua olhando para o vitral. A luz, atravessando o vidro colorido, lança reflexos de pedras preciosas em seu rosto, esmeraldas, rubis e safiras. Quando ele se volta para mim, noto que seus olhos têm a mesma cor de safira do vitral.

— Penso que sofremos mais quando não seguimos nosso coração — diz. — Vai aceitar meu convite?

Abano a cabeça, negando.

— Então, deixe-me acompanhá-la.

— Não, Aidan, muito obrigada. Não há perigo, e já estou quase em casa.

Ele dá de ombros e se vira, de maneira que penso que vai entrar no bar. Mas, em vez disso, ele volta a me olhar, inclina-se e me beija de leve no rosto, dizendo alguma coisa que não entendo bem. Então, se afasta. Começo a andar. Ando dois quarteirões, antes de entender o que ele disse: "Bem, talvez um outro dia".

12

EM CASA, ENCONTRO um recado na secretária eletrônica, mas o som parece o de água corrente. Aumento o volume, e o que ouço parece água corrente com sotaque do Brooklyn. É só quando aumento o volume ao máximo que compreendo a mensagem de minha tia. "Estou ligando de um telefone celular", ela diz. "Tenho coisas a discutir com você, coisas que não posso falar pelo telefone do hotel. Estarei no "hoo-ha" do rochedo Pôr-do-Sol esta noite, precisamente às dez horas. Presumo que a essa hora você estará em casa. O número é..."

Preciso tocar a mensagem seis vezes para transcrever o número do novo telefone celular de minha tia. Quando consigo, faltam dez minutos para as dez.

O "hoo-ha" a que tia Sophie se refere é uma das pequenas construções de madeira que Joseph construiu no decorrer dos anos. Nossos hóspedes as chamam de gazebos ou quiosques, nomes usados em outros hotéis, mas Joseph sempre as chamou de *chuppas*, que são os abrigos rústicos usados em cerimônias de casamento judaico. Minha tia acha que essa designação embaraçaria nossos gentis hóspedes; então, toda vez que ouve Joseph dizer "*chuppa*", explica: "Ele quer dizer 'hoo-ha', que é como os ingleses chamam essas estruturas". Quando descobri que na Inglaterra essas construções de jardim são chamadas de Ha-Ha, era tarde demais para romper o hábito.

O hoo-ha ao lado do rochedo Pôr-do-Sol fica em uma trilha no bosque, a uma distância de mais ou menos trezentos metros do hotel. Não posso imaginar tia Sophie indo lá à noite, se não faz isso nem durante o dia. O caminho passa por uma ponte sobre uma cascata, e no outro lado desce uma escarpa de doze metros de altura. O que, por tudo quanto é sagrado, minha tia tem para me contar, que exige que ela se esconda tanto?

Ligo para o número do celular, e ela atende ao oitavo ou nono toque, como se estivesse em um cômodo distante de uma mansão, em vez de num espaço de um metro por um metro e meio.

— Alô, Mata Hari — digo. — Aqui é sua sobrinha, codinome Hoo-Ha.

— O quê? É você, Íris? — minha tia grita como se estivesse falando com alguém no fundo de um poço. — Acho que esta coisa não funciona direito.

— Estou ouvindo muito bem, tia Sophie.

— Ah, bom. Eu não queria segurar isto muito perto da orelha porque dizem que dá câncer no cérebro, não que na minha idade um tumor fosse um grande transtorno, e...

— Tia — eu a interrompo. — Por que está aí no meio do mato? O que aconteceu?

— Eu não queria que Janine ouvisse nossa conversa. Você a conhece, sabe que ela é uma grande bisbilhoteira.

Na verdade, sempre achei que Janine, telefonista do hotel há mais de quarenta anos, tem a discrição de um padre no confessionário. Considerando, principalmente, tudo o que ela deve ter ouvido nesse tempo todo. Quando eu tinha dez anos, ela me ensinou a ouvir chamadas sem que as partes envolvidas percebessem, mas apenas divulgava o que ouvia quando, como explicava, se tratava de algo muito horrível, ou quando a vida de alguém parecia estar em perigo. Por exemplo, no dia em que a sra. Crosby, do quarto 206, disse ao indiferente marido que ia tomar um vidro inteiro de pílulas para dormir, e quando o "milionário" que reservara a suíte Sunnyside para todo o verão discutiu por telefone sua iminente bancarrota com um advogado, Janine alertou meu pai. "Só faço isso se for pelo bem do hotel, ou dos hóspedes", ela dizia. Então, acrescentava, passando as unhas pintadas de vermelho pelos lábios cobertos de batom da mesma cor: "Do contrário, zip!"

Mas não acredito que minha tia tenha enfrentado os perigos do bosque e câncer de cérebro para falar do caráter de Janine.

— O que é que a senhora quer me contar?

— Muita coisa! — minha tia responde.

Compreendo, por seu suspiro explosivo, que ela gostaria de retardar o momento de dar a informação, mas, ou não está se sentindo muito confortável naquele lugar ermo, ou tem consciência de que aquele telefonema ficará muito caro, porque decide ser breve.

— O hotel foi vendido — anuncia. Um importante hoteleiro aí da cidade comprou o prédio com tudo o que há dentro e fora.

— Um hoteleiro? Então, o hotel não será demolido? Vai funcionar neste verão?

— A pleno vapor. O sr. Hoteleiro Importante vai pôr anúncios em todos os jornais. Ele quer tudo impecável, vai contratar mais empregados. Disse que precisa ver o que o Equinox pode produzir, então decidirá seu futuro no fim da temporada.

— Em outras palavras...

— Em outras palavras, ou temos a melhor temporada dos últimos vinte anos, ou ele põe o hotel abaixo.

— Bem, isso deve nos dar um verão tranqüilo.

— Tranqüilidade é para os hóspedes — minha tia repete o que me disse durante toda minha vida. — Claro que o fato de eu estar rodeada de empregados geriátricos não ajuda nem um pouco. Precisamos de um pouco de sangue novo por aqui.

— Vou logo para aí — anuncio. Nem precisava dizer o que digo a seguir, pois é óbvio que ela precisa de minha ajuda, mas a visualizo sozinha no bosque de pinheiros, olhando em volta nervosamente à procura de alguma criatura selvagem que possa cair sobre ela. — Quero trabalhar no hotel nesse verão e...

Não tenho tempo de acrescentar que pretendo trabalhar na biografia de minha mãe, para a qual uma agente me contratou, pois ela me interrompe:

— Desculpe, acho que a ligação está ruim. Você, a senhorita que *precisa* estar em Nova York para conseguir escrever, disse que quer trabalhar no hotel?

Ocorre-me que talvez seja melhor eu não lhe contar sobre a biografia, ainda. Por que dar-lhe esperanças que podem não se realizar? Por que expor minha recente boa sorte a seu cáustico escrutínio?

— Muito engraçadinha, tia. Arrumei também uma camareira e um recepcionista noturno. São dois alunos meus que precisam de emprego.

— Eles têm menos de noventa anos?

— Têm. Só preciso lhe dizer que o homem...

— Os dois têm experiência no trabalho em hotéis?

— Os dois. A sra. Rivera trabalhou em uma estância em Cancún, e Aidan em um hotel em Nova York, mas preciso lhe dizer que...

— Vou contratá-los. Não. *Você* vai fazer isso. Faz parte de seu trabalho como gerente. Aproveite para ver se encontra um bom carpinteiro. Todas essas hoo-ha precisam ser reformadas. O banco onde estou sentada está cheio de farpas.

— A senhora não precisa da aprovação do novo proprietário para me contratar?

— Não. Ele já perguntou por você. Eu lhe contei sobre sua eterna recusa de trabalhar no hotel, e ele afirmou que você mudaria de idéia neste verão.

— É Harry Kron, não é?

Sinto-me tão estúpida que poderia me bater. Não apenas por não ter adivinhado logo a identidade do novo dono do hotel — claro que era para lá que ele estava indo de trem hoje de manhã — mas também porque minha tia me enganou com aquela encenação, fazendo-se de coitadinha, fingindo que achava que eu não ia aceitar o trabalho, quando sabia perfeitamente que eu aceitaria.

— Ele mesmo — ela confirma. — Nós somos a jóia mais nova da coroa. Então, quando vai poder vir para cá?

Explico rapidamente minha agenda de trabalho, correção das provas finais e atribuição de notas, e quando digo que estarei no hotel no fim de maio, a ligação começa realmente a ficar ruim.

— Tome cuidado no caminho de volta! — grito acima de um ruído branco que tanto pode ser estática do celular como minha tia caindo na cachoeira.

É só quando desligo o telefone que percebo que não cheguei a falar com ela sobre a questionável situação de Aidan.

* * *

A sra. Rivera rompe em lágrimas, quando lhe digo que ela tem um emprego. Aidan demonstra sua alegria mais discretamente, mas nas costas do papel de sua redação final rabisca uma mensagem: "A senhora salvou minha vida. Juro que não vai se arrepender". Diante da gratidão dos dois, sinto-me liberal e generosa. Sinto-me uma hoteleira.

Jack fica feliz ao saber que os planos para meu livro estão se desenvolvendo tão suavemente. Passamos uma tarde alegre no Metropolitan, admirando os quadros favoritos dele. Ele fala de pintar ao ar livre, de telas maiores, de céu infinito. Diz que tem quase cem por cento de certeza de que poderá passar o verão comigo no hotel.

Acabo de corrigir as redações em tempo recorde, e uma porcentagem recorde de meus alunos da Grace, inclusive Aidan, Amelie e a sra. Rivera são aprovados pela banca examinadora. Marco uma entrevista com minha orientadora de tese — que, de modo compreensível, se surpreende ao tornar a ouvir falar de mim, depois de dois anos de silêncio — e lanço a proposta de mudar o tema, trocando-o pela biografia de minha mãe que vou escrever. Ela parece cética, a princípio, mas então digo que assinei um contrato com a agente Hedda Wolfe e vejo seus olhos iluminarem-se.

— Já pensou em alguém para escrever a introdução? — ela pergunta. — Um professor imparcial, do campo do estudo de mulheres escritoras, para determinar o lugar que K. R. LaFleur ocupa na dialética feminista do século XX?

— Gostaria que a senhora escrevesse a introdução.

Em poucos minutos, estabelecemos algumas datas para eu submeter partes da tese a sua apreciação e o prazo final.

Phobe Nix me telefona, me dá os parabéns por eu ter assinado contrato com Hedda Wolfe e pergunta se eu publicaria trechos da biografia na *Caffeine*. Respondo que preciso falar sobre isso com Hedda, mas que a idéia me agrada.

— Não deixe Hedda dominar você — Phoebe aconselha. — Ela é famosa por tiranizar seus escritores.

— Por favor, não se preocupe comigo.

E, para mudar de assunto, digo como estou grata pelo fato de seu tio Harry ter comprado o hotel Equinox.

— É, ele é bem um cavaleiro de brilhante armadura. Você não vai reconhecer seu pequeno hotel, quando meu tio acabar de dar um trato nele. Harry Kron tem o toque de Midas.

Quando desligo o telefone, sinto-me incomodada por aquela última imagem. Sempre odiei a história de Midas, com aquela menininha correndo para os braços do pai e transformando-se em ouro duro, frio e inanimado. Alquimia que não deu certo.

Acho que Phoebe pode ser um pouco maligna. Basta pensar na aliança que ela usa, com espinhos e arame farpado gravados! Harry Kron é um presente do céu. Não apenas salvou o Equinox, como, fico sabendo em minha última aula na The Art School, também contratou estudantes de arte para restaurar os quiosques do hotel e está patrocinando um concurso para a criação de outros. O título do concurso é Aventuras no Parque, Fantasias nos Bosques. Passo o tempo de minha última aula descrevendo alguns de meus hoo-ha favoritos: Meia-Lua, Estrela Vespertina, Pôr-do-Sol, Duas Luas, Rosa Brava, e conto aos alunos a história sobre os hoo-ha/*chuppa*. Vejo que Gretchen Lu e Natalie Baehr fazem anotações, já esboçando idéias enquanto eu falo.

No fim da aula, escrevo um bilhete a Harry Kron, falando-lhe do entusiasmo de meus alunos pelo concurso e, naturalmente, de como estou feliz pelo fato de o Equinox estar em tão boas mãos. Isso me dá a chance também de prender uma outra ponta solta, e menciono que não disse nada a minha tia sobre a biografia de minha mãe e o contrato que assinei com Hedda Wolfe. "Não quero dar a ela esperanças prematuras", explico. "O senhor poderia, por favor, não falar desse assunto com ela?"

Envio o bilhete e, por um dia, me sinto despreocupada. Mas, então, como a fada indesejável que apareceu no batizado da bela adormecida da história, o que Phoebe disse sobre Hedda Wolfe e a iminente transformação do Equinox sob a égide de seu tio começa a lançar uma sombra em minha paz. Cuido de cada tarefa que se interpõe entre mim e minha partida para o hotel, encaixoto livros e os despacho para lá, cancelo a entrega do *Times*, informo aos correios minha temporária mudança de endereço, mas uma certa inquietação me domina, um mal-estar que nem mesmo o fim da estação chuvosa e uma seqüência de impecáveis dias de primavera conseguem desfazer. A fria eficiência com que desempenho todas essas tarefas começa a me fazer sentir como um condenado à morte pondo todos os seus negócios em ordem. Parece que estou me preparando para morrer, não para passar um verão no campo.

Uma maravilhosa manhã de maio, ligo para Jack para falar de meus sentimentos de arrependimento a respeito do verão.

— Talvez você não seja talhada para a felicidade — ele comenta.

Embora eu saiba que ele não tem a intenção de ser rude, sua observação me magoa. Esse é o mal que sempre suspeitei que afetava minha mãe: incapacidade de ser feliz. Mesmo quando ela ria, conversando com os hóspedes, ou flertava com meu pai, havia sempre um véu de tristeza em seu rosto, quando ela achava que ninguém a estava olhando. Era aquela tristeza que a fazia isolar-se no inverno e martelar febrilmente as teclas da máquina de escrever, provocando um ruído que me parecia o de uma criatura batendo na parede de uma concha, querendo escapar.

— Talvez você tenha razão — concordo. — Vai ser um verão fabuloso. Afinal, você estará lá comigo.

Na pausa que se segue, adivinho tudo o que Jack vai dizer, por isso não precisaria ouvir o que fala, dando os detalhes a respeito do convite que recebeu para participar de um curso em uma colônia artística em New Hampshire. Um curso de dois meses.

— Mas é claro que irei para o hotel em alguns fins de semana. A distância não é muito grande. E você sabe como esse curso é importante para mim.

— Sei — respondo. — Estou contente por você, as coisas estão começando a dar certo para nós dois. Mas preciso desligar, agora. Ainda tenho de fazer pesquisa na biblioteca, antes de ir para o interior.

— Eu não queria contar a você por telefone — Jack explica. — Ia contar hoje à noite. Só soube ontem.

— Está tudo bem. A gente se vê à noite.

Desligo o telefone e fico olhando o imaculado céu azul aberto sobre Nova Jersey e as pequenas ondas que enrugam o Hudson. Inventei aquela desculpa de precisar ir à biblioteca, mas de repente isso me parece uma boa idéia. Agora, faço qualquer coisa para sair do apartamento.

Pego um caderno e uma caneta e saio. Ando rápido pelas ruas, dando-me dez quarteirões para chorar e dez outros para sentir raiva. Depois de andar os vinte, começo a ver as coisas pelos olhos de Jack. Se eu houvesse sido convidada para participar de um curso na Yaddo ou na MacDowell, certamente quereria ir. E sei que, se a situação fosse inversa, Jack me daria todo seu apoio. Foi por isso, afinal, que não nos casamos nem tivemos filhos em tantos anos de relacionamento: para que pudéssemos aproveitar todas as oportunidades desse tipo que aparecessem.

Sinto-me quase feliz, quando atravesso o parque Bryant. Os plátanos londrinos de galhos brancos, que mal estavam começando a brotar, naquela noite em que passei por aqui com Aidan, agora exibem uma folhagem espessa. A parte de trás do prédio da biblioteca brilha ao sol. Não sou igual a minha mãe, digo a mim a mesma, andando para a escadaria da frente e começando a subir os degraus ladeados por dois leões de mármore. Eu sou capaz de ser feliz. Por que ela não era? Parada no saguão de entrada com piso de mármore, tento pensar em alguma coisa que possa encontrar ali na biblioteca sobre minha mãe. Alguma coisa que eu possa levar para o hotel comigo. Foi de algum lugar desta cidade que ela saiu. Teria sentido a mesma mistura de esperança e receio que eu sinto, pensando em deixar Nova York?

Seu primeiro livro começa com a jornada de uma criatura, metade mulher, metade foca, rio acima — o rio afogado, como ela o chamava — fugindo de um perseguidor sem nome. A viagem transforma a criatura, literalmente. "Onde o rio se torna salgado, a criatura livra-se da pele de foca e se transforma em mulher." Minha mãe estaria falando de sua própria viagem Hudson acima, de sua transformação?

Decido que vou escrever sobre o dia em que ela chegou ao hotel. Vou comparar a viagem de trem ao longo do rio com a que ela descreve em seu primeiro livro. Como a mulher-foca de sua história livra-se da pele de animal na metade da jornada pelo rio, minha mãe livrou-se de seu passado e renasceu no dia em que chegou ao hotel Equinox, 21 de junho de 1949.

Sei a data porque foi nesse mesmo dia, um ano depois, que ela e meu pai se casaram. "Ela chegou no primeiro dia de verão", meu pai sempre dizia. "Trazendo com ela nuvens brilhantes." As hóspedes idosas adoravam essa parte e, por mais meloso que isso pudesse parecer, notava-se que meu pai estava sendo sincero. A chegada dela ao hotel fora o começo da vida dele. Mas, e para minha mãe? Fora o começo, ou o fim?

Viro para a esquerda e ando pelo largo corredor na direção da seção de microfilmes do departamento de periódicos. Esse é o lugar da biblioteca onde eu menos gosto de trabalhar. Ali não há os bonitos murais da sala de leitura de periódicos, nem o teto azul-celeste da sala de leitura Rose, no terceiro andar, mas é ali que vou encontrar o microfilme que contém o *New York Times* de junho a dezembro de 1949. Encontro um visor livre, compro um cartão de cópias e, depois de alguns comandos errados, consigo desenrolar o filme até encontrar o jornal de vinte e um de junho, uma terça-feira. Há fotos de quatro homens apertando-se as mãos, e a legenda diz: "Como Acabou a Conferência dos Quatro Grandes em Paris". Há também uma matéria a respeito da excomunhão de líderes tchecos pelo papa Pio XII, e um pequeno artigo sobre o tratado de paz na Áustria. Coisas de pós-guerra, não tão interessantes, mas faço uma cópia das duas primeiras páginas para ler mais tarde, porque acho difícil ler diretamente da tela. Examino o resto do jornal, parando para ler — e copiar — um comentário sobre o tempo: "O verão chega sem alívio para a pior seca em quarenta e um anos". Verões secos sempre significaram notícias importantes no hotel, por causa da constante ameaça de incêndio nas extensas florestas de pinheiros que o rodeavam. Preciso perguntar a minha tia se houve algum incêndio naquele verão.

Faço cópias das listas de filmes em cartaz, nas páginas de entretenimento. Eram esses que minha mãe poderia ter ido ver, nas semanas antes de deixar a cidade: *Alma em Suplício*, com Joan Crawford, *Anna Karênina*, com Vivien Leigh, *O Bandido*, com Anna

Magnani. Também, poderia ter ido ao cinema Beverly, na rua Cinqüenta, que anunciava: "Sua última chance de assistir a ... *E o Vento Levou*". Já gastei quase todo meu cartão de cópias, quando decido ver também o que aconteceu no dia vinte e dois de junho. Afinal, qualquer fato ocorrido no dia em que minha mãe chegou ao hotel só sairia nos jornais no dia seguinte. Não há nada de muito interessante nas primeiras páginas, de modo que rodo o filme rapidamente, seu zumbido deixando-me sonolenta na sala abafada. Estou quase de olhos fechados, quando vejo um nome familiar.

Paro o filme e o faço voltar. É uma notícia pequena, e o nome que vi não aparece no título: *Moça do Brooklyn Morre em Acidente de Trem*. Mas está na linha de baixo: "A morte de Rose McGlynn pode ter sido suicídio". Quando descubro que o acidente ocorreu em Rip Van Winkle, Nova York, minha mão escorrega nos controles, e o filme pula várias linhas para a frente. Quando consigo fazê-lo voltar ao ponto certo, estou quase hiperventilando na sala de sufocante teto baixo. Decido copiar a matéria para lê-la em outra sala.

Subo três lances de escada para chegar à sala Rose, apertando as cópias xerocadas nas mãos agora suadas. Não apenas preciso de mais ar, como tenho a intuição de que aquilo que vou ler é importante. Não quero ter uma revelação na sala de número cem. É na sala de leitura Rose, com seu teto com detalhes dourados e mesas de madeira lustrosa, que os verdadeiros escritores trabalham. É ali que famosos biógrafos se esfalfam, desenvolvendo projetos que duram décadas. Quando eu voltar ao dia de hoje em pensamento, quero me lembrar de que foi aqui que comecei a contar a história de minha mãe. Encontro um lugar no fim da galeria norte, sento-me e leio o que copiei.

> "Uma tragédia aconteceu ontem, na estação ferroviária de Rip Van Winkle, quando Rose McGlynn, da avenida Memorial, Coney Island, caiu sob um trem, tendo morte instantânea.
>
> As testemunhas discordam sobre o motivo de a jovem ter caído nos trilhos, mas pelo menos uma delas declarou que a srta. Rose McGlynn parecia estar esperando a aproximação do trem, quando se inclinou para a frente, caindo nos trilhos.

Não foi encontrado nenhum membro da família da morta que pudesse dizer algo sobre a possibilidade de um suicídio. A mãe morreu em 1941. Nessa época, Rose tinha dezessete anos, e seus três irmãos mais novos foram entregues aos cuidados do Estado. O pai, John McGlynn, morreu quatro anos depois. Vizinhos disseram que ela havia perdido o emprego recentemente. Uma jovem, que viajava com a srta. McGlynn, pediu que seu nome fosse resguardado, mas disse que as duas estavam indo para as montanhas Catskill em busca de trabalho em algum hotel. 'Rose queria começar uma vida nova, mas agora nunca terá essa chance', ela comentou em seu depoimento."

Recosto-me na cadeira e olho para cima, para as nuvens e o céu azul no teto pintado. Em seus livros, minha mãe chamou seu mundo imaginário de Tirra Glynn. Ela e seu companheiro desconhecido haviam se registrado no hotel como o casal McGlynn, na noite do incêndio no hotel Dreamland. No dia em que ela chegou ao hotel Equinox, Rose McGlynn matou-se. Uma moça irlandesa do Brooklyn, como minha mãe. Tenho certeza de que a companheira anônima de Rose era minha mãe, o que significa que ela viu sua amiga atirar-se embaixo do trem. Duas moças, com muita coisa em comum, querem mudar de vida, mas uma delas morre tentando. Esses fatos reproduzem-se no mundo de fantasia criado por minha mãe, em que mulheres-focas abandonam a pele para ter uma vida nova, e algumas morrem tentando.

Junto as cópias que fiz e deixo a biblioteca. Como lá dentro estive sob um céu azul, surpreendo-me ao ver que aqui fora o céu tornou-se violeta, e que as luzes do parque Bryant estão acesas. Suponho que a trágica história de morte devesse aumentar minha inquietação a respeito de meus planos para o verão, mas em vez disso meus dedos estão formigando de excitação, e estou ansiosa para ir para casa e começar a escrever. É uma sensação pela qual esperei minha vida toda. Tenho uma história para contar.

Segunda Parte

A Rede de Lágrimas

13

A PÉROLA PARTIDA

Era uma vez uma serpente enorme que vivia no fundo do mar, no país de Tirra Glynn. Ela segurava na boca uma enorme pérola que era a alma do mundo. Mas o rei Connachar desejava possuir a pérola, então mergulhou até o fundo do mar e roubou-a da serpente. No entanto, antes que ele pudesse voltar à superfície e nadar até a praia, a pérola partiu-se em um milhão de pedaços. Tudo a seu redor ficou de um branco cintilante, com os fragmentos da pérola, e quando ele conseguiu arrastar-se para fora da água, olhou para trás e viu que as partículas formavam um caminho brilhante que ia do mar até a lua. Mergulhou as mãos na espuma das ondas, tentando pegar algumas, mas elas escorregavam, saindo pelos vãos de seus dedos.

Nós, mulheres-focas, fomos banidas de Tirra Glynn e amaldiçoadas. Não podemos voltar para o oceano. Nosso único consolo é o rio afogado, que duas vezes por ano recua, empurrado pela água do mar. Mas, mesmo que possamos pegar a correnteza e tirar a pele no ponto onde a água salgada se torna doce, continuamos presas em uma pele que não é a nossa. Podemos tirar milhões de peles, e ainda assim não seremos nós mesmas.

Quanto a Connachar, as partículas da pérola partida penetraram em sua pele e formaram uma carapaça em volta do coração, porque é isso o que acontece quando se deseja muito uma única coisa e depois a perdemos.

NA VIAGEM PARA O HOTEL Equinox, embarco no mesmo trem que tomo todas as quintas-feiras para ir dar aula na Rip Van

Winkle. O mesmo trem que minha mãe deve ter tomado em 1949. Ela costumava me descrever sua primeira viagem ao Equinox: "Eu nunca havia ido tão longe", dizia. "Só tomava o trem para ir a Manhattan, trabalhar. Até o Bronx parecia longe demais. Outro mundo. Quando ia dançar e conhecia um rapaz do Bronx, era muito ruim, mesmo que eu houvesse gostado dele. Mas uma amiga me falou de empregos no campo, no verão de 1949, e estava fazendo muito calor na cidade. Eu tinha de sair daquele forno. Então, essa amiga me disse que um hotel nas montanhas Catskill estava contratando empregados, eu escrevi para lá, e alguém — claro que foi tia Sophie — respondeu e disse que minhas referências eram boas e que, embora já houvessem completado o quadro de funcionários para o verão, poderiam contratar outra moça. O hotel estava tendo uma boa temporada. Nossos homens haviam voltado da guerra, e as pessoas tinham um pouco mais de dinheiro, pelo menos mais do que todo mundo tivera durante alguns anos. Assim, fui de metrô até a Grand Central, mas perdi o trem que pretendia tomar e tive de esperar uma hora. Estava nervosa demais para me sentar, então fiquei andando de um lado para outro, olhando para aquelas constelações pintadas no teto. Sabe o que pensei? Que ir para o hotel, em algum lugar no interior, era o mesmo que seguir a Via Láctea, andando no meio de todas aquelas estrelas, e ir para outro planeta. Quase tomei o metrô de volta para Coney Island."

Minha mãe não devia saber que essa parte da história me fazia sofrer. Suponho que ela quisesse mostrar todos os obstáculos que o destino colocara em seu caminho para o hotel, mas eu nem queria pensar nela desistindo da viagem. Como ela poderia não embarcar no trem que a levaria para o Equinox? Para meu pai. Para mim.

"Mas é óbvio que não fiz nada disso", ela continuava. "Tomei o trem para o interior. Quase mudei de idéia de novo, quando tivemos de fazer baldeação em Rip Van Winkle. Achei o nome engraçado, um nome de conto de fadas, mas não é engraçado, porque também é o nome de uma prisão. O trem para o norte estava atrasado, e quando vi o que ia para o sul parar na estação, quase atravessei os trilhos para pegá-lo e voltar a Nova York." Aqui ela fazia uma pausa. Uma pausa insultante, eu pensava em criança, porque me despertava pânico. Anos depois, achei engraçado o fato de aquela ser a mesma estação onde eu desembarcava uma vez por semana para ir dar aula na penitenciária. Havia dias em que, terminada a aula, eu voltava para a estação e sentia o impulso quase irrefreável de atravessar a ponte estreita sobre os trilhos e ir para o outro lado, esperar o trem para o norte. Mas isso me parecia uma heresia. Era como se, fazendo isso, eu estivesse copiando a decisão de minha mãe e, assim, assinando a anulação de minha existência.

Hoje, quando o trem pára em Rip Van Winkle, penso na mulher que morreu naqueles trilhos, no dia 21 de junho de 1949, e imagino se era pensando nisso que minha mãe fazia uma pausa quando me contava a história de sua viagem. Estaria afastando a lembrança daquela morte horrível? Conhecia Rose McGlynn? Vira a moça morrer? O trem torna a partir, e o que mais me abala é pensar que minha mãe pode ter assistido àquela morte e ainda assim embarcara no trem para o norte, depois que o corpo de Rose fora retirado dos trilhos, e continuara sua viagem. Olho para o rio e as baixas montanhas azuis no outro lado, tentando ver algo do hotel, mesmo que de relance, mas hoje há uma leve bruma e não vejo nada. Então, antes do que eu esperava, o condutor anuncia a estação onde vou desembarcar.

Quando desço do trem, vejo a velha perua Volvo cor de caramelo que Joseph mantém em ordem e dirige há tantos anos. Quase espero vê-lo sair do carro e atravessar o pátio de estacionamento mancando — uma de suas pernas foi quebrada no campo de concentração, e o osso não soldou da maneira certa —, mas sei que minha tia o proibiu de dirigir, alegando que ele está velho demais. No entanto, ficaria menos surpresa se visse Joseph ali, do que fico quando reconheço o homem que aparece e começa a andar em minha direção com um largo e malicioso sorriso.

— O que foi, professora? Pensou que a gerência a deixaria sem condução? — Aidan pergunta, tirando as malas de minhas mãos.

Põe a menor sob o braço esquerdo e carrega a grande com a mão do mesmo lado, deixando a direita livre para bater com a ponta dos dedos num quepe imaginário.

— Só estou surpresa por ver você fazendo serviço de transporte. Pensei que fosse trabalhar como carregador.

O que realmente me surpreende é o fato de Joseph deixá-lo dirigir seu amado e antigo Volvo.

— Foi o que pensei que ia fazer, mas sua tia deu uma olhada em mim e disse que seria melhor eu ajudar Joseph. Parece que os carregadores e mensageiros, na maioria, ou têm mais de sessenta anos e sofrem de artrite, ou são universitários que nunca fizeram trabalho braçal na vida. Então, fiquei com o trabalho de levantar coisas pesadas, transportar plantas de um lado para outro até Joseph decidir onde quer plantá-las, carregar madeira para os novos quiosques, jogar e espalhar cascalho nas trilhas do jardim... Não que eu esteja me queixando. Quer que eu lhe mostre toda minha experiência como chofer de hotel, madame? — oferece, abrindo a porta de trás do Volvo e indicando o assento de couro rachado com um gesto floreado da mão enluvada. — Há champanhe na geladeira, e a senhora pode assistir à CNN no televisor portátil.

— Não, obrigada — agradeço, abrindo a porta dianteira do lado do passageiro. — Tomar champanhe e assistir à televisão em carros me dão enjôo. Vou no banco da frente. Faço parte do pessoal do hotel, você sabe.

— Da gerência, professora — ele observa, sentando-se atrás do volante. — E não se esqueça disso.

— Não sei, não. Eu me darei por feliz, se minha tia não me fizer carregar cascalho. Olhe, prefiro que você pare de me chamar de professora e de senhora. Todo mundo no hotel me chama de Íris desde que eu nasci.

— Não a chamam de srta. Íris?

Abano a cabeça.

— Meu pai não queria que eu me tornasse uma criança bajulada de hotel, como Eloise, do Plaza. — Aidan me olha de lado, enquanto dá partida no motor. — Bem, não deu certo — admito. — Acabei sendo um pouquinho bajulada.

Aidan sorri.

— Joseph a chama de srta. Íris. Pelo menos, falando comigo a seu respeito. Acho que ele está deixando claro que você está muito acima de mim.

— Oh, por favor! Joseph é antiquado e... bem, ele também cuidou de mim, depois que minha mãe morreu. Mas deve ter gostado de você, porque deixou-o dirigir seu Volvo.

— Não teve escolha. Sou o único por aqui que sabe lidar com um câmbio deste tipo. Não, não acho que seu Joseph seja louco por mim. Penso até que ele está tentando me sobrecarregar com bastante trabalho pesado para me fazer desistir do emprego ou ter um ataque cardíaco.

— Lamento, Aidan. Não era minha intenção colocar você em um emprego tão ruim.

O que realmente me aborrece é a idéia de Aidan e Joseph não se darem bem. Embora o velho não seja de falar muito, eu sempre gostei de estar em companhia dele e, depois que fiquei sem minha mãe, ele me deixava ajudá-lo no jardim. Juntos, tratávamos dos canteiros de flores em amigável silêncio e ouvíamos tudo o que os hóspedes conversavam sem perceber nossa presença. Joseph jamais fazia comentários a respeito do que ouvíamos, mas me deixava saber, por um aceno de cabeça, uma piscada ou uma careta, o que pensava dos hóspedes, e aprendi a confiar no julgamento que ele fazia das pessoas.

— Quer que eu fale com ele? — perguntei a Aidan.

— Ah, não. Acho que isso só pioraria as coisas. Estou acostumado a ser maltratado. Muitos guardas da prisão, que não gostavam de mim, poderiam me fazer muito mais mal do que um jardineiro velho e manco.

Olho para Aidan. Estamos atravessando a ponte Kaatskill, e ele olha atentamente para a frente, concentrado na passagem estreita. Vejo a sombra de vergonha que passa por seu rosto toda vez que ele fala da prisão. Será possível que Joseph a notou? Imagino que ele, depois de sua experiência em um campo de concentração, tornou-se capaz de captar certos sentimentos.

— Então, o hotel está em polvorosa diante da iminente chegada do novo proprietário? — comento, querendo mudar de assunto. — Quando ele vai chegar?

— Oh, está falando de Sir Harry?

— *Sir* Harry?

— Não sabia? A rainha sagrou-o cavaleiro pelos serviços que ele prestou durante a guerra. Sir Harry salvou alguns quadros famosos das mãos dos nazistas e devolveu-os a seus legítimos donos depois da guerra.

— É mesmo? Eu sabia que ele participou do trabalho de proteção a monumentos, como oficial, mas não que fora sagrado cavaleiro. — Como foi que Phoebe o chamou? Cavaleiro de brilhante armadura? — Ele não espera que o chamemos de Sir Harry, não é?

Chegamos ao ponto mais alto da ponte, e posso ver as azuladas montanhas Catskill estendendo-se a nossa frente como círculos na água, com uma estreita faixa de nuvens separando-as do rio, de modo que elas parecem flutuar. Sempre que as vejo assim, lembro que Washington Irving chamou-as de "ramo desmembrado das grandes montanhas Apalaches". Parece que foram transplantadas para ali, montanhas exiladas flutuando em uma terra estrangeira. Em seu mundo de fantasia, minha mãe as chamava de montanhas flutuantes. E na distância, erguendo-se de uma dobra azul, vejo as colunas brancas do hotel Equinox, como um templo grego da Arcádia.

— Não. Ele quer ser chamado de sr. Kron. Mas nas dependências de serviço, nós, os escravos, o chamamos de Sir Harry. Dá ao empreendimento um toque de classe, não acha?

Já não posso ver a "Arcádia", quando deixamos a ponte para trás e começamos a atravessar a cidade de Kaatskill. Eu soube que alguns restaurantes e antiquários mudaram-se para o centro, mas ainda há mais imóveis comerciais vazios do que ocupados, e as lojas, na maioria, são as mesmas de que me lembro de meu tempo de criança, locais tristes e empoeirados que vendem armas e animais empalhados. Caça e pesca continuam sendo as atrações turísticas mais rentáveis da região. Na periferia da cidade, placas desbotadas e descascadas anunciam hotéis e estâncias que há muito tempo deixaram de funcionar. Procuro a pequena placa verde e branca com sua moldura de pinheiros, entalhada por Joseph e pintada por minha mãe, muitos anos atrás, que é a única publicidade do hotel Equinox. Mas, quando saímos da estrada e entramos no longo caminho particular que sobe a montanha até o hotel, vejo, em vez dela, uma nova, de cor creme e brilhantes letras roxas, que diz: A Mais Nova Jóia da Coroa, o Crown Equinox.

— Crown Equinox? Ele mudou o nome do hotel? Minha tia não me disse.

— Sir Harry muda o nome de tudo o que é dele — comenta Aidan, fazendo uma curva um pouco depressa demais. — Como Deus.

Respiro fundo, e o cheiro de pinho me acalma instantaneamente. É claro que o hotel teria de receber outro nome. Que importância isso tem? O que importa é que ainda existe. Baixo totalmente o vidro da janela para inalar mais do morno cheiro resinoso. Através das densas fileiras de pinheiros, vislumbro o brilho da água do riacho que desce da cachoeira. Nosso carro é o único no caminho e, exceto pelo ronco do motor do Volvo e o do marulhar da água, tudo está em silêncio. É uma quietude peculiar àqueles bosques, como se os pinheiros absorvessem todos os sons.

— Os pinheiros parecem secos — digo, ansiosa para mudar o rumo da conversa. Não quero falar sobre Harry Kron e suas modificações. Afinal, ele não pode mudar os bosques, nem a montanha ou a cachoeira. — Estranho, porque tivemos uma primavera chuvosa.

— Foi o que pensei quando cheguei, mas parece que toda a chuva ficou para nós, na cidade, não sobrando nada para o povo daqui. Joseph diz que isso tem a ver com algo que ele chama de sombra de chuva.

— As montanhas atraem as nuvens de chuva, mas chove no lado de lá da cadeia, o lado leste. Não entendo isso.

Aidan abana a cabeça e sorri.

— Nem eu, mas aprendi depressa que tanto faz interrogar uma estátua como perguntar a Joseph o que ele quer dizer com seus comentários.

— Ele acha que vai ser um verão seco?

— A pior seca em cinqüenta e um anos, ele prediz. Mas, pelo menos, a falta de chuva vai ser boa para o hotel. Ninguém quer pagar por um quarto de hotel nas montanhas e depois ter de ficar o tempo todo lá dentro, observando a chuva.

Concordo com um gesto de cabeça, embora Aidan esteja concentrado demais no caminho tortuoso e íngreme para ver. É verdade, hóspedes odeiam chuva. Não é problema deles, se o nível de água das cisternas está baixo, ou se as folhas dos pinheiros estão secas e facilmente inflamáveis. Tudo o que eles querem é poder caminhar sob o sol, jogar tênis em quadras secas, paisagens claras para pintar, crepúsculos coloridos que decorem as janelas do salão, enquanto eles tomam seus aperitivos.

É só quando entramos no trecho final da estrada para o hotel, que compreendo totalmente o que Aidan disse a respeito do tempo. A pior seca em cinqüenta e um anos. Foi quase exatamente isso que li no microfilme do jornal, sobre o verão do ano em que minha mãe veio para cá, só que naquela época fazia quarenta e um que acontecera uma seca tão grande. Fico ansiosa por chegar ao hotel, para me certificar de que ele continua de pé, que não foi destruído por um incêndio enquanto Aidan e eu subíamos a montanha.

Não foi, naturalmente. Quando viramos a última curva, o hotel aparece, imponente e branco, acima do vale do Hudson, com suas esguias colunas coríntias que imitam os pinheiros que o cercam. Isso não me admira. A madeira para a construção do hotel foi retirada daqueles bosques, as colunas são feitas de troncos entalhados por artesãos locais. "Se você olhar bem, verá que eles misturaram cones e ramos de pinheiro com bugigangas em estilo grego", Joseph disse uma vez, pondo-me a cavalo em seus ombros e me mostrando o capitel esculpido de uma coluna. Então, ele me pôs no chão, ajoelhou-se lentamente e continuou: "E aqui, na base, se você apalpar para sentir o que há embaixo da pintura..." Apertou minha mão pequena, com a sua, grande e áspera, contra a base da coluna, até eu sentir o desenho entalhado na madeira. "Uma flecha!", exclamei, orgulhosa por ter descoberto aquela marca secreta. "Mas o que é?" Joseph apontou para o bosque a nossa volta. "É a marca da Coroa britânica. Pode ser vista gravada em alguns dos pinheiros mais velhos. Eram para ser transformados em mastros de navios da Marinha britânica."

E é um navio que agora o hotel me parece. Um navio branco flutuando num mar de céu azul — o fantasma do *Half Moon* de Henry Hudson, talvez — pairando acima do rio, aguardando a maré favorável que lhe permitirá voltar para casa.

— Veja quem está esperando por você — Aidan diz quando chegamos à entrada circular de carros. — Ele não suportou não ir buscá-la pessoalmente.

— Acho que é o Volvo que ele não suporta ter longe dos olhos — comento, mas estou comovida por ver Joseph de pé em um canteiro, emoldurado pelo arco de um dos quiosques, observando nossa aproximação pela alameda curva.

Está tão imóvel, que por um instante tenho a desagradável impressão de que ele se transformou em uma estátua, em um ornamento de seu próprio jardim, mas então vejo-o erguer uma das mãos, tirar um lenço vermelho do bolso da camisa e passá-lo no rosto. É como se o pano amaciasse as profundas rugas ao redor de seus olhos e boca. Não que Joseph esteja sorrindo, propriamente — não sei se já o vi sorrir — mas seu rosto relaxa, e ele olha para mim com a meiguice que reserva para raízes de árvores e bulbos de tulipas.

Paramos diante do pórtico, e um carregador uniformizado — um rapaz magro e cheio de espinhas, que parece ter dezesseis anos — aproxima-se de mão estendida para abrir a porta do carro para mim, mas eu saio pelo lado do motorista, logo atrás de Aidan, de modo a poder cumprimentar Joseph antes de qualquer outra pessoa. Há um pequeno grupo de funcionários junto à entrada do hotel, e tenho o pressentimento de que meu trabalho como gerente começará assim que eu transpuser aquela porta. Por um breve momento, desejo ser novamente a menina bajulada do Equinox.

— *Shayna maidela* — Joseph murmura roucamente quando me estico para beijá-lo em uma das faces enrugadas. Menina bonita. Era assim que ele chamava minha mãe. — Você está cada vez mais parecida com sua mãe.

Abano a cabeça. Sei que nunca serei linda como minha mãe, mas sempre me sinto grata a Joseph por essa mentira. Uma mentira que ele diz a mim e a si mesmo, penso, quando o vejo tirar novamente o lenço vermelho do bolso e passá-lo no rosto. Uma mentira que lhe dá a ilusão de que minha mãe voltou.

— E você não mudou nada — respondo. — Isso é verdade. Imagino que Joseph já parecia velho no dia em que pôs os pés no hotel pela primeira vez. — E suas rosas estão lindas.

Aponto para as rosas trepadeiras de um vermelho profundo que se enroscam no arco de entrada do quiosque, sabendo que Joseph aceita melhor um elogio a suas flores do que a sua pessoa.

— É um espanto que estejam indo tão bem sem chuva. Mas vou buscar água no lago todos os dias para molhá-las.

— Está indo buscar água no lago?

— Oh, tenho um ajudante.

Com um gesto do polegar por cima do ombro, Joseph indica Aidan, que está chegando com minhas malas. Por sua vez, Aidan rola os olhos para o céu e diz, só movendo a boca, sem emitir som:

— Ele me faz carregar trinta baldes por dia.

— A bomba que puxa água do lago não está mais funcionando? — pergunto.

Aquela fora uma das invenções de meu pai: uma bomba hidráulica que levava água do lago para o hotel e para o jardim e, mais importante, para o caso de haver um incêndio. A água potável sempre fora suprida por uma fonte perto do hotel. Mas essa fonte, mesmo em verões chuvosos, não fornecia água suficiente para o jardim, muito menos para apagar um incêndio.

— O seu sr. Kron desativou a bomba para reparos.

— Ele não é "meu" sr. Kron — protesto, embora na verdade esteja orgulhosa por ter servido de ponte entre o hotel e seu salvador.

Aidan veio postar-se a meu lado e está observando as roseiras que sobem pelo arco. Joseph vira a cabeça e olha para o Volvo, que continua com a porta do motorista aberta. Penso que está procurando sinais de avaria em seu precioso carro, mas então ele olha para Aidan e depois para mim, de testa franzida.

— Seu namorado não veio? Não era para ele vir com você?

— Jack? — Agora me lembro de que, quando viemos ao hotel no verão passado, Jack andou atrás de Joseph o tempo todo, fazendo perguntas sobre jardinagem. — Ele não pôde vir. Foi convidado para passar parte do verão numa colônia de artistas. Uma bem famosa...

Paro de falar. Joseph fixa o olhar em meu rosto, e noto que Aidan me olha com surpresa.

— A Yaddo? — Joseph pergunta. — Ou a MacDowell?

Nego com um gesto de cabeça, achando a pergunta engraçada, porque sei que ele soube da existência dessas instituições ouvindo a conversa dos pintores que se hospedam no hotel, e digo o nome da colônia muito menos renomada para onde Jack foi.

Joseph sacode no ar a grande mão calejada.

— Ele teria feito melhor vindo pintar aqui. E lhe faria companhia.

Olha carrancudo para Aidan e, de repente, percebo o que é que o preocupa. Ele acha que há alguma coisa entre mim e Aidan. E lá estamos, juntos sob o arco de um dos *chuppas*, o das rosas, o mesmo onde meu pai e minha mãe se casaram. Recuo um passo, mas Aidan faz o mesmo, e nossos ombros colidem.

— Bem, vou levar as malas de Íris para dentro — ele diz.

Ouvi-lo referir-se a mim dessa maneira me surpreende, embora eu tenha lhe dado permissão para me tratar de modo informal.

— É para isso que existem carregadores — resmunga Joseph, virando-se para a porta do hotel. — E tenho mais trabalho para você.

Enquanto ele está virado, Aidan colhe uma rosa e esconde-a atrás das costas. Então, pisca para mim. Tento manter o rosto sério, quando passo por Joseph.

— Descerei mais tarde para ver o jardim todo — digo a ele.

— E vou levar isto para o saguão — anuncia Aidan, erguendo minhas malas.

Não posso evitar de rir, quando, depois que passamos pelo carro, e ele estende a rosa para mim.

— Joseph mandará cortar sua cabeça, se descobrir. Só ele pode colher flores.

Aidan, porém, afasta a rosa de mim, provocando-me.

— Ah, ele já teve sua vingança — diz. Vira a mão para cima, e vejo um longo arranhão na palma. — Acho melhor ficar com a rosa até você ter um vaso para colocá-la. Acha que Joseph as cultiva de um jeito especial, para que elas tenham mais espinhos do que o normal?

Tiro um lenço de papel do bolso e o pressiono sobre o arranhão na palma da mão dele. E é assim que minha tia nos encontra, de mãos unidas, parados na entrada do hotel.

14

A PÉROLA PARTIDA

Quando minha mãe me contava a história da mulher-foca que deixara os filhos para ir viver no mar, eu perguntava se um dia ela voltaria para junto deles.

— Não, mas um dia a filha irá se reunir à mãe. Foi por isso que a mulher-foca teceu para a menina uma guirlanda com espuma do mar, orvalho e suas próprias lágrimas. A filha jogará nas ondas essa rede de lágrimas, que se transformará em um caminho de luar que a levará à terra no fundo do mar, Tirra Glynn.

Foi só quando fiquei mais velha que minha mãe me contou que Connachar roubara a rede de lágrimas e que, enquanto ele a tivesse em seu poder, no Palácio das Estrelas, a menina não poderia ir para junto da mãe.

— Agora você já tem idade suficiente para saber — ela disse. — E tem idade suficiente para cuidar de seus irmãos, quando eu me for. Prometa que cuidará de seus irmãos.

Eu prometi, e quando acordei no dia seguinte, ela se fora. Deslizara para longe de mim como um sopro de brisa, deixando apenas o vazio e o silêncio. Eu sabia que, como a filha da mulher-foca da história, agora tinha o dever de cuidar de meus irmãos, mas em vez de fazer isso, fiquei pensando na rede de lágrimas que nos fora roubada e estava escondida em algum lugar no Palácio das Estrelas. Então, não cumpri a última vontade de minha mãe. Deixei que meus irmãos se cuidassem sozinhos e fui ao Palácio das Estrelas me oferecer como escrava.

— AH, ATÉ QUE ENFIM CHEGOU. Pensei que houvesse perdido o trem — tia Sophie comenta.

Ela me abraça e me dá um beijo rápido, seus óculos colidindo com os de sol que estou usando. Vira-se e me puxa para dentro do saguão, antes que eu tenha chance de olhá-la direito, mas a primeira impressão que tenho é a de que ela encolheu durante os seis meses em que não nos vimos.

— Barry, você vai levar a bagagem da srta. Greenfeder ao quarto dela, ou acha que malas são enfeites bonitos para o saguão?

— Joseph disse que...

— Não interessa o que Joseph disse. Estamos esperando um grande grupo de pessoas da cidade, e precisaremos de todos os carregadores.

Aidan dá de ombros e usa só a mão e o braço esquerdos para segurar minhas malas. Com a mão direita, puxa para a testa uma mecha dos cabelos encaracolados, então se vira e caminha para os elevadores. Levo um instante para lembrar o que o gesto de puxar os cabelos significa: sinal de respeito de um camponês por seu senhor, o proprietário das terras. Mas é claro que Aidan o fizera por zombaria. Para tornar tudo mais ridículo, a rosa que ele colhera para me dar aparecia na parte de trás de sua calça, com o caule enfiado no bolso. Reprimo um sorriso e começo a segui-lo na direção dos elevadores, mas minha tia me pega com firmeza pelo braço e me vira para me examinar dos pés à cabeça. Eu me sinto como me sentia nos tempos de menina, quando ela inspecionava minhas roupas antes de me deixar entrar na sala de jantar. Mas seu exame me dá a chance de examiná-la também. Minha tia, como Joseph, sempre me pareceu velha, de modo que quase não noto sinais de envelhecimento nela. Seus cabelos já eram grisalhos antes de eu nascer, e o rosto levemente gorducho resistiu muito bem às rugas. Na verdade, ela é uma dessas mulheres que ficam mais bonitas à medida que envelhecem. Se na juventude não houvesse se convencido de que era feia — meu pai me contou que ela sempre se achou gorda — tia Sophie poderia ter feito bom proveito de sua boa aparência. No correr dos anos, vi vários solteirões dispensando-lhe atenção especial, mas ela sempre manteve a postura defensiva das mulheres que acham que não têm nenhuma beleza.

— Você vai trocar de roupas, naturalmente — ela me diz. — Espero que tenha trazido alguma coisa adequada.

O fato é que eu pensei que estava usando "alguma coisa adequada". Abandonei meu estilo habitual para vestir uma saia reta, cáqui, e uma blusa num tom de rosa que achei que me ficava muito bem. Um traje que, para mim, tinha as palavras "gerente de hotel" carimbadas nele todo, mas, me olhando agora, noto que a saia está amassada, que a blusa está escapando do cós, e que meus sapatos estão cobertos de fios de grama.

— Já vou subir e me trocar, tia Sophie. Só quero dar uma olhada em tudo, antes.

Estamos entre o salão Pôr-do-Sol e o balcão do recepcionista. Meu pai me contou que minha mãe odiou a entrada do hotel, quando chegou aqui. "A pessoa fica com a impressão de que entrou pela entrada de serviço", ela reclamou. "Não se sente bem-vinda, não experimenta uma sensação de aconchego."

O problema é que o hotel, construído num estreito platô sobre o Hudson, tem a frente virada para o leste. O que o torna especial é a vista espetacular que se tem dali, toda aquela expansão de céu, de modo que não fazia sentido o construtor erguer o prédio de costas para o leste. Mas não é possível chegar ao hotel pela frente. O platô é muito estreito. Entra-se pela parte de trás. Antes de minha mãe fazer a reforma, os hóspedes entravam e tinham de atravessar uma série de salas vitorianas com decoração pretensiosa, antes de descobrir essa maravilhosa vista de céu e rio.

Minha mãe mandou derrubar as paredes das várias salas para criar um só e extenso saguão, com o piso de mármore rebaixado, de modo que uma pessoa de pé na porta de entrada estende o olhar por sobre sofás forrados de veludo verde e mesas rústicas, até a paisagem de puro céu, descortinada através das portas de vidro que tomam toda a parede voltada para o leste. E a promessa oferecida pelo exterior é cumprida pelo interior: tem-se a sensação de estar em um navio, flutuando acima das nuvens.

Quando menina, escondida em um dos sofás fundos, eu observava um hóspede após o outro entrar, olhar nervosamente em volta, à procura da bagagem, alisar as roupas amarrotadas depois de uma longa viagem de carro, então erguer os olhos e ficar imóvel diante da visão de todo aquele céu. Eu até conseguia dizer o tempo que as pessoas levavam, depois daquela pausa, para atravessar o saguão e sair para o terraço debruçado sobre o vale.

É para lá que eu quero ir agora, mas tia Sophie está me puxando para o balcão de recepção, que corre ao longo da parede do lado sul.

Ramon, o recepcionista diurno, sorri para mim quando nos aproximamos.

— Seja bem-vinda, Íris.

— De agora em diante, ela será *srta. Greenfeder* — minha tia avisa com rispidez. — Como convém a uma gerente.

Reviro os olhos por trás dela e movo a boca, dizendo silenciosamente para Ramon: "Íris". Ele dá um show, curvando teatralmente a cabeça em minha direção.

— Srta. Greenfeder. É bom ter outro Greenfeder no posto de gerente...

Prevejo que Ramon está engatilhando um discurso. Trinta anos atrás, quando terminou seu curso de arte dramática, ele começou a vir para as montanhas Catskill no verão, para participar de encenações em hotéis e recitar em jantares. Quando os grandes hotéis do sul e do oeste da região fecharam, ele ficou com os jantares, mas como garçom e lavador de pratos. Minha mãe, um ano antes de morrer, encontrou-o trabalhando como cozinheiro numa lanchonete em Peekskill. Ela disse que ele fazia as piores omeletes que alguém já comera, enquanto recitava Skakespeare. Adivinhando que ele logo perderia o emprego, ofereceu-lhe um trabalho no hotel, como recepcionista. "Ele tem a voz perfeita para saudar hóspedes", dizia.

— É isso mesmo — minha tia interrompe-o. — Todos nós estamos contentes por ela ter voltado, mas agora vamos fazê-la trabalhar. Onde está o livro de registros?

O grande livro com capa de couro — pesa dez quilos — está aberto sob as mãos finas e elegantes de Ramon, mas ele faz questão de mostrar-se confuso por um instante, como se não soubesse onde o pusera, antes de virá-lo e empurrá-lo para mim sobre o tampo de mármore do balcão. A página das reservas dos hóspedes que chegarão hoje está cheia.

— Nossa! Acho que nunca vi tantos hóspedes chegando num dia só — comento.

— É um grupo de executivos dos hotéis Crown que vêm para uma conferência internacional — tia Sophie explica. — A próxima semana está reservada para curadores de museus, e duas semanas em junho...

Folheio o livro para ver as reservas das semanas seguintes, e vejo que as páginas estão quase todas cheias. Entre os nomes escritos ao lado dos quartos reservados para empresas e vários grupos cujo trabalho é angariar fundos para alguma causa — lembro que Phoebe me disse que Harry Kron é um grande patrocinador das artes — encontro alguns conhecidos.

— Esses Van Zandt são Bill e Eugenie, que vinham para cá todo mês de agosto? — pergunto.

— Não. São o filho, a nora e os netos deles.

— E Karl Orbach não é aquele pintor que veio aqui algumas vezes com um grupo, no início dos anos 70? O que pintou aquele horrível mural de mulheres nuas no salão Pôr-do-Sol?

— É.

— Claire Mineau e a filha, Sissy... As irmãs Éden... Parece que vamos ter os velhos tempos de volta, o verão todo. Por que essa gente resolveu vir para cá agora?

— O sr. Kron examinou todos os nossos antigos livros de registros e mandou isto a cada pessoa que esteve no hotel mais de uma vez — minha tia responde, tirando um cartão cor de creme do bolso do casaco e entregando-o a mim.

As palavras, emolduradas por uma borda rústica de pinhas e bolotas de carvalho, dizem: "Convidamos os velhos amigos do hotel Equinox a voltar aos verões de sua infância, quando o tempo parava, e seu único compromisso era com os mundialmente famosos crepúsculos".

— Quem escreveu essa baboseira?

Ramon tosse teatralmente, com a mão fechada sobre a boca.

— Não foi a senhora, foi, tia Sophie? Pensei que detestasse esse tipo de apelo sentimental.

— Estou tentando salvar o hotel — ela se defende, erguendo os ombros. Noto que, mesmo se empertigando, mal chega à altura de meu ombro. — O sr. Kron disse que queria, principalmente, trazer de volta as famílias que costumavam passar o verão aqui.

— Eu gostaria de saber por que ele se importa com isso, se há todos esses eventos empresariais marcados. Mas acho ótimo que ele queira incorporar as antigas tradições do hotel no novo perfil.

O que de fato mais me agrada é a idéia de que receber antigos hóspedes vai me ajudar em minha pesquisa. O motivo que aleguei para gostar da idéia, porém, é do tipo altruísta, e espero que minha tia zombe dele, mas em vez disso ela sorri pela primeira vez desde que cheguei.

— É ótimo, sim. O sr. Kron autorizou um desconto de quarenta por cento para as pessoas que pertencem a famílias que costumavam hospedar-se aqui. Vamos rever tantos conhecidos... Ah, como seu pai ia gostar, se ainda estivesse vivo... — Tia Sophie desvia o olhar do livro de registros e olha para o terraço além das portas de vidro. De súbito, seu sorriso nostálgico desaparece. — Ou, talvez, seja melhor que ele não possa mais ver certas pessoas.

Sigo o olhar dela e vejo a silhueta de uma mulher esguia, emoldurada por duas colunas e recortada contra o céu azul. Estou tentando imaginar quem poderia ser, quando ela ergue uma das mãos e ajusta o lenço que lhe envolve os cabelos. Vejo seus dedos retorcidos e a reconheço.

— Hedda Wolfe — murmuro antes de poder me conter.

Tia Sophie empurra os óculos para o topo do nariz e me encara.

— Você a conhece?

Esse seria o momento, obviamente, de eu falar do contrato, mas mesmo que quisesse não teria coragem, pois minha tia desanda numa enxurrada de acusações contra a agente:

— Ela transformou a vida de sua mãe em um inferno, naqueles últimos anos. Não parava de vir aqui e de telefonar, perguntando sobre o próximo livro, e depois, quando seu pai disse que não a hospedaria mais, ela mandava seus assistentes para pressionar Kay. Seus pais virariam em seus túmulos, se soubessem que...

Pára de falar abruptamente. Minha mãe não teve túmulo. Dela só restaram cinzas.

— Eu... não sabia — murmuro, hesitante. — Vi Hedda algumas vezes na cidade, em conferências e seminários. Ela fala muito bem de minha mãe...

— Não poderia fazer outra coisa! Kay a fez ganhar muito dinheiro e lhe deu a fama que ela tem hoje. Acho que, já que a conhece, você deve ir cumprimentá-la. É seu dever como gerente. Mas não espere que eu faça amizade com essa mulher.

Não consigo imaginar tia Sophie fazendo amizade com ninguém. Mas movo a cabeça, concordando.

— É, acho que vou falar com ela, dar-lhe as boas-vindas, acabar logo com isso.

Receio que minha tia se ofereça para ir comigo, mas felizmente a nova governanta-chefe, uma mulher que não conheço, aparece para falar de alguma coisa que aconteceu na lavanderia, e as duas vão juntas para lá. Agora posso ir para o terraço — algo que quis fazer desde o momento em que cheguei — e tentar explicar a Hedda por que não contei a minha tia que estou escrevendo um livro.

Encontro-a sentada no parapeito, encostada em uma coluna. Com os cabelos escondidos sob o lenço de seda e grandes óculos escuros, ela se parece um pouco com Jackie Kennedy, ou um pouco com minha mãe. Usa calça comprida e túnica de algodão azul-claro, um traje simples como o meu, só que com aparência de coisa mais fina. Ninguém a mandaria para o quarto trocar de roupas. Seu olhar permanece voltado para a paisagem até que paro a seu lado.

— Íris! — ela exclama, fazendo um gesto vago, que consegue sugerir um cumprimento enquanto evita um aperto de mãos. — Eu estava imaginando quando você chegaria. Claro, não queria perguntar a sua tia.

— Peço desculpas por tia Sophie. Ela é um pouco... crítica.

Hedda ri.

— Ela daria uma boa editora, tem mais bom senso do que muita gente do ramo. Não, não precisa pedir desculpas. Eu é que lamento, se tornei as coisas difíceis entre você e ela. Fiquei em dúvida sobre se devia vir, quando recebi o convite de Harry.

— O sr. Kron convidou a senhora?

Eu não devia ter me mostrado tão surpresa. Afinal, ele me dissera que a conhecia.

— Acredito que Harry convidou toda a "velha guarda", e durante vinte anos minha avó veio aqui no verão. Ele, muito gentilmente, incluiu um bilhete junto com meu convite, dizendo que havia conhecido você e me cumprimentando pelo bom senso que demonstrei, encorajando-a em sua carreira de escritora. Assim, suponho que ele saiba a respeito da biografia.

— Sabe, sim, eu contei a ele.

— Já contou a sua tia também?

Olho para a paisagem, evitando o olhar de Hedda. Essa é uma das estranhas características das conversas mantidas no terraço: as pessoas não se olham, subjugadas pela paisagem maravilhosa. Hoje, o sol alveja o vale, tirando-lhe a cor, e o rio parece uma fita distante.

— Não, não contei — respondo. — Tenho medo de que ela não goste da idéia, que chame meu projeto de lavagem de roupa suja diante do mundo. Sei que pode me achar covarde...

— Não, não acho. Acho que está sendo sensata. Sophie nunca aprovou a atividade literária de Kay. Se dependesse dela, sua mãe não faria nada mais criativo do que arrumar as almofadas dos sofás do saguão. Sempre atribuí essa atitude de sua tia ao fato de ela ter desistido de pintar. Não existe artista mais intolerante do que aquele que fracassou.

Fico espantada com a rispidez da voz de Hedda, mas admito que ela pode ter razão. Tia Sophie estudava pintura na Art League, antes de vir para o hotel ajudar o irmão a dirigi-lo. Sempre me perguntei por que ela não pintava em seu tempo livre, mas uma vez ela me disse que, se não pudesse dedicar-se seriamente a sua arte, preferia não fazer nada. Ainda assim, sinto que preciso defendê-la, mas Hedda pousa suavemente a mão nodosa em meu braço, e isso me desarma totalmente.

— Não deixe que ela faça com você o que fez com sua mãe, Íris. Será muito mais fácil para você fazer perguntas sobre Kay e procurar o manuscrito, se Sophie não souber o que está fazendo. E estarei aqui, se você precisar de uma opinião sobre o que descobrir. Pretendo ficar no hotel o verão todo.

— O verão todo?! — Percebo que minha surpresa pode ser tomada como ofensa, então acrescento: — Quero dizer... como vai conduzir seus negócios, estando aqui?

— Oh, as maravilhas da Internet... — ela comenta, apontando para um laptop prateado em cima de uma das cadeiras de balanço. — Sem falar nos serviços da FedEx. Talvez eu tenha de ir à cidade a cada dez dias, mais ou menos, mas na maior parte do tempo você não vai poder se livrar de mim.

Depois de minha conversa com Hedda, vou para meu quarto no sótão pela escadaria central, embora sejam seis lances até lá em cima. Suponho que faço isso para colocar algum espaço entre mim e minha agente. Nunca escondi nada de minha tia deliberadamente, e o fato de estar colaborando com uma mulher que ela odeia faz com que eu me sinta ainda pior. À medida que vou subindo os degraus, meu mal-estar diminui, e não porque estou me afastando de Hedda Wolfe, mas porque me sinto como se estivesse me afastando de mim mesma, pelo menos daquela parte de mim que é capaz de enganar tia Sophie em troca de ganho material. Mas é isso o que tenho de fazer, penso, sentindo-me mais leve a cada lance de escada que deixo para trás, enquanto a paisagem que vejo através das janelas arqueadas de cada patamar torna-se mais ampla. É como se eu estivesse subindo para as nuvens. O vale desaparece, a faixa curva do rio azul desdobra-se na distância. O grosso carpete absorve o som de meus passos, e o brilho furtivo dos lustres de cristal pisca na aquarela da luz da tarde. Em vez de estar ofegante, respiro verdadeiramente bem pela primeira vez em muitos meses. Meu pai tinha razão, quando dizia que um bom hotel permite que os hóspedes revelem o que têm de melhor.

No quinto andar, a escadaria termina, e tenho de andar até a extremidade sul do corredor para chegar à porta que se abre para os íngremes degraus que levam ao sótão. Enquanto ando, noto que o desgastado carpete com motivo floral que cobria os corredores foi retirado, e que em seu lugar puseram passadeiras cor de creme com barrados roxos e o logotipo da rede Crown. As paredes foram pintadas de creme, e os detalhes em relevo, de lilás. Eu me sinto dentro de uma caixa de bombons.

Espio para o interior de um quarto que está sendo limpo por uma faxineira e vejo com alívio que as renovações ainda não chegaram até lá. As cores que minha mãe escolheu, verde-floresta e branco, desbotaram, mas ainda parecem bonitas no carpete felpudo e nas cortinas de seda. E quando subo a escadinha estreita e entro no sótão, noto que nada ali mudou.

A maioria dos aposentos pelos quais passo não são usados desde que as dependências de empregados foram construídas, no início da década de 50. Com o passar dos anos, aqueles quartos tornaram-se depósitos de móveis quebrados — ainda bons demais para serem jogados fora, de acordo com minha tia —, enfeites de Natal e outras coisas que os hóspedes esqueciam. "Nunca se sabe quando eles vão perceber que esqueceram alguma coisa aqui e perguntar se a guardamos", tia Sophie explicava. "E é preciso mandar para eles, livre de despesas de correio, naturalmente."

Quando eu era pequena, adorava mexer nas caixas de objetos deixados para trás, sem entender como as pessoas podiam ser tão descuidadas a ponto de esquecer tais tesouros. Camisolas e robes de seda eram o que mais as mulheres esqueciam de pôr na bagagem porque, como minha mãe uma vez me explicou, elas os penduravam atrás da porta do banheiro e esqueciam de pegá-los na hora de arrumar as malas. Mas havia também sapatos, livros, raquetes de tênis, caixas de tinta, diários, xales, colares de pérolas falsas, de todas as cores imagináveis, que de vez em quando minha mãe usava. Nela, as bijuterias sempre pareciam jóias verdadeiras.

É óbvio que ninguém nunca mais se importou em dar fim naquela tralha toda. Caixas cheias de coisas há muito tempo abandonadas, detritos de meio século de férias de verão, rodeiam os quartos, encostadas nas paredes.

Então, chego ao último quarto do lado esquerdo do corredor, meu antigo quarto.

Alguém se deu ao trabalho de limpá-lo e arrumá-lo. Os tampos escalavrados da mesinha-de-cabeceira, da escrivaninha e da cômoda foram esfregados e encerados, e há lençóis limpos na cama de colunas. Toco o sol e a lua entalhados na cabeceira e quase posso ouvir minha mãe começando sua história: "Numa terra entre o sol e a lua..." Minhas malas foram colocadas sobre a arca aos pés da cama, e há uma rosa vermelha num vaso de vidro sobre a mesinha-de-cabeceira. Aidan. Sinto-me corar de embaraço, quando penso nele entrando naquele pequeno quarto que, com sua simplicidade austera, diz mais sobre mim do que eu gostaria.

Vou até a janela e abro a cortina de renda para olhar para o jardim. Dali, posso ver novos hóspedes chegando — e talvez Aidan ainda esteja trabalhando em algum canteiro. A entrada de carros está deserta, mas vejo Joseph sentado sob o arco do quiosque das rosas, no mesmo lugar onde Aidan e eu estivéramos, menos de uma hora antes. É um sinal de idade avançada, penso, Joseph estar sentado, em vez de podando, adubando ou cavando, fazendo alguma coisa no jardim. Então, noto que ele não está sozinho. A pessoa sentada no lado oposto está meio escondida atrás de uma cascata de rosas. Tento outro ângulo, tão curiosa estou para saber quem é o companheiro de Joseph. Estar com alguém naquele *chuppa* sugere intimidade, e sem dúvida foi me ver ao lado de Aidan sob o arco que aborreceu Joseph. Mas talvez seja Aidan quem está ali com ele, recebendo instruções para novas tarefas.

Quando finalmente encontro o ângulo certo para ver melhor, descubro que não é Aidan. Reconheço o lenço de seda azul. Quem está com Joseph é Hedda Wolfe. Enquanto a observo, ela se levanta e sai, e ele também se ergue e fica olhando-a afastar-se. Estou muito longe para poder dizer com certeza, mas quando vejo Joseph passar seu lenço vermelho pelo rosto, tenho a distinta impressão de que ele está enxugando lágrimas.

15

A PÉROLA PARTIDA

Não muito depois que fui para o Palácio das Estrelas, vi a rede de lágrimas no pescoço de uma mulher, com a esmeralda pendendo entre os seios dela.

Isso não devia me deixar zangada. Eu estava acostumada com o desleixo daquelas mulheres, que deixavam as roupas onde as tiravam, como uma pele que fora abandonada porque não tinha mais serventia. Elas também deixavam jóias em qualquer lugar, brincos na mesa-de-cabeceira, de onde eram jogados no chão por mãos descuidadas durante a noite, anéis cravejados de brilhantes em saboneteiras, fios de pérolas pendurados em molduras de espelhos. Mas ai que perdessem alguma daquelas coisinhas preciosas! Tinham logo a quem culpar: as mulheres-focas que limpavam e arrumavam seus quartos.

A rede de lágrimas era apenas mais uma bugiganga cintilante para aquela mulher: algo para combinar com um novo vestido verde, para atrair os olhares dos homens para seus seios e, no fim da noite, para se tornar um punhado de pedras jogado sobre a penteadeira, entre moedas e lenços sujos. Eu poderia pegá-la com meu pano de tirar pó e colocá-lo no bolso — os diamantes e pérolas eram tão levemente engastados que não pesavam mais do que um punhado de areia. Eu poderia tê-la roubado e fugido, corrido para o rio e lançado-a na parte mais profunda mas, em vez de fazer isso, contei a Naoise o que vira. E ele começou a tecer um plano.

DEI UMA OLHADA no conteúdo das caixas guardadas no sótão, mas nas semanas seguintes não tive tempo de procurar com calma o manuscrito de minha mãe. Eu me esquecera de como era dirigir o hotel no pico da temporada de verão ou, talvez, nunca tivéramos uma temporada tão movimentada como aquela. Harry Kron superara-se. Além dos antigos hóspedes a quem ele convidara a voltar, seu nome e reputação atraíram uma clientela rica e artística, diferente de todas as que o hotel Equinox já recebera. Oh, sempre hospedamos artistas, mas no passado mais recente havíamos recebido apenas pintores desconhecidos, que lutavam por alcançar renome, ou aqueles que já haviam sido famosos e não eram mais. Agora, nosso livro de registros estava cheio de nomes que eu reconhecia por tê-los visto no caderno de artes do *Times*: músicos, gente de teatro, arquitetos e pintores, além de escritores que eu admirava, seus editores e agentes. Teria sido bom, se eu pudesse conversar com eles e falar de outra coisa que não fosse a fraca pressão da água quente do chuveiro, ou algum problema no televisor ou frigobar de seus aposentos.

— Vou despachar para o Holiday Inn de Kingston o próximo hóspede que me perguntar onde é a piscina coberta — digo a Aidan, num quente e perfeito dia de junho.

Estou de pé atrás do balcão de recepção, verificando no livro de registros os nomes dos hóspedes chegados naquele dia. Aidan está sentado em uma cadeira giratória, entre mim e a porta da sala de Janine. Noto que, sempre que os telefones ficam em silêncio por um momento, ela lança um olhar furtivo para mim e Aidan, então vira-se nervosamente para seu painel para apertar algum dos botões luminosos, quando recebe uma chamada. Só espero que ela não se engane e corte a ligação de alguém importante demais. O novo sistema telefônico foi um desafio para ela, e tive de defender sua causa várias vezes junto de Harry Kron.

— Veja o tempo maravilhoso que está fazendo! — continuo falando com Aidan, tentando chamar sua atenção de volta para mim, depois que Janine o distraiu com um de seus olhares. — Por que alguém haveria de querer nadar numa piscina coberta, num dia como esse? Qual é o problema com o lago?

— Cobras — Aidan responde. — E lama. Não é uma combinação muito atraente. Você não desceu até lá, ultimamente?

— Mal tenho tido tempo de ir ao terraço.

É verdade. Entre atender às necessidades dos hóspedes e servir de mediadora em disputas dos funcionários, não posso reservar nenhum tempo para mim mesma. Lembro-me de como meu pai fazia aquele trabalho parecer fácil, como nunca se agitava. E de como minha mãe conseguia lidar tranqüilamente com o mais exigente dos hóspedes. Mas eles eram dois, e eu sou uma só.

— Nunca tivemos problemas com cobras e lama — comento após uma pausa. — E como esperam que seja o fundo do lago? Coberto com um carpete felpudo?

— É a seca — Aidan observa. — O nível da água está baixo, a margem é pura lama. Sem falar que o que as cobras querem é água mais rasa e mais quente.

— Vou conversar com o sr. Kron e sugerir que ele mande vir areia para uma praia artificial. Minha mãe sempre quis fazer isso, mas nunca tivemos dinheiro suficiente. No entanto, acho que ele não poderá fazer nada quanto à falta de chuva.

— Não? Tem certeza?

Faço uma careta para Aidan. Sua atitude em relação a Harry Kron muitas vezes beira a insolência. Já o vi de pé atrás do novo proprietário, repetindo com mímica as instruções que ele dá ao pessoal. Causou problemas para duas camareiras que deram risadinhas nessas ocasiões, e uma delas é a sra. Rivera, que não pode ser dar ao luxo de perder outro emprego. Já vi Harry Kron observando-o e sei que tudo o que o homem precisa fazer é olhar sua ficha de funcionário para saber que ele está em liberdade condicional. Todos os dias, fico esperando que nosso patrão me chame para perguntar por que contratei um ex-presidiário, e a cada dia o comportamento de Aidan torna mais difícil para mim pensar em uma boa resposta.

— Aidan, por favor — murmuro, inclinando-me para ele. — O sr. Kron é o proprietário. Tudo depende de que ele fique contente com nosso modo de dirigir o hotel. E você precisa pensar também em sua situação. — Olho para trás para ver se Janine está ouvindo, mas todos os botões em seu painel acenderam-se, e ela está ocupada, navegando através daquele labirinto de luzes piscantes. — Creio que você não quer fazer nada que coloque sua liberdade em risco.

Ele inclina a cabeça para trás e sorri para mim. Noto que um cacho úmido de seus cabelos escuros colou-se ao colarinho, e isso me faz perceber como estou com calor e pegajosa, com aquela meia-calça que tia Sophie me obriga a usar, dizendo que pernas nuas dão uma aparência pouco profissional a uma mulher. A altitude em que nos encontramos geralmente torna o ar-condicionado desnecessário, mas este ano o verão está quente demais.

— Meu intervalo para descanso vai ser daqui a uma hora. O que acha de irmos nadar?— Aidan propõe como se lesse meus pensamentos.

— Não posso. Tenho muito trabalho a fazer.

— Acho que verificar pessoalmente a situação do lago faz parte de seus deveres como gerente. Além disso, se nadar lá, estará dando um bom exemplo aos hóspedes.

— Não sei... — hesito. — Se é verdade que lá há cobras...

Ele aproxima o dedo indicador do polegar, deixando um espaço de menos de um centímetro entre eles.

— São cobrinhas pequenas assim e têm medo de gente. E serei seu guarda-costas, um São Patrício, que banirá as cobras de Tirra Glynn.

Sorrio. Ouvindo o nome que minha mãe deu ao bosque de pinheiros que rodeia o lago me faz decidir aceitar o convite. Isso, e pensar na água fresca. Mas... as cobras...

— Ou podemos ir à piscina natural — Aidan propõe. — É para lá que os empregados menos graduados vão.

— A piscina sob a cachoeira?

— Essa mesma. Depois que escurece, maiôs e calções são opcionais, mas minha hora favorita é a do crepúsculo.

Pergunto-me com quem Aidan estaria indo à piscina.

— Tudo bem — concordo, olhando para meu relógio e voltando ao exame do livro de registros. — Espere-me no caminho para lá, às cinco. Perto do primeiro quiosque.

— Aquele que chamam de Estrela Vespertina?

— É.

* * *

Estou atrasada para o encontro com Aidan, por causa de vários hóspedes que chegaram no fim da tarde e de uma crise na cozinha, envolvendo a entrega de uma encomenda de alho-porro que se estragou por causa do calor, e a recusa do *chef* de substituí-lo por cebolas em seu *vichyssoise*, o que significa que o cardápio para o jantar desta noite foi mudado e que as cópias para as mesas terão de ser impressas novamente.

Desconfio que Aidan foi à piscina sem mim, quando viro uma curva e vejo que o caminho diante do Estrela Vespertina está deserto, mas então noto sapatos da marca Converse aparecendo por cima do banco no interior do quiosque. Aidan está deitado no chão, com os pés sobre o banco, fumando um cigarro e observando a vista que dali se tem do vale.

— Por que chamaram este lugar de Estrela Vespertina? — ele pergunta.

Isso me surpreende, porque achei que não ouvira meus passos. Então, lembro-me daquele dia na estação, quando ele ouviu o trem primeiro do que eu.

Sento-me no outro banco, olho para o teto, e Aidan também olha. O teto da maior parte dos quiosques é feito de rústicas pranchas de cedro, mas este é uma cúpula de tábuas arqueadas, que Joseph uniu tão cuidadosamente que as emendas ficaram invisíveis. O entalhe está meio desgastado, mas ainda é possível ver um homem envolto numa espécie de manto de pele, segurando uma clava e tirando da boca de uma enorme serpente uma esfera que já está se partindo numa torrente de estrelas que se espalham, passando por várias criaturas marinhas até alcançar uma mulher esguia ajoelhada na praia que as recolhe em uma ânfora.

— Joseph inventou tudo isso?

Nego, movendo a cabeça.

— Minha mãe desenhou as figuras, e Joseph entalhou-as.

— Eu não sabia que sua mãe era desenhista, além de escritora.

— Ela não se achava boa desenhista. Apenas desenhava, como dizia, para dar uma idéia de como eram as coisas que apareciam em seus livros. — Aponto para o teto do quiosque. — No Palácio das Estrelas, o teto é assim. A pintura conta como Connachar roubou a pérola da serpente, como a pérola esfacelou-se, e como a mulher-foca juntou as partículas e com elas teceu a rede de lágrimas para a filha.

— E ela fez Joseph construir todos esses quiosques de acordo com os lugares que aparecem em sua história.

— Parece bobagem, eu sei.

— Não. É melhor do que a Disneylândia. Vamos — Aidan levanta-se de um salto e me pega pela mão. — Quero fazer um tour pelo reino mágico.

Eu rio, mas ele tem razão. Este era o reino mágico de minha mãe, um mundo que ela inventou em seus sonhos, uma obra de pura imaginação que sempre invejei, porque minha prosa terrena nunca se aproximará do que ela criou. Muitas vezes encontrei-a em um daqueles quiosques, rabiscando anotações num pedaço de papel ou simplesmente olhando para o vazio. Eu lhe perguntava o que estava fazendo, e ela me contava um trecho da história que estava tentando escrever. Mas depois, quando o terceiro livro de sua trilogia não apareceu, ela me mandava embora, toda vez que eu a procurava, dizendo-me para voltar ao hotel e ir ajudar na cozinha ou na lavanderia. Naquele último verão, encontrei-a muitas vezes assim, distraída, querendo ficar sozinha.

Percebo que Aidan me olha fixamente e que ainda está segurando minha mão.

— Está pensando em sua mãe, não está, Íris?

— Estou pensando em como eu gostaria de fazer o que ela fez, criar meu próprio mundo. Era como se nada pudesse realmente atingi-la, porque ela sempre podia refugiar-se em um mundo governado por suas regras, onde tudo acontecia de acordo com sua vontade. Depois que ela foi embora, durante muito tempo pensei que fora para aquele mundo. Era como se ela nunca houvesse pertencido a nós, a este mundo real, e que finalmente partira para o lugar ao qual verdadeiramente pertencia. Então, comecei a inventar minhas próprias histórias.

— Ah, então foi assim que se tornou escritora. Inventava histórias nas quais sua mãe voltava para você?

— Não — respondo, olhando para o vale. O céu, acima das montanhas do leste, tingira-se de um azul profundo, e uma estrela aparecia no horizonte, outra razão para aquele quiosque ter o nome que tinha. — Inventava histórias sobre uma menina que morava na floresta, com animais selvagens. Tanto quanto me lembro, não havia nelas nenhuma referência a mães.

Mostro a Aidan o Meia-Lua e o Castelo. Então, a trilha vira para oeste, descendo para longe do topo, entrando em uma floresta de pinheiros brancos e loureiros-de-montanha, que estão começando a florescer. Seu perfume me lembra os lilases que Jack me deu, mais de um mês atrás, e imagino se há loureiros-de-montanha onde ele está, e se as flores o fazem recordar aquela noite. Jack me telefona todos os fins de semana, mas não há telefone em seu chalé, na colônia de artistas, de modo que não posso ligar para ele, e comecei a imaginá-lo como alguém fora de meu alcance. As regras da colônia — nenhuma conversa das nove da manhã às quatro da tarde, nenhum telefonema, nada de conexões pela Internet — são como um encantamento duro e arbitrário que lançaram sobre ele. Se ele estivesse na lua, seria a mesma coisa.

Aqui, o riacho acompanha a trilha, que passa pelos quiosques Montanha Flutuante e Pôr-do-Sol, descendo para outro, que chamamos de Craveiro, então vira para o lado da cachoeira e bifurca-se, um dos caminhos tomando o rumo do lago, e o outro, mais estreito, que leva à piscina natural ao pé da cachoeira. Paramos na bifurcação e olhamos na direção do lago, que vemos como uma mancha verde com lampejos amarelados além dos pinheiros escuros. Ouço vozes de crianças que devem estar brincando no raso, e consigo ver um casal deitado na margem rochosa: um repórter de jornal, que suspeito estar escrevendo uma matéria para a seção de turismo, e sua mulher. Hóspedes. Embora os empregados do hotel tenham permissão para nadar no lago, Aidan e eu hesitamos, dominados pelo impulso instintivo de evitar encontros com hóspedes em nossas horas de folga. Quem sabe que reclamação ou exigência eles podem fazer? Da direita, chega até nós o murmúrio incessante da queda-d'água, e começamos a andar para lá.

O bosque é tão fechado, aqui, que só vemos a piscina quando já estamos quase a sua margem. A cor da água é a mesma das rochas cobertas de musgo, de um verde tão escuro, que sempre me pareceu a de uma lago subterrâneo, como na história das doze princesas bailarinas. Quando eu era pequena, imaginava que, se mergulhasse bastante profundamente, encontraria uma caverna, tão brilhante e mágica quanto o pavilhão submerso onde as princesas dançavam até deixar os sapatos em farrapos, mas toda vez que mergulhava ficava tão assustada, que não conseguia abrir os olhos sob a água.

Aidan tira as roupas, ficando só com o calção de banho. É tão esguio e branco, que podia ser uma das bétulas novas daquele bosque. Tiro os tênis e a camiseta. A sombra fresca neste lugar é tão profunda, que nem mesmo o calor de hoje — um recorde, de acordo com Joseph — consegue invadi-la, e estremeço, quando o ar frio lambe minha pele úmida de suor. Aidan está hesitante, movimentando a água da margem com a ponta de um pé, mas eu sei o que fazer. Subo ao topo da rocha mais alta, vou até a borda, paro apenas um momento para olhar para o verde sem fundo lá embaixo e mergulho.

A água gelada é como uma lâmina que corta habilmente minha carne quente e cansada como se fosse uma maçã. Foi assim que minha mãe me ensinou a entrar na piscina da cachoeira. Ela dizia que qualquer outro modo seria uma tortura lenta. Apesar disso, eu costumava pensar se uma tortura lenta era de fato pior do que uma tortura rápida. Hoje, quando volto à superfície da água, arquejando, e vejo o olhar de admiração de Aidan, ainda parado na borda, fico contente por minha mãe ter me ensinado a ser corajosa.

— O que está esperando? — provoco, tentando evitar ser traída por meus dentes que batem. — A água está uma delícia.

* * *

Depois de nadar, Aidan e eu vamos ao último quiosque, uma construção assobradada, chamada Duas Luas. Fica um pouco abaixo da cachoeira, na orla da floresta, e, por ser completamente coberta por indisciplinadas glicínias, são poucas as pessoas que sabem de sua existência. Parece mais um arbusto luxuriante ou um mamute ali imobilizado na era do gelo. A rocha na qual ele foi erguido — todos os quiosques são fixados em rochas através de varas de ferro — é lisa e polida, exibindo entalhes de pequenas luas crescentes, marcas deixadas por uma geleira, cerca de catorze mil anos atrás. Encontro os degraus, ergo uma cortina de ramos e faço um gesto com a mão, convidando Aidan a me seguir.

— Parece uma caverna — ele comenta, curvando-se para passar sob o arco baixo da entrada. — Uma caverna submersa.

Concordo, movendo a cabeça, mas duvido que ele veja, porque deixei cair a cortina de ramos depois de entrar, e o lugar ficou escuro.

— No segundo livro de minha mãe, o herói Naoise volta para buscar Deirdre, e os dois se encontram em uma caverna sob a água, quando as duas luas estão pela metade — conto.

— Duas luas?

— Há duas luas em Tirra Glynn, o que explica a altura extraordinária das marés, e uma cresce, enquanto a outra vai minguando. — Aponto para uma linha curva que divide o piso circular. — Esta é uma das luas. A outra está no andar de cima.

Começo a subir a escada espiralada que vai ao segundo pavimento, mas, esquecida de como os degraus são estreitos, tropeço ao subir o terceiro. Aidan, subindo logo atrás de mim, me segura antes que eu caia.

— É bom que seja tão difícil encontrar este lugar, ou algum hóspede quebraria o pescoço na escada — comenta. — É de admirar que Sir Harry ainda não tenha mandado demolir isto aqui.

— Oh, ele não faria isso, não teria coragem — asseguro, continuando a subir, virando os pés de lado para que caibam nos degraus estreitos e me apoiando no corrimão de madeira.

— Bem, uma reforma nesta escada, pelo menos, não seria má idéia.

— Veja este corrimão — digo. — Onde você mandaria entalhar um assim? Acho que nem mesmo Joseph conseguiria fazer outro, agora.

Aidan olha para o corrimão e vê o que a maioria das pessoas não nota à primeira vista. A peça foi entalhada na forma de uma serpente. Chegamos ao segundo andar. Ali, a serpente enrosca-se na coluna central e depois, um pouco abaixo do ponto mais alto do teto, vemos que suas mandíbulas seguram uma grande esfera lisa.

Sentamos no pequeno banco que acompanha a curva do círculo e erguemos os olhos para o teto. A luz do sol, já fraca e tingida de verde pelos ramos entrelaçados da trepadeira, desliza para dentro através das frestas. Estamos tão perto da cachoeira, que gotas de água brilham nas folhas como uma teia feita de diamantes. Nem parece que está havendo uma seca, pois a cachoeira enche aquele espaço verde com o reconfortante som da água. Aidan, que vestiu a camisa branca e o jeans por cima do calção molhado, passa os braços ao redor do corpo, como se estivesse com frio, embora esteja quente aqui dentro, sob toda essa folhagem pesada.

— A serpente está olhando para mim — ele diz. — E juro que ela tem os olhos de Joseph.

Rindo, sacudo meus cabelos molhados.

— Talvez tenha. A serpente é uma espécie de guardiã. Guarda a pérola, que é a alma do mundo. Quando a roubam, a pérola se esfacela, formando uma rede de partículas brilhantes, a rede de lágrimas, como dizia minha mãe, e o mundo sai de prumo. Quando a devolvem, o mundo endireita-se, e tudo fica em equilíbrio: o bem e o mal, o dia e a noite, um perpétuo equinócio.

— Isso é fantasia.

— *Tikkun olam*, de acordo com Joseph. Em hebraico, isso significa "a cura do mundo". Joseph disse que esse era o tema dos livros de minha mãe, mas sempre achei que era ele que estava tentando curar o mundo, construindo esses quiosques com tanto esmero, depois de toda a destruição que viu na guerra...

Eu me interrompo, quando noto que Aidan desviou o olhar, pois suponho que o estou entediando, mas ele põe os dedos sobre minha boca, pedindo silêncio.

— Você ouviu? — murmura.

Presto atenção, mas não ouço nada a não ser o marulhar da água na cachoeira e as batidas de meu coração, que o toque de Aidan fez disparar. Ele retira os dedos de meus lábios e pousa-os sobre minha mão espalmada no banco. Não me olha, está concentrado num ruído que só ele ouve, de modo que posso examiná-lo, observar sua pele clara, fria como mármore, os cabelos finos e pretos encaracolados na nuca. E penso, como fiz tantas vezes nas últimas semanas, em nossa diferença de idade. Ali no quiosque, porém, isso não mais parece ter importância. Uma gota cai das folhas sobre o rosto dele. Sem pensar, ergo a mão para enxugá-la, então ouço uma voz e paro o gesto em meio.

— Ela vinha aqui, então, para se encontrar com aquele homem?

A voz, levemente rouca, é feminina. Inclino-me para a frente para ouvir a resposta da outra pessoa, mas capto apenas um tom profundo, murmurando a contragosto algumas palavras que caem na correnteza da cachoeira como seixos em um lago.

— Eu sabia que havia outra pessoa — a mulher continua. — Todo mundo sabia, menos Ben, naturalmente.

O murmúrio profundo soa com irritação, como um trovão num dia de verão, mas as palavras são ininteligíveis.

— Eu sei que ela amava Ben. Quem não amaria? Ele venerava o chão que ela pisava, tratava-a como se ela fosse uma princesa. Mas sei que antes dele houve outro, um homem de quem ela não falava. E se ele voltasse? Se seu primeiro amor voltasse para ela? Não seria possível resistir, não é?

Daquela vez não há nem mesmo um murmúrio em resposta, e fico tão frustrada que desejo eu mesma responder. Ela nunca faria isso com meu pai!, quero gritar, mas Aidan, ainda olhando para o outro lado, aperta minha mão. Ouço os passos de Joseph e

Hedda Wolfe afastando-se. Procuro na memória alguma coisa que prove que Hedda está errada. É claro que, se minha mãe fosse àquele quiosque encontrar-se com alguém, eu os teria visto juntos! Mas, então, me lembro de que não me era permitido ir à cachoeira sozinha. Minha mãe dizia que tinha medo de que eu escorregasse para dentro da piscina e morresse afogada. O que me lembro é de minha mãe muitas vezes voltando para o hotel no fim da tarde, com os cabelos molhados e a pele fresca ao toque, mesmo nos dias mais quentes. Não posso jurar que ela não vinha encontrar-se com alguém aqui. Além disso, quem sou eu para defender minha mãe, se estou escondida nas sombras com um homem muito mais jovem, um ex-presidiário?, digo a mim mesma, olhando uma gota de água cair na camisa branca de Aidan, já ensopada nos lugares onde o tecido cola-se à pele molhada de suas omoplatas, formando duas longas listras opacas como porções de uma outra pele. Ergo a mão para enxugar uma gota que escorre em seu pescoço, ele se vira para mim, e minha mão tomba sobre seu peito. Uma gota cai das folhas acima de nós e aterrissa em minha face. Aidan inclina-se e pressiona a boca contra ela, enquanto, com a ponta dos dedos, traço o curso da gota que desce por seu pescoço.

Começou assim, com as gotas de água guiando nossas mãos e bocas para os pequenos riachos que se formam em nossa pele. A princípio nos movemos lentamente, no compasso do suave e constante gotejar, mas quando ele me deita no banco e eu soergo o corpo para experimentar com os lábios a água que desce por seu tronco, nossos movimentos liberam uma cascata que não podemos acompanhar e a que apenas podemos nos entregar.

16

A REDE DE LÁGRIMAS

Eu precisava ajudar Naoise a roubar a rede de lágrimas. Devia isso a ele. Fora por minha culpa que ele se transformara no que era agora. Eu podia ter impedido. Quando um homem é vítima de encantamento, uma mulher-foca pode salvá-lo. Tudo o que ela precisa fazer é despir a própria pele e jogá-la sobre ele. Mas, depois de fazer isso, nunca mais poderá fazer a viagem pelo rio afogado, nunca escapará de sua prisão. Essas são as regras que nos são impostas pelo encantamento sob o qual caímos. Só temos duas opções: ser uma coisa, ou outra. Quando Naoise e seus irmãos começaram a se transformar, eu poderia tê-los ajudado. Um por um, eu os vi tornarem-se animais incapazes de falar — perdi-os para sempre— e não fiz nada. Preferi minha liberdade à deles. Agora, Naoise era o último. Vi os sinais, a elevação em suas costas, quando as asas começaram a crescer, o brilho frio em seus olhos, anulando o que um dia fora um olhar humano. Ele acreditava que a rede de lágrimas nos salvaria a todos. Como eu poderia dizer "não"?

Antes do início de meu caso com Aidan, eu nunca percebi quantos lugares secretos existem nas redondezas do hotel Equinox, especialmente em um verão quente e seco como este. Há os quiosques, claro, mas apenas no Duas Luas pode-se ter mais privacidade, pois os outros, em sua maioria, oferecem pouca proteção contra olhares curiosos, e seu pouco espaço só permite um toque furtivo, um olhar de desejo que faz cair a máscara da indiferença. E há também os bosques, o extenso chão de floresta coberto pelas folhas secas dos pinheiros. Vejo, entranhado nas dobras de minha pele, o pó vermelho-dourado que as folhas soltam quando são amassadas. Visualizo Aidan espanando o pó da nuca, sinto minhas costas esfregando-se na cama de folhas, quente e áspera, enquanto a fresca maciez do peito dele move-se sobre mim como água. Tenho de parar qualquer coisa que estou fazendo, enquanto uma dor intensa percorre meu corpo.

Minha tia acha que estou com problemas digestivos.

Imagino se era assim que minha mãe se sentia naquele último verão, se estava passando os dias na pele de outra pessoa, vivendo apenas para o breve momento em que um toque a libertaria. Não era por acaso que ela escrevia sobre mulheres-focas, que perdiam sua verdadeira pele e eram forçadas a levar uma vida falsa. Mas, então, lembro que ela escreveu sobre mulheres-focas muito tempo antes de ir embora. Teria sempre se sentido uma impostora? Sua vida com meu pai e comigo fora falsa, como um encantamento de cem anos, que ela suportara apenas até que seu verdadeiro príncipe retornasse e a libertasse?

Eu gostaria de nunca ter tido a idéia de escrever um livro sobre minha mãe. Não sei se quero encontrar as respostas para essas perguntas. Pela primeira vez na vida, pergunto-me se é de fato tão importante para mim tornar-me escritora — algo pelo qual sempre lutei. Por que não fico aqui, como gerente do hotel? Com Aidan? Isso não deveria me bastar?

Mas sei que, mesmo que eu não faça as perguntas, outras pessoas farão. Todos os dias, vejo Hedda Wolfe andando no jardim com Joseph e sei que ela não está interessada apenas em saber que fertilizante ele usa para tratar das roseiras. Falo com Joseph a respeito, e percebo que ela não está conseguindo descobrir muita coisa através dele.

— Não sei dizer — ele me responde um dia, quando lhe pergunto à queima-roupa se acha que minha mãe teve um caso em seu último verão no hotel. — Sua mãe estava sempre saindo sozinha, mas penso que isso tem a ver com o fato de ela ser escritora.

Capto uma ponta de censura em sua voz, mas não tenho certeza se é minha suspeita que o aborrece, ou se ele pensa que eu devia compreender a necessidade de solidão de minha mãe, por também ser escritora.

— Mas ela falava de alguém do passado... de um antigo namorado?

Joseph ergue os olhos do canteiro de lírios que está limpando e me lança um olhar triste e desapontado que me magoaria, se aquela não fosse sua expressão costumeira.

— Nós sabíamos que ambos havíamos perdido pessoas queridas— responde. — Não precisávamos falar sobre isso.

Uma tarde, vou falar com Hedda, quando a vejo sentada no quiosque das rosas, sozinha. Ela tem um grosso manuscrito aberto no colo, mas não o está lendo. Imagino que esteja esperando uma chance de encurralar Joseph para interrogá-lo.

— Acho que minha mãe teve um caso em seu último verão aqui — digo sem preâmbulos. — A senhora sabe algo a respeito?

Hedda tira o chapéu de palha de aba larga que sempre usa quando está no jardim e abana-o diante de meu rosto. Noto que ela o segura com mais firmeza do que o usual e imagino que o calor e o tempo seco aliviem os sintomas da artrite.

— Por quê? Você se lembra de ter visto sua mãe com alguém, naquele verão? — Hedda pergunta com tanta avidez, que me espanto.

— Não. Ela estava sempre falando com um hóspede ou outro, mas nenhum sobressai de maneira especial em minha memória. Ela parecia distraída, isto é, mais do que de costume, e me lembro de vê-la voltar para o hotel nos fins de tarde com os cabelos molhados, como se tivesse ido nadar.

— Na piscina ao pé da cachoeira? — Hedda pergunta. — Perto daquele quiosque escondido?

Movo a cabeça, afirmando.

Ela põe o chapéu no colo e enfia uma ponta solta de palha na trama da aba. Seus dedos parecem quase ágeis.

— Sua mãe nunca abandonaria seu pai por um homem que acabara de conhecer, mas era uma pessoa leal e, se houve alguém antes de ela vir para cá, um namorado da adolescência, talvez...

— Então, por que ela deixou meu pai por aquele homem com quem foi para o hotel em Nova York?

Dando de ombros, Hedda põe o chapéu na cabeça.

— Lembre-se de que sua mãe cresceu no tempo da Grande Depressão, e depois veio a guerra. Talvez ela fosse pobre e saísse de sua cidade natal em busca de fortuna, talvez ela e o namorado tenham se perdido um do outro durante a guerra. Não sei, Íris. Acho que cabe a você descobrir. Esse deve ser o ponto crucial da história de Kay: um amor perdido há muito tempo, que volta para ela. Perguntou a Joseph?

— Ele não me diz nada.

Hedda sorri, e noto que está contente por eu não ter conseguido extrair de Joseph mais do que ela conseguiu. De repente, isso me parece muito estranho. Ela não deveria querer que eu descobrisse o máximo possível a respeito de minha mãe, para poder escrever o livro? Mas talvez seja esse seu jeito de me incentivar a ir em frente, no estilo de amor exigente pelo qual é famosa.

— Você tentou falar com os outros empregados que trabalhavam aqui naquele tempo, Íris?

— Hum... estou planejando fazer isso... mas ando muito ocupada.

Eu coro, pensando nas horas que passo com Aidan, em vez de trabalhar no livro.

Ela ergue o queixo na direção da trilha, onde duas mulheres idosas pararam para admirar um canteiro de dálias e malva-rosa.

— Elas estavam aqui, naquele verão. Talvez tenham visto alguma coisa.

— As irmãs Eden? Acho que não perceberiam que duas pessoas estavam tendo um caso, nem que tropeçassem em seus corpos nus.

Hedda inclina-se para mim como se fosse cochichar algo em meu ouvido, mas apenas tirou algo da gola de minha blusa. Seus dedos leves batem em meu pescoço como asas de uma mariposa. Então, ela sopra o pó vermelho-dourado grudado neles e sorri.

— Não presuma que as pessoas são tão cegas quanto parecem. Você ficaria surpresa, se soubesse o que elas notam.

* * *

Pouco depois de deixar Hedda no quiosque, junto-me às irmãs Eden e ando com elas na direção do terraço. Não creio que saibam de alguma coisa, mas pelo menos darei a Hedda a impressão de que estou tentando descobrir. Elas me dizem que têm medo de ir ao rochedo Pôr-do-Sol sozinhas, e ofereço-me para levá-las até lá.

— Nossa memória já não é tão boa como antes — a irmã mais jovem, Minerva, confidencia num murmúrio bastante alto para a mais velha, Alice, ouvir.

Alice olha-a carrancuda e ergue a bengala, parecendo ameaçar um pé de lírio campestre alaranjado.

— Fale apenas por si, Minnie. Conheço esses caminhos como a palma de minha mão. Havia um rapaz com quem eu me encontrava todas as noites no quiosque Pôr-do-Sol. Foi um namoro sério.

— Aposto como aconteciam muitos encontros secretos por aqui — comento, levando as irmãs trilha abaixo, para além do quiosque Estrela Vespertina. Vejo a ponta das botas de cano alto de Aidan aparecendo por cima da mureta do quiosque, sei que ele está deitado no banco, a minha espera, e sinto o estômago doer, mas não posso abandonar as duas irmãs agora.

— Oh, querida, garanto que os encontros de Alice eram inteiramente inocentes — diz Minerva. — Se não inteiramente imaginários.

— Não sei, não — falo depressa para provocar uma reação de Alice. — Minha mãe sempre dizia que era um espanto vocês não terem se casado, com tantos admiradores que tinham. Dizia também que achava que vocês haviam renunciado ao casamento por amor à música.

De fato, uma vez minha mãe disse que Alice era uma pianista realmente talentosa, mas que se recusara a deixar a irmã mais nova sozinha, quando fora convidada a fazer uma turnê. As duas trabalharam em grandes hotéis durante muito tempo, tocando "música de jantar", e quando esses estabelecimentos fecharam, foram morar no Equinox, onde ficaram por vários anos, pagando um aluguel reduzido por aposentos no sótão. Por fim, conseguiram trabalho como professoras de música num internato para moças, em algum lugar ao norte de Saratoga.

— Sua mãe era uma santa — Alice e Minerva dizem em uníssono, como entoando uma canção cantada muitas vezes.

Essa não é uma boa introdução para a conversa que espero ter com elas, e sinto uma ponta de culpa por ter de minar sua lealdade em relação a minha mãe, mas me obrigo a fazer isso.

— Não, receio que ela estava longe de ser santa. Afinal, morreu em um hotel, onde se registrou como esposa de um homem que não era meu pai.

— Nunca acreditamos nisso — Alice declara. — Kay jamais faria isso com Ben. Ela o adorava.

— Mas, então, por que se registraria em um hotel...

— Seu pai nos contou que a polícia não encontrou restos de nenhum outro corpo no quarto onde Kay... onde ela morreu. Assim, ela deve ter se registrado como casada por medida de segurança, para que ninguém a importunasse. Em 1973, Coney Island não era um bairro que se pudesse chamar de bom. Sempre achei que ela foi lá, a seu antigo bairro, para ajudar alguém, provavelmente uma pessoa amiga.

— A quem ela teria ido ajudar?

Chegamos à curva onde o caminho começa a descer. Pôr-do-Sol, um quiosque alto e estreito, construído num grande rochedo, eleva-se acima de nós. Quem sobe ao topo e olha para o lado oeste, vê o sol se pôr atrás das montanhas Catskill. Receio que as duas irmãs não consigam subir até lá. A respiração de Alice é difícil e entrecortada.

— Minnie, suba você e depois me diga se vale a pena fazer essa escalada — ela pede. — Vou me sentar aqui neste banco com a srta. Greenfeder para recuperar o fôlego.

Ao ver o olhar de dúvida de Minnie, penso se será sensato deixá-la subir os degraus íngremes e estreitos sozinha, mas, então, ela agilmente sobe até a porta do quiosque e entra, desaparecendo de vista.

Alice pega minha mão e enterra os dedos com tanta força na palma, que fico apreensiva, achando que ela está tendo um infarto, mas quando olho para seu rosto vejo um sorriso radiante.

— Eu não queria falar na frente de Minnie — ela explica. — Minha irmã ainda é uma criança, em certos aspectos.

Quase começo a rir ouvindo-a chamar Minerva, que já deve ter passado bastante dos setenta, de criança, mas então noto grande seriedade por trás de sua expressão sorridente.

— É claro que ela adorava sua mãe — Alice continua. Você sabe que foi Kay quem nos arrumou trabalho no internato, como professoras. A diretora costumava passar férias aqui, e naquele verão sua mãe não deixou a pobre mulher em paz, até fazê-la concordar em contratar Minnie e eu. — Inclina-se para mais perto de mim e baixa a voz. — Foi quase como se ela soubesse que ia embora e quisesse nos ver estabelecidas.

— Então, acha que minha mãe planejava partir? Se planejava, com certeza estava tendo um caso.

Alice recua, olha para mim por um momento, então para o topo do quiosque, onde a irmã aparece, abanando um lenço para nós como uma passageira de navio na hora da partida.

— Oh, é exatamente como eu me lembrava! — Minerva exclama. — Dá para ver lugares que ficam a quilômetros de distância.

Quando Alice torna a olhar para mim, vejo seu rosto suavizado, revelando a emoção que a alegria de Minerva lhe causa, mas essa expressão logo desaparece, e suas feições estremecem, os olhos enchem-se de lágrimas.

— Ela não agia como uma mulher se preparando para fugir com um amante — ela diz. — Agia como uma mulher se preparando para morrer.

Quando finalmente levo as duas irmãs de volta para o hotel, o sol está descendo para o horizonte. Vou ao quiosque Estrela Vespertina, mas Aidan não está lá. Suponho que ele esteja a minha espera no Duas Luas, mas então me lembro de que preciso comparecer ao coquetel que Harry Kron oferecerá no salão Pôr-do-Sol a uma organização artística cujo nome, naquele momento, não lembro. Os membros reservaram aposentos no hotel para o fim de semana, mas, de acordo com o que Harry me disse, se ficarem satisfeitos com o tratamento que receberem, poderão fazer reservas para agosto, quando se encontrarão para um seminário de sete dias. Fico admirada ao ver como ele, que deve ser rico como Creso, preocupa-se com essa questão de clientela, mas talvez seja por isso que enriqueceu tanto. Ele deixou claro que espera que eu dedique especial atenção a esse grupo, e agora tenho menos de vinte minutos para me arrumar.

Para meu azar, os dois elevadores estão ocupados, levando hóspedes que vão para seus quartos, trocar-se para o jantar. Preciso ir pela escada. Subo correndo os três primeiros lances, fico sem fôlego, então continuo mais devagar. Quando chego ao sótão, estou ensopada de suor. Ali não há chuveiros, e não tenho tempo para um banho de banheira. Tenho de me contentar em me lavar rapidamente, da melhor maneira possível. Lavo o rosto na pia, e depois, nua, de pé na banheira antiga, com pés em forma de patas de leão, encho um velho jarro de cerâmica com água fria e derramo-a dos ombros para baixo. Depois de me enxugar, prendo os cabelos úmidos num coque meio desalinhado, abro o armário e fico parada, olhando minhas roupas. Nenhum dos vestidos de algodão, de alças, ou tipo camisa, parece apropriado para um coquetel. Empurro um cabide após o outro, impaciente, e por fim decido pesquisar o varão de trás, onde se enfileiram vários vestidos em suas capas protetoras. Abro o zíper de uma delas e tiro um vestido preto, sem mangas, cujo modelo estava na moda na década de 50. Seguro-o contra o rosto e cheiro o tecido, tentando captar nem que seja apenas um leve traço do perfume White Shoulders, mas tudo o que sinto é o odor de um dos pequenos sachês recheados com lascas de cedro que minha tia põe nos armários para espantar traças. Passo-o pela cabeça, puxo-o para baixo e, após uma curta briga com o zíper, fecho-o e descubro que o vestido me serve. Fico surpresa. Embora nunca tenha sido gorda, sempre me achei mais corpulenta do que minha mãe. "Você herdou a constituição dos Greenfeder", minha tia vive me dizendo. "Camponeses da Europa oriental, gente robusta."

Olho-me no espelho e vejo que o vestido ficou mais curto e ligeiramente mais justo em mim do que ficaria em minha mãe, mas ainda assim me cai bem. Exceto por pequenos detalhes de tecido cintilante nos ombros e no decote, o vestido é liso e muito simples, mas bem talhado. Fico de costas para o espelho, viro a cabeça por cima do ombro para ver a parte de trás e noto que o único defeito é que os contornos de minha calcinha estão marcando o vestido, então resolvo o problema, tirando-a. Uma meia-calça talvez faça minha barriga parecer mais reta, mas prefiro ir para o inferno a me enfiar outra vez naquela coisa apertada e quente. Calço sandálias de salto alto, pretas, borrifo perfume no pescoço e nos pulsos, para disfarçar o cheiro de cedro, e estou pronta.

Desço pela escadaria. No terceiro andar, a porta do closet de roupas de cama e banho abre-se, uma mão estende-se para fora e me puxa para dentro.

— Aidan... — murmuro, quando ele afasta os lábios de minha boca e desliza-os para meu pescoço. — Aqui não é lugar para isso. E se uma das camareiras entrar?

— Não se preocupe — ele me tranqüiliza. Elas acabaram de abastecer este closet, e todos os quartos já estão arrumados.

É verdade. A pilha de lençóis na prateleira contra a qual ele me segura está morna e cheirosa, acabada de sair da lavanderia. A pele de Aidan, por outro lado, está fresca e tem gosto de musgo e água mineral.

— Você foi à piscina — digo, quando ele me ergue para a prateleira larga.

Ouço a madeira estalar, mas eu subia naquelas prateleiras, quando era pequena, e sei que são fortes.

— Ir sozinho me deixou muito triste — ele diz. — O que você estava fazendo com aquelas duas corujas velhas?

— Desempenhando meu papel de atenciosa gerente de hotel — respondo, apalpando-lhe o rosto, tentando adivinhar, na escuridão do closet, qual é sua expressão. Pelo tom de sua voz, parece que ele realmente ficou magoado por eu ter faltado ao encontro. — E é isso o que preciso fazer agora, no salão Pôr-do-Sol.

A convicção desaparece de minha voz, quando Aidan sobe as mãos por minhas coxas, erguendo a apertada saia do vestido de coquetel de minha mãe.

— Ah, a festa que Sir Harry está oferecendo à Associação de Recuperação de Obras de Arte? Quando passei pelo salão, havia pouca gente lá. Você ainda tem tempo. E seja sincera. Está mesmo ansiosa para juntar-se a um bando de advogados e curadores de museus que só vão falar de quadros que foram roubados durante a Segunda Guerra Mundial?

Fico momentaneamente impressionada com o conhecimento que Aidan mostra a respeito do evento, maior do que o meu, com certeza, mas então ele se coloca no meio de minhas pernas. A sensação de estar imprensada entre a morna e macia pilha de lençóis e o peito frio e duro de Aidan é deliciosa, como se eu estivesse suspensa entre terra e água.

— Por favor... — murmuro, tentando pela última vez parecer responsável, mesmo quando ele ergue uma de minhas pernas ao longo de seu peito e beija a reentrância atrás do joelho. — O sr. Kron espera que eu compareça...

Aidan, porém, descobre que estou sem calcinha e, de repente, minha fachada profissional perde toda a credibilidade.

A festa está em andamento, quando chego ao salão. Vejo que grupos de convidados foram para a alameda lajeada e para o jardim, onde o pessoal do hotel colocou mesinhas e cadeiras de ferro e pendurou lanternas japonesas nos caramanchões de treliça. Harry está de pé, diante do quiosque das rosas, conversando com algumas pessoas sentadas lá dentro, então caminho entre os convidados no salão, esperando que ele presuma, quando me vir, que estou aqui há algum tempo. Paro para me apresentar a vários participantes da conferência, lendo os nomes em seus crachás à procura das pessoas a quem, de acordo com a recomendação de Harry, devo dispensar atenção especial: o curador de um pequeno museu de Pittsburgh, que escolheu como especialidade a determinação da origem de obras de arte, um curador-assistente do Metropolitan, encarregado de um novo projeto de pesquisa sobre o mesmo assunto, e vários advogados que se tornaram renomados representando clientes em processos de restituição. Enquanto ando de grupo em grupo, noto que a conversa de todos segue um rumo similar. Advogados e comerciantes do ramo da arte, afiliados à Associação de Recuperação de Obras de Arte, colocam agressivamente a culpa nos museus e em sua negligência no que diz respeito à confirmação da origem das obras em seus acervos, enquanto os curadores defendem-se, falando de suas bem-intencionadas tentativas de identificar os proprietários anteriores de todos os seus quadros e esculturas, alegando fazer o melhor que podem.

Vou para o jardim.

— Sempre haverá lacunas na identificação de algumas obras, mas isso não significa necessariamente uma prova incriminadora — o curador-assistente do Met explica a uma avaliadora que trabalha com clientes judeus na recuperação de objetos de família que se perderam na guerra. — Se houver o necessário cuidado, e a aquisição for feita de boa-fé...

— Boa-fé?! — exclama a mulher, uma ruiva baixinha de conjunto de tricô St. John e escarpins Prada que estão se afundando na terra macia de um canteiro de dálias. — Isso é razão para que não se devolva o que foi roubado?

Noto que Joseph, que está andando por ali, reacendendo tochas de óleo de citronela, olha para a ruiva, provavelmente preocupado com seus bulbos de dália, que podem estar sempre perfurados por aqueles saltos. Penso em parar de andar entre os grupos e ir dizer a ele que ficarei de olho nos canteiros, mas Harry me vê e me chama.

— Ah, Íris! Como você está bonita! — ele elogia. — Esse vestido me lembra algo que minha cunhada usou na inauguração do Cavalieri Hilton, em Roma. Conrad Hilton não conseguiu parar de olhar para ela a noite toda.

Sorrio. Imagino minha mãe, em vez da cunhada dele, dançando no Cavalieri Hilton. Aquela era a vida que ela poderia ter tido, se houvesse tido sucesso escrevendo livros, antes de se casar com meu pai, antes de eu ter nascido. Ela seria livre para viajar.

— Minha mãe escreveu em um de seus diários, que achava o Cavalieri Hilton o hotel mais feio que ela já vira em toda sua vida. Em um de seus poemas não publicados, ela o chamou de "mastectomia da cidade de muitos seios".

A voz feminina, no interior do quiosque, me sobressalta e me arranca do devaneio sobre minha mãe em Roma. Olho para lá e vejo Phoebe Nix, parecendo fresca e tranqüila numa roupa solta de linho, informe e sem cor definida, sentada ao lado de um homem franzino de terno risca-de-giz e gravata-borboleta amarela, que move a cabeça, concordando com a opinião da mãe dela sobre o Cavalieri.

— Um travesti da arquitetura da Guerra Fria — ele murmura. — Tem a feia mania americana de ar-condicionado e água gelada encanada em todos os quartos.

— Ah, mas a vista que se tem do restaurante no topo é adorável — Harry comenta, sem dirigir-se a ninguém em particular, tomando um gole de seu martíni e parecendo melancólico.

— Phoebe, eu não sabia que você viria — digo. — Se soubesse, teria lhe arrumado um quarto especial e...

Paro de falar, lembrando que, afinal, ela é sobrinha do proprietário. Harry certamente providenciaria o que havia de melhor para ela.

— Minha querida sobrinha recusa-se a aceitar nossa hospitalidade — ele informa. — Um grande insulto, não acha, srta. Greenfeder?

— Gordon e eu estávamos em minha casa, em Chatham — Phoebe explica, estendendo as pernas nuas ao longo do banco onde está sentada. — Estamos aqui de passagem, voltando para a cidade.

Gordon cora até a raiz dos cabelos muito curtos, castanhos e crespos. As orelhas, que parecem grandes demais para a cabeça pequena, assumem um forte tom de rosa. Homens de orelhas grandes, penso, não deviam usar gravatas tipo borboleta.

— Seu hotel é lindo, srta. Greenfeder — ele diz, levantando-se e pousando o copo para me cumprimentar. — Gordon del Sarto. — Aperto a mão que ele me estende, surpresa com sua cortesia e seu sobrenome italiano. — Viremos para cá, numa próxima vez.

Sorri tão encantadoramente, que me arrependo de meus pensamentos impiedosos a respeito de suas orelhas.

— Está bem, já chega, vocês venceram! — Phoebe exclama, como se estivéssemos arengando com ela para que ficasse. — Só precisamos estar na cidade na segunda-feira, não é Gordon? Sei que você está morrendo de vontade de ouvir toda essa coisa sobre arte e nazistas.

— Está interessado na recuperação de obras de arte desaparecidas na guerra? — pergunto a Gordon.

Agora não é só a polidez e o sobrenome italiano daquele homenzinho que me surpreendem, mas também a capacidade que ele parece ter de provocar reações na fria editora de revista.

— Bem, isso está um tanto fora de meu campo de ação — ele começa a explicar. — Acabei de defender minha tese sobre ourivesaria da Renascença, mas estou fazendo um estágio este verão, na Sotheby´s, no departamento de joalheria, e temos tido dificuldade para estabelecer o pedigree de várias aquisições recentes.

— Pedigree?

— Gíria dos ricos para "origem" — Phoebe responde acidamente, pondo-se de pé e alisando as rugas de seu traje, como se um enxame de abelhas estivesse penetrando o tecido. — E no mundo da arte indica proprietários anteriores. Se vamos ficar aqui, é melhor eu ver em que tipo de quarto vocês vão nos colocar. Tem de ser perto de uma saída de incêndio, mas não perto demais dos elevadores, porque o barulho não me deixa dormir. Alguém pode me mostrar o que vocês têm para oferecer?

Olho para Harry para ver se ele não se importa por eu deixar a festa. Ele dá dois tapinhas em meu braço, como se lamentasse me entregar às exigências da sobrinha.

— É, suponho que você deva ir acomodar Phoebe, enquanto Gordon e eu ficamos conversando sobre as últimas aquisições dele — diz. Então, quando Phoebe vira-se para pegar a bolsa, na verdade uma sacola de lona, murmura em meu ouvido: — Difícil de contentar, igualzinha à mãe.

Tento reprimir um sorriso, mas Phoebe volta-se naquele instante e me olha com suspeita, deixando-me com a impressão de que ouviu o que o tio disse e que sabe por que estou sorrindo.

— Vamos — eu a chamo, adotando um tom animado para cobrir meu embaraço. — Acho que sei qual é o melhor quarto para vocês.

— *Quartos* — ela salienta, quando nos afastamos o bastante para que os dois homens não possam nos ouvir. — Gordon não é meu namorado. Só me acompanha a esses eventos de arte para que meu tio pare de me amolar, dizendo que preciso me casar. Nós nos conhecemos desde Bennington, e ele é meu único amigo do sexo masculino que Harry tolera, porque tem a chance de conversar sobre arte italiana e de reviver seus dias de boemia, quando estudava arte em Roma, antes da guerra, e os dias de glória, quando salvava quadros italianos das mãos dos nazistas.

— Gordon parece uma boa pessoa — comento.

Atravessamos o gramado e estamos chegando ao caminho de lajes, mas Phoebe muda bruscamente de rumo e caminha para uma trepadeira de flores noturnas que já começam a se abrir e brilham sob a luz das lanternas. Ela curva o pescoço esguio e aspira o perfume de uma delas.

— Você não é o tipo dele — declara. — Por isso, esqueça.

É uma observação tão rude, que não sei o que dizer, então não digo nada. Embora eu a tivesse achado um tanto brusca em nossos encontros anteriores, Phoebe nunca fora grosseira comigo. Talvez ela esteja com raiva do tio... ou talvez tenha descoberto algo que a fez mudar de idéia a meu respeito.

Ela ergue o rosto.

— Não me parece que você esteja precisando de alguém, pois tem um brilho de satisfação no rosto. Mas pensei que seu namorado pintor estivesse em Vermont.

— New Hampshire — corrijo-a, desviando o olhar.

Joseph está a uma pequena distância, escorando uma peônia pendida.

— Então, é alguém novo. Espero que isso não esteja atrapalhando sua pesquisa. Não veio aqui para juntar material para o livro sobre sua mãe?

Ela fala em tom displicente, pegando uma das grandes flores brancas pelo caule grosso e puxando-a para junto do rosto. Então, olhando para a aliança em seu polegar, de súbito imagino que sei por que sua atitude mudou em relação a mim.

— E sua pesquisa? — indago. — Você não ia ler o diário de sua mãe, enquanto estivesse em Chatham? Descobriu se ela e minha mãe se conheceram?

Uma pequena nuvem de pólen amarelo espirra da garganta da flor, quando Phoebe a solta.

— Elas se conheceram, sim... mas apenas ligeiramente. Minha mãe esteve aqui com meu pai, no verão de setenta e três, um pouco antes de eu nascer. Lamento dizer, mas ela não gostava muito do que sua mãe escrevia. No entanto, achava uma pena ela ter parado...

Calando-se, Phoebe começa a andar para o hotel. Sigo-a rapidamente, desesperada para saber se ela descobrira alguma coisa sobre minha mãe.

Alcanço-a no caminho pavimentado de lajes, a alguns metros da entrada. Ela pára e olha para os andares superiores do prédio.

— Eu gostaria de ficar na suíte onde meus pais ficaram — diz. — Parece que tinha o nome de um conto de Washington Irving.

— Cada uma das suítes centrais, que são as melhores, tem o nome de alguma coisa escrita por Irving. Um pouco pretensioso, eu sei, mas as pessoas ainda associam este lugar a ele. — Aponto para o centro do hotel, onde há balcões em todos os andares e, contando do quinto para baixo, vou dizendo os nomes das suítes: Knickerbocker, Rip Van Winkle, Half Moon, Sleepy Hollow e Sunnyside.

— Que coisa esquisita — Phoebe observa secamente. — Bem, acho que eles ficaram na Sleepy Hollow.

— Você está com sorte. Essa está desocupada. Vou mandar prepará-la imediatamente. Espere... — peço depressa, quando ela começa a se afastar. — Sua mãe sabia por que a minha parou de escrever? Há algo sobre isso no diário?

— O que minha mãe escreveu no diário foi: "Kay passa tempo demais em companhia dos hóspedes".

— Só isso? Ela achava que minha mãe parou de escrever porque se ocupava demais com os hóspedes?

— Oh... pulei uma palavra. O que ela de fato escreveu foi: "Kay passa tempo demais na companhia dos hóspedes *casados*".

17

A REDE DE LÁGRIMAS

Quando finalmente decidi ajudar Naoise a roubar a rede de lágrimas, ela já estava novamente nas mãos de Connachar.

— Mas como vamos poder tirá-la de Connachar? — perguntei a Naoise. — Ele não é tão descuidado quanto a mulher.

— Mas é descuidado de outros modos. Ele é descuidado em seu jeito de olhar para você.

Ao dizer isso, Naoise virou-se, fingindo verificar se havia alguém no corredor, mas eu sabia que ele estava com vergonha de olhar para mim. Tentei endurecer meu coração contra sua velada sugestão, mas, olhando-o pelas costas, vi as asas formando-se abaixo das omoplatas, a pele esticando-se sobre a protuberância óssea que tentava perfurá-la. Ele logo se transformaria em uma criatura alada, então não teria mais salvação.

— É assim que você quer que eu tire dele a rede de lágrimas?— indaguei, impedindo-o de tentar voltar atrás.

Então, Naoise voltou-se para mim, e vi que o animal que crescia dentro dele já assumira o controle. Ele pôs o dedo no osso no meio de meu peito, a unha cravando-se como uma espora em minha pele. O toque me fez sentir a palpitação de guelras, me fez sentir o animal que eu ajudara a criar, o animal no qual ele estava se transformando.

— Connachar não resistirá ao desejo de vê-la usando o colar — ele disse. — A jóia foi feita para você.

NA MANHÃ DO DIA SEGUINTE, pergunto a Ramon onde os antigos livros de registros eram guardados.

— No sótão — ele responde. — Mas o sr. Kron levou todos eles no começo do verão, porque queria fazer uma lista dos hóspedes que costumavam vir aqui regularmente e convidá-los a voltar. Acho que ainda está com eles. Por quê?

Por estupidez, eu não preparara nenhuma mentira. A verdade é que quero examinar o livro do verão de 1973 para ver se entre os hóspedes havia um homem casado que pudesse ter sido amante de minha mãe. Como vou saber, entre tantos nomes, não faço idéia, mas espero que alguma coisa aguce minha memória. Minha mãe usava nomes de pessoas reais em seus livros — Glynn por exemplo, que agora sei que era o nome da moça que se atirou sob um trem, no dia em que minha mãe chegou ao hotel. Talvez um dos nomes registrados no livro me lembre algo que aparece nas histórias dela.

Decido ser franca com Ramon, ou pelo menos parcialmente franca.

— Estou escrevendo um livro sobre minha mãe — falo num cochicho, apesar de o salão estar deserto, pois ainda é muito cedo. — E penso que naquele verão hospedou-se aqui um homem que pode ter sido... bem, que pode ter sido amante dela.

Ramon abana a cabeça, dando uma risadinha abafada.

— Sua mãe? Não. Ela era...

— Uma santa. É o que todo mundo me diz. Mas você a conheceu pouco. Só começou a trabalhar aqui em meados do verão de setenta e três.

— O que sei é que ainda estaria mergulhado em gordura até os cotovelos, se não fosse por ela.

— Está bem, talvez minha mãe não estivesse tendo um caso. Mas pode ser que alguém que ela conheceu no passado tenha vindo aqui e feito ameaças, ou pedido ajuda. — Penso na teoria de Alice, na qual não acredito muito, mas pode ser que Ramon acredite. — Talvez fosse por isso que ela acabou morrendo naquele hotel em Coney Island.

— E o que você ganharia, descobrindo o que de fato aconteceu?

Olho em volta, como que procurando uma resposta. Vejo que não estamos completamente sozinhos. Há um homem atrás de um dos sofás, com uma trena na mão. É o estofador que Harry contratou para reformar a mobília do salão. As cores que minha mãe escolheu vão desaparecer, dando lugar ao creme e roxo que caracterizam os hotéis Crown.

— Bem, eu saberia que ela não estava planejando nos deixar — respondo por fim.

Ramon olha teatralmente para a esquerda e para a direita. Que péssimo ator ele deve ter sido, e que sorte teve em ser salvo por minha mãe! Então, inclina-se sobre o balcão.

— Os livros estão no armário da suíte do sr. Kron. A chave do armário fica na gaveta da mesinha-de-cabeceira.

Olho para ele, boquiaberta. Como pode saber tanto a respeito dos aposentos de nosso patrão?

Ele sorri.

— Paloma, a nova camareira, foi quem me contou isso. Ela achou engraçado, ele se dar ao trabalho de trancar um monte de livros velhos.

— Paloma? — repito, confusa, pois levo alguns segundos para perceber que ele está falando da sra. Rivera.

Ramon torna a sorrir.

— Não conte a sua tia — pede. — Você sabe o que ela pensa de namoros entre funcionários.

Embora eu tenha uma chave mestra que abre as portas de todos os quartos, não vou me permitir entrar na suíte de Harry Kron e furtar um livro de registros do armário trancado. E sei que essa idéia nunca passaria pela minha cabeça, se não fosse pela descrição detalhada que Ramon me fez da localização dos livros. Posso simplesmente pedir a Harry que me deixe ver o livro do verão de 1973. Afinal, ele é uma das poucas pessoas que sabem que estou escrevendo a biografia de minha mãe.

O único problema é que nunca consigo falar com ele a sós, nem por alguns minutos. Não posso pedir-lhe o livro durante suas reuniões comigo e tia Sophie, com ela sentada junto dele, tomando notas. Tento abordá-lo na sala de jantar, no café-da-manhã, mas, embora ele costume comer sozinho, neste sábado está em companhia de Phoebe Nix e Gordon del Sarto. Quando me vê aparecer, saindo da cozinha, chama-me com um aceno e insiste para que eu me sente a sua mesa.

Phoebe está dando instruções precisas ao garçom a respeito de como deseja que seu ovo seja cozido. Viro-me para Gordon e pergunto se ele achou seu quarto confortável, mas é Phoebe quem responde, quando acaba de explicar ao garçom que quer suas torradas muito, muito secas.

— Duas gavetas de minha escrivaninha estão quebradas, e machuquei o pé num prego, no closet — ela reclama.

Digo-lhe que mandarei Joseph — que também é nosso carpinteiro — consertar tudo, embora me pergunte por que ela precisaria de duas gavetas e do closet, se sua bagagem consiste em apenas uma sacola de lona.

— Bem, meu quarto é um paraíso — Gordon afirma. — Literalmente. Acordei esta manhã, com a luz do sol entrando pela janela, e foi como se eu estivesse flutuando num teto pintado por Tiepolo.

— Pensei que você fosse especialista no período da Renascença, não do Barroco — Phoebe observa.

Gordon cora até as grandes orelhas, como se ela houvesse feito uma observação a respeito de sexo, não de arte.

— Eu lhe dei o quarto preferido dos pintores que costumavam hospedar-se aqui e gostavam de pintar o nascer do sol — digo a ele. — Se olhar embaixo do tapete perto da janela, verá manchas de tinta que nunca ninguém conseguiu tirar.

Começamos a falar dos pintores especializados em pintar o rio Hudson e que haviam sido hóspedes do hotel, além de outros regionais, mais recentes. Impressiona-me descobrir que Gordon não apenas sabe a respeito desses artistas menores, como parece achá-los dignos de sua atenção. Harry também mostra um conhecimento enciclopédico dos artistas locais.

— Tive uma idéia — ele anuncia, falando com Gordon. — Venha, como nosso convidado, claro, passar a última semana de agosto aqui no hotel, para participar de nosso festival de arte. Os membros da Associação de Recuperação decidiram que virão. —

Nesse ponto, pisca para mim, fazendo-me saber que aquele bando ficou satisfeito com o atendimento. — Vamos ser juízes no concurso Aventuras no Parque, Fantasias nos Bosques. Talvez você pudesse fazer uma palestra usando como tema a arte no hotel Equinox.

Gordon pousa a xícara de café e sorri para Harry.

— Seria uma grande honra, sr. Kron, e...

— Gordon! — Phoebe interrompe. — Seja franco. Diga que prefere fazer uma palestra sobre a ourivesaria florentina do século XV, não sobre alguma Anna Mary Moses local. Tio Harry, ele trouxe slides. A Associação de Recuperação não poderia encaixá-lo agora, neste fim de semana?

Harry põe no prato a torrada que começara a comer e dá toda sua atenção à sobrinha. Lembro o que ele disse ontem à noite a respeito de Phoebe: "Difícil de contentar, igualzinha à mãe". E lembro o que aconteceu com a mãe dela, Vera Nix, poetisa premiada, morta aos quarenta e quatro anos, quando se jogou de uma ponte com seu carro. Harry também deve lembrar, pois fala com Phoebe em tom baixo e gentil, como se falasse com um irritável cavalo de corrida:

— Claro que eu ficaria encantado em ouvir Gordon falar do assunto em que é perito, e eu já lhe teria pedido para fazer uma palestra, se o tema desta semana não fosse obras de arte perdidas durante a guerra, de modo que...

Gordon pigarreia como se fosse interrompê-lo, então tem um ataque de tosse. Faço um sinal para o garçom, para que traga um copo de água, e Phoebe põe a mão no ombro ossudo de Gordon como que pedindo que se acalmasse, que ela falaria por ele. Admito que isso me comove. Apesar de todas as suas arestas agudas, é óbvio que ela é leal com aqueles de quem gosta. Ocorre-me que a chegada deles ao hotel, ontem, pode não ter sido por acaso, que talvez Phoebe já houvesse planejado fazer com que Gordon fosse incluído no programa cultural do fim de semana.

— Ele tem um slide que mostra um colar perdido — ela informa. — Um colar de pérolas do século XV, que pertenceu a uma santa veneziana e desapareceu durante a guerra.

— Uma *ferronière* — Gordon grasna entre dois goles de água. — É uma *ferronière.*

— O que é isso? — pergunto.

— Um tipo de enfeite de cabeça do século XV — Phoebe explica com impaciência.

— Bem, isso é fascinante — Harry concede. — Mas o slide de um enfeite de cabeça perdido não é base para uma palestra.

Gordon ergue um dedo, toma outro gole de água, pigarreia.

— Na verdade, senhor, reuni uma série muito interessante de slides a respeito da desaparecida *ferronière* della Rosa. Slides mostrando retratos da família della Rosa e vários exemplos de *ferronières* em quadros de Lippi e Botticelli.

— Parece um assunto muito bom. Por que não marcamos sua apresentação para hoje à noite, antes dos aperitivos? Você tem material suficiente para preencher quarenta e cinco minutos?

— Tenho sim, sr. Kron. Posso preencher uma hora inteira — Gordon responde, sorrindo.

Fico tão contente pelo sucesso dele, que levo um momento para perceber que perdi a oportunidade de pedir a Harry o livro de registros no qual estou interessada. Agora é tarde. Harry limpa os lábios com o guardanapo e empurra a cadeira para levantar-se, e Gordon já se pôs de pé para apertar-lhe a mão.

— Obrigado, senhor. Tenho certeza de que não se arrependerá. E, claro, eu adoraria fazer uma palestra sobre artistas locais também.

— Excelente. Vá a meu quarto esta noite, depois do jantar, e eu lhe entregarei todos os antigos livros de registros. Encontrará nomes de muitos artistas que se hospedaram aqui.

Passo a tarde me dando chutes mentais por não ter pedido o livro a Harry. Eu podia ter feito isso na frente de Phoebe. Afinal, ela sabe a respeito da biografia. E foi ela quem sugeriu que minha mãe podia estar tendo um caso com um hóspede. No fim, porém, percebo que foi exatamente por isso que não mencionei o livro em sua presença. Não quero que ela saiba que levei sua sugestão a sério, nem que estou muito perturbada com a idéia de que minha mãe foi capaz de ser amante de um homem casado.

Não sei por que faria tanta diferença, saber se o homem pelo qual minha mãe abandonou meu pai era hóspede do hotel, se era ou não casado. Já admiti que ela provavelmente estava tendo um caso naquele verão, apesar de todos dizerem que era uma santa. Talvez faça diferença porque um certo quadro formou-se em minha mente, desde que Hedda sugeriu que o homem podia ser alguém que ela conheceu no passado. Tudo o que sei sobre a vida que minha mãe teve antes de vir para cá foi que cresceu numa comunidade de irlandeses no Brooklyn, que freqüentou uma escola católica feminina e que foi batizada na igreja de Santa Maria Estrela do Mar, a mesma aonde me levou — com muito atraso, pondo minha alma em risco — para receber o batismo. Assim, o que visualizei, quando Hedda falou de um possível namorado da adolescência, foi um moço irlandês, pobre como ela, parecido, em minha imaginação, com Aidan Barry.

Só que, em 1973, esse suposto namorado da adolescência não era mais jovem. Por mais que eu queira me enganar, não posso contar a história dessa maneira. Não há razão para eu pensar que minha mãe, com um pouco mais de quarenta anos, estivesse tendo um caso com um moço de vinte. Meu caso com Aidan não teve esse precedente. Não há desculpa.

Desse modo, depois de repreender uma das camareiras por deixar sem reposição algumas das roupas de cama do closet do terceiro andar — e me lembrando, no meio da repreensão, de que Aidan e eu havíamos usado lençóis e depois jogado-os num elevador de roupas sujas desocupado — decido agir e tirar da suíte de Harry o livro de registros do ano de 1973 que é o que me interessa. Só terei de esperar que Gordon comece sua palestra sobre a ourivesaria do século XV, que ele garantiu que duraria uma hora inteira, pois Harry sem dúvida estará lá, assistindo. Então, entrarei na suíte, usando a chave mestra.

Fico ocupada a maior parte da tarde, montando projetores de slides e verificando microfones para as palestras da noite. Não é um trabalho fácil. Estamos usando a biblioteca e duas salas do lado norte do pátio, atrás do prédio principal, em frente ao bar. Esses lugares foram criados para que os hóspedes tivessem onde se refugiar para ler ou conversar em dias chuvosos, não como locais para conferências em que são usados tantos aparelhos. Se a idéia de Harry, de fazer do hotel um local para eventos internacionais se concretizar, essas salas precisarão passar por uma reforma completa, toda a instalação elétrica terá de ser modificada. Aidan chega para me ajudar, carregando uma braçada de fios para fazer extensões, alegando ter aprendido a lidar com equipamento audiovisual no colegial, embora eu suspeite que essa seja outra habilidade que ele adquiriu na prisão. Onde ele aprendeu a cativar advogados e curadores de museus é outra questão. No fim do dia, a avaliadora ruiva da comunidade judaica faz com que ele leve seu carrossel de slides para a sala Dourada e monte um mostruário de xícaras e copos Kiddush do século XIX sobre um dos aparadores. Estou na biblioteca, perto da porta dupla que leva à sala Dourada, arrumando algumas cadeiras, quando Harry Kron aparece a meu lado. Noto que ele observa Aidan, que está manuseando copos cravejados de pedras preciosas. Penso, então, que esse é o momento adequado para nosso patrão mencionar qualquer preocupação que possa ter a respeito do passado de Aidan.

— O sr. Barry parece ter um jeito especial para tratar clientes que vêm para reuniões profissionais — Harry comenta. — Você fez bem em contratá-lo. Talvez devêssemos libertá-lo da condição de escravo de Joseph e dar-lhe um cargo de maior responsabilidade. O que acha de o promovermos a coordenador de eventos desse tipo?

— Acho que o sr. Barry se sairia muito bem — afirmo. — Seria uma oportunidade maravilhosa para ele.

Sustento o olhar de Harry por um tempo mais longo do que o necessário, refletindo que, se ele sabe que a ficha de antecedentes criminais de Aidan não é limpa, dirá agora.

Ele volta a observar Aidan por um momento, então vira-se novamente para mim.

— Faz parte do trabalho de um bom gerente, saber quando deve assumir riscos, poder reconhecer algo promissor onde isso é improvável, reconhecer um diamante bruto, por assim dizer.

Sorrio, aliviada. Ele deve saber da situação de Aidan.

— Seu desempenho está sendo ótimo, Íris. Você possui o raro talento, valiosíssimo em um gerente de hotel, de fazer com que as pessoas revelem o que têm de melhor.

Coro de prazer e também de remorso, pois penso no que estou planejando fazer mais tarde. Mas ainda posso pedir a ele que me empreste o livro de registros de 1973, antes de entregá-lo a Gordon junto com os outros. Harry, porém, não me dá tempo para isso. Inclina-se para mim e murmura ao meu ouvido:

— Preciso lhe confessar uma coisa, Íris.

Fico tão surpresa com o tom de intimidade de sua voz, que dou uma risada nervosa, e Aidan deixa por um momento de prestar atenção à conversa da avaliadora ruiva para olhar para mim.

— Sr. Kron, não posso imaginá-lo tendo algo para confessar — digo.

Ele sorri e toca meu cotovelo com a ponta dos dedos.

— Mas eu tenho, minha querida. Nem sempre sou bom julgador da natureza das pessoas. Já fiz maus julgamentos... algumas vezes com conseqüências desastrosas, mas desta vez as conseqüências foram uma agradável surpresa. Eu não acreditava que você pudesse fazer esse trabalho tão bem.

— Esse trabalho? De gerente do hotel?

— É. Oh, não me entenda mal. Eu sabia que você seria competente, que teve a formação adequada, mas receava que não pusesse o coração nesse trabalho, que dedicasse todo seu amor à arte de escrever. Achei que esse livro sobre sua mãe tomaria uma parte grande demais de seu tempo e de sua atenção. Mas vejo agora que me preocupei à toa.

Ergo os ombros e tento olhá-lo com firmeza.

— Eu nunca negligenciaria o hotel, sr. Kron.

Agora não posso mais pedir-lhe o livro de registros, penso.

— Claro que não, Íris. E entendo isso agora, por causa de sua mãe.

— Minha mãe? Mas você não a conheceu!

Harry sorri. Por um instante, acho que ele vai me dizer que sim, que conheceu. Penso em minha fantasia sobre minha mãe dançando no Cavalieri Hilton, usando um vestido preto de *chiffon*, mas agora a vejo dançando com Harry Kron. Ele deve ter sido muito bonito, quando jovem. Ainda é, e prova disso é o olhar ciumento com que Aidan nos observa de um canto da sala Dourada. Harry teria dado a minha mãe o tipo de vida para o qual ela fora talhada.

Mas, em vez de admitir que conhecera minha mãe, ele aponta para as fotos em preto-e-branco em uma das paredes da biblioteca. Fotos de acontecimentos no hotel: piqueniques e churrascos, jantares e bailes. Em muitas delas, minha mãe aparece. Com a auréola de cabelos pretos ao redor do rosto pálido e delicado, os olhos — visivelmente claros, mesmo em preto-e-branco — cercados por longos cílios escuros, ela se destaca em todas as fotos.

— Sinto que a conheço através dessas fotografias — Harry diz. — E do que as pessoas me falam dela. E graças a você, mais que tudo. Você tem a finura de sua mãe, Íris. Penso que terá um futuro brilhante na empresa Crown.

Alguns meses atrás eu não acreditaria, se me dissessem que teria uma carreira promissora no campo da hotelaria, mas agora as palavras de Harry me deixam verdadeiramente comovida e lisonjeada. Quase decido desistir de ir aos aposentos dele pegar o livro de registros, mas então, além de estar impressionada com o fato de Harry sentir que conhece minha mãe através das fotos, também estou um pouco enciumada. Enquanto ele sabe alguma coisa sobre Kay Greenfeder, eu, que sou filha dela e devia saber muito mais, não sei quase nada. Mais do que nunca, sinto que preciso descobrir quem era o homem com quem ela teve um caso.

A biblioteca está arrumada para a palestra de Gordon, tudo está em ordem no pátio, onde depois serão servidos os aperitivos. Resolvo assistir a uma parte da palestra e sair quando as luzes se apagarem para a apresentação de slides. Irei à cozinha e dali subirei pela escada de serviço. Devo estar de volta antes de a palestra terminar, e como Aidan estará ocupado, pois lhe pedi que operasse o projetor, ninguém sentirá minha falta.

Os hóspedes não se apressam, entrando na biblioteca e tomando seus lugares. Parecem muito mais descontraídos do que ontem à noite. Noto ombros queimados de sol e cabelos úmidos que denunciam mergulhos no lago ou recentes banhos de chuveiro. Em vez dos bate-bocas breves, mas irritados, que ouvi ontem, ouço mais conversas relacionadas a atividades artísticas: novos empregos em museus e galerias, grandes oportunidades de compra e venda de obras, seminários de verão em Praga e Florença. Os assuntos explosivos a respeito da origem de obras e direitos de propriedade cederam lugar a conversas sobre o desenvolvimento da indústria da arte.

Apenas Gordon parece nervoso, parado junto à mesa no tablado, mexendo numa pilha de fichas de arquivo. Olho em volta, procurando por Phoebe — ela não deixaria de dar apoio moral a Gordon — e vejo-a de pé junto à porta que leva ao pátio. A meu ver, o mínimo que ela poderia fazer pelo amigo seria sentar-se na fileira da frente.

Gordon precisa pigarrear várias vezes, antes que a platéia faça silêncio. Sinto-me insuportavelmente nervosa por ele e, lançando um rápido olhar para Phoebe, imagino se ela também se sente assim e se é por isso que prefere manter-se à distância.

— Nossa história não tem início na Europa de seis décadas atrás, devastada pela guerra, mas na Itália, em 1400 — ele começa.

Bom, eu penso, tenho seiscentos anos para subir à suíte de Harry Kron e voltar.

— Tudo começou com um presente que uma moça ganhou da mãe no dia de seu casamento. Eu falarei dessa moça, mas antes vamos imaginar que estamos no século XV, na Itália. É uma época de muita prosperidade. As grandes associações comerciais apóiam não apenas a pintura, mas também a ourivesaria e a moda.

Olho a minha volta, observando aquela gente elegante de Manhattan. As roupas das mulheres, noto, não têm nada que chame a atenção, mas os sapatos são caros, de primeira qualidade, e os lampejos de ouro, pérolas ou diamantes nos pulsos, pescoços e orelhas, discretos, mas ricos. Entre os participantes da conferência da Associação de Recuperação de Obras de Arte, está Hedda Wolfe, sentada na fileira do meio, num vestido branco de seda, enfeitado por um broche de pérolas em formato de um pequeno ramalhete de flores logo abaixo do ombro esquerdo.

— Muitos pintores, como Ghiberti, Verrocchio e Botticelli, para citar apenas alguns, foram aprendizes em oficinas de ourives, e o resultado foi que as jóias começaram a aparecer cada vez com maior freqüência nos quadros pintados na época — Gordon prossegue.

Pego-me imaginando as pessoas aqui reunidas como elas ficariam, retratadas pelos mestres da Renascença. Phoebe, com sua pele clara e olhos sérios, parece um daqueles anjos magros e ascéticos de *A Anunciação*. Hedda teria de ser uma figura pagã, em vez de cristã, uma sibila, por exemplo. A avaliadora ruiva seria pintada por Ticiano. Harry Kron seria um rico nobre florentino, naturalmente. Estou alegremente brincando dessa maneira, quando meus olhos caem sobre uma figura que não consigo encaixar nem aqui, nem na Renascença. É Joseph, que parado perto de Phoebe, na porta para o pátio, tem os olhos fixos na branca tela de projeção.

— A redescoberta da escultura clássica abrandou a rigidez das linhas verticais dos trajes do século XIV e desencadeou a celebração da forma.

A sala fica escura, e um sombrio bosque verde, povoado por figuras de um dourado pálido, em trajes flutuantes, enche a tela atrás de Gordon. *A Primavera*, de Botticelli. Olho na direção de Joseph, imaginando se era aquilo que ele estava esperando, aquele lindo bosque. Mas como ele saberia o que Gordon mostraria em sua apresentação de slides?

Sem nenhum comentário sobre *A Primavera*, Gordon aperta um botão do controle remoto, e a tela enche-se com um detalhe do quadro: uma das três Graças, com os sinuosos cabelos loiros presos por um único fio de pérolas.

— Coroas rígidas deram lugar a cordões de pérolas para enfeitar os cabelos e mantê-los afastados do rosto. Esse adorno era chamado de *ferronière*.

Outro slide mostra uma madona pensativa, que Gordon explica que foi pintada por Filippo Lippi. Ela usa um adorno de cabeça transparente, e um fino cordão de pérolas forma um "V" em sua testa.

— Como podem ver, a jóia aparecia tanto em pinturas religiosas como seculares — Gordon diz. — E isso nos leva à *ferronière* sobre a qual vamos falar, a *ferronière* della Rosa.

Por mais que eu esteja gostando da palestra, preciso ir embora. Por sorte, Joseph me dá a desculpa perfeita. Fingindo notá-lo pela primeira vez, e fingindo — para quem quer que estivesse prestando atenção — que acho que ele está precisando de mim, levanto-me e saio pela porta onde ele está parado.

— Quer falar comigo, Joseph? — pergunto.

Sem tirar os olhos da tela, Joseph abana a cabeça.

— Não. É que estive conversando com esse rapaz, hoje, sobre um quadro que ele vai mostrar e que eu quero ver.

— Bem, então vou até a cozinha, ver se tudo está indo bem por lá.

Se Joseph acha isso estranho, não demonstra. Deixo-o e atravesso o pátio. Corto caminho pela sala de jantar, entro na cozinha e dali vou para a escada de serviço. Essa escada é usada pelas camareiras, de manhã, quando elas estão arrumando os quartos, e depois durante o horário de jantar, quando voltam para preparar as camas para a noite e deixar confeitos de menta nos travesseiros. A esta hora elas estão jantando, ou lá fora, atrás da lavanderia, fumando, apreciando a liberdade de alguns momentos longe dos olhos dos hóspedes e do pessoal da gerência. Subo até o terceiro andar sem encontrar ninguém.

A suíte de Harry é a Meia-Lua, o nome do navio de Henry Hudson, que Washington Irving menciona em *Rip Van Winkle*. No final da década de 50, minha mãe contratou um pintor para criar uma série de murais baseados nas histórias de Irving; então, quando entro na sala de Harry e acendo a luz do teto, dou de cara com um retrato de Henry Hudson na proa de seu navio, o *Meia-Lua*, que flutua acima das montanhas Catskill. O mural ocupa o espaço dos dois lados de uma grande janela voltada para oeste, e o artista conseguiu incorporar a paisagem das montanhas no quadro. Sempre achei aqueles murais um tanto de mau gosto, e agora a composição habilidosa me pega de surpresa. Mas não tenho tempo para admirá-la. Entro no outro aposento, o quarto, e vou diretamente à mesinha-de-cabeceira.

É só quando abro a gaveta que me preocupo a respeito do que posso encontrar ali. Estou começando a considerar Harry um segundo pai, não quero descobrir nenhum segredo embaraçoso a respeito dele. Mas a gaveta não contém nada de comprometedor. Além da Bíblia, na edição padronizada usada em hotéis, há uma pequena caixa de couro e uma lata de pastilhas para tosse. Abro a caixa. Ao lado de um relógio Rolex, está uma chave, que deduzo ser a do armário.

Pego a chave, caminho até o armário e abro a porta rapidamente. Mais uma vez, fico aliviada. As roupas de Harry estão arrumadas com cuidado, e nada vejo de extraordinário, nem nas prateleiras, nem nos cabides enfileirados. Camisas brancas estão dobradas e empilhadas como folhas de papel em uma das prateleiras, cabides sustentam calças e paletós de ternos de verão. Um leve perfume cítrico e odor de fumo de charuto emanam dos paletós, quando os empurro para um lado para poder alcançar a pilha de livros encadernados de couro no fundo do armário. Corro um dedo pelas lombadas dos livros, até encontrar o que desejo: o do ano de 1973. Preciso usar as duas mãos para tirá-lo de baixo dos outros e, quando o puxo para fora, um elo de minha pulseira prende-se em um dos paletós. Ponho o livro sob o braço e solto o elo, mas acabo desfiando o tecido do paletó, e o livro de registros escorrega e cai no chão com um baque surdo.

Fico imóvel por um momento para captar algum ruído, mas sei que estou sendo tola em me preocupar. Um baque de coisa caindo, naquele hotel enorme, dificilmente causaria alarme. Mas o estrago no paletó de Harry me preocupa. O homem é bastante minucioso para notar algo como aquilo. Introduzo a mão sob o forro, para ver se consigo passar os fios puxados do direito para o avesso. Consigo, então corro a mão pelo tecido para alisá-lo, e é quando apalpo um volume estranho no bolso. Antes de poder pensar no que estou fazendo, ponho a mão dentro do bolso, e meus dedos se fecham ao redor da fria coronha metálica de um revólver.

18

A REDE DE LÁGRIMAS

Eu poderia dizer que fiz o que fiz por Naoise, ou por meu povo, mas seria uma mentira. Aquele movimento líquido, produzido sob minha pele pelo toque de Naoise, despertou alguma coisa em meu íntimo. A princípio, pensei que era a rede de lágrimas que eu queria ter. Sabia que ela ficaria mais bonita em meu pescoço do que no da mulher de Connachar, pois fora feita para mim. Em sonhos, sentia as pérolas e os diamantes roçando em minha pele com o frescor do orvalho, de um borrifo de mar. Imaginava o peso da esmeralda entre meus seios, e como tudo isso era imaginário, comecei a sentir uma espécie de dor, como a que sentira por tudo o que já perdera. Eu ardia no fogo desses sonhos durante a noite, e acordava com a boca seca e arquejando. Só o frescor daquelas pedras poderia apagar esse fogo. Então, comecei a sonhar com as mãos de Connachar pondo a rede de lágrimas ao redor de meu pescoço e percebi que desejava aquelas mãos tanto quanto desejava a jóia.

DEIXO O QUARTO de Harry logo depois de descobrir a arma. Não há razão para alarme, digo a mim mesma. Muitas pessoas que vivem na cidade portam armas, principalmente executivos ricos como Harry Kron, que usam relógios Rolex. Meu pai também tinha um revólver. Afinal, ficávamos isolados aqui em cima, durante o inverno. Mas ele o guardava num cofre, num compartimento fechado sob o balcão de recepção. Foi o fato de eu ter casualmente encontrado aquela arma num bolso de paletó que me deixou nervosa, e suponho que é por nervosismo que saio da suíte sem a necessária cautela.

Fecho a porta atrás de mim, mas estou no meio do corredor quando me ocorre que não a tranquei. Volto, xingando aquelas portas com fechaduras antiquadas, que precisam ser trancadas do lado de fora. Essa será uma das coisas que teremos de mudar, se for para o hotel ser modernizado. Há sempre hóspedes reclamando que se esquecem de que as portas não se trancam sozinhas. Pior ainda, trancam-se no quarto, depois não sabem onde puseram a chave e não conseguem sair. Minha mãe sempre dizia que aquilo era um perigo horrível em caso de incêndio e me fazia conservar uma chave sobressalente pendurada numa das colunas da cama por uma fita.

Estou a alguns passos da porta de Harry, quando ouço o elevador subir e parar no andar em que estou. Paro, fingindo que procuro alguma coisa em meu bolso, com a esperança de que seja um hóspede que vá para o lado oposto do corredor. Mas é Phoebe, e ela está caminhando na direção da suíte de Harry, com uma chave na mão.

— Acho que você está no andar errado — observo. — A suíte Sleepy Hollow fica diretamente abaixo dessa, de seu tio.

Ela pára na porta da suíte e me encara. Então, olha para o livro de registros que apoiei desajeitadamente num quadril.

— Sei perfeitamente bem em que andar estou — diz em tom frio. — Harry esqueceu de levar seus charutos e me pediu para vir buscar alguns.

Introduz a chave na fechadura.

— Não se importa de vir buscar coisas para ele? — pergunto. — Seu tio podia mandar uma das camareiras.

É uma coisa estúpida para se dizer, mas espero que isso distraia Phoebe para que ela, quando girar a chave, não note que a porta está destrancada. Mas isso só confirma o que ela já adivinhara.

— Ou, então, podíamos ter lhe pedido para levar os charutos — ela replica, abrindo a porta. — Por que não me mostra onde meu tio os guarda?

Eu me sinto corar. Fui apanhada furtando! Mas, observando o sorriso de Phoebe, descubro que a situação é ainda pior. Ela obviamente pensa que estou tendo um caso com Harry.

Entro atrás dela na suíte, tentando pensar numa maneira de tirar essa idéia errada de sua cabeça. Prefiro que ela me julgue uma ladra do que amante de um homem de setenta anos de idade.

— Phoebe, acho que preciso explicar o que estava fazendo na suíte de seu tio.

— Não me deve nenhuma explicação. Vocês dois são solteiros e adultos — ela responde.

Vai até a mesinha de centro e pega uma caixa de charutos com formato de esquife. O cheiro de bom fumo cubano flutua no ar.

— Você tirou conclusões erradas — digo. — Vim pegar o livro de registros de 1973. — Mostro o livro como prova. — Como você insinuou que minha mãe podia estar tendo um caso com um homem casado, naquele verão, pensei em tentar descobrir quem era ele.

Ela olha para o livro com curiosidade.

— Por que não pediu a meu tio?

Falo da conversa que tive com Harry, à tarde, e de sua preocupação sobre eu negligenciar o trabalho no hotel por causa da pesquisa para a biografia de minha mãe. Phoebe pega quatro dos gordos charutos. Sua mão delicada mal pode segurá-los.

— Então, você estava com tanto medo de desapontar tio Harry, que preferiu entrar aqui e roubar?

Não encontro nada para responder a isso. Percebo que estou apertando o livro contra o peito, como temendo que Phoebe o arranque de mim, mas vejo uma expressão passar por seu rosto, uma que eu nunca vira antes, suave, quase de compaixão.

— Harry causa esse efeito nas pessoas — ela diz. — É um homem que ninguém deseja decepcionar. Por falar nisso, ele está esperando seus charutos Montecristo. Ah, e me mandou procurar você. Não acha melhor esconder esse livro em algum lugar e descer?

— Não vai contar a ele que peguei o livro?

— Não vou, mas com uma condição. Você terá de me dizer o que descobriu e deixar que eu seja a primeira a ler a biografia.

Phoebe muda o peso do corpo de um pé para o outro e rola os charutos entre as mãos. É o mais próximo de agitada que eu já a vi. Mais uma vez, pergunto-me o que ela leu no diário de sua mãe que a deixa tão ansiosa para saber o que descobrirei sobre a minha.

— Claro que adorarei ouvir sua opinião — afirmo.

É isso o que se diz em workshops de literatura, quando alguém ameaça arrasar seu trabalho, e essa declaração é tão pouco verdadeira agora, quando falo com Phoebe, quanto naquelas outras situações.

Ela, porém, parece acreditar no que digo. Dá uma última olhada em volta da sala, como que verificando se não está esquecendo nada, ou, talvez, se eu roubei alguma coisa, e seus olhos caem sobre o mural.

— Meu Deus! — exclama. — É quase tão ruim quanto o do meu quarto, mas pelo menos nesse aí não há nenhum cavaleiro sem cabeça. Preciso dizer a Harry para mandar cobrir esses murais com umas boas mãos de tinta.

Já no meu quarto, jogo o livro em cima da cama e afundo ao lado dele. Ponho as mãos no rosto e sinto que está quente. O coração bate tão forte, que parece querer sair do peito. Não sei se essa é uma reação ao fato de eu ter sido surpreendida com o livro roubado, ou à humilhante insinuação de Phoebe de que estou tendo um caso com o tio dela. Ao mesmo tempo, uma voz fraca murmura em meu ouvido: "Se fosse assim, você não precisaria mais trabalhar, poderia dedicar-se apenas a escrever". Levanto-me, vou ao banheiro e lavo o rosto com água fria. Olho-me no espelho. Estou usando outro dos vestidos de minha mãe, em estilo império, de linho branco com debruns pretos e uma fileira de contas pretas abaixo do busto. Penso em Harry olhando para as fotos de minha mãe e, por um momento, a imagem que criei, dos dois dançando juntos no Cavalieri, desaparece. Então, é comigo que ele está dançando.

* * *

Quando entro no pátio, a hora dos aperitivos terminou. A maioria dos membros da Associação de Recuperação de Obras de Arte já foi para a sala de jantar. Há apenas alguns retardatários reunidos ao redor da fonte, envolvidos demais numa conversa animada para pensar em entrar para a refeição. Um deles é Gordon, ladeado por dois homens, um que reconheço como um curador do Metropolitan, e o outro, um dos advogados da Associação de Recuperação.

— Se a peça fosse encontrada, a quem pertenceria? À família della Rosa, ou à Igreja? — pergunta o curador e, sem esperar resposta, continua: — Porque a Igreja, a mesma que nada fez para impedir o Holocausto, não merece tê-la.

Atravesso o pátio, e meu olhar encontra-se com o de Gordon, que pisca para mim, obviamente adorando o debate gerado por sua palestra.

— O que está dizendo? Que quem a encontrar deve ficar com ela? — o advogado quase grita.

Entro na biblioteca escura, antes que eles me ouçam rir. O que é aquilo? Uma disputa de crianças num *playground*?

— Qual é a graça?

Pensei que não houvesse ninguém na biblioteca e me assusto. Um lampejo de luz chama minha atenção para os fundos da sala, onde Aidan está sentado em um sofá atrás do projetor de slides.

— Esse povo da Associação — respondo, abrindo caminho no espaço apertado entre as cadeiras de armar e me sentando no braço do sofá. — Sei que o que eles discutem é importante, mas não posso deixar de pensar que estão mais preocupados com a própria reputação do que com a devolução de algumas peças a seus legítimos donos.

Olho através das janelas voltadas para o pátio, por precaução, mas com as luzes da biblioteca apagadas, e as lanternas japonesas lá de fora acesas, ninguém poderá nos ver. Deslizo do braço do sofá para o assento e me aconchego contra Aidan. Passando um braço ao redor de minhas costas, ele corre os dedos ao longo da parte de trás de meu pescoço, onde os cabelos ficaram úmidos, quando me lavei, antes de descer.

— Aonde você foi? — ele pergunta, beijando-me a nuca. — Perdeu a palestra.

— Não era eu que devia dizer isso?

— Você não é mais minha professora, só minha chefe.

Afasto-me um pouco para tentar ver a expressão de seu rosto, mas está escuro demais.

— Isso incomoda você?

Ele dá de ombros.

— Não gosto de todo esse segredo. Seria tão ruim, se as pessoas soubessem do que há entre nós dois?

— Ora, vamos, Aidan! Por que você haveria de querer ser visto com uma velha?

É claro que quero ouvi-lo dizer que estou longe de ser uma velha, mas ele se recusa a morder a isca.

— Não sou eu que quero manter nosso relacionamento em segredo, Íris, e você sabe disso. Já falou a nosso respeito com seu namorado?

— Meu relacionamento com Jack não é do tipo convencional — digo, e imediatamente me arrependo do tom altivo em minha voz.

"Você não é mais minha professora", Aidan disse, mas é assim que me sinto. A empertigada professora ditando as regras.

— Tenho algo para lhe contar — continuo. — Harry me disse, hoje, que acha você capaz de ocupar um cargo administrativo, como coordenador de eventos profissionais. Será ótimo, se isso acontecer, pois nós dois seremos da gerência. Não haverá razão para os outros não saberem a nosso respeito... se você ainda quiser que saibam.

Na penumbra da biblioteca, acho que vejo Aidan sorrir. Ele desliza os dedos por meu rosto, e a frieza deles me causa um arrepio.

— Se é isso o que você quer, Íris, vamos esperar que eu de fato caia nas graças de Sir Harry.

* * *

Meia hora mais tarde, quando saio da biblioteca, o curador e o advogado se foram, mas Gordon ainda está no pátio, ajudando Joseph a tirar tocos de cigarro dos vasos de plantas.

— Gordon, você vai perder o jantar — aviso. — Joseph e eu faremos isso.

— Eu não conseguiria comer nem uma garfada — Gordon explica, jogando um punhado de tocos num saco que Joseph segura para ele. — Acho que o Metropolitan vai me oferecer um trabalho permanente.

— A srta. Greenfeder tem razão — Joseph observa. — Vá jantar, mas primeiro lave as mãos.

Gordon, porém, apenas esfrega as mãos nas pernas da calça.

— Obrigado pela informação — agradece, apertando uma das mãos de Joseph entre as suas.

Então, como que envergonhado da demonstração de emoção, afasta-se abruptamente.

— Que informação? — pergunto a Joseph, que agora está limpando a terra de um vaso de hibisco.

— Nada importante. Só falei a ele de uma hóspede do hotel em que trabalhei no fim da guerra, uma condessa italiana que pode ter parentesco com a família della Rosa. Pensei que, se ela ainda estiver viva, talvez possa dizer alguma coisa sobre a jóia desaparecida na qual ele está tão interessado. Você não pode fazer nada para que essa gente pare de jogar lixo nos vasos? — Joseph reclama, tirando um guardanapo de papel enroscado no caule do hibisco. — Que bando de animais!

Quando entro na sala de jantar, os pratos principais já foram servidos, e os hóspedes ouvem um discurso enquanto saboreiam a sobremesa. O diretor de uma das comissões de restituição dos objetos que foram perdidos no Holocausto está tecendo elogios a alguém, de modo que fico parada ao lado do carrinho de doces para esperar que o discurso termine e eu possa me juntar ao grupo de Harry Kron.

— A quem destemidamente arriscou a própria segurança para resgatar mais de duzentas obras de arte das mãos dos fascistas — o orador diz, erguendo seu copo de vinho na preparação para um brinde. — Sem os esforços desse homem, nosso mundo agora seria um lugar muito mais feio. Peço a todos que se juntem a mim, erguendo seus copos numa saudação a Sir Harold Kron.

Há uma onda de congratulações murmuradas, acima da qual uma voz rouca se sobrepõe:

— A Harry!

Os outros reagem, também exclamando:

— A Harry!

Olho na direção da voz e vejo Hedda Wolfe, sentada à frente de Harry na mesa de banquete, radiante em seu traje de seda e suas pérolas. Harry levanta-se e inclina a cabeça para ela, então ergue o copo para o orador, agradecendo os elogios pelo que ele chama de "pequena contribuição a um esforço coletivo para fazer alguma coisa, por menor que fosse, diante do monstruoso mal".

— Isso me faz pensar — murmura alguém a meu lado. — Não poderiam ter resgatado alguns judeus, com o esforço que fizeram para salvar seus preciosos quadros?

Viro-me e vejo tia Sophie endireitando o babado sob a torta vienense.

— Não era uma questão de salvar uns ou outros, com certeza — digo em voz baixa, olhando em volta para ver se ninguém nos ouviu. Claro, tia Sophie sempre teve uma natureza crítica, mas receio que ela perca o emprego, se seus comentários ácidos chegarem aos ouvidos de nosso patrão. — Eu sabia que Harry foi feito cavaleiro por seu trabalho como oficial de monumentos durante a guerra, mas não que ele salvou tantos quadros.

— Não apenas quadros. Ouvi dizer que ele descobriu algumas esculturas de Michelangelo e Donatello, num galpão que os alemães estavam usando como garagem.

— Achei que a senhora, que também é artista, ficasse impressionada com isso.

Minha tia funga.

— Pois eu não hesitaria nem um segundo em trocar um Michelangelo por sua tia-avó Hester, que pereceu em Theresienstadt.

Essa tia-avó, uma irmã mais jovem de meu avô, que ficou na Polônia quando a família emigrou, é o único parente que sabemos que morreu no Holocausto, e durante toda minha infância ouvi tia Sophie mencioná-la, sempre que eu reclamava de alguma coisa. Por exemplo: "Sua tia-avó Hester ficaria muito feliz se tivesse um casaco velho que a salvasse de morrer de frio em Theresienstadt". Acabei por detestar a invocação desse nome.

— Bem, tenho certeza de que o sr. Kron salvaria minha tia-avó Hester, se pudesse. Mas como isso era impossível, foi bom ele ter resgatado aquelas esculturas. Acho que o fato de o proprietário de nosso hotel ser um herói é motivo de orgulho para todos nós.

Sophie me lança um longo olhar avaliador, e sinto o sangue subir ao meu rosto.

— Pensei que ver outra pessoa no lugar de seu pai seria mais difícil para você — ela observa.

— Quem está no lugar de meu pai sou eu, não Harry Kron. Papai nunca foi dono do hotel, era só o gerente, como eu. E era isso o que a senhora queria que eu fosse, certo?

Em vez de olhar para mim, minha tia olha em volta do salão. A iluminação tornou-se fraca, para que as pessoas possam apreciar a vista do rio Hudson e do vale. As luzes das cidades no outro lado do rio refletem-se no vidro das janelas, parecendo diamantes. As toalhas brancas que cobrem as mesas, alvejadas e engomadas todos os dias, brilham como lagos de gelo sob a luz das velas. Tudo brilha, os braços nus, bronzeados e firmes das mulheres, os vestidos de seda e as jóias, os copos de cristal, a prataria polida. Não se via a sala de jantar assim bonita há muitos anos.

— Não era isso o que a senhora queria? — insisto.

Tia Sophie me olha, e vejo em seu rosto algo que há muito tempo não via: incerteza.

— Era o que eu *pensava* que queria — ela responde.

* * *

Depois do jantar, há música e dança no terraço. Atividades ali, depois que escurece, sempre me deixam nervosa, porque, embora haja cercas de proteção no alto das encostas mais íngremes, e várias placas de advertência, sempre existe a possibilidade de alguém que bebeu demais ignorar os avisos, ir até a borda e cair. Já tivemos casos de tornozelos torcidos e pulsos quebrados, e acho que temos tido sorte, pois há lugares onde uma pessoa poderia cair e quebrar-se de modo muito mais grave. Eu ficaria mais tranqüila se pudesse patrulhar a área pessoalmente, mas preciso subir a meu quarto, examinar o livro de registros e depois colocá-lo de volta no armário de Harry. Por sorte, ele está rodeado de admiradores que lhe pedem para falar mais a respeito de seu trabalho na guerra. Não vai poder subir à suíte tão cedo. Vejo Joseph perambulando à margem da multidão e dou a ele a responsabilidade de manter as pessoas longe da borda dos precipícios, sugerindo que comece por Phoebe, que está dando a volta no quiosque Estrela Vespertina, indo para trás dele, para a beira do rochedo.

Chegando a meu quarto, tiro o livro de baixo do cobertor estendido sobre a cama. Começo pelo primeiro dia e leio cada nome duas vezes, esperando que um deles desperte uma lembrança. Reconheço os nomes de algumas pessoas que vinham ao hotel todos os verões, mas noto que elas são, na maioria, mulheres viúvas ou solteiras, que viajavam na companhia de amigas, irmãs ou sobrinhas. Há homens também, naturalmente, mas esses se hospedavam por períodos mais curtos, um fim de semana aqui, outro ali, arrancados de uma apertada agenda de trabalho. Suponho que em 1973 havia menos famílias que podiam se dar ao luxo de passar o verão todo no campo, e as que podiam talvez ter comprado casas em Hampton ou Berkshire.

Cada página do livro contém os registros de entrada de um só dia, e noto que em algumas há apenas um ou dois nomes registrados, e que outras estão totalmente em branco. Isso é deprimente, pois descreve o declínio do hotel. Em criança, eu percebia apenas em parte a lenta diminuição do número de hóspedes, o que para mim significava menos trabalho, mais tempo livre para brincar nos bosques e, anos depois, quando minha mãe já se fora, e ninguém podia me vigiar o tempo todo, pegar caronas em barcos, atravessar o rio e tomar o trem para Nova York. Como adolescente, eu não conseguia compreender por que uma pessoa deixava a cidade para vir para cá.

Estou na metade dos registros de julho, quando encontro o do casal Peter e Vera Kron, os pais de Phoebe. Noto que ela se enganou quanto à suíte que eles ocuparam — é a Sunnyside, no primeiro andar, não a Sleepy Hollow, no segundo.

Viro a folha, e uma fotografia escorrega do livro e cai no chão, de face para baixo. Curvando-me para pegá-la, vejo um carimbo no verso, um círculo de ramos de pinheiro, com a inscrição: "Lembrança do Verão no Hotel Equinox, 1973". Outra idéia de minha mãe. Ela mandava fazer um carimbo a cada ano, para carimbar as costas das fotos que o fotógrafo do hotel tirava. Talvez eu devesse começar a fazer o mesmo.

Viro a foto, me perguntando o que ela estava fazendo dentro do livro. É a fotografia de três casais jantando, igual às tantas que tenho visto, tiradas em verões anteriores àquele, de mulheres de cabelos armados e homens de costeletas, usando gravatas largas, que eram moda no início da década de 70. Reconheço minha mãe, além de meu pai. Ela é a única que parece não pertencer a tempo algum. Seus cabelos soltos eram penteados de modo mais natural do que os das outras mulheres, que deviam passar por uma tortura para tê-los daquele jeito. Mesmo a mulher que exibe um estilo mais moderno, cabelos compridos, lisos, loiros, uma longa franja e um minivestido Marimekko, parece estar datada. Os olhos estão exageradamente maquilados, e a franja comprida demais desce-lhe pelas têmporas, dando a impressão de que ela está usando tapa-olhos. Fico orgulhosa ao ver que não apenas meu pai, mas também os outros dois homens estão olhando para minha mãe. Viro a foto e leio os nomes abaixo do carimbo verde: Dr. Lionel Harper e esposa, sr. e sra. Ben Greenfeder, sr. e sra. Peter Kron. Virando a fotografia novamente, olho com interesse para a mãe de Phoebe, a famosa poetisa — quem imaginaria que ela usava tanta maquilagem nos olhos! — e, então, para o marido. Ele é bonito, de uma maneira ligeiramente dissoluta, tem o rosto um pouco magro demais, os lábios encurvados num sorriso sensual. Lembro que Harry disse que as experiências do irmão durante a guerra, como prisioneiro em um campo de concentração italiano e depois como fugitivo escondido numa casa de campo, haviam-no tornado uma pessoa inquieta. Observo os olhos dele, escuros e rodeados de sombras, que parecem mais assombrados do que inquietos, e que também estão fixos no rosto de minha mãe. É evidente que ele está fascinado por ela. De repente, tenho a intuição de que foi isso que Phoebe insinuou: que o pai dela e minha mãe tiveram um caso. Observando os olhos de Peter Kron, admito que isso pode ser verdade. O que não consigo entender é por que Phoebe haveria de querer que eu soubesse.

19

A REDE DE LÁGRIMAS

Na primeira vez em que me fez usar a rede, Connachar colocou-a ao redor de meu pescoço. Eu sabia que ela não fora feita para ser usada como colar, mas vi como os olhos dele brilharam, deslizando sobre mim, e gostei, quando me olhei no espelho, de observar as pérolas circundando meu pescoço e a lágrima verde que estremecia com os movimentos de minha respiração.

— Veja como a jóia combina com seus olhos — ele disse, parado atrás do banco diante do espelho, no qual eu estava sentada. — Como se fosse feita especialmente para você.

Pôs as mãos ao redor de meu pescoço, de leve, mas pude sentir sua força. As pérolas e diamantes tremeram, como que receando por minha segurança. Fechei os olhos e ouvi o rugido do oceano. Pensei na mãe que teceu a rede como presente de despedida para sua filha. Pensei em minha mãe, que foi embora com tanta pressa que não teve tempo para pensar em me deixar um presente, deixando apenas fardos.

Forcei-me a abrir os olhos. A rede desaparecera de meu pescoço, mas vi uma marca de umidade brilhante onde a rede encostara na pele, um resquício do orvalho e do mar de onde ela veio. E vi, pelo espelho, Connachar devolvê-la ao lugar onde a guardava.

FOLHEIO O RESTO DO LIVRO de registros, mas não há mais nenhuma surpresa além da foto, que decido conservar comigo. Não há motivo para eu pensar que Harry sentirá falta dela. Guardo-a na gaveta da mesa-de-cabeceira, de face para baixo, e pego o livro. Olho para o relógio e vejo que são apenas nove e meia. Ainda é cedo para Harry recolher-se, tenho bastante tempo.Mas, quando procuro na bolsa a chave mestra e a outra, da porta de meu quarto, não as encontro. Olho em volta do quarto, mas não a vejo. Eu estava com tanta pressa, quando desci, que deixei a porta de meu quarto destrancada, de modo que só usei a chave mestra para entrar na suíte de Harry. Não há razão para eu achar que ela está aqui em meu quarto. Mesmo assim, ajoelho-me no chão e procuro embaixo da cama, apalpando as tábuas do assoalho, mas só o que consigo é sujar de pó a barra do vestido e enfiar uma farpa sob a unha do polegar. Corro a mão entre o colchão e a moldura da cama, mas nada encontro. Voltando a me sentar na beirada da cama, tiro a chave sobressalente pendurada numa das colunas da cabeceira e aperto-a na mão, dizendo a mim mesma que não estou trancada, mas me sinto aflita. Como vou colocar o livro de registros de volta no armário de Harry? Como vou explicar a tia Sophie que perdi a chave que abre todas as portas do hotel?

Tudo o que preciso fazer é voltar sobre meus passos e procurá-la. Ponho a chave sobressalente no bolso — mas deixo minha porta destrancada — e, levando o livro, desço ao terceiro andar. Quando tenho certeza de que não há ninguém no corredor, abro o elevador de roupas sujas, onde Aidan e eu pusemos os lençóis que usamos na noite anterior, e escondo o livro sob eles. Se eu o levar para meu quarto, terei de voltar até lá para pegá-lo, se achar a chave. *Quando* achar a chave, corrijo. Agora tenho uma idéia de onde ela possa estar: no sofá onde passei meia hora com Aidan, antes do jantar.

Quando entro na biblioteca, porém, fico horrorizada ao ver que as cadeiras dobráveis e o projetor foram retirados, que haviam passado o aspirador no carpete e posto os sofás e poltronas em seus lugares costumeiros. A chave podia ter sido encontrada por alguém, engolida pelo aspirador, empurrada para baixo de uma das poltronas pesadas, ou podia ter caído entre as almofadas do sofá onde Aidan e eu estávamos. Preparo-me para explorar essa última possibilidade, quando percebo que não estou sozinha.

— Está procurando alguma coisa, Íris?

Hedda está sentada em uma poltrona de espaldar alto, virada para a lareira, e é por isso que não a vi antes. Por isso e porque a lâmpada de leitura junto da poltrona está apagada, deixando-a no escuro. Sento-me num pequeno divã diante da lareira vazia e vejo que os dedos artríticos de Hedda estão curvados ao redor da haste de um copo de conhaque.

— Só vim verificar se a equipe de limpeza deixou a biblioteca em ordem depois da palestra de Gordon.

— Vejo que está levando seu papel de gerente muito a sério. Harry desmanchou-se em elogios a você, esta noite.

— Ele trouxe o hotel de volta à vida e sou-lhe muito grata por isso. Meu pai ficaria muito contente, vendo o Equinox recuperar seu antigo esplendor.

— Ficaria? Certo, Ben amava este hotel, mas também o viu devorar Kay.

Hedda ergue o copo, as duas mãos envolvendo o bojo de cristal, e olha em volta. Seu olhar parece abranger não apenas a biblioteca, mas também o pátio escurecido lá fora e o terraço, onde uma banda toca música de dança. É como se ela sentisse a vida do hotel palpitando a nosso redor.

— Acha, mesmo, que ele gostaria de ver você se entregando totalmente ao hotel? — pergunta

— Não estou me entregando totalmente, só...

— Não? — ela me interrompe. — Então, quanto já avançou no livro? Pode me dar mais alguma coisa para ler?

Olho para a lareira e de repente sinto frio, tanto frio, que chego a desejar que um fogo se acenda lá dentro. Pelo menos poderia ocupar as mãos revolvendo as brasas, em vez de usá-las para puxar fios soltos no tecido do divã, um hábito nervoso pelo qual minha tia me repreendeu durante toda minha infância.

— Acho que fiz uma descoberta — digo, esperando que ela não insista em me pedir mais uma parte do livro. — Além disso, posso mostrar-lhe que tenho me ocupado com outra coisa que não seja meu trabalho como gerente. — Penso que a senhora estava certa, quando disse que minha mãe estava tendo um caso naquele verão, e que o homem era alguém de seu passado, um homem casado, do qual ela desistira. Então, ele se hospedou no hotel com a esposa, e o caso recomeçou. Quando voltou à cidade, o homem convenceu-a a ir para lá, encontrar-se com ele.

— Humm... Você tem um nome para dar a esse misterioso homem casado?

Percebo ceticismo na voz dela, mas reflito que a história que contei parece de fato fantasiosa. Por que Peter Kron e minha mãe se encontrariam no hotel Dreamland, em Coney Island, se ele certamente poderia pagar por algo luxuoso? Estou prestes a abandonar toda a teoria, mas, vendo nos olhos cinzentos de Hedda uma expressão de fria avaliação, como se eu fosse uma frase ruim que precisasse ser cortada de um manuscrito, decido ir em frente.

— Penso que era Peter Kron. O marido de Vera Nix, pai de Phoebe, irmão de...

— Eu sei quem era Peter Kron — Hedda diz bruscamente.

Mexe-se na poltrona, e o copo oscila em suas mãos.

— Deixe-me segurar o copo — ofereço, inclinando-me para ela.

Então, vejo que seus dedos parecem congelados num aperto ao redor da haste de cristal. Pequenas meias-luas de umidade marcam o copo, onde as pontas dos dedos o pressionam, e receio que o cristal delicado quebre-se sob a pressão. Ela consegue abrir a mão direita e usa-a para soltar os dedos da esquerda. Desvio o olhar, sentindo-me embaraçada. Quando torno a olhar, Hedda pousou o copo na mesinha ao lado da poltrona e parece recomposta, como se a luta com suas mãos fosse algo que nada tinha a ver com ela.

— Peter Kron... — repete. — Uma possibilidade interessante. Eu o conheci um pouco, porque a esposa dele era representada pela primeira agência em que trabalhei. Você não o culparia por ter um caso, se soubesse como ela o tratava, mas não acho que Kay fosse o tipo dele.

— Não diria isso, se visse o jeito como ele olha para ela na fotografia que encontrei...

— Verdade? — Hedda surpreende-se. — Eu gostaria de ver essa foto. — Seus dedos haviam se entrelaçado, parecendo um trabalho de tricô com os pontos apertados demais. — Bem, acho que é possível que eles tenham tido um caso. Já se conheciam, antes de Kay vir para cá.

É minha vez de ficar surpresa.

— Como?

— Kay trabalhou no hotel Crown, onde Peter e Vera moravam. Na suíte de cobertura.

— O primeiro hotel de Harry? Eu não sabia que minha mãe trabalhou lá. Então, Harry também a conheceu, não é?

Hedda sorri, como se meu interesse por Harry confirmasse alguma suspeita sua.

— Bem, Kay trabalhava como camareira. Não consigo imaginar Harry prestando muita atenção a uma empregada desse nível. Você consegue?

Abano a cabeça, negando.

De fato, essa é uma das coisas que tenho notado em Harry. Ele é cortês com todo o pessoal do hotel, mas quando precisa dirigir-se a uma camareira fixa o olhar num ponto acima da cabeça dela. Deve ser um hábito da aristocracia britânica ignorar os serviçais.

— Mas, então, por que acha possível que Peter a notasse? — pergunto.

— Oh, bem, Peter... era diferente. Ele tinha um interesse grande demais pelas camareiras, se é que você me entende. Sempre havia uma ou outra tendo um caso com ele. Muitas moças tiveram de ser mandadas embora. Isso sempre foi um verdadeiro veneno para Harry. Quanto a Vera, seria digna de pena, se também não fosse um problema para todos. Mas imagine-se morando em um hotel, com aquelas jovens em seus uniformes atraentes, entrando e saindo de seus aposentos o dia todo. Ela fez referência a isso em alguns de seus poemas, como *Damas em Preto-e-Branco* e *Dominós*. Acho que acabou se acostumando com tudo isso, mas se pensasse que uma das moças tornara-se importante para Peter...

— Como minha mãe, por exemplo?

— É. E se a moça também fosse escritora, isso seria a morte para Vera.

— Quando foi que ela morreu?

Por um instante, penso que Hedda não ouviu minha pergunta, mas então ela responde, desenrolando os fatos com uma frieza que me surpreende, mesmo sendo ela como é.

— Vera e Peter morreram na primavera de 1974. O carro em que eles viajavam despencou de uma ponte, no sul da França. Era ela quem estava dirigindo. A família encontrou um bilhete de Vera na casa que eles tinham lá, e ela dizia que planejava matar-se desde que o bebê nascera. A teoria, hoje, é que ela estava sofrendo de depressão pós-parto.

— Que horror! Ela levou também o marido à morte, mesmo sabendo que a filhinha deles ia ficar completamente órfã. Que egoísmo espantoso! O que levaria uma mulher a fazer uma coisa assim?

Hedda ergue uma sobrancelha sugestivamente, mas permanece calada.

— Acha que ela fez isso porque sabia que Peter amava minha mãe? Mas na primavera de 1974 minha mãe não estava mais viva!

— Talvez ela pensasse que Peter ainda amava sua mãe. Vera tinha um ciúme doentio, no que dizia respeito a outras escritoras. Se você puder provar que Kay teve um caso com o marido de Vera Nix, o interesse do público por seu livro aumentará muito. Pense: um triângulo amoroso, envolvendo um rico cidadão inglês e duas escritoras americanas, todos morrendo de modo trágico, no espaço de um ano. Eu diria que essa história vale muito mais do que um cargo de gerente neste maldito hotel. Concorda comigo?

Saio da biblioteca tão eletrizada pelo que Hedda me contou, que quase esqueço a chave perdida e o livro de registros que ainda preciso levar de volta à suíte de Harry. Não posso perder a confiança dele, não até descobrir tudo o que puder. Paro no balcão de recepção e procuro a chave mestra que sempre fica no quadro, então me lembro que Harry nos fez tirá-la de lá. "Muito arriscado", ele explicou. "Qualquer pessoa poderia pegá-la." Lembrando essa preocupação dele, fico enjoada de tão nervosa, porque sei que terei de admitir que perdi a minha.

Estou saindo, quando ouço vozes na pequena varanda lateral, onde os hóspedes gostam de tomar café e ler o jornal da manhã, mas normalmente não há ninguém lá. Reconheço a voz de Ramon, que está recitando um trecho romântico de *Sonho de Uma Noite de Verão*, algo sobre a lua: "A lua, governadora das inundações, pálida de raiva, lava todo o ar". Sorrio, lembrando que ele está de namoro com a sra. Rivera, ou melhor, Paloma, então de repente me ocorre que todas as camareiras têm uma chave mestra para que possam entrar nos quartos para limpá-los. Espio pela porta entreaberta, mas está escuro demais para que eu possa ver alguma coisa. Posso entender por que os dois escolheram aquele lugar. Com a luz da varanda apagada, o terraço parece uma terra de fantasia, com as lanternas japonesas penduradas ao longo da alameda, luzindo como vaga-lumes, e os hóspedes em seus ternos claros e vestidos de seda, cintilando ao luar como criaturas de um outro mundo.

— Ramon... — chamo baixinho, aborrecida por ter de quebrar o encanto. — Você está aí?

Ouço um farfalhar de tecido e uma exclamação abafada, e Ramon vai até a porta, desalinhado e embaraçado.

— Achamos que ninguém ia nos ver aqui e...

— Está tudo bem, Ramon — tranqüilizo-o. — Escute, preciso que você me faça um favor.

Peço-lhe para pedir a Paloma que me empreste sua chave mestra, ele concorda com um gesto de cabeça e volta para a escuridão da varanda sem perguntar por que preciso da chave ou o que fiz com a minha. Sinto-me grata, mas não posso deixar de pensar na origem de tal cega dedicação. Minha mãe, novamente. Reflito sobre o fato de Ramon ter convivido com ela por apenas dois meses e, depois de trinta anos, ainda vê-la como sua salvadora. Não posso me imaginar exercendo a mesma influência sobre ninguém.

— Paloma precisará dela logo cedo, amanhã — ele avisa, entregando-me a chave.

Nesse momento, Paloma aparece atrás dele. Em vez de presos no usual coque apertado, seus cabelos estão soltos e chegam quase à cintura.

— Oh, Ramon, eu lhe pedi para não aborrecer a srta. Greenfeder com essa bobagem. — Diz, então sorri para mim. — Não se preocupe, senhorita. Sempre posso tomar emprestada a chave de uma das outras moças.

— Vou devolvê-la ainda esta noite — asseguro, lembrando que foi por minha culpa que ela perdeu o emprego anterior. — Onde poderei encontrar você?

Combinamos de nos encontrar ao pé da escada de serviço, à meia-noite. Sentindo-me uma cinderela, atravesso a varanda e saio para o terraço. Só quero me certificar de que Harry continua lá, antes de ir à suíte dele.

Não o vejo entre os hóspedes reunidos numa das extremidades do terraço, sentados às mesas que ali foram armadas, conversando enquanto fumam e tomam champanhe ou conhaque. Ando ao longo da borda até a outra ponta e vejo pares de desgarrados que ultrapassaram a cerca de proteção e sentaram-se nas pedras chatas na beira da plataforma projetada sobre o vazio. É algo tentador, eu sei, porque em outros tempos passei muitas noites de verão sentada naquelas pedras, olhando para a escuridão, balançando as pernas sobre as luzes do vale, lá embaixo. No entanto, conheço a topografia do terreno, cada rocha, muito melhor do que qualquer um dos hóspedes e me preocupo com a possibilidade de um deles escorregar e cair. Eu devia mandá-los voltar para a segurança do terraço, mas não posso perder tempo, do contrário não saberei se Harry continua por ali, não poderei levar o livro a sua suíte. Pedirei a Joseph que cuide disso. Na verdade, me surpreende que ele ainda não tenha enxotado as pessoas para longe daquele lugar perigoso.

Quando chego à extremidade norte do terraço, descubro por quê. Naquele ponto, a encosta sob a plataforma, muito mais íngreme, desce verticalmente, e os hóspedes em sua maioria parecem ter percebido isso, pois ficaram na alameda junto à porta da sala de jantar, onde a banda está tocando, ou nos quiosques ao longo da trilha que acompanha a borda dos rochedos. O grupo maior está no Meia-Lua, sem dúvida porque os dois bancos em forma de lua crescente, um de frente para o outro, favorecem a conversação. Mas as pessoas não estão sentadas, nem conversando. Estão todas de pé, reunidas no lado do quiosque voltado para a borda do abismo, olhando alguma coisa lá fora.

Uma rocha plana e larga estende-se a partir do quiosque, e quem vai até a beirada tem a impressão de estar pendurado sobre o vale. Claro que várias placas avisam que é expressamente proibido fazer isso, mas alguém — uma mulher — ignorou o aviso e está de pé na borda, de costas para os amigos no quiosque, que lhe imploram para voltar. Um homem caminha na direção dela, com passos não muito firmes. Vejo Gordon e Harry no grupo de espectadores. A mulher na borda da rocha, com as costas magras sobressaindo à luz do luar, é Phoebe. E o homem que anda para ela é Joseph.

Mais tarde sentirei vergonha por lembrar que meu primeiro pensamento foi o de me aproveitar da situação que mantém todos distraídos e correr à suíte de Harry para pôr o livro no lugar, mas essa idéia desprezível é logo substituída por outra, não mais louvável: a vida de Phoebe não vale o risco que Joseph está correndo.

— Joseph não pode fazer isso! — digo, entrando no quiosque. — Está velho demais para andar na borda do penhasco.

Gordon vira-se para mim, então rapidamente olha outra vez para Phoebe, como que temendo que ela caia, se ele parar de olhá-la.

— Eu queria ir, mas Joseph não deixou, dizendo que conhece melhor o terreno — explica.

A voz dele falha na última palavra, e no mesmo instante me sinto mesquinha por ter dado tão pouco valor à vida de Phoebe.

— Por que ela foi lá? — pergunto.

— Humm... acho que ela bebeu demais, e não está acostumada a isso. O jardineiro estava tentando persuadi-la a afastar-se da borda, e ela de repente começou a gritar com ele — Gordon conclui, parecendo mais nervoso agora do que estava antes de sua palestra.

— Eu disse a Phoebe o que pensava de seu comportamento, e agora ela está me fazendo pagar por isso — diz Harry, então ergue a voz, falando com a sobrinha: — Phoebe, querida, eu já pedi desculpas. Não podemos, por favor, falar sobre isso em particular, em algum lugar menos perigoso?

Ela não responde, mas os ossos agudos de suas omoplatas estremecem, como asas de um pássaro preparando-se para alçar vôo. A imagem me apavora, e me sinto ainda pior quando penso que ela é filha uma suicida. Joseph também deve ter percebido aquele movimento tenso de Phoebe, porque ergue a mão em nossa direção, pedindo silêncio, e avança um pouco mais. Está a uma pequena distância da moça. Mais um passo, e poderá agarrá-la, se ela fizer menção de se atirar penhasco abaixo. Mas terá força para segurá-la? Não sou a única a notar como Joseph está trêmulo, porque Harry diz:

— Aquela *prima donna* se jogará e levará o velho junto, como a mãe dela fez com Peter...

Fico tão surpresa ao ouvir o comentário que não reajo imediatamente ao que ele faz em seguida. É tão rápido — algo espantoso num homem de sua idade — que passa as pernas por cima da mureta do quiosque, salta para a rocha e aproxima-se de Joseph antes que qualquer um de nós seja capaz de impedi-lo. Ninguém sequer grita para chamá-lo de volta, há apenas um suspiro coletivo de aflição, quando ele, passando por Joseph, agarra a sobrinha e puxa-a para trás. Phoebe também parece surpresa demais para reagir. Em vez de se debater, amolece contra o corpo do tio, desmaiada, mas isso é igualmente ruim, porque o faz perder o equilíbrio. Vejo Joseph avançar e segurar Harry, e por um momento os três oscilam — como um tripé com uma das pernas mais curta — então firmam-se. Ouço a exclamação de alívio das pessoas a minha volta, mas algo acontece para desequilibrar o grupo à beira do precipício e, de repente, Joseph cai.

Uma das mulheres perto de mim grita. Todos aqui devem estar julgando que Joseph vai morrer, pois sou talvez a única do grupo que sabe que logo abaixo do lugar de onde ele caiu há uma plataforma que se projeta do rochedo, de modo que salto também para fora do quiosque e corro para ver se ele está lá, em segurança. E dou graças a Deus por ter sido rápida, porque, apesar de ter aterrissado na plataforma, ele está escorregando para fora, precariamente agarrado a uma raiz retorcida. Abaixo-me e seguro-o pelo braço, gritando por socorro. Gordon corre para me ajudar, e nós dois puxamos o velho para cima e o levamos para o terraço. Assim que o soltamos, ele desaba no chão, todo torto, e penso que está tendo um ataque cardíaco.

— Joseph! — chamo, observando-o, tentando ver sua expressão através das rugas profundas, que normalmente dão a seu rosto uma aparência de sofrimento. — Diga onde dói.

Ele agora parece tão assustado quanto eu.

— Não é nada, menina — responde, dando tapinhas em minha mão. — Não se aflija. Só torci o tornozelo. Meu pé ficou preso numa rachadura da rocha, quando caí. Acho que foi isso que me salvou de despencar da plataforma. — Para um homem que acabara de escapar da morte, sua voz era notavelmente calma. — Uma faixa e algumas aspirinas darão um jeito nisso.

— Vou buscar o kit de primeiros socorros e telefonar ao médico — digo. — Façam com que ele fique confortável — ordeno à pequena multidão. — Ponham alguma coisa sobre ele para mantê-lo aquecido. — Olho carrancuda para uma hóspede que tem um xale indiano ao redor dos ombros, e só me afasto quando a vejo estendê-lo sobre Joseph.

No saguão, encontro Aidan e Ramon, que já souberam do acidente e estão correndo para o terraço com o kit de primeiros socorros, acompanhados por uma mulher que diz ser médica. Começo a segui-los para fora, quando me lembro do que preciso fazer. Tento me tranqüilizar, dizendo a mim mesma que Joseph está bem, e caminho para os elevadores. Ninguém notará minha ausência, agora.

Quando saio do elevador no terceiro andar, vejo uma mulher no corredor, mas ela está de costas para mim e dirige-se à escadaria. Fico parada, esperando que se vá. Então, quando se vira para começar a descer, vejo que se trata de Hedda. Ela não vê, felizmente.

Tiro o livro do elevador de roupas sujas, caminho para a suíte de Harry e abro a porta com a chave de Paloma. É só quando ponho o livro na pilha, junto com os outros, tendo o cuidado de manter a ordem cronológica na qual os encontrei, que percebo que estou tremendo dos pés à cabeça. Encosto-me no armário, aspirando o odor de colônia cítrica e charutos cubanos, e fecho os olhos. No mesmo instante, revejo o momento em que Joseph caiu e abro os olhos depressa, ainda tremendo, agora não de medo, mas de raiva.

Maldita!, penso, lembrando-me de Phoebe naquela pose de criança teimosa, com as costas rígidas, os braços magros enlaçando o corpo. E então, amolecendo nos braços de Harry, como uma menina de dois anos depois de um ataque de birra. Como ela ousou pôr a vida de Joseph em perigo, com aquele espetáculo teatral?!

"Como a mãe dela", Harry dissera. Então, recordo o que Hedda me contou na biblioteca, que Vera Nix jogara o carro para fora da estrada, numa ponte, matando a si mesma e ao marido, deixando um bebê de seis meses sem pai e mãe. Quem poderia culpar Phoebe por ser como era? Quantas vezes eu própria culpei a morte de minha mãe pelos meus fracassos? Mas, pelo menos, eu a tive por dez anos, pelo menos meu pai continuou vivo. E, embora eu tenha culpado minha mãe muitas vezes pelas circunstâncias de sua morte, ainda não acredito que ela optou deliberadamente por me deixar. Pelo menos, não para sempre.

Mas Phoebe, eu lembro, nunca disse uma palavra amarga contra a mãe. Culpava apenas o pai e as armadilhas do casamento. "Queria me lembrar, toda vez que olhasse para isto, que o casamento é uma cilada. Foi o casamento que matou minha mãe", ela me disse no Tea & Sympathy, explicando por que gravara uma coroa de arame farpado e espinhos na aliança que pertencera à mãe.

E se Vera se matara porque descobrira que Peter amava minha mãe?, pergunto-me. Talvez Phoebe já tenha adivinhado isso

— afinal, ela ficou com todos os cadernos do diário de sua mãe — mas quer que eu descubra por mim mesma, para ser forçada a revelar o caso em meu livro. Será por esse motivo que ela está me incentivando a escrever, para que o mundo saiba que a culpada pela morte de Vera foi minha mãe, amante do pai dela? Suponho que uma pessoa sinta-se melhor pensando que a mãe se matou por não suportar a traição do marido, do que por estar profundamente deprimida com seu nascimento.

De súbito, sinto-me fraca e tonta ao pensar no ódio que Phoebe deve nutrir contra minha mãe, contra mim. Fecho os olhos, lembrando que Gordon me contou que ela começara a gritar com Joseph de repente, enquanto ele tentava convencê-la a voltar para o quiosque. Talvez eles houvessem falado sobre algo que a enfureceu. Phoebe teria perguntado a Joseph se o pai dela tivera um caso com minha mãe? Posso imaginar qual seria a resposta dele, uma resposta que certamente a encheria de raiva. Penso em Phoebe desmaiando nos braços de Harry, em Joseph caindo. Teria ela propositalmente feito alguma coisa para jogá-lo rochedo abaixo, para vingar-se, sabendo o quanto ele fora importante para minha mãe, como era importante para mim?

Com um estremecimento, lembro onde estou. Harry e Gordon podem entrar a qualquer momento e me encontrar aqui. Mais tarde terei bastante tempo para pensar e tentar descobrir quais são as intenções de Phoebe . O que sei agora é que preciso me acautelar contra ela. Começo a fechar a porta do armário, mas decido fazer mais uma coisa. Ponho a mão no bolso do paletó de Harry à procura do revólver. Fico menos surpresa do que seria de esperar, quando descubro que a arma não está mais lá.

20

A REDE DE LÁGRIMAS

Quando eu disse a Naoise onde Connachar guardava a rede de lágrimas, ele me prometeu que a roubaria e levaria ao lugar onde a água salgada do mar transformava-se em água doce, no rio afogado, e a jogaria na correnteza para que ela criasse um caminho de pérolas que nos levaria de volta ao oceano. O encantamento seria desfeito, e o poder de Connachar acabaria.

Percebi que havia algo errado, porém, quando soube que não apenas a rede de lágrimas desaparecera, como também todas as jóias que a mulher de vestido verde usara. Naoise não dissera nada sobre roubar as outras jóias. Esperei um longo tempo, mas nada mudou. As mulheres-focas ainda estavam aprisionadas em suas peles, nossos homens ainda se curvavam sob o peso das asas. Connachar continuou a me chamar a seu quarto todas as noites, mas agora punha as mãos nuas ao redor de meu pescoço, em vez de pôr jóias. E me olhava fixamente nos olhos, como se quisesse arrancar a verdade de dentro de mim. Uma noite, ele me disse que Naoise fora capturado e levado para a prisão na curva do rio. Observava meus olhos, enquanto me contava que haviam decepado as asas de Naoise.

— E as jóias? — perguntei, forçando-me a falar em tom frio. — Foram recuperadas?

— Todas, menos o colar com a esmeralda. Aquele que você gostava de usar. Mas não se preocupe, meus homens o encontrarão, e você poderá usá-lo novamente.

O ORTOPEDISTA AO QUAL levo Joseph diz que ele terá de usar muletas por no mínimo um mês. Quando dou a notícia a Harry, ele me pede para dar o máximo de conforto ao velho e procurar um jardineiro que o substitua, além de um ajudante.

— Faça o jovem irlandês estar presente, quando você fizer as entrevistas com os candidatos, e depois peça-lhe para treinar os que forem contratados. A esta altura ele já deve saber como Joseph trabalha. Assim que o treinamento terminar, diga-lhe para começar a planejar o festival de arte.

— Assim, tão cedo? — Hesito, então afirmo: — Aidan ficará contente.

Harry ergue os olhos do livro de contabilidade e me fita com ar perscrutador.

— Achei que você também ficaria contente. Qual é o problema? Está indecisa sobre se será conveniente dar ao sr. Barry um cargo de maior responsabilidade?

Noto que o vago "jovem irlandês" é rapidamente substituído por um nome, e percebo que boa parte da aparente indiferença de Harry em relação a detalhes e funcionários de menor importância é pura afetação.

— Não, de modo algum — respondo. — Estou pensando em Joseph. Ele morrerá, se pensar que foi descartado.

— Bem, não podemos permitir isso. Tenho uma idéia para distrair seu Joseph, mas preciso que ele a aceite. — Harry faz uma pausa, pensando, e imagino que tipo de milagre será necessário para que o taciturno e recalcitrante Joseph faça algo que não queira fazer. — Sei que ele não vai poder ficar naquele chalé meio em ruínas onde mora, enquanto estiver usando muletas — Harry continua. — Acho que devemos instalá-lo em uma das suítes... Vamos ver de qual podemos dispor.

Vira-se para o computador em sua mesa.

— Duvido que Joseph aceite ficar no hotel — comento.

— Bobagem. O que acha da suíte Sleepy Hollow? Minha sobrinha disse que algumas gavetas estão quebradas, e algumas tábuas do assoalho, soltas.

— Falei sobre isso com uma das camareiras, a sra. Rivera, e ela disse que não havia nenhum problema com as gavetas, antes de...

Harry faz um gesto com a mão, me interrompendo.

— Mas agora estão quebradas, e Joseph pode dar um jeito nelas, enquanto se recupera. Isso fará com que ele se sinta útil.

Ainda não acredito muito que esse plano dará certo e não consigo imaginar o que fará Joseph esquecer o fato de que seu amado jardim estará nas mãos de um usurpador. Mas é claro que, no diz respeito a Harry, o assunto está encerrado. Estou me virando para sair do escritório, quando ele me chama.

— Mais uma coisa. Temos de começar a substituir as fechaduras das portas por um sistema automático de cartões, o mais cedo possível. Desapareceu um objeto de minha suíte, ontem à noite.

— Isso é terrível! Algo de valor?

— Mais perigoso do que de valor. Meu revólver.

Harry ergue os olhos e capta meu olhar.

— Então, precisamos avisar a polícia — sugiro, falando o mais calmamente que posso.

— Já avisei. Uma arma registrada em meu nome não pode ficar rodando por aí, mas se fosse outra coisa eu mesmo cuidaria do assunto. Acho que sei quem pegou o revólver.

Em silêncio, espero que ele continue. Há uma expressão de decepção e tristeza em seu rosto que nunca vi antes. Uma expressão que mostra toda sua idade e que me faz perceber quanto gosto dele. Gosto, como uma filha gosta de um pai, e vejo que odiaria causar-lhe um desapontamento.

— Só pode ter sido Phoebe — ele diz por fim. — Foi a única pessoa que entrou em meu quarto ontem à noite.

Embora eu não possa imaginar um plano mais inteligente e generoso do que o de Harry para distrair Joseph, ainda estou surpresa com o modo como nosso velho jardineiro está aceitando a convalescença e sua vida no hotel. Julho termina, começa agosto, os dias são ainda mais quentes e secos. Uma manhã, suspeito que Joseph está andando pelo jardim, de muletas e tudo, para certificar-se de que suas plantas, especialmente as queridas roseiras, estão recebendo água suficiente. Mas vou encontrá-lo em sua suíte, cercado pelo grupo de estudantes de arte que estão trabalhando no projeto de um novo jardim-de-inverno proposto por Harry. Além dos alunos da The Art School que vieram para completar seus trabalhos para o concurso Aventuras no Parque, Fantasias nos Bosques, Harry convidou também estudantes de arquitetura da Cooper Union e lançou essa nova competição para o projeto do jardim-de-inverno. Joseph foi nomeado juiz supremo.

A princípio, acho que os estudantes ávidos e loquazes deixarão o velho nervoso, mas ele responde de bom grado a todas as perguntas a respeito de sua inspiração para o projeto dos quiosques que construiu no decorrer dos anos. Observo os jovens mostrar seus esboços para ele, que, sem inibição, expande as idéias apresentadas. Faz críticas e sugestões e até pergunta aos jovens sobre sua formação e planos para o futuro. Parece gostar especialmente de Natalie Baehr e passa horas examinando os projetos de joalheria que ela lhe mostra. Eu nunca o vi tão falante.

Quando penso sobre isso, vejo que faz sentido. Antes de ser obrigado a abandonar a Áustria, Joseph era estudante de pintura em uma famosa academia de Viena. Uma vez perguntei-lhe por quê, depois de ter sobrevivido a anos em campos de concentração, não voltara a pintar. Ele respondeu que tivera de trabalhar para se sustentar, mas algumas semanas mais tarde, enquanto plantávamos mudas de sálvia azul ao redor das roseiras, ele se sentou sobre os calcanhares e, fazendo um gesto amplo que abrangia o jardim, disse: "Isto é melhor do que uma tela sem vida". Então, colhendo uma rosa, perguntou: "O cheiro dela não é melhor do que o de aguarrás?"

Todos esses anos, o jardim foi sua tela, e agora ele está finalmente sendo reconhecido como o artista que de fato é. Se acho essa transformação inquietante, bem, o problema é apenas meu. Talvez eu esteja com um pouco de ciúme. Até mesmo tia Sophie está menos confusa com essa mudança do que eu.

— Talvez o velho só precisasse de um pouco de tempo longe de suas tarefas diárias para voltar a fazer o que realmente era importante para ele.

É isso o que minha tia me diz, quando por fim a encontro, depois de procurá-la por todo o hotel, e pergunto o que ela acha do novo papel de Joseph. Só agora percebo que está cada vez mais difícil encontrá-la. Durante anos, Sophie fez todos os tipos de trabalho no hotel com poucos funcionários, mas agora, que Harry contratou pessoal suficiente e instalou um sistema de computadores, suas tarefas como contadora diminuíram, e ela ficou com mais tempo para dedicar a si mesma. Hoje ela está na varanda atrás da ala de empregados, sentada em uma cadeira de balanço com um caderno fechado no colo, olhando o sol se pôr atrás das montanhas Catskill. Desvia o olhar do horizonte que escurece, só o tempo suficiente para observar meu rosto.

— Algum problema, Íris? — ela indaga. — Você acha que o jardim está sendo negligenciado?

Pensei em responder a sua primeira pergunta, falando de alguns de meus receios, mas vejo-a voltar a olhar para a luz cambiante acima das montanhas distantes e suas mãos acariciarem o caderno em seu colo, um caderno de desenho, não de contabilidade como eu pensara, então respondo à segunda:

— Não, o jardim está sendo bem cuidado.

Retiro-me, refletindo que não posso me queixar das pessoas que estão substituindo Joseph, Ian e Clarissa, um jovem casal recém-formado pela Cornell. E estou feliz por ver Aidan livre do trabalho braçal e promovido a coordenador de eventos especiais. É verdade que essa sua nova atividade requer que aprendamos a passar dez minutos juntos sem cair na cama. Mas ele me surpreende, mostrando uma seriedade que eu não conhecia. Está determinado a fazer do festival de arte um sucesso. Até parou de zombar do sr. Harry.

— Então, você só precisava subir de posto para parar de planejar a revolta dos escravos — provoco-o uma tarde, enquanto conferimos as listas de hóspedes na biblioteca.

Estamos no sofá, nos fundos da sala, diante de uma mesa baixa, e me lembro da noite em que Gordon del Sarto fez a palestra, e eu perdi minha chave mestra. Procurei-a e não encontrei, mas resolvi o problema, usando a de Paloma para mandar fazer uma cópia.

— É, eu me juntei ao opressor — Aidan concorda. — É nisso que dá dormir com gente da classe alta.

Tiro um sapato e corro os dedos do pé pela perna dele, por baixo da calça.

— Entendi. Você me usou para subir na carreira, passar de ajudante de jardineiro a coordenador de eventos. Logo vai querer meu cargo.

— Talvez, quando você começar a vender seus livros por milhares de dólares, não queira mais ser gerente do hotel. E vai me deixar aqui, sem outra companhia a não ser a de Joseph.

— Não se esqueça de que agora Joseph vive no meio de um bando de estudantes de arte. Mas pode ser que Natalie faça companhia a você.

Eu não queria ir tão longe, e tanto Aidan como eu sabemos disso. Depois de lançar um olhar para o pátio — noto que ultimamente ele é o mais cauteloso de nós dois — ele desliza para mais perto de mim e encosta a coxa na minha.

— Eu já lhe disse que na noite da exposição eu só pedi o telefone dela, mais nada. — Ele se mexe, e minha saia sobe um pouco. Uma corrente de ar fresco e úmido vindo da fonte me causa um arrepio. — Mas nunca o usei.

Deixo escapar um suspiro, um pouco porque ele me explicou isso mais de dez vezes, e um pouco porque faltam várias horas para que possamos ficar a sós.

— Esqueça, Aidan. Falei sem pensar. — Fricciono meu joelho contra o dele. — Além disso, acho que estou mais com ciúme de Joseph, que passa o tempo todo com ela. — Vejo que ele franze a testa e sinto os músculos de sua coxa ficarem tensos. — Nossa! É brincadeira, Aidan!

— Eu sei. Não é isso. O que me intriga é que parece que é extremamente importante para você provar que não sente ciúme de mim. Age assim para deixar claro que quer ter comigo o mesmo relacionamento "convencional" que tem com Jack?

— Foi escolha de Jack, tanto quanto minha, porque ele é artista e...

— E eu sou apenas um cara que trabalha.

Não digo nada imediatamente, pois nós dois ouvimos vozes lá fora, acima do murmúrio da água da fonte.

— Você sabe que eu não quis dizer isso — sibilo, afastando-me dele alguns centímetros. — Jack nunca quis mais nada de mim. Sempre me manteve a uma certa distância.

— E se ele não a mantivesse "a uma certa distância"? E se, de repente, quisesse mais?

As vozes tornam-se mais claras, e reconheço as das irmãs Eden. Eu me inclino para a mesa e puxo a prancheta de Aidan para mais perto de mim, para que as duas mulheres pensem que estamos trabalhando e nos deixem em paz.

— Não faria diferença, Aidan. Eu diria a Jack que é tarde demais. Falarei com ele assim que ele voltar da colônia, em setembro.

Aceno para as irmãs Eden e aponto para a pilha de pastas sobre a mesa, para mostrar que estamos ocupados. Minerva acena de volta e começa a andar em nossa direção, mas Alice puxa-a para trás e leva-a para o salão Dourado, adjacente à biblioteca. Viro-me para Aidan e escorrego no sofá para me aproximar mais, mas ele se afastou uns trinta centímetros e pôs a pilha de pastas entre nós.

— Não posso conversar direito com Jack, porque ele me liga do telefone público da colônia —explico. — E não posso contar tudo numa carta. Precisa ser pessoalmente. Devo isso a ele.

— Bem, logo terá essa oportunidade — Aidan comenta, abrindo a pasta do topo da pilha, a que contém os formulários de reserva de grupos de artistas para o festival de arte. — Jack enviou o formulário uma semana atrás. Eu só queria ver quando era que você ia me contar.

Depois disso, não adiantava eu querer convencê-lo de que não sabia disso. Na última vez em que falei com Jack, ele me disse que seu trabalho na colônia estava indo tão bem, que não seria aconselhável interrompê-lo, ausentando-se da colônia um fim de semana. Foi difícil eu não deixá-lo perceber meu alívio, não apenas porque podia adiar o momento de lhe falar sobre Aidan, mas também porque essa decisão dele confirmava tudo o que eu começara a pensar de nosso relacionamento.

No entanto, sempre detestei o tipo de explicação que teria de lhe dar: "Eu sabia o tempo todo que algo não ia bem entre nós, mas só admiti isso quando me apaixonei por outra pessoa". Muito conveniente. Mas, e daí, se agora vejo que o que tive com Jack foi um amor pela metade, que ele usou, assim como eu também usei, a desculpa da arte para manter distância entre nós? No entanto, eu não poderia ter descoberto que tudo estava terminado, sem precisar dormir com um homem de vinte e nove anos? E se fosse ao contrário? E se Jack me dissesse que só descobrira que nosso relacionamento morrera, quando começara a dormir com uma mulher mais jovem? Talvez, me ocorre de súbito, ele venha para cá para me dizer isso.

A onda de dor que esse pensamento provoca em mim anula tudo o que venho tentando acreditar a respeito de Jack. É algo muito pior do que os ataques de ciúme que tenho tido por causa de Aidan e Natalie Baehr.

Embora eu saiba que a colônia de artistas tem regras severas contra telefonemas entre as nove da manhã e quatro horas da tarde, decido assim mesmo ligar para Jack. Mas não do hotel. O fato de que ele precisa falar comigo de um telefone público é apenas parte da razão de eu ainda não ter lhe falado sobre Aidan. O problema maior é que — sei por experiência própria — é muito fácil alguém ouvir uma conversa telefônica no hotel.

Paro no balcão de recepção para dizer a Ramon que preciso ir à tipografia, em Poughkeepsie, porque houve uma mudança de última hora no programa do festival de arte. Digo que estarei de volta na hora do jantar e peço-lhe para conferir o cardápio por mim. Vou ao escritório, pego as chaves do velho Volvo — que foi substituído no serviço do hotel por uma frota de vans ostentando o logotipo dos hotéis Crown — e com um aceno me despeço de Janine, que está ocupada, completando uma ligação.

Parece que o Volvo absorveu todo o calor do verão, e o estofamento é tão rachado quanto o caminho de terra que leva ao pátio de estacionamento, mas ainda assim me sinto uma adolescente dirigindo o conversível do papai. Baixo os vidros para respirar o ar com cheiro de pinho, mas o que respiro é cheiro de asfalto quente e poeira. Os pinheiros que margeiam a estrada parecem queimados, estão cor de cobre sob o sol inclemente. Algo me incomoda, enquanto desço a montanha, algo que não consigo definir. Paro o carro junto da nova placa que anuncia o hotel, desligo o motor e fico à escuta. Tudo o que ouço é o farfalhar dos pinheiros, um som que parece o de muitas vassouras varrendo um piso de madeira. Não consigo ouvir o murmúrio do riacho no bosque.

Ligo o motor novamente e tomo a direção do rio. Há um telefone público na Agway, mas agora que estou indo para longe do hotel, o passeio parece bom demais para ser interrompido. Através do pára-brisa, vejo o rio alargar-se, não é mais a linha fina traçada a lápis, que vejo do hotel, mas uma ampla visão azul. A ponte e as colinas além dela crescem e ganham substância. É como se durante todas aquelas semanas eu tivesse vivido num desenho bidimensional, e agora saísse do papel, entrando na vida real.

Subindo pelo arco da ponte, sinto o impulso repentino de acompanhar o rio até a cidade. Não é à toa que sempre evitei trabalhar no hotel. Minha suspeita de que seria o mesmo que estar numa gaiola concretizara-se.

No outro lado da ponte viro para o sul, sem pensar até onde pretendo ir, apenas me deliciando com a sensação de estar viajando. Imagino se foi assim que minha mãe se sentiu, quando Joseph a levou para o outro lado do rio para pegar o trem para a cidade, contente por finalmente estar se livrando do fardo do hotel — e do fardo que meu pai e eu representávamos — para começar uma vida nova.

Penso na cena de seu livro, em que as mulheres-focas soltam a pele no rio, no lugar onde a água salgada torna-se doce. O Hudson passa por Rip Van Winkle, onde antigamente era necessário fazer baldeação para continuar a viagem para o norte, onde minha mãe viu a moça atirar-se sob um trem. Sempre achei que a história da mulher-foca representava para minha mãe a transformação por que ela passou, quando deixou a cidade e foi para o Equinox. Mas quando a mulher-foca solta a pele, a pessoa na qual se torna também não é verdadeiramente ela. Seu desejo de voltar para o mar e entrar em sua antiga pele é constante. E as mulheres-focas na história que minha mãe escreveu não podem voltar para o oceano por causa de uma jóia perdida, a rede de lágrimas.

Talvez, para minha mãe, a rede de lágrimas não fosse uma coisa, mas um amor perdido, sem o qual ela não podia ser a pessoa que realmente era. Talvez, fugir com Peter Kron significasse a recuperação de sua verdadeira personalidade.

Dirijo tão mergulhada em pensamentos, que não presto atenção por onde vou. Noto que o rio tornou-se mais largo, e quando vejo a placa indicando o caminho para a penitenciária Rip Van Winkle, mal posso acreditar que vim tão longe. Então, lembro a razão de minha viagem: telefonar a Jack e descobrir o verdadeiro motivo de ele querer ir ao hotel. Mas ainda não sei o que lhe dizer sobre Aidan. Gostaria de saber como minha mãe podia estar tão segura de que o homem pela qual ela nos deixava era a pessoa certa, a que a faria feliz.

Vejo uma lanchonete à direita. Paro diante do prédio, que parece uma gravura antiga. No lugar existe uma cabine telefônica que é exatamente como pensei, com um desgastado assento de madeira, e quando fecho a porta, uma luz se acende no teto. Disco o número, pagando a chamada com meu cartão de crédito, e me preparo para uma batalha com o cérbero da colônia, a recepcionista.

— Sim, eu sei que o horário das nove da manhã às quatro da tarde é reservado para atividades criativas, mas trata-se de uma emergência — digo a ela.

— Bem, então, mandarei alguém ao ateliê dele — ela responde num tom seco que claramente diz que me considera uma inimiga da arte.

Penso no pouco que escrevi este verão, e imagino se trabalharia mais, num lugar isolado e tão bem guardado quanto a colônia. Mas é mais provável que acabasse crochetando uma capa para meu computador ou observando esquilos o dia todo.

Espero quinze minutos. Imagino Jack sendo arrancado de um momento de inspiração, limpando as mãos sujas de tinta no jeans e atravessando um bosque para atender a chamada e descobrir que tipo de emergência pode ter havido. Como vou lhe dizer que a emergência é que estou dormindo com um homem muito mais jovem do que eu, mas que me mordo de ciúme quando penso que ele também está tendo um caso com outra mulher?

— O que aconteceu Íris? Está tudo bem com você?

Quando ouço a voz dele, tudo o que consigo pensar é que tenho sentido demais sua falta.

— Encontrei seu formulário de reserva para o festival de arte e fiquei sem saber o que pensar — respondo. — Por que não me contou que vai participar?

Ele solta um suspiro exasperado, e espero que grite comigo por afastá-lo do trabalho à toa.

— Perguntei ao homem que trabalha na recepção, se você vira o formulário, e ele disse que achava que não, porque era o novo coordenador de eventos especiais que estava cuidando disso — ele explica. — Então, falei com o coordenador e pedi-lhe que não deixasse você ver o formulário. Eu queria lhe fazer uma surpresa, Íris.

— Você falou com Aidan?

O que foi que Aidan me disse? "Eu só queria ver quando era que você ia me contar". Mas ele sabia, o tempo todo, que Jack queria me surpreender!

— O nome do coordenador é Aidan? Pensei que ele houvesse entendido que eu queria lhe fazer uma surpresa.

— Mas por quê, Jack? Tem alguma coisa importante para me dizer?

— Oh, Íris, não sei. Só sei que tenho me sentido mal a respeito do modo como estou passando o verão.

— Pensei que estivesse pintando bastante.

— Não é isso. Sinto saudade de você e penso no pouco tempo que tenho lhe dedicado. Pensei que, se a surpreendesse, indo ao hotel para passar uma semana, estaria compensando um pouco essa minha negligência. Para dizer a verdade, ando meio receoso.

— Receoso de quê? — pergunto, tentando não deixar transparecer como estou me sentindo culpada e nervosa.

— De perder você. De que você não volte para a cidade no outono.

— Por que não voltaria?

— Por que talvez queira ficar no hotel. Eu sei que esse lugar sempre foi muito importante para você. Bem, então eu queria lhe dizer... Diabos, Íris, não era assim que eu queria dizer, mas, se você quiser ficar no hotel, eu irei para aí também.

— Está dizendo que moraria aqui?

— Por que não? Acho que já chega de cidade para nós dois. Podíamos encontrar uma casinha perto do hotel, talvez com um celeiro que eu possa usar como ateliê. Você disse muitas vezes que os imóveis são baratos, aí nas montanhas.

— Não sei o que dizer, Jack. Foi tão repentino...

— Não diga nada, por enquanto. Olhe, preciso desligar. A recepcionista está me olhando de cara feia. Falaremos sobre isso quando eu chegar aí. Está tudo bem, não é? Quero dizer, você não se importa que eu vá?

O que vou dizer? Jack e eu temos um relacionamento há dez anos. Não posso dispensá-lo sumariamente, muito menos por telefone. E, se ele realmente quiser que moremos juntos, serei capaz de lhe dizer que está tudo acabado entre nós?

— Claro que não me importo. Acho que temos de conversar sobre muitas coisas.

Isso é o melhor que consigo fazer, a única pista que posso dar de que nem tudo está bem. Fico com um gosto ruim na boca, que o café requentado da lanchonete, os ovos engordurados e as batatas fritas apenas tornam pior. No entanto, peço mais uma xícara de café, detestando ter de fazer a viagem de volta e enfrentar Aidan. No caixa, demoro-me olhando os cartões-postais e canecas de suvenir — grossas, cor de creme, com um desenho azul da Acrópole

— e até compro um cartão, porque me ocorre que a lanchonete pode ser aquela onde Ramon trabalhava. "Logo ao sul de Peekskill, na saída para a rodovia", ele sempre disse. Além disso, quero levar o cartão como lembrança desta longa e infrutífera viagem.

Então, saio da lanchonete e vou para o carro, simplesmente porque não posso mais protelar o momento de partir.

Faço mais uma parada antes de voltar para o hotel. Pensando num trecho da história de minha mãe, quando as mulheres-focas soltam a pele, lembrei-me da moça que se matou na estação de Rip Van Winkle. Não tive a chance de pesquisar o episódio, desde que vim para cá. Na verdade, isso não parecia tão importante, pois eu tinha a esperança de encontrar o manuscrito perdido de minha mãe. Mas agora, que o verão já quase terminou, tenho de encarar a possibilidade de nunca encontrá-lo, ou até mesmo de que Hedda está enganada, que o terceiro livro nunca existiu. Assim, se eu ainda quiser escrever a biografia de minha mãe, terei de descobrir outros caminhos por onde conduzir minha pesquisa. Achar que ela teve um caso, por enquanto é mera suposição. A única informação consistente que tenho, e a que não dei a devida atenção durante todo o verão, é que minha mãe viu uma jovem chamada Rose McGlynn morrer sob um trem. Talvez eu deva descobrir mais alguma coisa sobre essa moça. Minha mãe pode ter tido alguma ligação com ela, pois, afinal, deu seu nome ao mundo de fantasia que criou.

Na verdade, não acredito muito que o *Poughkeepsie Journal* possa me dar mais informações do que o *New York Times*, mas sempre existe a chance de o trágico fato ter chamado mais atenção aqui na região. A recepcionista da redação do jornal me leva à sala de microfilmes, onde estão armazenadas matérias antigas. Pego o filme de 1949 e procuro o dia vinte e dois de junho, operando a máquina com muito mais confiança do que na vez em que fiz o mesmo na biblioteca pública, em Nova York. Encontro a matéria e vejo que é muito mais longa do que a publicada no *Times*. Eu a copio e leio ali mesmo, sob a luz trêmula das lâmpadas fluorescentes.

"Tragédia em Rip Van Winkle — Morre em acidente de trem uma mulher em visita a presidiário", diz o título.

O artigo do *Times* não dissera nada sobre a moça ter ido visitar alguém na penitenciária. Só informara que, de acordo com uma amiga anônima — minha mãe, suspeito —, Rose McGlynn estava viajando para o norte à procura de trabalho em um hotel.

"O último parente a ver Rose McGlynn, do Brooklyn, NY, foi o irmão dela, John McGlynn, que cumpre pena na penitenciária de Rip Van Winkle. Depois de visitar o irmão, sentenciado a vinte anos de prisão por roubo, a moça atirou-se sob as rodas do trem que a levaria de volta para a cidade, deixando na plataforma uma desgastada bolsa de lona e muitas perguntas sem respostas. Talvez ela não conseguisse suportar a idéia de ir para casa sozinha."

Se a história não fosse tão triste, eu riria da prosa empolada. Além de triste, era diferente da contada pelo *Times*, que dizia que ela fora morta por um trem que ia para o norte, não para o sul. A repórter do *Poughkeepsie Journal* — Elspeth McCrory — podia ter se enganado a respeito do destino do trem, mas certamente não inventaria que Rose tinha um irmão na prisão.

"A morte dessa rosa irlandesa..." Pelo amor de Deus, Elspeth! "A morte dessa rosa irlandesa foi o clímax de uma vida repleta de tragédias, revelada durante o julgamento do irmão, quando Rose McGlynn, em seu depoimento, contou a triste história da infância deles, na esperança de que isso servisse de atenuante."

Em seguida, leio a respeito dessa "vida repleta de tragédias", que Elspeth descreveu com detalhes. Os irmãos McGlynn perderam a mãe quando Rose tinha dezessete anos, e John, o mais velho dos três meninos, catorze. O pai, sem poder cuidar dos filhos menores, entregara-os aos cuidados do Estado, e eles foram internados no Lar para Meninos St. Christopher, no Brooklyn. Um dos garotos morrera lá, e os outros dois, ao alcançarem a maioridade, caíram numa vida de crime. Rose, que fora morar com parentes em Coney Island, tornara-se figura conhecida nos tribunais do Brooklyn, aonde ia constantemente suplicar indulgência para um irmão ou outro. Eu me pergunto de que maneira Elspeth

McCrory conseguiu todas essas informações sobre a vida da família McGlynn, um dia apenas depois do acidente. Continuo a ler e fico sabendo que Rose era especialmente apegada a John e que ficou terrivelmente abalada quando ele foi condenado por roubar jóias do hotel onde ela trabalhava.

Leio novamente essa última parte. De acordo com Hedda, minha mãe trabalhava no hotel Crown. Era lógico pensar que a amiga com quem ela viajou para o norte trabalhasse no mesmo hotel. E, como descubro em seguida, de fato trabalhava.

Elspeth McCrory fez uma descrição dramática do "roubo de jóias no hotel Crown". O valor das jóias guardadas no cofre do hotel era de dois milhões de dólares. Além dessas, várias outras foram roubadas dos quartos dos hóspedes. Algumas das peças mais valiosas pertenciam a uma famosa poetisa, Vera Nix, cunhada do proprietário do hotel. O depoimento de Vera no julgamento foi decisivo para a condenação de John McGlynn.

Então, de repente, percebo como foi que a repórter Elspeth conseguiu tantos dados a respeito de Rose McGlynn. A história do roubo no hotel devia ter saído em todos os jornais, e ela simplesmente tirou deles as informações que usou em sua matéria. Muito esperta, Elspeth, mas todas essas informações seriam verdadeiras?

Eu daria tudo, agora, para passar uma hora em uma biblioteca ou dispor de um computador para acessar o LexisNexis, mas olho para o relógio e vejo que passa das cinco. A encarregada da seção de microfilmes está barulhentamente pondo suas coisas na bolsa e me olhando com irritação. Não sei até que hora a biblioteca de Poughkeepsie fica aberta, mas de qualquer modo preciso voltar para o hotel. Se não estiver lá para o jantar, minha ausência será notada. Além disso, por que preciso de uma biblioteca, se posso usar uma fonte de informações ainda melhor? Harry poderá me dizer tudo o que desejo saber sobre o roubo de jóias no hotel Crown.

21

A REDE DE LÁGRIMAS

As mulheres-focas trocam de pele no ponto onde a água salgada se torna doce, e é aqui que o conquistador mantém sua prisão. Nossos homens — pais, filhos, irmãos, namorados — estão aqui, atrás dessas muralhas, embaixo das quais passa o rio. É possível nadar através das grades na base e chegar ao lago de lágrimas, no terreno da prisão, onde os homens vão se encontrar com suas mulheres pela última vez. Mas isso é perigoso, porque uma mulher-foca se afogará, se estiver ali quando a maré salgada subir.

Eu me arrisquei, porém, para ver Naoise mais uma vez.

Ele me esperava junto ao lago, debruçado sobre a água, de modo que, quando emergi, passei através de seu reflexo. Por um instante, ele deve ter pensado que ainda estava olhando para si mesmo, então sorriu, e logo em seguida franziu a testa com ar preocupado.

— Não devia ter vindo, Deirdre. É perigoso.

— E quando foi que você se preocupou com perigo? — repliquei, rindo; então, vendo como suas costas estavam curvadas, como que sob um peso insuportável, fiquei séria e peguei-lhe a mão. — Não pensou em segurança, quando roubou as jóias de Connachar.

Naoise pôs um dedo sobre os lábios, pedindo silêncio, e virou-se para olhar para as sombras atrás dele. Vi as cicatrizes entre suas omoplatas, onde uma lâmina decepara as asas.

— Fiz aquilo por nós, para nos livrar da prisão —, ele falou baixinho. — Além disso, as jóias não eram dele. Foram roubadas de outras pessoas.

Suspirei, assustada, ao ouvir o eco da voz dele nas paredes da masmorra. Meu suspiro multiplicou-se, como se as paredes hou-

vessem absorvido a tristeza de todos os que já haviam estado ali e suspirasse também. Mas, então, vi outras formas na água, eram minhas irmãs, que tinham ido ver seus homens pela última vez, e percebi que eram elas que suspiravam.

— Como se houvesse adiantado alguma coisa, roubar as jóias — comentei. — Ele as recuperou, e você está aqui.

Naoise curvou-se completamente sobre a água, como se fosse beber, mas sussurrou ao meu ouvido:

— Nem todas. Salvei a melhor, a rede de lágrimas, a rede que deve ser rompida para nos libertar. E a escondi...

Nesse instante, senti algo puxar minhas pernas, e uma correnteza fria como gelo passar pela água. A maré estava subindo. Se eu não partisse imediatamente, ficaria aprisionada. Talvez não fosse tão ruim ficar ali com Naoise. Talvez fosse melhor morrer do que viver em terra seca, sem ele. Senti que o rio queria me persuadir a ficar, a me afogar.

— Vá! — Naoise ordenou. — Você precisa ir.

Empurrou-me, murmurando uma última palavra em meu ouvido. Através da água que me cobriu, pude ver suas costas voltadas para mim. Tornei a ver as longas cicatrizes e, assustada, mergulhei fundo. Minhas lágrimas afogaram-se no rio, o sal delas fluindo para o mar. Eu não estava preocupada em saber se conseguiria encontrar a fresta entre as grades por onde fugir. Nadei cada vez mais para o fundo, até que minhas mãos tocaram as barras de ferro, então alguém me puxou para o outro lado.

Abri os olhos e o que vi ali, abaixo da superfície, me apavorou. As mulheres-focas, minhas irmãs, lutavam contra a maré, tentando livrar-se dos longos tentáculos azuis de água salgada que as agarravam. Vi quando a pele de uma delas rasgou-se em tiras, então um corpo branco libertou-se e nadou correnteza acima. Mas uma outra partiu-se em duas na luta, e seu pobre corpo mutilado foi para o fundo do rio.

Não tive tempo, porém, de chorar por ela e minhas outras irmãs, porque logo me vi envolvida na mesma luta. Nunca ninguém me dissera que perder a pele seria assim doloroso. E, pior do que os agudos tentáculos salgados enterrando-se em minha carne, era o frio terrível da água do rio a minha espera. Um frio gerado pelas geleiras do norte. Seria melhor, desejei, morrer agora e ser devorada pelos peixes, do que viver naquele frio. Ao ver algumas das minhas irmãs a minha volta afundar, entendi que elas haviam se rendido a esse desejo.

Mas, então, lembrei-me da última palavra que Naoise me dissera na despedida. Ele me contara onde encontrar a rede de lágrimas. Não, eu não podia me deixar ir ao fundo, levando essa informação comigo.

Assim, lutei com todas as minhas forças contra a maré e subi para o ar gelado e a cegante luz do sol. Mal consegui me arrastar para a margem do rio. Nua, sozinha. Minhas irmãs, as poucas que haviam sobrevivido, estavam na margem oposta. Fiquei muito tempo sozinha, num mundo de lama e gelo, desejando ter morrido sob a água.

QUANDO CHEGO AO HOTEL, voltando de Poughkeepsie, fico sabendo que Harry foi a Nova York para providenciar o despacho de vários quadros que nos seriam emprestados para o festival de arte e que ficaria lá por alguns dias. Fico desapontada por ter de esperar para perguntar-lhe sobre o roubo de jóias no hotel Crown, mas, como os preparativos para o festival me ocupam demais, não haveria tempo para isso, mesmo que ele estivesse aqui. Mal consigo conversar com Aidan, então noto que ele está me evitando, o que cria uma situação constrangedora, pois ele é o coordenador de eventos. Assim, quando Ramon me diz, na manhã do dia anterior ao do início do festival que o sr. Kron voltou de viagem e deixou vários quadros pintados por paisagistas na recepção, para serem guardados no cofre — que é pequeno demais para isso —, procuro Joseph para que ele me ajude a pensar num bom lugar para eles.

É cedo, de maneira que a turma de estudantes de arte ainda não se juntou a ele. Quando entro na suíte, Joseph está sentado perto de uma janela, com o pé ferido apoiado em um banquinho, ladeado pelas duas partes do mural que mostra Ichabod Crane fugindo do espectro do Cavaleiro Sem Cabeça. Como o mural da suíte Meia-Lua, este também incorpora a vista das montanhas Catskill na paisagem. A ponte que Ichabod Crane deve atravessar para pôr-se a salvo parece ir na direção das montanhas distantes, e seu arco segue o da pontezinha ornamental no jardim. Joseph parece estar sentado bem no caminho do temível cavaleiro.

Sento-me na beirada do banquinho e, porque ainda não me acostumei a falar com ele olhando-o no rosto, em vez de trabalhando a seu lado num canteiro, pego-me olhando pela janela, quando começamos a conversar. É uma paisagem linda, embora não tão espetacular quanto a vista panorâmica que se tem da face leste do hotel. O sol ainda não alcançou o lado de cá dos picos, e retalhos de bruma pairam sobre o chão. A grama brilha, coberta por uma leve camada de orvalho que logo se evaporará. Pássaros à procura de comida atravessam o espaço do jardim como flechas. As únicas pessoas que vejo lá são as irmãs Eden, sentadas no quiosque das rosas. Minerva olha alguma coisa através de um binóculo, e Alice, a seu lado, está de olhos fechados, como que meditando.

— O jardim está lindo — digo.

Joseph abana a cabeça, discordando.

— O solo está seco. Pedi a Clarissa e Ian para pararem de molhar as plantas anuais e se concentrarem nas roseiras e plantas perenes. O jardim não estará tão bonito, daqui a algumas semanas, mas o verão está terminando, e pelo menos as roseiras sobreviverão até o ano que vem.

Há algo melancólico no modo como ele diz "pelo menos as roseiras sobreviverão até o ano que vem". É como se ele não esperasse estar aqui para vê-las. Imagino se o descanso forçado não está fazendo com que Joseph se sinta dispensável, se ele mentalmente já não se retirou de cena.

Penso que não há maneira melhor de eu lhe dizer como ainda preciso dele, do que fazer o que me propus: pedir seu conselho.

— Joseph, os quadros que acabaram de chegar não cabem no cofre do hotel.

— Mesmo que coubessem, o cofre não é o melhor lugar para guardá-los, Íris. Muita gente tem acesso a ele. Nem sei de quantos roubos de cofres já ouvi falar.

— Você se lembra do roubo que aconteceu no hotel Crown, na década de 40? — pergunto, lembrando-me do que li em Poughkeepsie.

Joseph vira-se bruscamente e me encara.

— Quem lhe falou disso? Foi o sr. Kron?

Seria muito fácil responder que sim, mas não consigo mentir para Joseph.

— Li o jornal do dia em que minha mãe chegou ao hotel pela primeira vez — explico. — Nesse dia, uma mulher chamada Rose McGlynn morreu na estação ferroviária de Rip Van Winkle. Ela fora visitar o irmão, que estava preso por um roubo no hotel Crown.

O rosto de Joseph fica totalmente sem cor, de repente. Ponho a mão sobre a dele, pousada no braço da poltrona. Seus dedos estão frios como gelo.

— Minha mãe lhe falou disso, falou sobre Rose McGlynn? Estava envolvida no roubo? — pergunto.

O velho puxa a mão, como se meu contato a queimasse.

— Acha, mesmo, que sua mãe se envolveria numa coisa dessas, Íris?

— Bem, acho que ela conhecia Rose McGlynn. Elas estavam viajando juntas, ambas haviam trabalhado no Crown, ambas eram do Brooklyn. Se foi de fato o irmão de Rose que roubou... — Paro de falar, porque Joseph parece horrorizado, mas também por causa de algo que me ocorre. Então, prossigo: — O nome do irmão de Rose era John. E minha mãe registrou-se no hotel Dreamland como sra. John McGlynn. Esse homem podia ser o amante com quem ela fugiu.

— Não! — Joseph nega em tom furioso. — John McGlynn não foi amante de sua mãe. Ela não trairia seu pai dessa maneira!

Mexe-se tão abruptamente no banquinho, que seu pé engessado bate com força em minha coxa. Eu grito, menos de dor do que pela mágoa que a ira dele me causa. Mas, então, também fico com raiva.

— Estou cansada de ouvir todo mundo dizer que minha mãe era uma santa! Ela morreu num quarto de hotel onde se registrou como esposa de outro homem. Estava abandonando meu pai e a mim. Se isso teve alguma coisa a ver com aquele roubo, eu quero saber!

Joseph levanta-se com dificuldade e estende as mãos para as muletas, encostadas na parede. Seguro-o pelo braço para firmá-lo e para obrigá-lo a parar o tempo suficiente para me responder.

— Não lhe passa pela cabeça, Íris, que essas suas perguntas podem ser perigosas? Que alguém pode se ferir? — Ele pega minha mão e leva-a ao peito. Através do tecido ralo da camisa, sinto as débeis batidas de seu coração. — Eu juro que sua mãe não estava tendo um caso com John McGlynn. Ela nunca teve a intenção de abandonar você ou seu pai. *Shayna maidela*, eu levei sua mãe para o outro lado do rio e sei que ela pretendia voltar. Ela foi à cidade resolver um assunto... ver alguém... mas não posso lhe dizer quem. Por enquanto, não. Confia em mim o bastante para esperar só mais um pouquinho?

Olho dentro de seus olhos castanhos, tão incrustados em rugas, que é como olhar para dentro de dois poços cavados em chão ressequido. Nunca houve alguém em quem eu confiasse mais. Além disso, tenho uma súbita intuição do que é que ele sabe e por que não pode me contar. Penso na discussão que ele teve com Phoebe na noite em que ela foi até a beira do precipício, e sei que foi sobre algo relacionado com minha mãe e Peter Kron.

— Promete que quando puder me contará, Joseph?

— Só se você me prometer que tomará cuidado.

Movo a cabeça humildemente, como quando era criança, e ele me fazia prometer que não pisaria nos canteiros de flores.

— Bom — ele diz e, soltando minha mão, pega as muletas. — Venha, vou lhe mostrar um bom lugar para guardar os quadros.

Não precisamos ir longe. Na verdade, nem precisamos sair da sala da suíte dele, a Sleepy Hollow, a mesma que Phoebe disse que tinha tábuas soltas e gavetas emperradas. Aqui há dois armários embutidos, um na parede entre a sala e o quarto, e outro no lado oposto, que, noto pela primeira vez, tem fechaduras duplas, além de um trinco fechado por cadeado. Joseph tira um pesado chaveiro do bolso e abre a porta do armário.

— De vez em quando, tínhamos um hóspede que queria um lugar seguro para guardar suas coisas de valor, então seu pai equipou três suítes com armários trancados, as chaves dos quais ficavam com ele. Normalmente não os abrimos para os hóspedes, a menos que eles peçam. Este aqui é perfeito para o que você quer.

— Mas teremos de entrar em sua suíte toda vez que precisarmos pegar um dos quadros. Eles serão usados em várias palestras, de modo que você será incomodado a semana toda. Não acha melhor usarmos outra suíte que tenha um armário assim?

— As outras estão ocupadas, a não ser que você queira usar o armário no quarto do sr. Kron, mas não vejo você entrando e saindo da suíte dele. — Joseph olha para mim por um instante, então desvia o olhar, e me pergunto se ele, como Phoebe, acha que estou romanticamente envolvida com Harry. — Use este aqui, Íris. Você tem a chave da suíte, de modo que não precisará me incomodar toda vez que for entrar. E posso fechar a porta de ligação entre o quarto e a sala. Há uma porta no quarto que se abre para o corredor externo, posso entrar e sair por ali. Não permitirei que ninguém que não esteja autorizado entre aqui. Pelo menos estarei fazendo alguma coisa de útil.

Quando torno a descer, Aidan está na área de recepção, olhando os quadros.

— São lindos, não? — comento. — Já viu aquele que mostra o hotel?

— Este aqui? — ele pergunta, pegando um dos quadros encostados na parede. — O prédio mais parece um templo grego. E essas colinas ao redor parecem os Alpes suíços. Eu diria que esses artistas especializados em pintar a região são um pouco exagerados.

— Essa era sua idéia romântica do sublime — digo, contente por ele estar falando comigo. — Estavam exaltando as paisagens americanas.

Aidan encosta novamente o quadro na parede.

— Bem, é claro que não sou um perito em arte, como seu amigo Jack, mas até eu sei que esses quadros não podem ficar aqui.

Prefiro ignorar a referência a Jack e informo:

— Há um armário trancado por cadeado, na suíte de Joseph que podemos usar para guardá-los, assim como qualquer outra coisa de valor que não caiba no cofre. Eu ia levar os quadros para cima, agora.

— Por que não me pediu para fazer isso? Não confia em mim?

— Para ser sincera, tive receio de que você achasse o trabalho muito servil — respondo, antes de poder me conter.

De certo modo isso é verdade, pois durante toda a semana não me senti à vontade para pedir-lhe que fizesse alguma coisa. Mas eu não queria que minha resposta soasse como uma censura, como se ele se esquivasse do trabalho.

Aidan me olha seriamente por um momento, então curva a cabeça e fricciona a nuca.

— Isso não vai dar certo, meu amor — diz baixinho.

Por cima do ombro dele, vejo Ramon no balcão, mas ele está recebendo um hóspede novo e não presta atenção a nós.

— O que é que não vai dar certo? — pergunto num murmúrio.

— Talvez fosse melhor eu ir embora — ele responde.

Pouso a mão de leve no braço dele.

— Não pode jogar seu emprego fora! É uma oportunidade boa demais.

— É só por isso que você quer que eu fique?

Aidan me olha, e fico alarmada com sua expressão de... animal acuado. Talvez ele queira, mesmo, ir embora.

— Sabe que não é — digo. — Mas por enquanto tudo está muito complicado. Confia em mim o bastante para esperar só mais um pouquinho?

Percebo que repeti exatamente o que Joseph me disse não mais de meia hora atrás. Olho para o hóspede recém-chegado, que tamborila os dedos no balcão, enquanto Ramon verifica seu cartão de crédito. Atrás dele, o salão está vazio e silencioso na brilhante luz do sol que vem do terraço. Uma ligeira brisa brinca com as cortinas transparentes das portas de vidro. Tenho a sensação de que o hotel, erguido à beira do vazio, é um navio ancorado esperando o momento de zarpar. Aidan, a meu lado, parado numa pose tensa, parece igualmente preparado para partir.

Por fim, ele toca meu rosto com as costas da mão.

— Esperarei por você, Íris... enquanto agüentar.

Depois que me certifico de que os quadros estão em segurança, trancados no armário, vou à procura de Harry e encontro-o na sala de jantar, sentado à mesa do café-da-manhã. Ele está falando no telefone celular, mas faz um sinal para que eu me sente e, com um gesto, pede ao garçom que encha minha xícara de café, sem parar de falar, citando enormes cifras e falando num código obscuro.

— Cinqüenta mil ações BONZ, Bob Oscar Nancy Zebra, nove ponto sessenta e nove. Para hoje — conclui.

Percebo, então, que está dando ordens para uma transação no mercado de ações. Assim que desliga o telefone, ele volta sua atenção para mim.

— Você está linda, Íris. Esse seu traje me lembra algo de Coco Chanel.

Eu rio, sentindo-me verdadeiramente bem pela primeira vez desde que me levantei. Dos três homens com quem falei até agora, apenas Harry notou o que estou usando, um conjunto de linho verde e vários fios de pérolas falsas ao redor do pescoço. E ele foi o primeiro a me fazer rir.

— Era de minha mãe, mas duvido muito que seja um Chanel. Ela copiava tudo o que estava na moda e estes colares... bem, as mulheres que se hospedavam aqui sempre esqueciam suas bijuterias e nunca mais as procuravam. Há caixas e caixas de coisas assim, lá no sótão.

Harry ergue uma sobrancelha, como que intrigado, e estende a mão por cima da mesa. Pega uma das pérolas e gira-a entre os dedos.

— Falsa — confirma. — Mas tem certeza de que todas são? Acho bom eu dar uma olhada nessas caixas.

— Se fossem verdadeiras, os donos as teriam procurado há muito tempo — comento.

— As pessoas podem ser muito desleixadas, às vezes. Mas eu sempre achei que jóias foram feitas para quem nasceu para usá-las. Você, por exemplo.

— Oh!... — murmuro, sentindo o sangue subir ao rosto. — Se eu tivesse jóias, ficaria me preocupando com a possibilidade de serem roubadas. E isso nos traz ao assunto sobre o qual eu gostaria de conversar com você.

— Alguma coisa foi roubada aqui no hotel? — Harry pergunta, e seu rosto assume uma expressão grave.

— Não, claro que não. Eu só queria falar a respeito da segurança dos quadros que chegaram hoje de manhã, para o festival de arte.

— As paisagens da região do rio Hudson? Dei instruções para que fossem guardadas no cofre.

— Eu sei, mas os quadros são grandes demais — observo, surpresa por ele não ter pensado nisso. — Joseph sugeriu que usássemos o armário embutido na suíte dele, aquele que tem duas fechaduras e cadeado.

— Uma idéia excelente! Os quadros já foram levados para lá?

— Aidan Barry encarregou-se disso.

Penso ver uma sombra passar pelo rosto de Harry, e mais uma vez me pergunto até que ponto ele conhece o passado de Aidan.

— É bom que os quadros fiquem perto de Joseph. Ele não deixará que nada lhes aconteça, tenho certeza. Não há nada que destrua a reputação de um hotel mais depressa do que um roubo.

— Nunca tivemos nada pior do que uma jóia que desaparecia e depois era encontrada pela própria dona, que a pusera em uma gaveta qualquer — eu digo. — Deve ser horrível, um caso de roubo verdadeiro. Você já teve de enfrentar isso?

A pergunta me escapa antes que eu me lembre do que prometi a Joseph. No momento, nem estava pensando conscientemente no roubo de jóias do Crown, mas agora estou, é claro.

— Uma ou duas vezes, no decorrer dos anos, mas isso é de se esperar.

Harry desvia o olhar e percorre a sala de jantar, observando a cena a nossa volta, sem dúvida para ver se tudo está correndo bem. Eu devia deixar o assunto morrer para manter minha promessa a Joseph, mas me ocorre que não é Harry que preocupa o velho, mas Phoebe.

— Jóias valiosas não foram roubadas do cofre do hotel Crown, no fim da década de 40? — indago.

Harry sorri, então franze os lábios e depois torna a sorrir, como um homem numa prova de vinhos, rolando na boca um gole de cabernet.

— Foram, sim. Isso aconteceu em 1949. A maioria das jóias que foram roubadas fazia parte do patrimônio de minha família. Meu irmão Peter e a esposa, Vera, estavam morando no hotel, e ela gostava de usar as jóias. Havia peças do tempo dos Habsburg, nossos antepassados. Eu insistia para que meu irmão guardasse as jóias num cofre de banco, mas ele, sempre imprudente, não me ouvia, e minha cunhada, extremamente teimosa, usava-as nas ocasiões e lugares menos apropriados, como em reuniões em bares do Village e sessões de jazz no Harlem. Ela até se vangloriava, falando do valor das coisas que estava usando. Era quase como se estivesse pedindo para alguém roubá-las.

Lembro que Phoebe mencionou que todas as jóias da mãe haviam sido devolvidas ao patrimônio da família depois de sua morte. Chamara-as de "velharias", mas não deu a entender que Vera as desprezava. Talvez desprezasse, penso, por isso usava-as tão descuidadamente.

— E acabaram sendo roubadas — comento, porque Harry parece ter perdido o fio da narrativa. — Foram recuperadas?

— Foram — ele responde. — O ladrão foi preso alguns meses depois, e as jóias estavam em seu quarto, num motel. Tivemos muita sorte — diz com um suspiro.

— Não parece achar que de fato tiveram sorte.

— Você é muito perspicaz, Íris. As jóias foram recuperadas, mas o dano estava feito. Alguma coisa saiu dos trilhos entre Peter e Vera, depois disso. O jeito como meu irmão tratava a mulher... Talvez ele não fosse talhado para o casamento. Nunca foi muito estável, depois que voltou da guerra, provavelmente por ter sido prisioneiro em um campo de concentração. Não suportava sentir-se confinado e parecia pensar que o mundo lhe devia uma recompensa pelo que sofrera. Pagou à condessa Oriana Val d'Este, que o escondeu em sua casa, correndo grande risco, esvaziando as garrafas de vinho de sua adega e roubando algumas jóias. Ele me disse que Oriana lhe dera as jóias para ajudá-lo a fugir da Itália, mas alguns anos depois encontrei-a no hotel Charlotte, em Nice, e ela contou que Peter as roubara. Talvez o roubo das jóias no Crown despertasse nele lembranças angustiantes, ou talvez ele culpasse Vera por ser descuidada, mas o fato é que o casamento deles começou a arruinar-se. Ele tinha um caso atrás do outro, e ela viciou-se em morfina. Eles viveram mais vinte anos, mas às vezes penso que ela teria feito um favor aos dois, se houvesse jogado o carro num precipício mais cedo. A vida deles era um inferno.

Harry pára de falar por um momento, e penso que o que ouvi não é pior do que a descrição que Phoebe fez do casamento de seus pais, um martírio representado numa aliança que ela própria gravou com arame farpado e espinhos.

— Um roubo é uma violação com conseqüências que vão além da perda de bens materiais — ele comenta em tom de raiva.

Noto que o garçom que serve café na mesa ao lado ergue os olhos, alarmado, e um outro, que acabou de trazer uma omelete para um hóspede, vira-se, frigideira na mão, talvez receando ter feito algo para incorrer na ira do patrão.

— O ladrão deve ter cumprido uma longa sentença — digo em tom apaziguador, como se a raiva de Harry fosse contra mim.

Ele dá de ombros.

— Vinte anos. No entanto, não foi ele quem mais me feriu, mas a irmã, que trabalhava para mim, uma jovem que eu tomara sob minha proteção e que pretendia fazer progredir. Ela começou trabalhando no balcão de informações, depois foi promovida a assistente de gerente. Um feito e tanto para uma mulher, naquela época. Eu sempre me considerei adiante de meu tempo, no que dizia respeito à evolução da mulher na sociedade. Como foi o irmão dela que praticou o roubo, eu só podia chegar a uma conclusão lógica.

— Que ela deu ao irmão a combinação do cofre?

Os olhos de Harry alargam-se e voltam-se para a janela. Fico assombrada ao ver que ele está à beira das lágrimas. Depois de um longo instante, ele torna a olhar para mim, recomposto.

— Embora acreditando nisso, eu disse à polícia que ela não conhecia a combinação.

— Mas... por que fez isso, se achava que ela traíra sua confiança?

Ele suspira, e seus lábios curvam-se num sorriso triste.

— O senhor estava envolvido com ela — digo.

— Estava, por infelicidade. Cometi o erro de me envolver romanticamente com uma funcionária. Espero que você seja mais sensata a esse respeito, Íris. Eu não suportaria a vergonha pelo que seria revelado no julgamento, se ela fosse acusada juntamente com o irmão. Mas o sentimento de culpa deve ter sido pesado demais para ela. Não, não quero dizer pelo que ela se sentisse culpada pelo que fez a mim, mas pelo modo como o irmão acabou. A pobre matou-se de uma maneira horrível. Atirou-se embaixo de um trem, teve a cabeça decepada.

Não preciso fingir horror ao ouvir o que Harry me conta, porque, embora saiba que Rose McGlynn morreu sob um trem, nenhum jornal mencionara que ela fora decapitada. Estou realmente abalada, porque imagino como deve ter sido terrível para minha mãe presenciar aquela cena. Penso em todas as pessoas atingidas pela tragédia: John McGlynn, Harry, seu irmão, Peter, Vera Nix. E em como a vida de minha mãe entrelaçou-se inevitavelmente à vida deles. Quem teria reaparecido no caminho dela, tantos anos depois? John McGlynn? Peter Kron?

Então, a voz de Harry me traz de volta ao presente:

— Íris, você ouviu minha pergunta?

— Desculpe, Harry, eu estava pensando naquela pobre garota. Que morte horrível! Mas, o que foi que perguntou?

— Perguntei como você ficou sabendo do roubo de jóias no Crown. Pensei que ninguém mais falasse sobre isso.

"Soube através de um jornal de Poughkeepsie", é a resposta que me passa pela mente. Mas a que sai de minha boca é outra:
— Joseph me contou. Estávamos falando sobre a segurança em hotéis, e ele mencionou o caso para mostrar que um cofre nem sempre é o lugar mais seguro.

Harry sorri. Fico aliviada ao ver que a tristeza que a história lhe causou desapareceu.

— Nosso Joseph está em plena forma — ele observa. — Creio que durante todos esses anos desperdiçou seus talentos com jardinagem. Temos de fazer melhor uso dele.

22

A REDE DE LÁGRIMAS

Continuei deitada na lama por muito tempo, olhando para os rochedos acima de mim. Vi que a bruma que havia sobre a água, quando cheguei em terra, subira para o topo das montanhas. As colinas mais próximas de onde eu estava eram verdes, cobertas por densa floresta. As montanhas além das colinas pareciam azuis, mas eu sabia que elas também eram verdes, também eram cobertas por fileiras intermináveis de árvores que se erguiam como sentinelas guardando o rio. Acima do azul, estendia-se uma faixa perolada, como uma colcha de seda atirada sobre uma cama desfeita. Algo branco brilhava em suas dobras, como um brinco de brilhante preso no tecido, e foi isso que me fez levantar, curiosa para ver o que era.

Minhas pernas pareciam espadas cravando-se no encaixe dos quadris, a lama grudara-se em meus pés. Eu soltara minha pele, porém ainda me sentia aprisionada num corpo que não era o meu. Mas continuei de pé, tentando decifrar o que via no horizonte, até que as cores começaram a mudar. O que a princípio eu achara que eram nuvens, eram mais montanhas. Não acabavam nunca! Quantos passos eu teria de dar naquela terra seca, antes que o rio pudesse me levar de volta? O que eu julgara ser um brinco de brilhante, e depois uma miragem, era um palácio branco com suas colunas brancas erguendo-se do mar de árvores, como um navio na crista de enormes ondas. Era o palácio Duas Luas, era para lá que eu tinha de ir. Fora lá que Naoise escondera a rede de lágrimas.

— ELEVANDO-SE ACIMA do grande rio, incrustado em colinas lendárias, o hotel na frente do qual vocês se encontram tem sido, há mais de um século e meio, um local de reuniões de artistas e amantes da arte — Harry diz, iniciando seu discurso de abertura do festival. — Mas, mais do que isso, tem sido uma inspiração para a arte, um berço de genialidade romântica.

Os hóspedes, acomodados em cadeiras dispostas em semicírculo, usam os programas para proteger os olhos do sol. De pé no meio do quiosque Meia-Lua, que foi decorado com tiras de papel crepom roxo e creme, Harry tem como radioso pano de fundo o céu claro que se estende até New Hampshire. O único problema é que, como ele está de costas para o forte sol da manhã, não pode ser visto nitidamente. Parece mais uma silhueta escura recortada contra o cenário de uma beleza de tirar o fôlego.

— Todos nós sabemos que foi nesta região que surgiu a primeira escola americana de pintura de paisagens. O rio que vemos abaixo de nós emprestou seu nome ao movimento, Escola Rio Hudson, e exemplos dessa arte serão vistos e discutidos durante toda a semana. O que talvez vocês não conheçam é o papel que esse hotel desempenhou na criação de nosso primeiro movimento artístico regional.

Alguns dos assistentes viram-se para trás para olhar o hotel. Como estou sob a colunata entre o salão e o terraço, à espera de um participante retardatário, eles me vêem. Penso em fazer um gesto floreado, como que lhes apresentando o hotel, mas vejo que isso é desnecessário. De onde estou, não posso ver o que eles vêem, mas sei como o hotel é numa manhã clara, com o sol banhando sua fachada branca, transformando as colunas coríntias em pilares de fogo.

Harry agora explica que o que faltava ao cenário americano, para que ele fosse um modelo perfeito para a pintura de paisagens, era uma associação com o romantismo. Perco um pouco do que ele diz toda vez que dou alguns passos para dentro do salão, para verificar a área de recepção. Todos os participantes do evento já chegaram, com exceção daquele que estou esperando, Jack, que devia ter chegado uma hora atrás.

— O que hoje é exaltado como exemplo de natureza intocada já foi considerado pobre em vestígios de antiguidade, e foi por esse motivo que o hotel, com suas colunas clássicas, tornou-se um tema tão popular entre os pintores regionais do século XIX — Harry está dizendo agora.

Noto que uma mulher sentada na última fileira me olha com censura e percebo que é porque estou puxando uma lasquinha de tinta solta da coluna. Depredando um vestígio de antiguidade. Afasto-me da coluna e dou uma volta pelo salão. O discurso de Harry, que devia me fazer sentir orgulho do hotel, está me deprimindo. Não quero ver o Equinox como um vestígio de antiguidade, nem um pitoresco tema para paisagens. O hotel é meu lar. Cresci aqui. Sempre que lanço um olhar para um canto escurecido do salão Pôr-do-Sol, agora deserto, consigo captar, por um brevíssimo instante, uma visão de minha mãe encostada no balcão do bar, a curva de seu quadril contra a banqueta forrada de couro, um reflexo dos cabelos escuros e do rosto claro no espelho acima das garrafas de bebida. As sombras enfumaçadas ainda conservam um traço de seu perfume e do cheiro dos charutos de meu pai.

Lá fora, Harry está requisitando o hotel para um papel maior em uma história muito menos pessoal. Fazendo valer seus direitos em nome da arte. Fico mal-humorada, como ficava quando não podia estar em companhia de minha mãe porque ela estava escrevendo.

Saio para o pátio de trás e paro no caminho lajeado, seguindo com os olhos a linha da alameda de entrada de carros até vê-la desaparecer entre as árvores. Jack podia estar subindo a estrada, vindo para cá, e eu não saberia. A vista, neste lado do hotel, é obstruída pela densa floresta de pinheiros e carvalhos, tão fechada, que impede também a passagem do som. Olho para as árvores onde a alameda desaparece, como se elas estivessem prendendo Jack, e eu quisesse que o soltassem. Noto, então, que os carvalhos já começaram a mudar de cor. Lampejos de vermelho e laranja, como centelhas de fogo, tremem na brisa. A melancolia que tem me perseguido a manhã toda acaba por me dominar. O verão está terminando, e não fiz nada a respeito de meu livro. Não estou mais perto de compreender minha mãe do que estava no início da estação; ao contrário, parece que ela deu mais passo para dentro das sombras. A única coisa que me pareceu realmente boa neste verão acabou. Aidan não conversou comigo a semana toda, a não ser para falar de trabalho, e Jack — o motivo de nossa briga — ainda não veio.

Até essa tristeza é estranhamente familiar. Deve ser a mesma doença de fim de verão que contraio todos os anos, quando os meses que pareciam estender-se infinitamente de repente terminam. Todas as coisas que pretendi fazer durante as férias não foram feitas. O tempo me pega desprevenida, como se o fato de a terra girar em volta do sol fosse uma surpresa.

Noto a bengala que Joseph agora está usando encostada no arco do quiosque das rosas. Dou um passo à frente e vejo-o sentado num dos bancos lá dentro, olhando para a orla do bosque, como eu estava fazendo há pouco. Imagino se ele está sentindo a mesma melancolia de fim de estação que eu, se isso fica pior quando se chega à velhice, ou se aquela sensação passageira, de que o tempo é mais rápido do que nós esteja sempre com os velhos, porque chegar ao fim da vida é como chegar ao fim do verão, deixando para trás planos e sonhos não realizados.

Começo a andar na direção do quiosque e vejo que há outra pessoa com Joseph. Penso que deve ser Clarissa, a jardineira, mas a mulher sentada no banco oposto inclina-se para a frente, e vejo que é Phoebe Nix. Fico tão atônita, que estaco bruscamente. Talvez devesse interrompê-los, pois Phoebe pode estar atormentando Joseph para que ele lhe diga o que sabe a respeito do envolvimento do pai dela com minha mãe, mas, então, ouço um som esquisito vindo do quiosque. Joseph está rindo. Penso que só o ouvi rir duas ou três vezes em toda minha vida. E agora o riso dele faz com que eu me sinta uma intrusa.

Uma rajada de vento, subindo da encosta da montanha através de milhares de acres de árvores, varre o jardim, trazendo aquela primeira sugestão de frescor outonal. Volto pelo caminho pavimentado de lajes, entro no salão e o atravesso, tremendo, para ir ao terraço aquecido pelo sol, onde Harry está terminando seu discurso.

— O nome Equinox é bem apropriado para este hotel — ele declara, levando uma das mãos ao rosto para enxugar o suor. Ali no terraço ainda é verão, graças a Deus. — Porque é aqui que os ideais do período romântico encontram-se em perfeito equilíbrio. Sublimidade na expansão do panorama — diz, abrangendo o vale e o céu atrás dele com um gesto largo. Então ergue os braços na direção do hotel e continua: — Beleza inspiradora nas linhas clássicas do prédio e associação com o romantismo. Faz uma pausa, ainda com os braços erguidos, e parece um gigantesco pássaro prestes a erguer-se no ar. — Este é o lugar ideal para um encontro de idéias artísticas, sem conflitos, não importa quanto algumas dessas idéias possam parecer estranhas. Espero que este festival faça com que todas as forças, mesmo as mais opostas, se dêem as mãos. E espero que pelo menos alguns de vocês partam daqui com suas próprias associações românticas.

A platéia aplaude. Essa é minha deixa para ir à sala de jantar e ver se os garçons encheram os jarros de suco de laranja e arrumaram nos balcões as bandejas de pães, biscoitos, bolos e tortas. Quando estou andando ao longo da colunata, colido com Aidan, que está saindo da sala de jantar.

— Percebi que Harry ia terminar o discurso, quando ele começou a levantar e baixar os braços daquele jeito — Aidan diz, então olha cautelosamente para trás, para o movimento de garçons em seus casacos brancos, e continua: — Com a idade que tem, ele não ia conseguir continuar muito tempo com aquela ginástica.

Eu rio, satisfeita, principalmente porque faz dias que Aidan não fala tanto comigo.

— Obrigada por tudo o que fez esta semana — agradeço, recuando para ficar junto à parede, na sombra de uma das colunas. — Eu nunca conseguiria organizar tudo isso sem você.

— E se não fosse por você, eu ainda estaria me matando de trabalhar naquela gráfica da rua Varick, em vez de estar aqui, me embalando no berço da genialidade romântica.

— Uma bobagem e tanto, não?

— Ah, não sei — ele responde, encostando-se na parede. — Muita coisa do que ele falou fez sentido para mim, especialmente aquela parte sobre associações românticas. Não é só por causa de nós dois, mas também por alguma coisa que existe aqui. É como se este lugar estivesse fora do tempo. Qual é mesmo o nome daquela vila escocesa do filme, aquela que aparecia a cada cem anos e depois voltava a desaparecer?

— Brigadoon?

— Isso. Talvez seja por causa de todas essas pessoas que já passaram por aqui, chegando, ficando algum tempo e depois indo embora. Há momentos em que acho que posso percebê-las entrando e saindo dos quartos. Agora entendo por que você nunca conseguiu realmente se fixar em outro lugar. Depois de crescer aqui, tudo lá fora deve ser um desapontamento.

— Não, não é isso... — começo a dizer, mas me interrompo, quando os olhos de Aidan desviam-se para um ponto além de mim.

— Bem, talvez as coisas mudem para você agora, Íris. Alguém está chegando e parece muito feliz em vê-la.

Viro-me para olhar e vejo Jack andando através das listras de luz e sombra criadas pelas colunas. Volto-me para Aidan, mas ele já se foi, o que é bom, porque Jack me abraça com tanto entusiasmo, que me ergue do chão.

— Está atrasado — comento, quando ele me solta. — Perdeu o discurso do sr. Kron.

— Neste verão, ouvi suficiente blá-blá-blá sobre arte. Você nem imagina o que descobri, no caminho para cá... Isso é cheiro de café?

Os hóspedes agora estão entrando na sala de jantar e fazendo filas diante das cafeteiras. Harry, no meio de um grupo de curadores, acena para mim, me chamando, mas finjo não ver. Ainda não estou pronta para apresentar-lhe Jack.

— Vamos para a cozinha, roubar uma garrafa térmica — proponho, empurrando Jack para dentro. — Podemos levá-la para o seu quarto.

— Meu quarto? Não vou ficar no seu?

— Bem, quando você se inscreveu para o festival, sem me dizer nada, também reservou um quarto. Além disso, não se lembra como é quente, lá no sótão? — Consigo falar tudo isso sem olhar para ele, pois já estamos na cozinha e procuro uma garrafa térmica nas prateleiras. Encontro uma sem tampa e encho-a com café recém-coado. Ponho um pouco de leite em uma leiteirinha e entrego-a a Jack, forçando-me a enfrentar sua expressão confusa. — Sua bagagem é só essa? — pergunto, apontando para a sacola de lona pendurada em seu ombro.

— Deixei o resto no carro. O que está havendo, Íris? Ficou zangada porque me atrasei? Vi uma placa de "vende-se" numa casa, na estrada Trinta e Dois, não resisti e fui dar uma olhada. Seria perfeita para nós. É uma casa de fazenda de duzentos anos de idade, com um celeiro que poderia ser meu ateliê e...

Ele percebe meu mal-estar, pois interrompe-se. Uma casa de duzentos anos para nós dois... Seis meses atrás, aquilo seria como um sonho realizado, mas agora parece um daqueles projetos para o verão que foram abandonados, uma idéia cujo momento passou.

— Vamos subir para que você se acomode — sugiro, dando a Jack uma cestinha de pães recheados. — Então, conversaremos.

Instantes depois, andamos para o elevador, e vejo que Hedda também o está esperando.

Jack abana a cabeça e começa a andar para a escadaria.

— Não — eu digo. — Vamos pela escada de serviço. — Se nos encontrarmos com esses participantes do festival, vou ficar presa, atendendo a um milhão de exigências deles.

— E aquele novo funcionário, o coordenador de eventos?

— O que tem ele?

— Não é função dele fazer essas coisas?

— É, mas não posso dizer isso a um hóspede.

Faz muito calor e está abafado, na escada fechada. Um pouco de café quente espirra da garrafa térmica destampada e cai em meu pulso. Paramos de falar depois do segundo andar, poupando fôlego.

— Coloquei você aqui, no quinto andar, para que fique perto de meu quarto — explico, quando chegamos ao topo do último lance de degraus.

— Bem, isso é um alívio, Íris. Pelo jeito como você está se comportando, imagino que eu deva ficar contente por não me pôr no porão.

Espero até entrarmos no quarto para retrucar:

— O que esperava, Jack? Quase não tive notícias suas o verão todo, e depois você resolve vir para cá, sem nem mesmo me avisar. Durante dez anos, eu não pude sequer falar em morarmos juntos, e agora você diz que escolheu uma casa para nós. Preciso mudar muito depressa, para me acomodar a suas decisões, não é?

Jack pousa a leiteira e a cesta de pães numa mesa e põe a sacola de lona no chão.

— Pensei que você gostasse do jeito como vivíamos. Está querendo dizer que é tarde demais?

Viro-me de costas para ele, porque não tenho uma resposta. Vou até uma janela e abro-a. Fico olhando para fora, com as mãos apoiadas no peitoril. Não pude conseguir para Jack um quarto com vista para o vale, e este é virado para o jardim e os bosques. Entre o âmbar-queimado dos pinheiros, sobressaem manchas vermelhas e amarelas. Mais uma vez, as folhas mudando de cor me fazem sentir que desperdicei o tempo, mas, mais que isso, o mar de pinheiros me lembra os momentos que passei com Aidan à sombra de seus galhos. O pânico momentâneo que sinto não tem a ver apenas com o pensamento de que o tempo está se esgotando, mas também com Aidan.

Jack aproxima-se e, parando atrás de mim, põe a mão em meu braço. Como já notei lá embaixo, o toque dele me deixa fria.

— Estou tendo um relacionamento com outra pessoa — digo, virando-me para encará-lo. — Bem, estava, agora não sei. Mas eu ia lhe contar.

Afastando-se, Jack senta-se pesadamente na cama.

— Eu gostaria que você tivesse me dado essa informação antes de eu atravessar dois Estados para chegar aqui.

— Desculpe — murmuro.

Olho em volta do quarto e vejo que há uma cesta de frutas e uma garrafa de vinho num balde de gelo, na escrivaninha. Cortesia de Ramon e Paloma, sem dúvida. Há até um vaso de rosas sobre a mesinha-de-cabeceira. Ando até lá para cheirá-las, então me sento na cama ao lado de Jack. Pego-lhe a mão e fico aliviada, quando ele não a repele.

— Mas você tem de admitir que são dois Estados bem magrinhos, Jack.

Pouco depois, saindo do quarto, começo a descer a escadaria principal. De modo curioso, não me sinto tão mal quanto esperava. É provável que eu tenha arruinado meus dois relacionamentos, mas experimento uma sensação de leveza, pela primeira vez em vários dias. Talvez seja alívio por finalmente ter falado a Jack a respeito de Aidan. Talvez a melancolia de fim de verão apenas signifique que chegou a hora de eu esquecer as coisas que não consegui fazer.

No segundo andar, vejo que a porta da suíte de Joseph está aberta. Aidan está no meio da sala, segurando um quadro contra a luz que entra pela janela. Entro e paro junto dele para ver a pintura, um céu ao amanhecer, sem as fronteiras do horizonte, nuvens colossais tingidas de laranja e rosa, expandindo-se numa distância infinita. Olho para Aidan e vejo em seu rosto uma expressão de desejo que me faz querer dolorosamente que ele olhe para mim daquele modo. Ele, porém, parece desejar apenas mergulhar no céu do quadro.

— Vai levar esse para o salão Dourado, para a palestra da tarde? — pergunto.

— Não. Pensei em enfiá-lo no Volvo e levá-lo para o Soho, para ver por quanto posso vendê-lo — ele responde, sarcástico, virando-se para me olhar.

— Aidan... — eu murmuro. — Acha mesmo que é bom fazer esse tipo de brincadeira?

— Considerando meu sujo passado? Não, acho que não é, mas não sou só eu que estou pensando no valor desses cartões-postais de tamanho exagerado. Um dos curadores me disse que um quadro do mesmo sujeito que pintou este foi vendido por meio milhão de dólares em um leilão, no mês passado. Não entendo por que não se contentaram com slides, que pelo menos são mais leves — gira o pesado quadro, deixando o céu virado de lado.

— Acho que o sr. Kron quis dar mais credibilidade ao festival.

— E eu acho que ele está se exibindo, mostrando como tem conexões no mundo da arte. Bem, acho melhor eu levar este aqui lá para o salão Dourado.

Quero dizer a Aidan que a situação entre mim e Jack não está boa, que talvez não estejamos mais juntos, quando a semana do festival terminar, mas isso me parece manipulação. No entanto, ainda o prendo mais um pouco, tentando pensar em algo que acabe com o gelo entre nós, o gelo que começara a se derreter quando estávamos no terraço, antes de Jack chegar.

— Jack está no quinto andar — informo sem jeito, para que ele pelo menos saiba que não ficaremos no mesmo quarto.

— É, eu sei, Íris. Jack gostou das rosas? Foi Joseph quem me pediu para colher algumas especialmente para o quarto dele.

— Oh, meu Deus, Aidan, sinto muito...

Faço menção de tocá-lo no braço, mas ele se esquiva e começa a afastar-se. Então, pára de repente, olhando para a porta. Olho para lá e vejo Phoebe Nix parada no vão, observando-nos. Ela usa um daqueles vestidos retos e sem forma de que tanto gosta, da cor e da textura de mingau de aveia cozido demais, tamanquinhos pretos que batem com força no chão, quando ela entra no quarto.

— Ah, então você está aí — diz a Aidan em tom de censura. — Estamos todos no salão, esperando pelo quadro. — Olha em volta. — Eu não sabia que isso aí era um armário.

Dá um passo à frente, mas Aidan interpõe-se entre ela e a porta aberta do armário.

— Desculpe, srta. Nix, mas o sr. Kron deus ordens específicas para que apenas Joseph e eu tenhamos acesso aos quadros — explica.

Encostando o quadro de céu na parede, fecha e tranca a porta do armário.

Phoebe dá de ombros.

— Para mim tanto faz. O que eu quero é que leve esse quadro para baixo. Isto é, se a srta. Greenfeder não precisar mais de você.

Sorri maliciosamente com essa última observação, e só posso pensar que ela a fez para me atingir.

— Estou indo — Aidan responde, dando-me um último olhar. — Acho que a srta. Greenfeder não precisa mais de mim.

Então, vira-se para sair.

— Quero falar com você mais tarde, Aidan — digo, desejando que para ele minhas palavras soem mais como um pedido de desculpas do que como ordem de uma chefe.

Eu iria com ele para o salão, mas Phoebe plantou-se a minha frente com os braços cruzados.

— Posso ajudá-la em alguma coisa? — pergunto.

— Meu tio me disse que você lhe fez perguntas sobre o roubo de jóias no Crown. Quero saber se pretende escrever sobre isso em seu livro.

Olho para o curto corredor que leva ao quarto e me pergunto se Joseph está lá dentro, de onde poderia ouvir a conversa, ou se ainda está no jardim. Talvez isso não faça diferença. Talvez ele já saiba que quebrei a promessa de não fazer perguntas a respeito do roubo.

— Joseph está no jardim — Phoebe informa como se houvesse lido meus pensamentos. — Eu não disse a ele que você conversou com Harry, se é isso o que a preocupa. Penso que quanto menos se falar daquele episódio, melhor. Não tem nada a ver com a história de sua mãe. Não entendo por que você está se importando com isso.

— Minha mãe viajou para cá pela primeira vez com uma amiga que havia trabalhado no hotel Crown, e foi o irmão dessa moça que roubou o cofre.

— Eu sei, os irmãos McGlynn. Sei tudo sobre eles. Uma dupla de ladrões. O homem, John, teve coragem de dizer no julgamento que minha mãe pagou-lhe para roubar as jóias e que dividiriam o dinheiro, quando elas fossem vendidas. As jóias que eram dela! Claro que ninguém acreditou, mas para a imprensa foi um prato cheio. Os jornais comentaram que, mesmo que isso não fosse verdade, o fato era que minha mãe exibia as jóias de um modo acintoso que convidava ao roubo. Inventaram histórias sobre ela usar drogas, porque, naturalmente, "é isso o que mulheres que escrevem fazem". Na época, minha mãe tinha só vinte e um anos, mas a imprensa insistia em salientar que ela não tinha filhos, insinuando que apenas uma mulher depravada, viciada em sexo, preferiria escrever poesia em vez de fazer biscoitos e pôr crianças no mundo. Quando ela finalmente decidiu ter um filho, foi criticada por ter esperado tanto tempo.

— Phoebe, entendo que foi horrível tratarem sua mãe desse modo, mas talvez a minha também tenha sido afetada pelo roubo. Os McGlynn devem ter significado alguma coisa para minha mãe, para ela dar o nome deles a seu mundo de ficção. Além disso, ela estava registrada como esposa de John McGlynn, no hotel onde morreu. Pode ser que tenha feito isso porque não queria ser reconhecida, mas também é possível que tenha ido lá para encontrar-se com ele.

— Foi isso o que Joseph lhe disse? Que sua mãe foi ao hotel Dreamland para encontrar-se com John McGlynn? Não acredito muito nisso, porque Joseph não é exatamente um tagarela.

O tom de zombaria na voz de Phoebe me irrita. Posso dizer a ela que não é de sua conta, o que Joseph me disse ou deixou de dizer, mas sua suposição — correta, infelizmente — de que ele não me faria confidências me machuca mais do que enfurece.

— Joseph pode não querer falar sobre isso, mas ela é minha mãe, e acho que, se eu realmente quisesse saber alguma coisa, ele me contaria... um dia.

Embora Phoebe permaneça imóvel, uma veia pulsa em sua têmpora, e o suor escurece o tecido sob as cavas de seu vestido. Então, ela começa a girar a aliança gravada em volta do polegar.

— Você quer dizer que ele ainda não lhe contou nada, mas que acha que contará. Talvez fosse melhor você esquecer tudo isso. Pode haver coisas sobre sua mãe que você não gostaria de ver publicadas.

Movo a cabeça, negando.

— Não estou interessada em apresentar minha mãe como santa, nem como ícone de criatividade reprimida, ou vítima do patriarcado. Quero apresentá-la como ela realmente foi.

Phoebe sorri.

— É mesmo? Por acaso você não viveu toda sua vida com base no que achava que sabia a respeito de sua mãe? Não se casou. Não teve filhos. Só agora voltou para o hotel. Evitou tudo o que achava que matou sua mãe, assim como eu evitei tudo o que achava que matou a minha. E se a história fosse diferente? O que você pensaria das escolhas que fez para sua vida?

Suponho que ela pense que encontrou a ameaça perfeita para usar contra mim. Vejo alguma verdade no que ela diz, mas tendo acabado de destruir dois relacionamentos amorosos, em um único dia, não posso imaginar que existam muitas outras más escolhas para eu lamentar.

— Todos nós temos de arcar com as conseqüências de nossas escolhas — digo.

Ela não diz nada imediatamente. Desvia os olhos dos meus, olha para fora da janela, para o distante panorama das montanhas. A luz cai em cheio sobre seu rosto, iluminando seus cabelos finos de cor indefinida, que brilham como água, a pele translúcida. Ela é tão magra que a luz parece apagar seu corpo. Lembro que Phoebe não conheceu a mãe, por isso sua necessidade de proteger a imagem que faz dela deve ser maior do que a minha. Mas, quando estou começando a me abrandar — afinal, estou apenas defendendo meu direito de escrever um livro do qual já quase desisti —, ela se volta para mim com um olhar frio.

— Acho que você não pensará assim, quando descobrir quais são essas conseqüências — comenta.

Então, sai da sala lentamente, e acompanho o som de seus passos durante um longo tempo.

23

A REDE DE LÁGRIMAS

Então, dei um passo, depois outro, na direção do palácio Duas Luas, as solas de meus pés queimando cada vez que tocavam o chão, a pele era nova, sensível, e as pernas não tinham firmeza, obrigando-me a me segurar nos troncos das árvores que me ladeavam para não cair. A princípio as árvores me assustaram, tão perto umas das outras e de mim, e a distância entre elas diminuía à medida que eu me aprofundava na floresta, mas depois de um tempo comecei a perceber que elas murmuravam, falando comigo. A sombra delas me confortava, seu pólen, caindo sobre mim, cobriu minha nudez. Olhar para os raios de sol filtrando-se por entre os galhos era como estar no fundo do mar, olhando para o brilho das estrelas lá em cima. O vento que movia a folhagem era como a correnteza que seguimos na maré baixa.

Entendi por que Naoise pensara que havia voltado para casa. A floresta era como o mar abaixo de nossa Tirra Glynn, onde vivíamos antes de a pérola da serpente esfacelar-se em um milhão de fragmentos. Lembrei o que acontecera com Connachar, como as farpas de pérola haviam penetrado em sua carne e se juntado ao redor do coração. Olhei para baixo e vi o limo verde em minha pele tecendo-se sozinho, transformando-se em seda.

Quando saí da floresta, estava envolta em um manto, leve como a brisa que passa através das árvores, verde como o mar.

O FESTIVAL DE ARTE NÃO está sendo apenas um sucesso, como também uma dádiva do céu para mim, pois me mantém ocupada demais para lidar com Jack ou Aidan. Jack envolveu-se rapidamente em palestras, seminários e coquetéis e, embora tenha dito que está cansado de conversas sobre arte, vejo-o como centro de grandes grupos, fazendo gestos amplos, como se estivesse pintando uma tela no ar, gestos que sei que faz quando fala sobre seu trabalho. Também vejo outras coisas, como ele troca cartões de visita com proprietários de galerias, críticos e apresentadores de televisão, que conduzem programas sobre arte. Isso é bom para sua carreira. Saber que esta semana lhe trará algum benefício deixa-me feliz.

Jack não é o único motivado por toda essa conversa sobre arte, descubro uma noite, no meio da semana, quando vou ao alojamento dos funcionários, na ala norte, para falar com tia Sophie sobre uma discrepância na contabilidade. Sinto um cheiro estranho no corredor, ao me aproximar do apartamento dela. Paro na porta, que está entreaberta. O rádio está ligado — reconheço a estação NPR de Albany pelo programa de música clássica e suaves estalos de estática — mas posso ouvir um som esquisito, e por um momento penso que é minha tia arquejando, com falta de ar. Então, reconheço o cheiro: aguarrás. Espio pela fresta de mais ou menos dez centímetros e vejo minha tia espalhando tinta num céu nublado acima de montanhas escuras. O som esquisito é produzido pelo pincel puxado para baixo, pintando chuva. Depois de cada pincelada, ela recua um passo para ver o efeito, então volta a aproximar-se da tela. Parece uma mocinha praticando um passo de dança com um parceiro invisível. Afasto-me silenciosamente. A discrepância na contabilidade pode esperar.

Faltando um dia para o término do festival, Joseph julga os trabalhos do concurso Aventuras no Parque, Fantasias nos Bosques, dando o primeiro prêmio a Gretchen Lu e Mark Silverstein por sua obra conjunta, um quiosque de nome Asa. Para essa ocasião, Joseph dispensa até a bengala. De pé sob o arco do quiosque das rosas, ereto como uma vara, ele fala ao pequeno grupo de estudantes de arte sentados em semicírculo a sua volta. Os outros participantes da semana de arte, curadores, proprietários de galerias e críticos, de pé atrás dos jovens, formam um outro semicírculo. Mas é aos estudantes que Joseph fala:

— Quando cheguei aqui pela primeira vez, vinha de um mundo que fora destruído, mas para um judeu isso não era nenhuma novidade. O Talmude nos diz que, no começo de tudo, a luz do mundo era guardada em lindos vasos. — Joseph põe as mãos em concha diante do peito, como se estivesse segurando uma bola de voleibol. — Mas a ganância e a maldade quebraram os vasos em milhões de cacos. — Estende os braços na direção dos estudantes, movendo os dedos como se estivesse espalhando confete. — É nosso trabalho juntar os cacos e formar os vasos novamente. *Tikkun olam*. Curar o mundo. Seja qual for o modo que vocês escolham para fazer isso, plantando uma flor, ensinando algo a uma criança, pintando um quadro, ou construindo uma casinha com um banco para um velho sentar, vocês estarão montando uma parte do mundo de novo, criando um vaso para guardar a luz.

Faz um gesto para Aidan, que retira o pano branco que esconde o novo quiosque, o novo *chuppa*. O teto, feito de ripas de cedro sobrepostas, entalhadas de maneira a parecerem penas, estende-se inclinado, protegendo um único banco comprido. Em cada extremidade do banco ergue-se um cisne esculpido em madeira, o longo pescoço curvo formando um descanso para o braço. A estrutura toda dá a impressão de estar se preparando para levantar vôo.

Harry Kron, de pé ao lado do quiosque, adianta-se para dar a Gretchen e Mark o dinheiro do prêmio. As pessoas vão do quiosque das rosas para o Asa, e noto que Joseph está encostado no arco, meio encurvado para a frente. Vou até ele, mas Natalie chega primeiro e ajuda-o a sentar-se no banco. Fico alarmada ao ver como o rosto dele está pálido.

— Acho melhor levar você para sua suíte — digo-lhe. — Está muito quente, aqui fora.

— Quero ficar mais um pouco no jardim, *shayna maidela*. Mas não se preocupe, sei que você está ocupada com a grande festa desta noite. Natalie cuidará de mim, e aquele gentil moço italiano me ajudará a voltar para meu quarto.

Ele aponta para alguém atrás de mim, viro-me e vejo Gordon del Sarto atravessando o gramado. Sei que ele fará sua grande palestra hoje à noite, e é uma surpresa vê-lo ali, em vez de na biblioteca, às voltas com seus slides. Ele entra no quiosque e senta-se no banco diante de Joseph, ao lado de Natalie.

— Trouxe? — ela pergunta assim que ele se acomoda.

Gordon tira do bolso do paletó de sarja um saquinho de flanela verde.

— A gerente da Barney´s não queria se separar dele. Tive de prometer que você faria outro igual para ela.

— Barney´s? — repito tolamente, já bastante confusa por notar que Gordon e Natalie parecem se conhecer.

Gordon confirma com um gesto de cabeça.

— Fiz alguns negócios com a gerente da joalheria, durante nosso último leilão — explica. — Quando Joseph me falou do trabalho de Natalie, eu sabia que ela se interessaria, e de fato se interessou, pois encomendou uma linha completa de jóias. Mas minha maior surpresa foi quando vi...

Interrompe-se, pois Natalie dá-lhe uma leve cotovelada nas costelas.

— Você está estragando a surpresa! — ela ralha, tirando o saquinho verde das mãos dele. Então, estende-o para mim. — Quero lhe dar um presentinho, professora. Nada disso aconteceria, se eu não tivesse lido sua história.

Abro o saquinho, desatando o cordão, e viro-o de boca para baixo. Uma cascata de pedras brilhantes cai em minha mão, como água caindo em um lago. Embora eu saiba que o objeto é feito de contas de vidro e fios de cobre, sinto-me como se houvesse ganhado uma tiara da Tiffany´s.

— Oh, Natalie! — murmuro, segurando a peça contra a luz, e as contas de vidro lapidado lançam pequenos arco-íris ao redor do quiosque. — Você me deu o colar de minha mãe!

Logo depois, subo a meu quarto para me arrumar para a palestra de Gordon. Preciso estar vestida apropriadamente também para o baile que se seguirá, pois não terei tempo de me trocar entre uma atividade e outra. No caminho para cima, paro no patamar do segundo andar para olhar pela enorme janela de onde se vê o terraço. Harry ordenou que baixassem o lustre até a altura da metade da janela, para que ele fosse visível do terraço. Isso faz parte de uma porção de efeitos luminosos preparados para a noite, que incluem holofotes para iluminar a fachada do hotel e fogos de artifício para depois do jantar. Este lustre não usa lâmpadas elétricas, mas velas, e minha mãe, com medo de um incêndio, sempre o deixou inativo. Harry, porém, mandou que colocassem velas em todos os bocais. Paloma Rivera e mais duas camareiras limparam todas as peças de cristal lapidado do majestoso lustre, com água e vinagre. Agora, cada gota de cristal cintila aos últimos raios de sol. Mal posso esperar para ver qual será o efeito, quando todas as velas forem acesas.

Vou para meus aposentos e tomo um longo banho, usando o novo gel para banhos com perfume de lilases que chegou esta semana, juntamente com xampu e loção corporal em minúsculos frascos cor violeta, todos com o logotipo dos hotéis Crown. Então, enrolada num imensa toalha com o monograma do Crown, paro diante do armário, sem saber que roupa escolher. Já usei quase todos os vestidos de minha mãe durante o verão, alguns tantas vezes, que eles não têm mais cheiro de cedro, mas do meu perfume. Procuro entre os conjuntos de linho e vestidos de *chiffon*, túnicas "trapézio" e vestidos de alças, de piquê de algodão, os tecidos farfalhando suavemente, ondulando quando puxo os cabides ao longo do varão, de modo que cada traje parece ter vida por um breve momento, e vejo minha mãe dentro deles. Minha mãe sentada na beirada de uma poltrona no salão, contando a um hóspede que desistira de escrever... Em um quiosque, com um homem cujas feições não vejo... Andando pelos corredores com as mãos espalmadas nas paredes, à procura de uma vibração que indicasse possíveis defeitos na fiação elétrica... Isso é tudo o que consigo lembrar de minha mãe naquele último verão de sua vida, e agora receio nunca saber mais nada a respeito dela.

Chego ao último vestido, ainda protegido pela capa de tecido com o nome da loja onde foi comprado. Bergdorf Goodman,

Quinta Avenida, Nova York. Muito estranho, em se tratando de minha mãe, penso, puxando o zíper do saco protetor. Ela costumava comprar roupas em lojas que copiavam modelos dos grandes costureiros, vendendo-os a preços populares, ou, então, mandava uma costureira fazer as peças que escolhia em figurinos. Vou pegar o vestido, e ele escorrega do cabide, caindo no chão do armário, formando uma poça de seda verde. Ergo-o apressadamente, segurando-o pelas alças de tecido transparente e procuro o zíper, que por fim encontro, escondido ao longo de uma costura lateral.

Passo o vestido pela cabeça e, ao puxá-lo para baixo, acho que não vai servir. Parece menor que as outras roupas de minha mãe, e por um instante, presa no estreito tubo sedoso, aspirando seu doce perfume — não é o que conheço, o que ela costumava usar — sinto que vou entrar em pânico, mas então o tecido escorrega por meus quadris, entorta-se ao redor das coxas e por fim tomba, descendo até os tornozelos. Olho-me no espelho e me vejo transformada. O cetim verde, cortado em viés, desliza sobre cada curva de meu corpo como água abraçando uma rocha. Uma faixa drapeada de *chiffon* da mesma cor rodeia o decote, forma as alças e desce pelas costas, terminando um pouco acima da cintura. Viro o braço para trás e apalpo-a, percebendo que ao longo das pontas há bolinhas que funcionam como pesos para fazer com que elas tenham aquela queda. A única coisa que me desagrada é o decote, tão baixo, que me sinto nua. Então, me lembro do presente que ganhei de Natalie. Noto que estou me atrasando, então rapidamente prendo os cabelos no alto da cabeça e ponho o colar no pescoço. Fica perfeito, brilha à luz, e o pingente, a lágrima de vidro, tem o tom exato do verde do vestido.

Desço pela escada — um vestido como este merece uma entrada lenta, elegante — deliciando-me com o contato do cetim em minhas pernas e meu reflexo nas vidraças escuras das janelas. Quando chego ao patamar do segundo andar, o reflexo derrete-se no brilho da luz das velas do lustre. Gordon del Sarto está saindo da suíte de Joseph com um pequeno quadro embaixo do braço. Ele me vê e fica imóvel, como que atônito.

— Íris, você está absolutamente maravilhosa! Que vestido fantástico! Quem fez?

— Não faço a menor idéia — respondo dando de ombros, e o movimento faz a faixa roçar em minhas costas. — Era de minha mãe.

— Posso ver? — ele pede.

Antes que eu tenha tempo de responder, me faz virar e introduz os dedos no decote de trás do vestido, erguendo a etiqueta. Fico tão assombrada, que nem reajo.

— Como pensei — Gordon diz, ajeitando a etiqueta sob a faixa drapeada. — Um Balenciaga. Vi um vestido parecido com esse no instituto de trajes do museu Metropolitan. Tem um valor extraordinário, você sabe.

— Verdade? Não consigo imaginar como minha mãe poderia... — De súbito, ocorre-me que o vestido pode ter sido deixado no hotel por uma hóspede, como os colares de pérolas falsas, e isso faz com que o cetim de repente pareça engordurado contra minha pele. — Então, acho que não devo usá-lo, se é uma peça de museu...

— Não seja ridícula — alguém diz atrás de mim. Viro-me e vejo Aidan. Ele deve ter descido a escada logo atrás de mim. Eu mal o reconheço no smoking que está usando, e agora me lembro que Harry sugeriu, na última reunião, que ele alugasse um para a ocasião. — Que utilidade tem um vestido como esse, se não pode ser usado por uma linda mulher?

— Exatamente — Gordon concorda. — O vestido fica deslumbrante em você, e o colar que Natalie lhe deu é o complemento perfeito. Por falar nisso, você não pode tirar o colar, por causa da surpresa.

— Surpresa? — repito, sem entender.

— Espere e verá. Bem, se não descermos agora, chegaremos atrasados para minha palestra. Vamos? — Gordon convida, oferecendo-me o braço.

Olho para Aidan, com a esperança de que ele queira me acompanhar, mas vejo-o parado, com as mãos nos bolsos da calça do smoking.

— Vão vocês — ele diz. — Ainda preciso fazer mais algumas coisas.

Quando entro na biblioteca pelo braço de Aidan, noto que Phoebe arregala os olhos ao nos ver. Bem, ela deixou mais do que claro, pelo menos para mim, que Gordon não é seu namorado, portanto... Harry também parece surpreso, mas isso é compreensível, porque Phoebe me disse que o tio acredita que ela e Gordon estão tendo um relacionamento. Ele deve pensar que estou roubando o namorado de sua sobrinha. De fato, me olha com certa frieza, quando nos aproximamos. E não faz nenhum comentário sobre o vestido. Pergunta-me se verifiquei se tudo está em ordem para a queima de fogos na plataforma abaixo do terraço. Confesso que me esqueci, ele me olha com ar aborrecido, pede licença e vai averiguar.

Penso em segui-lo, mas Jack entra, conversando com Natalie Baehr, e os dois, quando me vêem, assobiam ao mesmo tempo, expressando sua admiração pelo vestido. Gretchen Lu e Mark Silverstein aproximam-se, e os quatro fazem um alvoroço a minha volta. Quando os elogios cessam, estou mais acanhada do que lisonjeada. A palestra vai começar, e ocupo uma cadeira perto da porta-balcão, esperando que alguma brisa fresca venha do pátio. Mas a noite está abafada, e começo a transpirar sob o cetim pesado.

— Nossa história não tem início na Europa de seis décadas atrás, devastada pela guerra, mas na Itália, em 1400 — Gordon começa a falar.

Lembro que, na outra vez em que ouvi essa introdução, fiquei contente porque teria bastante tempo para ir à suíte de Harry e "tomar emprestado" o livro de registros. Agora, os seis séculos sobre os quais Gordon discorrerá me parecem um tempo longo demais.

Ele descreve o cenário do século XV, as associações comerciais, os ricos mercadores, o crescente interesse das pessoas por moda e jóias, então pede que o primeiro slide, *A Primavera*, de Botticelli, seja exibido. Assim que as luzes se apagam, sinto algo como uma asa roçar em meu pescoço. Encolho-me, imaginando que um morcego pode ter entrado na sala, e olho para trás. Hedda Wolfe, sentada atrás de mim, está ajeitando a faixa drapeada em minhas costas.

— Lindo vestido — ela cochicha.

Suspiro, já com raiva do maldito vestido. Não é de admirar que eu não me lembre de ver minha mãe usando-o. É o tipo de roupa que usa a mulher, não o contrário.

Com minha irritação, perco o fio da palestra de Gordon. Agora ele fala sobre o enfeite mais popular do século XV, a *ferronière*. Em vez das coroas e tiaras rígidas do século XIV, a *ferronière* era um tipo de colar, geralmente de pérolas, mas às vezes ostentando pedras preciosas, que segurava os cabelos para trás e pendia frouxamente sobre a testa. Em seguida, é mostrado o slide de uma das madonas de Filippo Lippi, que usa um único cordão de pérolas na testa. As pérolas e a pele da madona são igualmente translúcidas.

A imagem desaparece e é substituída pelo retrato de uma mulher da nobreza, pintado por um artista cujo nome perco. Ela usa uma deslumbrante *ferronière*, brincos e vários colares, tudo de pérolas. Até o vestido é bordado com pérolas.

— A *ferronière* era complemento comum do traje de uma noiva — Gordon explica. — E as pérolas eram consideradas como o adorno perfeito, não só para a Virgem Maria, como também para noivas, pois representam pureza e castidade. Uma *ferronière* de pérolas fazia parte do dote de uma moça e passava de mãe para filha. Foi esse o presente que Catalina della Rosa, a filha única de ricos e nobres venezianos, ganhou da mãe, no final do século XV.

O slide da enfeitada mulher da nobreza dá lugar a outro, que mostra o rosto fino e severo de uma menina. Ela não usa nenhuma jóia.

— Essa é Catalina aos dez anos de idade — Gordon informa. — Embora fosse filha de um dos homens mais ricos de Veneza, a menina, nessa tenra idade, já se comprometera secretamente a entrar para o convento de Santa Maria Stella Maris. Mas, para sua infelicidade, os pais tinham outros planos para sua vida.

Em seguida, são exibidos retratos do pai e da mãe de Catalina e do cavalheiro do qual ela ficou noiva aos catorze anos. Envolvo-me tanto com a história da mocinha — que em segredo estudou latim, grego e hebraico e usava uma camisa tecida de pêlos sob os vestidos de seda para mortificar a carne, preparando-se para a vida religiosa — que demoro para ouvir que Phoebe me chama baixinho, parada na porta a meu lado. Tento ignorá-la, mas ela me chama mais alto. Receando que aquilo atrapalhe a palestra de Gordon, levanto-me e saio para saber o que ela quer.

— Esse vestido era de minha mãe — Phoebe diz. — Quero saber onde você o achou.

Estou para negar sua alegação, quando me lembro que eu própria achei que alguma mulher podia ter esquecido o vestido no hotel. E Vera Nix hospedou-se aqui. Apesar disso, a atitude de Phoebe me aborrece. Ela falou comigo como se falasse com uma empregada que foi surpreendida usando um vestido da patroa.

— Como pode saber disso? — replico. — Seria impossível lembrar-se, porque você era bebê, quando ela morreu.

O pátio está em penumbra, mas vejo-a ficar vermelha. Não era minha intenção ofendê-la; afinal, ela não tem culpa, se a mãe morreu, mas já notei que, quando fala de Vera, ela dá a impressão de que a conheceu. Suponho que seu papel como biógrafa da mãe pareça-lhe menos importante, quando alguém a lembra de que ela não a conheceu realmente, que só sabe o que leu no diário. Começo a perceber que Phoebe leva esse papel exageradamente a sério, e imagino se me tornarei tão obsessiva quanto ela no que diz respeito a minha mãe.

— Ela está com esse vestido numa foto, tirada no The Stork Club — Phoebe diz, pondo a mão no pescoço nu defensivamente, quase como se estivesse procurando o colar que uma mulher usaria com tal traje. — Uma colunista social descreveu o vestido, um Dior, eu acho.

— Bem, este é um Balenciaga — informo. — Mas podemos discutir a origem do vestido, depois da palestra de Gordon.

— Isso não foi a única coisa que sua mãe roubou da minha — Phoebe observa. — Você entenderá, quando encontrar o terceiro livro dela.

— Começo a acreditar que não existe nenhum manuscrito perdido — retruco.

— Talvez você não tenha procurado com muito empenho porque tem medo do que pode descobrir.

Respiro fundo, exasperada.

— Se tem tanta certeza de que existe esse manuscrito, por que não o procura? — proponho. — Eu a deixaria vasculhar todos os cantos, mas você já tomou essa liberdade.

Os olhos de Phoebe enchem-se de fúria, e por um momento penso que fui longe demais, que ela pode arruinar a palestra de Gordon fazendo uma cena, mas, sem uma palavra, ela se vira e vai embora.

Volto para a biblioteca e tento retomar o fio da narrativa de Gordon, mas parece que ele já acabou de contar a história de Catalina della Rosa, pois está comentando um quadro do século XVII, *O Casamento do Mar*, que mostra uma festa veneziana. É uma comemoração à vitória de Veneza sobre a Dalmácia, o que garantiu à cidade o domínio marítimo. Viro-me na cadeira, pensando em pedir a Hedda que me conte o que aconteceu a Catalina. A mocinha foi forçada a renunciar à vocação religiosa e casar-se com o cavalheiro veneziano? Mas a cadeira de Hedda está vazia.

Olho em volta para ver se ela mudou de lugar, mas Gordon torna a citar o nome de Catalina, e volto minha atenção para ele.

— O casamento de Catalina era para ser celebrado durante essa festa comemorativa. Quando chego a este ponto da história, eu normalmente mostro o retrato dela vestida de noiva, mas hoje preparei uma pequena surpresa. Peço-lhes paciência e compreensão.

Gordon puxa a ponta direita de sua gravata-borboleta e, como se isso fosse um comando para seus lábios, o canto direito da boca ergue-se num esboço de sorriso. Vejo-o trocar um rápido olhar com Natalie, que está sentada na primeira fileira, sorrindo orgulhosamente para ele. Talvez a causa da irritação de Phoebe seja Natalie, não meu vestido. Ela pode estar com ciúme de Gordon.

— A cerimônia do casamento de Catalina era para ser realizada logo depois da celebração das núpcias de Veneza com o mar, que culminaria com o doge jogando uma elaborada aliança nas águas do Lido e recitando: "*Desponsesumus te, mare, in signum veri perpetuique dominii*". Traduzindo, "Nós o desposamos, mar, em sinal de nosso verdadeiro e perpétuo domínio". — Gordon faz uma pausa e percorre a platéia com o olhar. — Imaginem a surpresa da multidão, quando a jovem noiva, Catalina della Rosa, ergueu-se de seu lugar de honra, ao lado do doge, arrancou a caríssima *ferronière* dos cabelos e atirou-a no mar, dizendo em perfeito latim: "*Spondeo me, Domine, in signum tui veri perpetuique dominii*". Ou seja: "Desposa-me, Senhor, em sinal de Teu perpétuo domínio". Em seguida, jogou-se no mar.

Um murmúrio corre pela platéia, como vento entre árvores, e todos nós imaginamos a jovem, desejando desesperadamente fugir de um casamento arranjado, afogando-se. Quase posso ver as pesadas vestes de seda, encharcadas, levando Catalina para o fundo, e me pego puxando as costuras do vestido que se colam em minha pele quente. E há outra coisa que me perturba nessa história, naquela imagem de pérolas afundando na água...

Depois de alguns segundos, Gordon prossegue:

— Catalina, porém, não se afogou, para seu grande desapontamento. Foi tirada da água de maneira bastante ignominiosa e levada para o palácio da família com nada mais perigoso do que um forte resfriado. Os della Rosa não se impressionaram com o fato de sua filha preferir morrer a casar-se com o homem escolhido por eles e simplesmente marcaram outra data. Então, um notável incidente, que muitos consideraram um milagre, aconteceu. No dia em que Catalina ia se casar, a *ferronière* de pérolas foi levada pelas águas até o convento de Santa Maria Stella Maris, aquele para o qual ela se comprometera a entrar. A madre superiora contou esse milagre aos pais de Catalina, e eles deram permissão para que a filha seguisse sua vocação. Ela entrou para a ordem das freiras beneditinas e passou a vida estudando, buscando a erudição. Ainda há muita coisa que poderia ser dita sobre ela, mas isso levaria mais tempo do que dispomos esta noite. Vamos, então, voltar à *ferronière* de pérolas, cuja reaparição milagrosa salvou-a de um casamento sem amor. O que foi feito dela? Como era considerada agente de um milagre, os della Rosa deram-na ao convento, onde a puseram ao redor da cabeça da Virgem Maria. Vocês podem achar estranho, adornar uma estátua com tão valiosa jóia, mas lembrem-se de que esse não foi um fato sem precedentes. Uma outra *ferronière* já fora usada como adorno da Virgem Maria.

Gordon volta alguns slides atrás e torna a mostrar a Madona de Lippi, com um cordão de pérolas pendendo na testa.

— É claro que a *ferronière* dos della Rosa era muito mais rica e elaborada do que esta, tinha brilhantes, além de pérolas, e uma grande esmeralda em forma de lágrima, mas tudo isso foi rapidamente incorporado à iconografia de Maria. O convento era dedicado a Maria Stella Maris, ou seja, Maria, Estrela do Mar, uma metáfora da Virgem que data do século XIII. Que melhor ornamento para uma imagem de Maria, Estrela do Mar, do que pérolas, originadas no mar, e uma esmeralda da cor do oceano, brilhante como uma estrela? Por infelicidade, a estátua foi destruída durante a guerra, mas temos um quadro do século XV, pintado por um artista anônimo, e acreditamos que ele copiou a imagem da Virgem com a *ferronière* della Rosa.

Mais uma vez, Gordon procura entre os slides para encontrar o que deseja exibir. De todos os quadros que ele nos mostrou até agora, esse é o menos notável, como obra de arte. Parece um desses retratos de Maria que vemos em "santinhos", cores cruas, composição imperfeita. A Madona está sentada em uma rocha, diante de um cenário de mar e céu, em pose descontraída, parecendo uma mulher num piquenique na praia. O que me deixa sem fôlego, porém, é o enfeite em seus cabelos. Uma rede de pérolas e brilhantes prende seus cabelos para trás, e cai sobre a testa, terminando em um pingente de esmeralda em forma de lágrima.

— Como podem ver, o rosto de Maria foi copiado do retrato de Catalina, e a *ferronière* é a mesma com que ela aparece em seu retrato de casamento.

O quadro da Virgem muda para o canto direito da tela, e no lado esquerdo entra o retrato de Catalina della Rosa em seu traje de noiva, os olhos verdes destacados pelo pingente de esmeralda no meio da testa.

— E é o mesmo que a graciosa gerente de nosso hotel, srta. Íris Greenfeder, está usando — Gordon anuncia, fazendo um sinal para que Natalie acenda as luzes.

A sala fica clara, e todos na platéia voltam-se para mim.

— Não quer se levantar, srta. Greenfeder? — Gordon pede.

Mas eu já estou de pé, caminhando na direção da tela, onde as duas imagens tornaram-se pálidas na luz.

— Notável, não é? — ele comenta, quando paro junto da tela, de frente para a platéia. — Foi Natalie quem primeiro viu a semelhança, quando mostrei a ela os slides para a palestra.

— Essa é a *ferronière* della Rosa original? — pergunta uma mulher.

— Não, de modo algum — Gordon responde. — A *ferronière* della Rosa original permaneceu no convento de Santa Maria Stella Maris até a eclosão da Segunda Guerra Mundial. Acreditamos que a abadessa escondeu-a nas catacumbas sob a igreja, para salvá-la dos nazistas, mas, infelizmente, a igreja foi bombardeada, já no fim da guerra, e a jóia não foi encontrada no meio do entulho. A abadessa morreu, vitimada por um tiro, poucas horas antes do bombardeio que destruiu a igreja. A maioria dos pesquisadores acha que a *ferronière* foi destruída, mas existe uma teoria segundo a qual ela foi removida de seu esconderijo e levada para uma casa ao sul de Veneza, pertencente a um descendente da família della Rosa. Estou pesquisando essa possibilidade e...

— Onde conseguiu essa jóia, srta. Greenfeder? — um dos advogados presentes interrompe-o, fazendo a pergunta em tom desafiador.

É a segunda vez, em uma noite, que sou acusada de estar usando propriedade roubada.

Natalie me socorre, explicando:

— Não é jóia. O colar foi feito com contas de vidro e fio de cobre. — Levanta-se e encara a platéia. — Eu o fiz, seguindo a descrição que li numa história escrita pela mãe da professora Greenfeder.

— Bem, então, onde sua mãe viu o colar, se ele desapareceu no fim da guerra? — o advogado pergunta, dirigindo-se a mim.

Olho para Gordon, pedindo ajuda, e percebo que sua "pequena surpresa" não está funcionando como ele esperava. Mas ele mantém uma calma de que eu não o julgava capaz.

— Não sabemos — responde. — Mas imagino que ela viu uma cópia do quadro de Maria Stella Maris, que é largamente reproduzido para uso em igrejas dedicadas a Maria, Estrela do Mar.

— Foi isso, sim! — exclamo, finalmente recuperando a capacidade de pensar. — Há uma igreja chamada Santa Maria Estrela do Mar, no Brooklyn. Minha mãe foi batizada lá, e eu também.

— Pronto! Está explicado — Gordon declara. — Deciframos pelo menos um mistério a respeito de origens, esta noite.

Pega-me delicadamente pelo cotovelo, e com a outra mão faz um gesto, indicando que posso voltar para o meu lugar. Sinto-me como uma voluntária num show de mágica, dispensada do palco. Torno a me sentar, mas estou zonza demais para acompanhar o resto do que Gordon tem a dizer.

A palestra acaba, e vou com os hóspedes para o pátio, onde serão servidos os aperitivos antes do jantar. Sei que devia ir verificar se está tudo em ordem na cozinha e se os preparativos para a apresentação de fogos foram concluídos, mas em vez disso pego uma taça de champanhe no bar e vou para o quiosque Meia-Lua. Sento-me no banco virado para o hotel, que parece um palácio de conto de fadas, iluminado pelos holofotes que Harry mandou instalar na semana passada. O lustre no patamar do segundo andar brilha intensamente, com todas as velas acesas, cada gota de cristal cintilando como uma lágrima.

Vejo Jack num grupo, olhando para mim, e bato no banco convidando-o a sentar-se a meu lado.

Ele aceita o convite.

— Seu namorado pode ficar com ciúme — diz, sentando-se.

— Não sei se ele ainda é meu namorado, e além disso não o estou vendo por aqui.

Jack fica em silêncio durante alguns instantes, mas noto que luta contra o desejo de me fazer perguntas.

— Você deve estar entusiasmada com o que descobriu hoje, na palestra de Gordon — ele comenta por fim. — Teve mais uma informação sobre a arte de sua mãe.

Tomo um gole de champanhe e olho para a janela do patamar do segundo andar. Há alguns hóspedes lá, com certeza admirando o lustre.

— Eu me senti uma idiota — desabafo. — Tantos anos pesquisando a influência de contos e lendas irlandeses sobre o trabalho dela, e nunca pensei em ir visitar aquela igreja. Ela era uma moça católica do Brooklyn! E eu nunca estive na igreja Santa Maria Estrela do Mar, a não ser aos três anos, quando fui batizada.

— Agora irá, não é? Aposto que aquele retrato da Virgem está lá, e talvez alguma coisa de Catalina della Rosa... sei lá... um pedaço dela numa caixa, num... esqueci o nome.

— Relicário — informo. — É isso que todo meu projeto está começando a parecer, um saco de relíquias de minha mãe. Um saco de ossos. Sabe, Phoebe me intimou a não escrever nada que coloque a mãe dela sob uma luz desfavorável. Então, agora à noite, me acusou de estar usando um vestido de sua mãe — conto, mas não digo que o vestido podia de fato ter pertencido a Vera Nix.

— Essa moça parece meio louca.

— Exatamente. Veja o que ela se tornou, vivendo a vida toda à sombra da mãe. Não quero que aconteça o mesmo comigo.

— Então, talvez fosse bom ir embora daqui. Por que não voltamos para a cidade, Íris?

Sinto a mão de Jack pousar sobre a minha. Sei que este é o momento em que eu deveria olhá-lo e aproveitar a chance que ele está me dando de fechar a brecha entre nós, mas meus olhos fixam-se em algo que vejo no patamar do segundo andar. Não há mais um grupo de hóspedes lá, mas apenas uma pessoa, uma mulher esguia, de vestido reto, preto. Daqui é difícil dizer com certeza, com a luz das velas me ofuscando, mas acho que é Phoebe.

— Diabos, Jack, olhe! Parece Phoebe, parada diante da porta de Joseph. Ela o perturbou a semana toda, para que ele lhe diga algo sobre a mãe dela, que esteve hospedada aqui. Agora, aposto como quer perguntar se ele se lembra de ter visto Vera usando este vestido.

A porta da suíte de Joseph se abre, mas não consigo ver ninguém lá dentro. A luz da sala deve estar apagada. Phoebe entra, mas sai logo depois, fecha a porta atrás de si e vai na direção dos elevadores. Alguns minutos mais tarde, uma outra pessoa passa pelo patamar, indo na direção da suíte. Um homem.

— Não é seu amigo? — Jack pergunta.

Em algum momento, ele soltou minha mão, mas só percebo isso agora.

— É, sim, é Aidan. Deve estar indo devolver algum quadro ao armário com cadeado.

Vejo, porém, que Aidan não está carregando nada. Pára um instante diante da porta de Joseph, então entra, deixando a porta aberta.

Desvio o olhar da janela iluminada e vejo Jack me observando.

— Não respondeu a minha pergunta, Íris, sobre voltarmos juntos para a cidade.

Por cima do ombro dele, olho para o vale escuro e as luzes ao longo do rio. Pequenas centelhas de luz, como vaga-lumes, espalham-se no ar acima do rio, e por um momento penso que a exibição de fogos de artifício planejada por Harry está começando. Mas pisco, e as centelhas se apagam. Eram apenas imagens-fantasma da luz das velas, onde fixei o olhar durante longos minutos. Viro-me para Jack, para dar minha resposta, mas nesse instante um estampido rasga o ar, e digo, olhando novamente para o vale:

— A queima de fogos vai começar.

— Não — Jack discorda. — O som veio do hotel.

Viro-me tão bruscamente, que a faixa de *chiffon* em minhas costas prende-se na madeira áspera do banco, e ouço o tecido se esgarçar.

Um homem no segundo andar está caminhando, não, cambaleando para a janela do patamar. Por um momento, ele é apanhado na luz de cem velas, então tudo parece explodir a sua volta. Tenho a impressão de que o lustre caiu, mas é o vidro da janela que está se estilhaçando, refletindo a luz em milhares de pequenas lâminas, quando o homem o atravessa, caindo no terraço.

Ponho-me de pé num salto, corro e ajoelho-me no chão ao lado do homem. Cacos de vidro enterram-se em meus joelhos e na palma da mão esquerda, que uso para me apoiar, enquanto com a direita procuro sentir uma pulsação de vida, mas não preciso do silêncio de seu corpo para saber que Joseph está morto.

Terceira Parte

A Filha da Mulher-Foca

24

UMA SEMANA APÓS A MORTE de Joseph, tomei o trem de volta para a cidade. Fiquei surpresa ao ver que as árvores ao longo dos rochedos Palisades ainda estavam verdes. Parecia que fazia anos que eu notara as primeiras pinceladas de cores outonais nos bosques atrás do hotel, e por um momento fantasiei, imaginando que dormira durante meses e despertara no início de uma nova primavera. Se eu pudesse voltar à primavera passada, pensei, à noite em que encontrei Aidan em minha porta, à outra viagem de trem, quando prometi a ele que o ajudaria a encontrar um emprego no hotel... Mas não haveria volta. Joseph estava morto, e Aidan, acusado de tê-lo assassinado, desaparecera.

Naquela noite fatídica, quando finalmente fomos à suíte de Joseph — relutei muito em deixá-lo no terraço, embora estivesse claro que nada mais poderia ser feito por ele —, não havia ninguém lá. Os quadros haviam sumido, embora o armário não houvesse sido arrombado. Havia alguns sinais de luta na sala: um abajur quebrado, uma cadeira virada, sangue fresco perto de uma das muletas de Joseph caída no chão. Mesmo antes de o teste de DNA comprovar que o sangue era de Aidan, através de comparação com os dados em sua ficha médica da penitenciária, o investigador policial de Kingston já dera uma explicação bastante convincente a respeito do que acontecera na suíte de Joseph.

Em meu depoimento, eu informei que vira Aidan entrar na suíte minutos antes de ouvir o tiro, e não fui a única. Quando interrogada, Phoebe admitiu, embora com relutância, que passara por ele no corredor, quando saíra da suíte de Joseph.

— Ele me disse que ia fazer uma última inspeção nos quadros, por ordem de Harry — contou.

Claro, ninguém sabia exatamente o que acontecera, depois que Aidan entrara na suíte. Por duas vezes, eu disse ao investigador March que estava muito escuro lá dentro para que eu, do quiosque no terraço, pudesse ver alguma coisa. Quando ele me fez a mesma pergunta pela terceira vez, Jack intrometeu-se e declarou que estava sentado a meu lado no banco, e que eu estava dizendo a verdade: podíamos ver o patamar e parte do corredor do segundo andar, iluminados pelo lustre, mas que a luz na sala da suíte de Joseph devia estar apagada e não se via nada da porta para dentro.

— Mas o senhor estava voltado para a janela, quando o tiro foi disparado, não é? — o investigador pressionou. — E a srta. Greenfeder...

— Eu estava olhando para o vale — completei. — Quando ouvi o estampido, pensei que a queima de fogos ia começar, mas Jack disse que o som viera do hotel.

— Pode nos dizer se viu Joseph Krupah sair da suíte antes do tiro, ou depois? — March perguntou a Jack.

— Não posso dizer com certeza, mas acho que ele estava no corredor, a uns dois passos da porta, quando ouvi o som que agora sabemos ter sido um tiro. Não usava as muletas, nem a bengala, e lembro que achei isso estranho. Então, quando ouvi o estampido, ele se curvou para a frente, cambaleou na direção da janela e caiu através dela.

A arma foi encontrada dois dias depois, numa moita na plataforma abaixo do terraço, como se alguém houvesse tentado jogá-la pela encosta íngreme da montanha, mas não conseguira atirá-la bastante longe. Era o revólver de Harry, cujo desaparecimento, um mês antes, ele comunicara à polícia, e fora limpa, de modo que não havia impressões digitais.

— Barry poderia ter ido a sua suíte, na noite em que a arma foi roubada? — o investigador March perguntou a Harry, quando o revólver foi encontrado.

Ele pedira que Harry e eu fôssemos nos encontrar com ele na suíte Sleepy Hollow, que fora isolada como cena do crime. Eu não entrara mais lá, desde a noite do assassinato, e esperava me sentir mal por causa do sangue no carpete e vestígios de pó para revelação de impressões digitais nos móveis e batentes das portas, mas o que mais me perturbou foi sentar no mesmo banco junto à janela onde me sentara uma semana antes para conversar com Joseph, sob o espectro do cavaleiro no mural, carregando a própria cabeça decepada e flamejante. O investigador acomodou-se na poltrona onde Joseph estava sentado naquele dia, e Harry ocupou a outra, no lado oposto, de modo que fiquei entre os dois.

— Deixo que minha gerente decida quem pode usar uma chave mestra — Harry disse, transferindo a pergunta para mim.

— Naquela noite ele não poderia ter uma chave mestra, porque o sr. Kron ainda não o promovera a coordenador de eventos — expliquei. — Ele era apenas ajudante de jardineiro...

— E a senhorita costuma entregar esse tipo de chave a jardineiros? — March indagou, mal disfarçando seu desdém.

Eu estava convencida de que ele não gostara de mim no instante em que confessei que desviara o olhar da janela do patamar justamente no momento crucial, e que sua aversão aumentou quando admiti que contratara Aidan para trabalhar no hotel, mesmo sabendo que ele era um ex-presidiário.

— Não, mas todas as camareiras têm uma chave mestra — respondi.

Vi o investigador escrever alguma coisa em seu caderno e imaginei que fosse um lembrete para interrogar as camareiras para descobrir se uma delas dera sua chave mestra a alguém naquela noite. Eu sabia que Paloma mentiria para não me complicar, diria que não deu a chave a ninguém, mas imaginei o que lhe aconteceria, se ela não conseguisse mentir de maneira convincente. Já vira muitas camareiras serem chamadas ao escritório de meu pai, quando algum hóspede reclamava que desaparecera algo de seu quarto. Eu as vira sair do escritório lívidas de medo e vergonha, mesmo aquelas que eram inocentadas horas mais tarde, quando o hóspede encontrava em uma gaveta ou no próprio bolso o objeto que alegara ter sido roubado.

— Perdi minha chave mestra naquela noite — contei ao investigador, sustentando seu olhar, não por coragem, mas porque era mais fácil enfrentar sua antipatia do que a expressão de desapontamento que eu veria no rosto de Harry, se o olhasse. — Acho que a perdi na biblioteca, onde Gordon del Sarto ia fazer uma palestra.

— Acredito que foi o sr. Barry quem arrumou os slides que seriam usados na palestra — Harry observou.

— Então, Barry deve ter encontrado a chave, o que lhe permitiu entrar na suíte do sr. Kron — March conjeturou.

— Mas por que ele faria isso? — interrompi-o. — Aidan tinha horror em pensar em voltar para a prisão. Ele escreveu um bonito trabalho a respeito disso, onde...

O olhar do investigador me impediu de continuar elogiando a eloqüente narrativa que Aidan fizera das aventuras de Tam Lin.

— Isso é muito bom, srta. Greenfeder, fico contente em saber que o dinheiro que pago de impostos é usado para ensinar prisioneiros a se expressar. Sabe por que Barry foi para a cadeia?

— Ele me contou que estava com o primo em um carro roubado, com armas roubadas no porta-malas. Disse que não sabia das armas, mas que sabia que o primo estava levantando fundos para o IRA.

March emitiu um som gutural, que supus fosse sua versão de uma risada.

— Barry também contou que fugiu, quando o carro foi parado pela polícia?

— Não, mas..

— E que o policial que o perseguiu foi atropelado por outro veículo e morreu?

Abanei a cabeça, negando.

— Um tanto impulsivo, esse seu amigo Barry. E podemos dizer, arisco.

Lembrei a expressão dos olhos de Aidan, quando ele disse que talvez devesse ir embora do hotel. A sensação que tive foi de que ele estava pronto para fugir. Talvez ele pensasse que os quadros eram sua chance de começar uma vida nova.

— Vou lhes dizer o que acho que aconteceu — o investigador preludiou. — Aidan Barry provavelmente não tinha nenhum plano definido, quando roubou o revólver do sr. Kron, mas sujeitos desse tipo gostam de ter uma arma, para qualquer eventualidade. Quando a senhorita, de modo muito conveniente, forneceu-lhe uma chave, ele, é claro, usou-a para examinar os aposentos do patrão e, quando encontrou a arma, pegou-a, porque ela poderia ter serventia num tempo de vacas magras. Desculpe o chavão, srta. Greenfeder, mas o estudo do idioma nunca foi meu forte, ao contrário do que acontece com Barry. Lembro que meus professores de linguagem detestavam chavões, mas neste caso não consigo encontrar uma melhor maneira de me expressar. A senhorita consegue?

— Não — respondi.

Ótimo, pensei. Além de ser submetida a interrogatórios, como testemunha, e de ter sido considerada incompetente para contratar empregados, ainda irritei o investigador por ser professora de inglês. Alguma professora de minha área devia tê-lo humilhado por sua falta de aptidão, quando ele estava na escola.

— Então, ele fica à espera para ver o que acontece neste lindo hotel — March continuou com um sorriso zombeteiro, fazendo um gesto na direção do jardim.

Era como se quisesse dizer que o hotel era realmente lindo, mas que o jardim não estava com a melhor das aparências. Ian e Clarissa, seguindo fielmente as últimas ordens de Joseph, haviam limitado a irrigação das plantas anuais em benefício das perenes, de modo que as rasteiras, plantadas todos os anos, estavam morrendo, e o gramado começara a amarelar. O jardim todo parecia estar de luto pelo velho jardineiro.

— Eu não devia confessar isso, afinal sou um agente da lei, mas quando era moleque costumava vir aqui às escondidas para nadar no seu lago. Muitos garotos faziam isso. Para mim, este lugar era o paraíso. Mas aposto que para Barry não era tão bonito quanto os quadros que ele levou. Quanto acha que valem, sr. Kron?

— Bem, sempre depende do mercado — Harry explicou. — O interesse por paisagens americanas tem aumentado muito ultimamente.

— Uma quantia aproximada, sr. Kron.

— Alguns milhões de dólares. Eu diria cerca de quatro milhões e meio em leilões, mas no mercado negro é difícil calcular.

— Bem, alguns milhões. E seu amigo Barry não agiu sozinho — March informou, olhando diretamente para mim ao dizer "seu amigo Barry". — Aquela história do contrabando de armas não foi totalmente inventada. Barry realmente tem vínculo com o IRA, que, como vocês devem saber, sempre foi ligado a roubos de obras de arte.

— Ah, é verdade — Harry confirmou. — Existe uma teoria de que o famoso roubo de Isabella Stewart Gardner foi engendrado pelo IRA e...

O investigador ignorou-o e continuou:

— Então, quando Barry soube que os quadros valiam muito, e sabemos que ele conversou com o sr. Ramsey, da galeria Cornell, e que falaram do valor monetário de um dos quadros, decidiu que trabalho de hotelaria não era para ele, que levaria uma vida muito melhor, se fosse viver em uma das ilhas Cayman. Eu mesmo penso nisso, às vezes, quando o inverno se aproxima. Faz muito frio nas montanhas, como deve se lembrar, srta. Greenfeder, pois passou a infância aqui.

Fez uma pausa, esperando que eu respondesse, e apenas movi a cabeça, concordando. Quando ele permaneceu calado, imaginei se queria que trocássemos reminiscências sobre as grandes nevascas do passado. Ou, talvez, quisesse que eu desabasse e confessasse que a idéia de passar outro inverno aqui, na solidão do hotel, me levou a planejar com Aidan o roubo dos quadros, e que logo eu estaria fugindo para o Caribe. Fiquei muda. Por fim, March continuou a expor sua hipótese:

— Vejam como foi fácil — disse, apontando para o armário que fora fechado e trancado. — Obras de arte no valor de alguns milhões de dólares, guardados em um armário, tendo como vigia um jardineiro idoso e inválido. Barry provavelmente não imaginou que o velho lhe causaria problemas. Talvez achasse que ele estava dormindo.

Levantou-se, saiu para o corredor e tornou a entrar, representando o que Aidan supostamente fizera.

— Barry entrou na suíte e abriu o armário, o que vinha fazendo todos os dias para pegar os quadros.

Tirando algumas chaves do bolso, March abriu a porta do armário, fazendo-a bater no braço da poltrona de Harry.

— Juntou os quadros e fugiu para a cidade — prosseguiu. — Acredito que houvesse alguém à espera dele com um carro, num ponto qualquer estrada abaixo. Mas, infelizmente, o sr. Joseph Krupah não estava dormindo. Sua sobrinha nos disse isso, sr. Kron. Ela veio conversar com o sr. Krupah, para fazer-lhe uma pergunta, e pouco depois, quando saiu da suíte, cruzou com Barry no corredor. Não entendi direito qual era a pergunta que ela queria fazer ao velho, mas tem alguma coisa a ver com um vestido roubado.

Suspirei, preparando-me para explicar o incidente do vestido ao investigador, mas ele ergueu a mão para me impedir.

— Não se incomode — pediu. — A srta. Nix encheu meus ouvidos com essa história durante meia hora, ontem. Acredito que ela gostaria que eu abandonasse a investigação de assassinato para descobrir quem roubou um vestido da mãe dela, cinqüenta anos atrás. Tudo o que me interessa é que, cinco minutos antes de Aidan Barry entrar nesta suíte, Joseph Krupah estava na sala, conversando com a srta. Nix a respeito do tal vestido. Ela me contou que Joseph disse que ia dormir, mas ele deve ter demorado alguns minutos para ir da sala ao quarto, de modo que ainda estava no corredor, quando Barry entrou na suíte. Srta. Greenfeder, você será o sr. Krupah.

Fez um sinal para que eu o seguisse. Levou-me até o corredor que liga a sala ao quarto, deixou-me lá e fechou a porta, deixando uma fresta. Ouvi-o pedir a Harry para ser Aidan Barry. Ouvi uma porta fechar-se e, então, March murmurou algo para Harry. Em seguida, ouvi um "clique", e alguma coisa rangeu.

— Ouviu a porta abrir-se, srta. Greenfeder?

— Ouvi.

— Agora, venha cá.

Entrei na sala e vi Harry diante da porta do armário, de costas para mim. No primeiro momento, achei que o investigador não estava na sala, mas então o vi meio escondido entre a porta do armário e a poltrona que Harry ocupara, olhando em volta para avaliar a cena que criara.

— Entenderam? —ele perguntou. — No instante em que o sr. Krupah ouviu a porta abrir-se e voltou para a sala, percebeu a intenção de Barry. Sabia que os quadros não seriam mais usados naquela noite, que Barry não tinha nada a fazer ali. Posso apostar que ele sempre teve suspeitas a respeito do pilantra, suspeitas que foram confirmadas naquele momento. Joseph devia ser um empregado leal.

Fez uma pausa para que Harry e eu concordássemos. Harry, ainda de costas para mim, murmurou alguma coisa, mas eu não consegui abrir a boca. "Empregado leal." Não seria assim que eu descreveria Joseph, depois de tudo o que ele significara para minha família e para o hotel nos últimos cinqüenta anos.

— Penso que Joseph tentou impedir o roubo. Uma imprudência, mas temos de admirar o velho por isso. Ele derrubou o ladrão, batendo na cabeça dele com uma muleta — March explicou e, saindo de seu canto, aproximou-se de Harry com o braço erguido e fingiu dar um golpe no topo calvo de seu crânio. — Deve ter sido uma pancada forte, que abriu um corte grande, a julgar pela quantidade de sangue no carpete. Pensando que deixara Barry inconsciente, Joseph foi para a porta, pretendendo pedir ajuda.

Parando de falar por um instante, atravessou a sala e abriu a porta para o corredor.

Vi a janela do patamar fechada por tábuas e um hóspede caminhando na direção dos elevadores.

— Só que Barry recuperou-se enquanto Joseph ainda estava no vão da porta e, para silenciar a testemunha de seu crime, pegou o revólver e atirou — o investigador prosseguiu. — De modo espantoso, o impacto da bala não derrubou o velho instantaneamente. Ele ainda estava em pé, ainda estava andando.

March foi para o corredor, com Harry e eu em seus calcanhares, assustando as irmãs Eden, que vinham subindo a escada. O investigador saudou-as com uma curvatura e, parado no patamar, continuou sua história, enquanto as duas mulheres andavam lentamente demais na direção do corredor, sem dúvida para ouvir o que ele dizia.

— Mas, por infelicidade, Joseph perdeu o equilíbrio aqui perto da janela e caiu, atravessando o vidro. Aidan Barry pegou os quadros e desceu pela escada de serviço. O caminho estava livre, porque o tumulto no terraço, causado pela queda do velho, fez com que todos, hóspedes e empregados, corressem para lá. Barry saiu pelos fundos e fugiu para a estrada, onde com certeza um cúmplice o esperava. Nós, da polícia, acreditamos que tenham ido para o Canadá, usando estradas secundárias. Alertamos a patrulha da fronteira imediatamente, quando soubemos do crime, mas lamentavelmente nossos colegas do norte nem sempre são tão vigilantes quanto deveriam ser.

Visualizei Aidan viajando para o norte, o sol surgindo acima das montanhas Adirondack, e isso me trouxe à lembrança a imagem de um outro amanhecer.

— Como ele fez para carregá-los? — perguntei.

— Desculpe, não entendi.

— Os quadros, sr. March. Eram seis, e um deles, uma paisagem enorme, representando o céu ao alvorecer, não poderia ter sido carregado por uma só pessoa. Como Aidan poderia ter levado aquele e mais cinco, sozinho?

— Uma boa pergunta, srta. Greenfeder. Talvez ele tenha tido ajuda. Ficaremos atentos para ver se a situação financeira de algum dos funcionários do hotel melhora de repente e de maneira notável nos próximos meses. Enquanto isso, vou ordenar uma nova busca, para o caso de Barry ter escondido algum quadro para vir buscá-lo depois. Receio que isso causará um pouco de incômodo aos hóspedes, mas...

— Fecharei o hotel neste fim de semana — Harry interrompeu-o. — Fique à vontade para procurar o quanto quiser. Os funcionários e eu o ajudaremos.

— Vai fechar o hotel?! — exclamei, surpresa.

Harry nunca me falara desse seu plano. Olhei para o corredor para ver se as irmãs Eden ainda estavam por ali, mas para meu alívio as duas haviam desaparecido. Eu sabia que elas pretendiam passar o outono no hotel.

— Desculpe, Íris, eu ia lhe contar, mas o investigador March tem me ocupado tanto nos últimos dias, que não tive tempo. Não fique tão chocada. Não pretendo encerrar as atividades para sempre. Eu já havia planejado uma reforma total, e a tragédia simplesmente acelerou meus planos. Temos poucas reservas para setembro, nenhum evento especial, e o que houve aqui foi prejudicial para o hotel, sem nenhuma dúvida. Quero modificar tudo, desde pisos e pintura das paredes, até móveis, cortinas e carpetes. Quando reabrirmos, em maio do ano que vem, você não reconhecerá o lugar. E, embora não acredite agora, essa tristeza pela morte de Joseph terá passado. Afinal, ele não era mais jovem. Mas sei como você está sofrendo. Tire umas férias, passe algum tempo na cidade. Não vou precisar de você durante a reforma, mas é óbvio que continuarei a lhe pagar seu salário.

Eu sei que devia me sentir grata pela generosidade de Harry, mas uma das coisas que me perturbam, durante todo o caminho ao longo do Hudson, é a idéia de continuar na folha de pagamento do hotel, enquanto o estou abandonando para ser profanado. Não sei bem a quem acho que estou decepcionando: Joseph, por quem não posso fazer mais nada, tia Sophie, que já se mudou para a Flórida, para juntar-se aos Mandelbaum, ou o próprio hotel, um templo branco erguido num rochedo acima do Hudson, que parecia tão etéreo, quando o vi pela última vez, da estação ferroviária, que me sinto como se o houvesse imaginado e que, se tentasse encontrar meu caminho de volta para lá, veria que fora engolido pela floresta que cobre as montanhas.

Quando subo a rampa da estação Grand Central, espremida no meio da multidão, o cheiro pesado do verão na cidade me assalta, e acho difícil acreditar que o lugar que deixei, cheio de beleza, de ar puro e fresco, realmente existe. Atravesso o saguão e lembro que, quando embarcou em sua primeira viagem para o norte, minha mãe disse que o hotel para onde ia parecia tão distante quanto as constelações representadas naquele teto abobadado. Ela se sentiu, quando voltou para a cidade pela última vez, como se estivesse voltando de uma viagem à lua, como me sinto agora?

Na rua, preciso ficar em uma fila para tomar um táxi, estou ensopada de suor e enojada com o ar fétido. Não posso mudar a mala da mão direita para a esquerda, que ainda está enfaixada por causa dos cortes nos cacos de vidro, quando me ajoelhei ao lado de Joseph no terraço. As bandagens que envolvem meus joelhos soltaram-se e desceram para as canelas, e o jeans está friccionando dolorosamente os ferimentos. Por fim, afundo-me satisfeita no banco rasgado de um táxi sem ar-condicionado e vejo manchas de sangue, escuras e úmidas, nos joelhos da calça. Desço o vidro e observo a cidade passar. O branco sepulcral da biblioteca, as árvores do parque Bryant, com suas folhas murchas e enferrujadas, as bancas de frutas e verduras de Hell´s Kitchen, o bar Red Branch, diante do qual parei com Aidan, na noite em que voltamos juntos da estação. Quando percebo que estou examinando os rostos dos transeuntes, procurando pelo de Aidan, fecho o vidro, a despeito do calor, reclino-me contra o encosto do banco e me concentro no taxímetro pelo resto do percurso.

Por fim, desço em frente ao prédio onde moro e fico parada um instante na calçada, reunindo forças para enfrentar os cinco lances de escada até meu apartamento. Ou, admito, me preparando para enfrentar o vazio que me espera na pequena torre que tanto amei durante anos. Nunca voltei para casa com tal sensação de desânimo. A cada lance de escada que venço, sinto-me mais relutante em entrar naquele lugar vazio. Sempre voltei para cá como se voltasse para a paz de um claustro, onde eu podia me desligar do tumulto do mundo e escrever. Foi um mundo próprio que construí, uma torre com vista para o rio, um refúgio onde o que acontecera com minha mãe nunca aconteceria comigo. Eu nunca teria de me preocupar com marido e filhos, porque nunca os teria. O que fora que Phoebe dissera? "Por acaso você não viveu toda sua vida com base no que achava que sabia a respeito de sua mãe? Não se casou. Não teve filhos. Evitou tudo o que achava que matou sua mãe."

Abro a porta do apartamento e sou recebida por uma onda de luz e ar. A cela sufocante e vazia que eu esperava encontrar está aberta para o céu e o rio. E, de modo estranho, não me sinto sozinha. Estou tão surpresa e aliviada, que levo alguns instantes para perceber a razão dessa minha sensação. Então, percebo. Deitado no sofá sob as janelas abertas, um braço dobrado sobre os olhos para bloquear a luz do fim de tarde, Aidan dorme profundamente.

25

POSSO SAIR, correr escada abaixo e chamar a polícia. Penso nisso, parada no vão da porta, observando Aidan dormir. Fico ali tanto tempo, que vejo o sol tocar a linha do horizonte de Nova Jersey, no outro lado do rio. Tenho muitas razões para entregar Aidan, reflito, vendo a luz que bate em seu braço curvado sobre o rosto mudar do dourado para o vermelho. O vermelho que me lembra o sangue no piso do terraço, depois que removeram o corpo de Joseph, o vermelho do sangue no carpete de sua suíte. Há um curativo na testa de Aidan, pontos pretos aparecem sob as bordas da gaze branca. É óbvio que meu apartamento não foi o primeiro lugar que ele procurou. Alguém o socorreu. O que ele está fazendo aqui, então?

É esse pensamento que me faz entrar, fechar a porta e me sentar à escrivaninha. Se, como o investigador March disse, Aidan tem conexão com outras pessoas, por que razão ele viria para cá? Embora eu já esteja me disciplinando para parar de acreditar em tudo o que ele me diz — lembrando o resultado do exame de DNA, lembrando que o vi entrar no quarto de Joseph naquela noite —, ainda assim quero ouvir sua versão da história.

Ele demora tanto a acordar, porém, que fico impaciente. E estou com fome. Minha idéia era levar a bagagem para o apartamento e ir à mercearia coreana da esquina comprar alguma coisa para comer, mas agora tenho medo de sair e de não mais encontrar Aidan, quando voltar. Vou ver o que há na geladeira e encontro leite e ovos com prazo de validade não vencido e, em cima do balcão, um pacote de torradas e uma caixa de flocos de aveia, com o saquinho de plástico interno cuidadosamente fechado. Esse detalhe me enternece. Aidan é um fugitivo, mas mesmo assim ainda se preocupa em não deixar os alimentos expostos a insetos. Noto que ele lavou e pôs no escorredor a pouca louça que usou, e que o pano de pratos está dobrado em cima do balcão. É o cheiro de ovos fritos que o desperta. Estou diante do fogão, de costas para o balcão, quando o ouço dizer:

— Suponho que seja um bom sinal, você não ter chamado a polícia. Ou será que está preparando minha última refeição?

Levo para a sala os pratos com ovos e torradas e duas canecas de chá, com leite e bastante açúcar, como Aidan gosta. Eu geralmente tomo chá puro, mas lembro o que Bárbara Pym diz em suas novelas, que chá doce é bom para momentos chocantes, e estou esperando ouvir algumas coisas surpreendentes, quando Aidan começar a falar. Espero que de fato tenha surpresas, porque do contrário estarei ouvindo a mesma história que ouvi do investigador March.

Aidan abre espaço para mim no sofá, mas me sento na cadeira da escrivaninha, que viro de frente para ele. Vejo que a sutura em sua cabeça é longa, vai do topo à testa.

— Joseph deu-lhe uma pancada e tanto — comento, tomando um gole de chá e fingindo que é o vapor quente que me faz franzir a testa num trejeito de desgosto.

— Foi isso o que a polícia deduziu? Que Joseph me atacou? — Aidan aponta para o ferimento e abana a cabeça. — Não, não foi Joseph.

— Então, quem foi?

— Não sei. Só sei que foi a mesma pessoa que atirou em Joseph.

Tomo outro gole de chá.

— Do terraço, eu vi você entrando na suíte, e minutos depois ouvimos o tiro. Jack disse que Joseph correu para fora e caiu pela janela.

Aidan concorda, movendo a cabeça. Noto que não tocou na comida. Ele perdeu peso nessa semana em que não o vi, está pálido e tem o mesmo olhar vazio que tinha quando estava na prisão.

— Jack disse... — ele repete. — Por que isso não me surpreende?

— Ele não tinha nenhum motivo para mentir a respeito do que viu. Eu já havia dito a ele que estava tudo acabado entre nós.

Só estou modificando a verdade ligeiramente. Era isso o que eu ia dizer a Jack, quando ouvimos o disparo, e foi o que lhe disse no dia seguinte.

— Não, ele não mentiu — Aidan diz. — Imagino que foi essa a impressão que ele teve, de onde vocês estavam sentados, e duvido que consiga convencer alguém de que as coisas não aconteceram assim. Quer que eu lhe conte como foi, ou está satisfeita com a versão da polícia?

— Vou tentar ouvir de mente aberta.

Aidan inclina-se para a frente, e penso que vai me tocar, mas ele pega a caneca de chá e segura-a com as duas mãos, como que para aquecê-las. Ou talvez só queira mantê-las ocupadas, porque começa seu relato sem tomar um único gole.

— Logo que entrei na suíte, percebi que havia alguma coisa errada. A sala estava escura, e o interruptor na parede não funcionou. Tentei acender o abajur na mesinha de canto, e também não funcionou.

— As luzes continuavam apagadas, quando Harry e eu entramos na suíte, mas tudo estava funcionando, porque as acendemos, menos a do abajur, que estava no chão, quebrado.

— Tenho pensado nisso e cheguei à conclusão de que alguém poderia ter desligado a energia do segundo andar. A maioria dos hóspedes estava na festa, de modo que ninguém notaria. Pensei em ir buscar uma lanterna, precisava fazer uma inspeção no armário onde estavam os quadros, mas havia luz suficiente entrando pelas janelas, com todos aqueles holofotes que Harry mandou instalar.

— Os quadros estavam todos lá?

— Acho que sim. Eu os estava contando, só para me certificar, quando alguém veio por trás de mim e me golpeou, derrubando-me no chão.

— Então, como sabe que não foi Joseph que fez isso, se não viu quem foi?

— Porque quando caí, vi a porta do corredor que leva ao quarto abrir-se, e Joseph entrou na sala. Ele não podia ser confundido com outra pessoa, mancando daquele jeito. Mas, em vez de ir em minha direção, quando me viu caído, foi para a porta. Fiquei assustado, porque seja o que for, ou quem for, que ele viu atrás de mim, apavorou-o. Tentei me virar para olhar, mas alguém pisou em minha cabeça. Pisou com força, bem no lugar onde eu fora atingido. Comecei a perder os sentidos, mas me lembro de ter visto um foco de luz e uma pessoa no meio dele. O maldito pensamento que tive foi que estava entrando no túnel de luz que me levaria para a outra vida, mas algo explodiu, e a figura dentro da luz pareceu voar na direção da janela. Não vi mais nada, desmaiei, porque quando voltei a mim, não havia mais pressão em minha cabeça, e eu estava sozinho. Sozinho numa sala de onde quadros no valor de alguns milhões de dólares haviam sido roubados, onde, pelo cheiro de pólvora, fora disparado um revólver. Não precisei de muita imaginação para ver o que aconteceria comigo. Fugi. Desci pela escada de serviço, atravessei a ala dos empregados e corri para o bosque. Consegui chegar em Agway, no sopé da montanha, e telefonei a amigos na cidade, pedindo que fossem me buscar. Os jornais da manhã publicaram a história, e fiquei sabendo que Joseph morrera. Lamentei muito não poder estar a seu lado, Íris. Eu sei o quanto ele amava você.

Aidan pára de falar, obviamente abalado com a recordação de tudo aquilo. Eu me sinto sem fôlego. Lá fora, toda a luz que havia no céu apagara-se, e chega até nós o cheiro do rio em maré baixa. Nenhum de nós dois comeu, os ovos esfriaram. Levo os pratos para a pia.

— Não a culpo por não acreditar em mim — Aidan diz. — Não esperava que acreditasse, mas tinha de lhe contar como as coisas aconteceram.

— Por que outra pessoa mataria Joseph? Se não foi você, quem foi, então?

— A mesma pessoa que me atacou e levou os quadros. Quando caí, o barulho alertou Joseph, que foi para a sala o mais depressa que pôde.

É uma teoria plausível, e mais que tudo eu quero acreditar nela, mas não posso.

— O que você foi fazer na suíte? Harry disse que não lhe pediu para ir lá verificar os quadros.

— Bem, não diretamente. Mandou recado pela sobrinha, aquela maluca.

— Phoebe?

— É. Encontrei-a no corredor, quando ia descer para a festa. Ela não contou isso à polícia?

— Contou que o encontrou e que você lhe disse que Harry lhe pedira para ir fazer mais uma inspeção nos quadros.

Aidan olha fixamente para dentro de sua caneca, como se quisesse ler as folhas no fundo, através do líquido amarelado, então abana a cabeça.

— Sabe, eu tive a intuição de que ela estava mentindo. Mas alguma coisa, no modo como ela insistiu, me fez ir à suíte. Enquanto destrancava a porta, notei que ela continuava parada no corredor, como para certificar-se de que eu cumpriria sua ordem.

Sento no sofá ao lado dele e, fechando os olhos, visualizo o corredor do segundo andar. Eu adorava brincar naquele lugar, quando menina, porque ali o patamar era mais largo e porque o lustre era tão lindo... e porque, se esperasse bastante, talvez visse minha mãe saindo de um dos quartos.

— Em que lugar Phoebe ficou parada? — pergunto, abrindo os olhos.

— O quê? Eu já disse, no corredor.

— Sei, mas em que ponto do corredor? Perto dos elevadores?

— Não, perto da outra porta da suíte.

— A que leva direto ao quarto?

— Isso — Aidan confirma, e noto que seu rosto ganhou um pouco de cor. — Ela andou atrás de mim aquela semana inteira. — Achei que estivesse me vigiando, como se fosse minha patroa, mas talvez esperasse uma chance de ter acesso ao armário. Pode ser que quisesse os quadros. Acha isso possível?

— Não. Acho que ela estava atrás do terceiro livro de minha mãe, o manuscrito desaparecido. Penso que ela já o havia procurado quando esteve instalada na suíte, por isso havia gavetas quebradas e tábuas soltas no piso do armário.

— Mas por que ela imaginou que o livro estaria escondido ali?

— Os pais dela uma vez hospedaram-se no hotel e ocuparam a suíte Sunnyside, diretamente abaixo da Sleepy Hollow, que Joseph estava usando.

Fecho os olhos novamente e torno a ver uma imagem que povoa meus sonhos: uma porta vibrando com o som das teclas de uma máquina de escrever. Minha mãe usava aquela suíte para datilografar seus livros.

— Talvez Vera Nix ouvisse minha mãe datilografando na suíte acima da dela e mencionasse isso em seu diário, o que deu a Phoebe a idéia de que o manuscrito podia estar escondido lá... — Interrompo-me bruscamente e solto um gemido.

— O que foi, Íris?

— Lembrei as primeiras palavras da história da mulher-foca: "Muito tempo atrás, antes de os rios serem engolidos pelo mar, numa terra entre o sol e a lua..." A suíte Sleepy Hollow fica acima da Sunnyside, o sol, e abaixo da Half Moon, a lua. Entre o sol e a lua. Não posso acreditar que Phoebe pensou nisso, e eu, não.

— Por que Phoebe estaria assim tão desesperada para encontrar o livro de *sua* mãe?

— Bem, se Vera tinha medo de que no livro houvesse alguma coisa a seu respeito que ela não queria que fosse revelada, talvez Phoebe quisesse proteger esse segredo.

— E o que Vera poderia ter feito de tão ruim? — Aidan indaga.

Noto que ele e eu trocamos nossos papéis. Agora ele me interroga, e eu dou explicações, tentando encontrar provas de sua inocência. E se eu não conseguir? No silêncio que se segue, imagino o que ele pretende fazer daqui por diante. Para onde irá, quando deixar meu apartamento? Agora sei que não terei coragem de entregá-lo à polícia, mas também sei que não posso ajudá-lo. Espero que pelo menos em um ponto o investigador March esteja certo, que Aidan tenha pessoas a quem recorrer. Não posso suportar a idéia de vê-lo voltar à prisão — ou coisa pior. Lembro o título da matéria de Elspeth McCrory que li no *Poughkeepsie*

Journal: "Tragédia em Rip Van Winkle — Morre em acidente de trem uma mulher em visita a presidiário". Agora consigo imaginar como Rose McGlynn se sentiu ao ver o irmão na penitenciária.

— O que você disse? — Aidan pergunta.

Eu não percebera que pensara em voz alta.

— Só estava lembrando a história horrível de uma mulher que se matou depois de visitar o irmão na prisão.

— Obrigado por esse pensamento animador. Não espero que você se mate, Íris, mas seria bom, se me levasse um bolo de vez em quando. E talvez eu possa voltar a ser seu aluno.

— Aidan, espere um pouco... Vera Nix pode ter feito alguma coisa muito ruim. A própria Phoebe falou sobre isso, embora depois negasse. Disse que durante o julgamento de John McGlynn, o irmão da moça que se suicidou, ele alegou que Vera pagou-lhe para roubar as jóias dela, e que o dinheiro seria dividido, quando elas fossem vendidas. Ninguém acreditou, mas e se ele estivesse dizendo a verdade?

— Já houve muitos casos de pessoas ricas que pagaram alguém para roubar algo valioso de sua propriedade para poder cobrar do seguro. Se Vera estivesse precisando muito de dinheiro...

— Phoebe disse que a imprensa inventou coisas, dizendo que ela usava drogas, mas Harry admitiu que a cunhada tinha esse problema. Se de fato não foi invenção dos jornalistas...

— Ela precisava sustentar o vício — Aidan completa. — Talvez devesse dinheiro a gente que não perdoa quem não paga suas dívidas. Mas se ninguém acreditou em John McGlynn na época, por que Phoebe se preocuparia em evitar que essa história fosse publicada agora?

— Ouça o que vou lhe contar e pense. Minha mãe trabalhava no hotel Crown, de onde as jóias foram roubadas, e conhecia Rose e John McGlynn. Rose estava viajando com ela, no dia em que se atirou embaixo de um trem.

Aidan endireita-se no sofá e se inclina em minha direção, ficando tão perto de mim, que sinto seu hálito em meu rosto.

— Então, se sua mãe sabia do que houve entre Vera Nix e John McGlynn, talvez tenha escrito isso no livro.

— Certo. No entanto, é apenas um livro de ficção. Há uma parte que fala de uma jóia roubada e suponho que possa ter sido baseada no roubo no hotel Crown, e existe também uma mulher que usa um vestido verde, como aquele que usei, e que Phoebe alegou ter pertencido à mãe dela. Talvez Vera seja essa mulher e talvez descubramos no terceiro livro, *A Filha da Mulher-Foca*, que ela estava por trás do roubo, mas quem, agora, pensaria em tudo isso e chegaria a essa conclusão?

— E se sua mãe, naquele verão em que Vera esteve no hotel, confrontou-se com ela e revelou o que sabia a seu respeito?

— Seria a palavra dela contra a de Vera.

— Sua mãe podia ter alguma prova do que dizia. Quem sabe... Era camareira do hotel Crown, talvez tenha encontrado uma carta escrita por Vera. Pense, Íris. O que aconteceu a sua mãe, depois daquele verão?

— Você sabe o que aconteceu, Aidan. Ela morreu no incêndio do hotel onde estava com outro homem.

— Pelo que você me contou, não foi encontrado nenhum vestígio desse homem, no quarto onde ela morreu. E se ela não foi encontrar-se com um homem, mas com Vera Nix, para apresentar qualquer prova que pudesse ter?

Aidan acaricia meu rosto, e só agora percebo como minha pele está quente. De repente, sinto como se estivesse queimando, como se o fogo que consumira minha mãe estivesse me consumindo.

— Está sugerindo que Vera Nix matou minha mãe? — pergunto num murmúrio, quase temendo que minhas palavras se incendiassem em contato com o ar.

— Estou dizendo que Phoebe pode pensar que foi isso o que aconteceu. Ela acha que Joseph sabia aonde sua mãe foi naquela noite e com quem ia se encontrar, por isso... Íris, o que há com você?

Agora, em vez de sentir calor, estou com frio, como se houvesse saltado num lago gelado para apagar o fogo sob minha pele.

— Lembra que naquele dia em que você foi buscar um quadro, o maior de todos, para levá-lo para baixo, Phoebe entrou na suíte? Bem, depois que você saiu, ela me perguntou se Joseph havia me contado com quem minha mãe fora se encontrar, na noite em que morreu. Eu disse que não, mas dei a entender que ele me contaria, um dia, se eu realmente quisesse saber. Depois, durante a palestra daquela noite, eu quase a desafiei a encontrar o manuscrito. Se ela matou Joseph, a culpa é minha, Aidan. Eu fiz com que ela o visse como uma ameaça.

— Ainda não sabemos se foi isso o que aconteceu, mas mesmo que tenha sido, você não podia imaginar que ela seria capaz de matar para preservar a reputação da mãe. Não podia saber que ela é louca.

Eu me aconchego contra Aidan, e ele me abraça pelos ombros, puxando-me para mais perto.

— Mas eu devia ter imaginado — murmuro. — Eu, mais do que ninguém, sei o que significa ter obsessão pela lembrança de uma mãe que morreu jovem. Sou tão culpada quanto Phoebe. Busquei tanto conhecer a história de minha mãe, que essa busca causou a morte de Joseph e fez com que você se tornasse um fugitivo, acusado de assassinato. Mas agora não posso parar. Tenho de descobrir o que aconteceu de tão grave no Crown, em 1949, que levou alguém a matar minha mãe no hotel Dreamland, vinte e quatro anos depois. Penso que, então, saberemos quem matou Joseph.

— Tem muito trabalho pela frente, então — Aidan comenta, afastando meus cabelos caídos na testa. — Quer que eu vá embora, Íris?

Olho nos olhos dele e vejo o ar inquieto que já vi antes, a expressão de quem se prepara para fugir. Passo os braços ao redor de seu corpo, descendo as mãos por suas costas, sentindo um tremor sob a pele que me faz querer apertá-lo com mais força para impedi-lo de voar para longe. Levo alguns instantes para perceber que sou eu quem está tremendo.

26

AIDAN QUER PARTIR antes do amanhecer. Não me diz para onde vai, mas me dá um número de telefone para onde posso ligar e deixar um recado, além de instruções de como chegar a um lugar no parque Inwood, onde nos encontraremos no dia seguinte àquele em que eu telefonar.

— Parece o Tam Lin da história, pedindo a Margaret para encontrá-lo junto ao poço — comento. — Vou levar água benta e um pouco de terra do jardim de Joseph... — Minha voz treme e some.

O nome de Joseph cai entre nós como uma sombra.

Pouco depois, Aidan levanta-se e se veste, olhando pela janela, para a luz tênue que orla o horizonte além do rio. Então, senta-se na cama a meu lado e corre uma das mãos por toda a extensão de meu corpo, da cabeça aos pés.

— Se você não me telefonar dentro de uma semana, saberei que não entrará mais em contato e compreenderei. Sem mágoa, Íris.

— Vou telefonar, Aidan, assim que descobrir alguma coisa.

Depois que ele se vai, fico na cama até às nove, pois nesse horário a biblioteca da faculdade John Jay já abriu e posso ligar para lá. Quando dei aulas nessa escola, no ano passado, levei meus alunos à biblioteca para uma visita ao departamento de criminologia e tive uma longa conversa com o bibliotecário, Charles Baum, sobre lendas escandinavas.

— Claro, é sempre um prazer ajudar ex-professores em suas pesquisas — ele afirma ao telefone. — Deixarei um passe para você com o guarda de segurança. Se precisar de ajuda para encontrar o caso que deseja examinar, basta dar um grito.

No caminho para a John Jay, paro na lavanderia e alfaiataria na avenida Oito, onde o sr. Nagamora trabalha. Não o vejo em sua máquina de costura perto da janela e por um momento entro em pânico, pensando que algo pode ter lhe acontecido durante o verão. Afinal, ele não é jovem. Quando pergunto por ele à moça no balcão, ela desaparece atrás dos suportes de cabides com roupas em sacos de plástico, e alguns segundos depois os sacos farfalhavam suavemente, e o sr. Nagamora aparece. Seu rosto, um instante antes de ele me reconhecer, é liso como uma pedra, mas então um sorriso largo revela mil pequenas rugas.

— Professora Greenfeder! — ele exclama, curvando-se cerimoniosamente. — Minha família vai gostar de conhecer a senhora!

A moça do balcão reaparece, acompanhada por uma mulher mais velha e um garotinho, e todos curvam-se para mim ao serem apresentados. A mulher mais velha, que pensei que fosse esposa do sr. Nagamora, é sua irmã, a jovem é sua sobrinha, e o menino, seu sobrinho-neto. O sr. Nagamora tira alguma coisa do bolso do casaco — mesmo no calor úmido da lavanderia ele usa o mesmo casaco de lã com que vai para a escola — e começa a desembrulhá-la. Lembro-me de Joseph desdobrando o lenço para enxugar o suor da testa, mas o que o sr. Nagamora está desdobrando não é um lenço, mas várias folhas de papel branco. Ele ergue a primeira para mostrar um grande "A" no topo. É sua redação, onde ele conta a história da mulher-garça. Penso em como hesitei antes de lhe dar aquele "A" e, por uma vez na vida, fico contente por algo que fiz impulsivamente.

Por fim, quando nossa platéia retira-se para os fundos da loja, tiro da sacola o vestido de cetim verde e estendo-o no balcão.

— Ah... — ele murmura, alisando o tecido gentilmente, o que, de modo absurdo, me lembra o Aidan acariciando meu corpo antes de ir embora. — Linda seda. — Dobra o vestido pela cintura, olha a etiqueta no decote e move a cabeça com aprovação ao ver o nome do costureiro. Então, desliza os dedos pelas costuras, como se estivesse lendo algo em Braille. — Trabalho muito bem feito. Era de sua mãe?

— Era — respondo, porque é mais fácil do que contar a dúbia história do vestido. — Mas eu o usei, e a faixa rasgou-se.

O sr. Nagamora encontra o rasgo e também os furos na saia, feitos pelos cacos de vidro, quando me ajoelhei junto de Joseph. Rola alguma coisa entre os dedos, então me mostra uma minúscula farpa de vidro.

— Houve um acidente — digo, embaraçada ao ouvir minha voz tremer na última palavra.

Ele ergue a mão para me impedir de continuar. É o mesmo gesto imperioso que ele usou quando estava lendo sua história na classe e eu tentei interrompê-lo, um gesto que imagino ele aprendeu com o pai, o tecelão de seda. Estou notando algo diferente nele desde que entrei, e agora percebo o que é. Seu porte mudou. Os ombros não se curvam mais para a frente, ele se mantém orgulhosamente ereto. Sei que não foi o "A" que lhe dei que fez isso, mas o fato de ele ter contado algo a respeito do pai. E com aquela nova atitude, continua contando.

— Dá para consertar — ele diz.

Por um instante, esqueço que o assunto é o vestido.

— Obrigada, sr. Nagamora.

Ele bate carinhosamente no tecido, como bateria em minha mão, para me tranqüilizar. Preenche uma etiqueta de identificação e diz que o vestido de minha mãe estará pronto na próxima quinta-feira.

Durante todo o resto do caminho até a faculdade, penso no comportamento diferente do sr. Nagamora, no modo como ele se transformou depois de falar do pai em um trabalho de redação. Penso também em meus outros alunos, cuja vida mudou desde a primavera. A sra. Rivera, isto é, Paloma, ficou no hotel com Ramon para ajudar na reforma. Gretchen Lu disse que pretendia usar o dinheiro do prêmio do concurso viajando durante um ano para conhecer tecelagens em diferentes países — Mark Silverstein usará a parte dele para dar entrada em um apartamento de cooperativa, em Hoboken — e Natalie Baehr vai desenhar jóias para a Barney´s. Mesmo Aidan parece estar vivendo alguma versão da história de Tam Lin, que ele contou na última primavera, e eu talvez possa salvá-lo, se tiver capacidade para ver além da aparência enganosa de certas coisas, se não perder a coragem.

Quantas mudanças um simples trabalho escrito causou! E minha vida? Que seqüência de acontecimentos desencadeei, quando mandei para Phoebe Nix a história de minha mãe sobre a mulher-foca?

Chego à entrada da faculdade sentindo-me como se estivesse caminhando por um desses labirintos para meditação construídos em claustros, percorrendo um caminho traçado por mãos invisíveis. Não existe, porém, nada de tranqüilizante em seguir esse caminho. Eu me sinto tonta.

Charles Baum deixou um passe para mim na recepção, com um guarda, como prometeu. De todas as escolas em que ensinei — com exceção a da prisão, naturalmente — a John Jay é a que mais oferece segurança. Acho que isso é inerente à cultura de uma instituição que é a melhor faculdade de justiça criminal do país. A maioria dos policiais de Nova York que fazem curso superior estudam aqui. E a biblioteca de criminologia é uma das melhores da cidade.

Uso a escada rolante para ir ao saguão, onde passo por uma fileira de bandeiras que me faz sentir como se estivesse entrando no prédio da ONU, e vitrines que exibem trabalhos sobre o tema *Os Irlandeses na História da Polícia de Nova York*. Depois de apresentar o passe no balcão da segurança, subo ao primeiro andar para procurar um computador livre com acesso ao LexisNexis.

Quando trouxe meus alunos aqui, Charles Baum explicou-nos como usar o LexisNexis para examinar um caso judicial específico. Mas fiquei tão ocupada, cuidando para que os estudantes prestassem atenção às explicações, que eu mesma quase não prestei. Fico zanzando entre os computadores, até que encontro um folheto que descreve em detalhes o que fazer para usar o programa. Clico em "pesquisa", depois em "casos estaduais", então digito "John McGlynn" e "hotel Crown" na janela de busca e prendo a respiração, esperando. Lembro vagamente que o caso só aparecerá se houve apelação depois do julgamento, e Elspeth McCrory não disse nada sobre isso em sua matéria no *Poughkeepsie Journal*.

Mas descubro que John McGlynn tinha uma razão muito forte para apelar. Abrindo caminho no emaranhado de termos legais, consigo entender que sua apelação baseou-se na premissa de que o depoimento de uma das principais testemunhas devia ser considerado inválido, porque a pessoa não fora capaz de identificar o acusado quando o vira entre outros e mudara seu testemunho várias vezes no decorrer do julgamento.

Leio o resumo dos principais pontos do processo de apelação e depois os comentários sobre as circunstâncias do julgamento. Na noite de 21 de agosto de 1948, Vera Nix, que era cunhada do proprietário do hotel e ocupava com o marido a suíte de cobertura, pediu ao gerente noturno do hotel Crown que abrisse o cofre para que ela pudesse pegar um colar de brilhantes que mandara guardar no cofre poucas horas antes. O gerente, ao abrir o cofre, descobriu que ele estava completamente vazio. Vera Nix disse à polícia que, quando pusera o colar ali, às oito e meia daquela mesma noite, um pouco antes de sair para uma festa no Plaza, vira o réu, John McGlynn, perto do balcão de recepção, flertando com uma das camareiras.

"Eu já o vira antes, não era possível deixar de notá-lo, pois ele é um homem muito bonito, um tipo de Heathcliff, de *O Morro dos Ventos Uivantes*, e era muito popular entre as moças irlandesas que trabalhavam no hotel. Bem, eu notei que, quando passei por ele ao entrar no escritório para guardar meu colar no cofre, ele ficou olhando para a jóia."

Baseando-se nesse indício inconsistente, a polícia fora atrás de John McGlynn em sua residência, em Coney Island, mas a proprietária da casa disse que ele se mudara naquela manhã, embora o aluguel estivesse pago ainda por mais uma semana, e que não informara o novo endereço. Isso bastou para convencer a polícia de que o ladrão era ele. Uma semana mais tarde, John foi visto em Saratoga Springs, Nova York. A polícia encontrou-o em um hipódromo, apostando nas corridas, e seguiu-o até o motel em que ele se hospedara. As jóias foram encontradas em seu quarto.

Essa prova foi suficiente para condená-lo. Sua apelação baseava-se em fatos que vieram à luz depois de sua condenação. Seis meses antes do roubo, Vera Nix comunicara à polícia que algumas jóias haviam desaparecido de seu quarto. Dissera que surpreendera uma camareira "entretendo um moço" na sala de sua suíte e que suspeitava que a jovem, em conluio com o rapaz, roubara as jóias. Achava que esse rapaz era irmão da assistente de gerente do hotel e que a camareira, de acordo com o nome em seu crachá, chamava-se Katherine Morrissey.

Estou rolando a página rapidamente, mas quando vejo o nome de minha mãe, paro o cursor e me recosto na cadeira. Visualizo John McGlynn, "um homem muito bonito, um tipo de Heathcliff, de *O Morro dos Ventos Uivantes*". Cabelos pretos, fartos cílios escuros sombreando olhos verde-azulados, pele clara que fica rosada ao ar livre. Mas, quando tento visualizar minha mãe surpreendida na companhia de um homem, na suíte de uma hóspede, não consigo. Não posso imaginá-la apanhada em flagrante em uma situação comprometedora, saindo assustada dos braços de um homem, ajeitando o uniforme — é impossível imaginá-la usando uniforme — corando e curvando-se respeitosamente diante da grande dama, Vera Nix. Talvez isso aconteça porque ninguém gosta de pensar na própria mãe num contexto sexual, mas acredito que nesse caso tem mais a ver com a dignidade de minha mãe, com o modo como ela se comportava.

Lembro que, sempre que uma camareira do Equinox era acusada de haver roubado alguma coisa de um quarto, minha mãe fazia com que meu pai segurasse em seu escritório o hóspede que fora apresentar queixa, enquanto ela subia ao quarto para conduzir sua própria busca. Na maioria das vezes, encontrava o objeto "roubado" no carpete, ou no meio das cobertas, embaixo de um livro ou lenço na mesa-de-cabeceira. Em uma dessas ocasiões, uma viúva da alta sociedade de Boston, chamada Caroline Minton, teve a audácia de sugerir que a camareira devia ter entregado o broche que roubara a minha mãe, para que ela o levasse para sua suíte e fingisse que o encontrara lá. Sem dizer uma palavra, minha mãe saiu do escritório e ordenou a um dos carregadores que tirasse toda a bagagem da suíte da sra. Minton e mandasse o motorista dela preparar o carro para partir. Minha mãe disse à viúva que ela não precisava pagar a conta, mas que procurasse outro hotel, se um dia voltasse a visitar nossa região. Não posso imaginar essa mulher corajosa, que expulsou friamente uma hóspede, acovardando-se diante de Vera Nix. Talvez eu simplesmente não queira imaginar. Mas tenho de admitir que talvez ela defendesse seus empregados contra acusações fraudulentas com tanta coragem porque também fora humilhada, falsamente acusada de roubo, sentira essa injustiça na própria pele.

Volto a atenção para a tela, para ver o que resultou dessa acusação contra minha mãe. Quando acabo de ler, sinto-me vingada, porque Vera Nix, orientada pela polícia a identificar, entre as empregadas enfileiradas, a camareira apanhada em flagrante delito, apontou para a moça errada. Deram-lhe três chances de escolher a certa, que ela dissera ser Katherine Morrissey, e nas três ela errou. A acusação foi retirada. Quando esse incidente foi descoberto, depois da condenação de John, o testemunho de Vera Nix no julgamento tornou-se questionável. Ela devia ter má memória para fisionomias, ou pelo menos no que dizia respeito ao exército de camareiras, carregadores, cabeleireiras, manicures, secretárias e garçons que a atendiam regularmente no hotel Crown. Embora ela declarasse que a boa aparência física de John McGlynn chamara sua atenção, não foi capaz de reconhecê-lo, olhando algumas fotografias. A foto que ela identificou como sendo de John era na verdade de Laurence Olivier, que em 1939 desempenhara o papel de Heathcliff.

Então, talvez não fosse minha mãe, a moça surpreendida com o namorado na suíte dos Nix. Podia ser outra jovem irlandesa, ou Vera inventara tudo aquilo. Mas por que inventaria? Ela informou o nome de minha mãe, quando deu queixa. Talvez não a reconhecesse, olhando-a, mas sabia seu nome.

Fico olhando para o trêmulo cursor na tela, até que noto que uma veia acima de meu olho está pulsando no mesmo ritmo. A única idéia que me ocorre é que, se alguém disse a Vera que seu marido estava tendo um caso com uma camareira chamada Katherine Morrissey, ela podia ter inventado o episódio para fazer com que a moça fosse despedida. E por que não aproveitar a oportunidade e incluir um namorado na história, para mostrar ao marido que ele não era o único homem na vida de sua amante?

O resto do arquivo sobre o caso não esclarece grande coisa. Apesar de o testemunho de Vera Nix ter sido anulado, ainda havia muitos fatos incriminando John McGlynn: posse de propriedade roubada, fuga e vários pequenos roubos anteriores registrados em sua ficha de antecedentes criminais. Fatos suficientes para manter sua condenação. Imprimo o arquivo e vou em busca do microfilme com a cobertura jornalística do julgamento.

Buscando "roubo no hotel Crown", encontro sete referências no *NewYork Times*, quatro no *Herald Tribune* e doze no *Daily News*. E descubro que estou com fome. Olho para o relógio e vejo que passa de meio-dia. Não comi nada de manhã, sem coragem de fritar ovos novamente, depois daqueles que nem eu nem Aidan comemos na noite anterior, e estava ansiosa demais para chegar à biblioteca para parar em uma lanchonete no caminho. E agora não quero interromper minha pesquisa. Apesar da dorzinha surda em meu olho direito e da zonzeira causada por fadiga e fome, um quadro começa a tomar forma em minha mente. Acho uma coincidência muito grande, ter sido o depoimento de Vera Nix que levou a polícia a suspeitar de John McGlynn, e também que ela tivesse tentado acusá-lo, e à minha mãe, de um outro roubo, anterior ao das jóias no cofre. Isso me leva a pensar que ela acreditava que minha mãe estava tendo um caso com seu marido e por isso a odiava.

Examinar o microfilme só piora minha dor de cabeça. Passo depressa pelas primeiras reportagens sobre o roubo e o julgamento, porque elas não têm nada de novo para me oferecer. É só quando chego ao assunto da apelação que paro para ler mais atentamente. Os jornais publicaram vários artigos desabonadores sobre Vera Nix, depois que seu testemunho foi desacreditado. Um deles, na página social do *Herald Tribune*, criticou-a por usar as pérolas da família Kron para ir a um café no Greenwich Village, e há uma caricatura particularmente contundente, mostrando-a com um vestido de noite, coberta de jóias, lendo o *The Daily Worker* sentada em uma poltrona e com os pés apoiados nas costas de uma camareira curvada a sua frente. Entendo por que Phoebe fala com tanta raiva do modo como sua mãe foi tratada pela imprensa mas, para ser honesta, fico surpresa por não haver ainda mais críticas. O último artigo sobre Vera nega peremptoriamente o boato de que ela fora acusada de ser a mandante do roubo. Depois disso, seu nome desaparece da documentação do julgamento.

O último artigo é sobre a petição de Rose McGlynn para que a pena do irmão seja abrandada. Tenho esperança de ver uma foto dela, mas só há uma de John, de uniforme e quepe, segurando um grande tambor onde se lê: Banda do Lar São Cristóvão. Lembro que a jornalista Elspeth McCrory mencionou em seu artigo que os irmãos mais novos de Rose haviam sido mandados para um orfanato católico. Começo a ler, mas agora estou tão tonta, que parece que meu cérebro está se derretendo. Decido imprimir o artigo e levá-lo comigo à lanchonete grega no outro lado da rua.

Na saída, passando outra vez pelo saguão, paro para olhar as fotos em preto-e-branco de gerações de policiais irlandeses, talvez porque elas me lembrem a foto que vi de John McGlynn. É engraçado, penso, mas parece que estão brotando irlandeses de todos os lados em minha vida. Nunca pensei muito sobre a origem irlandesa de minha mãe e, a não ser por causa da história da mulher-foca que me contava, ela nunca falou muito sobre isso. Não me criou na religião católica, só me levou à igreja uma vez, para que eu fosse batizada. Depois que ela morreu, foi fácil eu esquecer que havia algo de irlandês em mim.

Na lanchonete, peço um sanduíche de bacon, alface e tomate e um chá gelado. Então, começo a ler o artigo sobre a petição de Rose McGlynn em favor do irmão, que o *Times* publicou literalmente.

> "Minha mãe morreu quando eu tinha catorze anos. John e meus dois outros irmãos mais novos, Allen e Arden, ainda

precisavam de uma mãe. Meu pai não podia cuidar deles. Ele ficou tão abalado com a morte de minha mãe que, embora nunca houvesse tomado uma gota de bebida alcoólica, antes, logo começou a beber. Havia uma rixa entre meu pai e os parentes de minha mãe, e nenhum deles quis pegar três meninos para acabar de criar. As irmãs de meu pai disseram que me aceitariam, mas não meus irmãos. Agora lamento não ter encontrado uma maneira de ficar com eles, mas na época eu mal conseguia cuidar de mim mesma. Mesmo assim, me culpo. É doloroso ter a família separada, como a nossa foi.

Nunca esquecerei o dia em que levamos os meninos para o Lar São Cristóvão. As irmãs dominicanas foram muito gentis, e o próprio monsenhor foi falar com meu pai e comigo na capela. Ele disse que muitos pais haviam deixado os filhos ali, em tempos difíceis, quando não podiam sustentar nem a si mesmos. Explicou que isso não era nenhuma vergonha, mas quando deixamos os meninos naquele grande prédio frio, no meio de desconhecidos, senti-me como se os tivéssemos jogado no rio, como certas pessoas fazem com gatinhos. Daquele dia em diante, meu pai nunca mais me olhou nos olhos, e quanto a meus irmãos, bem, eu ia vê-los todos os domingos. Eles pareciam estar bem, provavelmente comiam melhor do que se estivessem em casa, mas sempre havia tristeza em seus olhos. E quando chegava a hora de eu ir embora, Allen e Arden choravam, agarrados em minhas pernas. John não fazia isso. Eu via que ele tentava manter-se firme pelo bem dos pequenos, e isso partia meu coração ainda mais. Ele era muito jovem, mas naquele lugar transformou-se em um velho. Até ficou com as costas encurvadas, e as freiras diziam que aquilo era devido à má nutrição nos primeiros anos da infância.

Então, Arden morreu. Teve pólio, quando era bebê, e nunca foi forte. Disseram que morreu de pneumonia. Sei que John culpou-se por isso. Não estou dizendo que lá no São Cristóvão eles não fizeram tudo o que podiam para salvar o menino, mas quando John alcançou a maioridade e saiu do orfanato, parecia que lhe faltava um pedaço. Fiz o que pude para ajudá-lo. Arrumei emprego para ele no hotel, o sr. Kron foi muito bom, em aceitá-lo, mas eu gostaria de não tê-lo colocado lá. Ele nunca tivera nada, não devia estar perto de pessoas ricas, que tinham tantas coisas, Não sei se ele roubou as jóias da sra. Nix, ou não, mas sei que ele nunca feriu ninguém. Talvez o cofre estivesse aberto, e ele não conseguiu vencer a tentação. Talvez a sra. Nix lhe disse algo sobre ele vender as jóias para ela, e ele entendeu mal. Não sei. Mas sei que meu irmão é uma boa pessoa, foi um bom irmão para mim e os meninos, só que nunca teve muita sorte. Então, estou aqui para respeitosamente lhes pedir que abrandem sua pena, que se lembrem de que ele é um rapaz que perdeu a mãe muito cedo e que merece algo melhor do que este mundo lhe ofereceu até agora."

Rose McGlynn fez esse apelo em maio de 1949, durante o segundo julgamento do irmão. O juiz declarou, em sua sentença, que reconhecia que a vida familiar do réu fora muito infeliz, mas que não via isso como desculpa para comportamento criminoso. "A própria srta. McGlynn é um argumento contra essa desculpa. Ela perdeu a mãe em tenra idade e teve de deixar a escola de Santa Maria Estrela do Mar antes de se formar, no entanto conseguiu, através de perseverança e de uma vida reta, erguer-se da pobreza e obter um cargo de responsabilidade e confiança no hotel Crown. Se ela pôde fazer isso, por que o irmão não pôde?"

Imagino como o veredicto do juiz foi amargo para Rose. Deve ter sido doloroso ver seu sucesso apresentado como mais uma prova da culpa do irmão. Não me admira que ela tenha decidido sair da cidade. Então, lembro o comentário de Harry, de que Rose deu ao irmão a combinação do cofre. Se isso for realmente verdade, a culpa que ela sentiu deve ter sido tão insuportável que a levou a atirar-se embaixo de um trem depois de ir visitar o irmão na prisão.

Leio o artigo novamente, até chegar ao ponto em que o juiz menciona a escola onde Rose estudou, Santa Maria Estrela do

Mar. O mesmo nome da igreja onde fui batizada. Minha mãe, porém, nunca me disse que era também o nome de uma escola. E é provável que ela tenha estudado lá, junto com Rose McGlynn. As duas deviam ser amigas desde a infância, o que significa que minha mãe conhecia John McGlynn desde aquela época. Então, ela viu a família McGlynn desfazer-se, os meninos levados para um orfanato, a irmã tentando em vão evitar que eles escolhessem o caminho do crime. A história não é apenas triste, é familiar. Eu a reconheço. É a história de Naoise, que roubou a rede de lágrimas do perverso rei Connachar e foi preso numa fortaleza à margem do rio afogado. Quando Deirdre visita Naoise na prisão, vê as outras mulheres-focas soltando a pele, algumas delas sendo dilaceradas pela correnteza, como Rose McGlynn teve o corpo dilacerado por um trem.

Minha mãe deve ter se sentido como a última sobrevivente de uma terrível tempestade. No livro, Deirdre vai para o palácio Duas Luas usando um vestido verde tecido com o pólen que cai sobre ela na floresta. Minha mãe foi para o hotel Equinox levando seus segredos. Segredos, e o que mais?

Passo o dedo sobre o nome da escola, Santa Maria Estrela do Mar. A rede de lágrimas. Lembro o slide que Gordon mostrou, do retrato da Virgem Maria, sentada num rochedo à beira do mar, coroada com uma guirlanda de pérolas e brilhantes, igual ao colar que minha mãe descreveu em seus livros. E se o colar ao redor da cabeça da Virgem... a *ferronière*, como Gordon explicara, houvesse sobrevivido à guerra e de alguma maneira acabara como propriedade de Vera Nix? Lembro o que Gordon disse na palestra, sobre a possibilidade de a *ferronière* ter sido escondida por um descendente dos della Rosa. Lembro também que, de acordo com Harry, seu irmão, Peter, refugiara-se na casa de uma condessa italiana, depois de fugir de um campo de concentração. Se ele roubou a *ferronière* e deixou que Vera a usasse, a jóia podia ser uma das que John McGlynn roubou. E não fora recuperada, pois do contrário Gordon saberia. Talvez John McGlynn, sabendo que a peça era especialmente valiosa e que não seria listada no relatório da polícia, escondera-a em algum lugar, separada das outras. E disse à irmã, quando ela o visitou na prisão, onde era esse lugar. Teria Rose contado a minha mãe, antes de jogar-se sob o trem, na estação de Rip Van Winkle?

Minha cabeça começa a desanuviar-se, os pensamentos giram mais devagar, mostrando-se mais claramente, como um carrossel em sua última volta. Desejo desesperadamente ligar para o número de telefone que Aidan me deu e contar a ele o que descobri, mas sei que o quadro que formei ainda não está completo. Falta alguma coisa. E só posso pensar em um lugar onde procurar o que está faltando: o Brooklyn.

27

NO CAMINHO PARA o metrô, compro um mapa que engloba cinco bairros da cidade de Nova York. Por sorte, há também uma lista das igrejas, e vejo que a de Santa Maria Estrela do Mar fica entre as ruas Nelson e Luquer, no setor Carroll Gardens, no Brooklyn. Não conheço muito bem o Brooklyn, e isso se deve mais a minha relutância em viajar de metrô. Detesto subterrâneos. Já tive problemas para usar bibliotecas localizadas em andares abaixo do solo, como a Beinecke Yale.

Hoje, porém, minha fobia por trens de metrô é amenizada pelo torvelinho de pensamentos e imagens que giram em meu cérebro. Vejo Vera Nix em seu vestido verde de sereia, John McGlynn no uniforme da banda do Lar São Cristóvão, minha mãe e Peter Kron e, um pouco distante desse círculo, Harry Kron. O único rosto que vejo como um borrão é o de Rose McGlynn. Tiro da bolsa o papel onde imprimi a petição de Rose no tribunal e leio novamente a parte em que ela conta como eram as visitas que fazia aos irmãos no orfanato. "Eles pareciam estar bem, provavelmente comiam melhor do que se estivessem em casa, mas sempre havia tristeza em seus olhos." Depois, a respeito de John: "Ele era muito jovem, mas naquele lugar transformou-se em um velho. Até ficou com as costas encurvadas, e as freiras diziam que aquilo era devido à má nutrição nos primeiros anos da infância".

Forçar a vista para ler as palavras impressas com letras miúdas e meio apagadas, no balanço do trem, me dá náusea. Fecho os olhos e descubro que uma nova imagem juntou-se ao carrossel em minha mente, um ser grotesco, meio homem, meio cisne, com frios olhos pretos. É uma das criaturas dos livros de minha mãe, um homem em cujas costas nasceram asas. Minha mãe descreveu essa transformação de ser humano em animal como um processo doloroso. As asas emergentes rompem as costas, os olhos perdem a expressão humana, tornando-se duros e frios. Penso em uma frase do segundo livro: "Mas quando Naoise virou-se para mim, vi em seus olhos que o animal que crescia dentro dele já assumira o controle".

Um arrepio me percorre, apesar do calor sufocante no trem. Se minha mãe conheceu Rose e John McGlynn quando eles todos ainda eram crianças, devia ter assistido a essa transformação. Não só vira John tornar-se um criminoso, como vira a irmã dele matar-se, dar um passo para fora da plataforma, deixando para trás a desgastada bolsa de viagem, cair nos trilhos e ser esmagada pelo trem. "Decapitada", Harry dissera. Depois disso, minha mãe só poderia continuar viagem para as montanhas, para o hotel onde ela e Rose haviam planejado ir em busca de trabalho. Não havia mais nada para ela na cidade, a não ser tristes recordações. O hotel Equinox e meu pai devem ter parecido um oásis de paz, depois do horror do qual ela fora testemunha. Mas, vinte e quatro anos mais tarde, no verão de 1973, algo acontecera para trazer aquele horror de volta.

Estou tão perdida em pensamentos, que demoro a perceber que o trem parou na estação da rua Carroll. Levanto-me depressa e desembarco, um segundo antes de a porta fechar-se. Subo a escada de dois em dois degraus, aflita para chegar à rua, ao ar livre. E para voltar ao presente. Passei a manhã toda presa ao passado, que ameaçava me tragar.

Chego à igreja de Santa Maria Estrela do Mar, padroeira dos navegantes, protetora dos náufragos. A primeira coisa que noto é que o templo não fica nas proximidades do mar. Examino o mapa e vejo que o cais mais próximo é o de Red Hook, a uma grande distância daqui. A segunda coisa que noto é que o portão de ferro preto que fecha o pórtico da igreja está trancado. Olho para um lado e outro da rua Court, iluminada pelo sol da tarde, então ando até a esquina. À direita, na rua Luquer, estende-se um pátio, sombreado por árvores e vigiado por estátuas de santos. Tudo está silencioso, o lugar parece guardar segredos que não quer revelar. Atravesso o pátio, chego ao que julgo ser a casa paroquial e vejo uma campainha na parede. Uma pequena placa pede: "Por favor, aperte a campainha apenas uma vez, então tenha paciência e espere". Toco uma vez e espero, com paciência nos primeiros dez minutos, depois com irritação. Desisto. Volto para a rua Court. No outro lado, diretamente em frente à igreja, vejo um café chamado Trianon. Há um banco na calçada, sob a sombra de uma tília. Um rapaz e uma moça, usando roupas de ciclismo, estão lá sentados, tomando chá gelado, enquanto seu gigantesco rottweiler bebe água de uma tigela acorrentada ao banco. Atravesso a rua e vou para lá.

Entro, e é como se entrasse numa igreja, principalmente por causa do Deus e do Adão de Michelangelo em sua cama de nuvens, pintados no teto. Tudo no Trianon é bonito, desde as luminárias de vidro, feitas artesanalmente, em forma de lírios, até as mesas de mármore e o homem atrás do balcão, baixo e musculoso, bastante parecido com o Adão representado na pintura. E a seleção de chás, doces e salgados é tentadora. Peço um chá verde gelado, um bolinho de canela, e pergunto ao homem se a igreja em frente fica sempre fechada.

— Fica, desde que roubaram os castiçais de prata do altar, alguns anos atrás. Mas abre para a missa, ao amanhecer, e depois, às oito e meia da noite.

— Droga! — reclamo. — Fiz uma viagem e tanto para ver essa igreja.

— Tocou a campainha da casa paroquial?

— Toquei uma vez e esperei com paciência.

O homem ri.

— As velhas que trabalham lá, no escritório, não gostam muito de levantar o traseiro da cadeira. — Tente de novo.

— Obrigada — agradeço, pegando o copo de chá e o bolinho. — Por que a igreja é chamada de Santa Maria Estrela do Mar? Parece que não estamos nem um pouco perto do mar.

Ele aponta na direção dos fundos do estabelecimento para indicar, suponho, os arredores ao sul de nós.

— Foram feitos aterros, no decorrer dos anos — explica. — Quando a igreja foi construída, um século e meio atrás, a água ficava bem mais perto, e não havia tantos edifícios para bloquear a vista.

— É mesmo? Eu não sabia que a igreja era tão antiga. E este sempre foi um bairro de italianos?

— Meus pais vieram para cá logo depois da guerra, mas diziam que ainda havia muitos irlandeses. Agora, há advogados e corretores de ações dispostos a pagar dois mil dólares por mês de aluguel por um conjunto comercial. Está pensando em se mudar para o nosso bairro?

— Não, não posso me dar ao luxo de pagar esse tanto de aluguel. Na verdade, vim visitar o bairro porque acho que minha mãe freqüentou a escola paroquial, e eu fui batizada nessa igreja.

— Verdade? Bem, considerando essa sua ligação com o bairro, sugiro que esqueça aquelas velhas preguiçosas da casa paroquial. Vá à escola e fale com Glória. Diga-lhe que seu sobrinho, Danny, mandou você lá, para que ela lhe mostre a igreja. E ela tem os registros de todas as alunas da escola, desde o tempo de Moisés — ele brinca.

— Obrigada — agradeço, rindo. — Você me ajudou muito. Ah, adorei o teto.

Danny ergue os olhos para o céu pintado no teto um tanto baixo.

— Foi Vincent, meu irmão, quem pintou. Ele é o artista da família. Eu sou apenas o padeiro. O teto é bonito, para quem não se importa de ter Deus pairando acima da cabeça o dia todo.

Vou me sentar no banco sob a árvore — os ciclistas e o cão foram embora — e observo as crianças que agora saem da escola, enquanto tomo meu chá e como o bolinho, tão leve e saboroso, que me pergunto quem é na verdade o artista da família, Danny, ou Vincent. As crianças saem em fila pela porta principal e na calçada espalham-se, dirigindo-se para os ônibus escolares que as esperam na Nelson e na Luquer. Vejo mães de tamancos e longas saias indianas, e mães de conjuntos de saia e casaco e sapatos de salto alto, e pais também, usando macacões manchados de tinta ou camisas brancas amarfanhadas, gravatas enfiadas num bolso, indo ao encontro dos filhos. Não sei o que esperava ver no velho bairro de minha mãe, mas não era este lugar bonito, que parece renovado e enobrecido demais para ainda guardar segredos do passado. Este é um bairro para o qual Jack e eu podíamos ter nos mudado. Ele encontraria espaço para um ateliê num daqueles quarteirões ocupados por artistas, e compraríamos e reformaríamos uma velha casa, antes que os preços se tornassem proibitivos.

Quando o fluxo de crianças diminui, atravesso a rua e entro no prédio. Na portaria ainda estão algumas funcionárias que, enquanto confortam um menino que chora porque a mãe se atrasou, põem suas coisas nas bolsas para ir embora. Escolho uma que está sentada atrás de uma escrivaninha, porque parece ser a mais velha e tem uma certa semelhança com Danny, do café Trianon, e pergunto-lhe se ela é Glória. Ela responde que é.

— Estive conversando com Danny, seu sobrinho, e ele disse que a senhora poderia me ajudar. Eu gostaria de encontrar o histórico escolar de minha mãe, que estudou aqui no final da década de 30, início da de 40. E também gostaria de ver a igreja.

Glória e uma das mulheres mais jovens trocam um olhar.

— Tentou falar com alguém da casa paroquial? — a moça pergunta.

— Toquei uma vez, ninguém atendeu.

— Anthony ainda está lá, Tonisha? — Glória indaga.

Tonisha move a cabeça num gesto afirmativo, já apertando o botão do intercomunicador.

— Nós a levaremos à igreja — Glória decide. — Se quiser ver o histórico, desceremos ao porão, mas você mesma terá de procurá-lo. Minhas costas não me permitem ficar curvada sobre as gavetas daqueles arquivos.

De fato, quando ela se levanta da cadeira, vejo que é corcunda e que usa bengala.

— Se for muito transtorno... — começo.

— Não — ela me interrompe. — Mexer um pouco o traseiro me faz bem. — Lança um olhar para minha camiseta fina e a saia de algodão. — Lá embaixo é frio. Vou lhe dar um de meus casacos.

Há vários casacos pendurados em um cabide num canto. O que ela pega para me dar é de um hediondo tom de verde, debruado com um rosa lamacento. Quando o visto, a lã sintética me dá coceira, e sinto um leve cheiro de algum tipo de loção medicinal. Calamato de zinco, penso, enquanto descemos a escada para o porão. O debrum rosa tem a cor exata da loção de calamina, e o verde é do tom de urtiga. Mesmo assim, sou grata pelo calor do casaco, pois o porão é realmente frio. Se lá fora, na rua, pensei que o bairro era moderno demais para conservar qualquer traço do passado, aquele porão me dá nova esperança, porque parece tão velho quanto as catacumbas de Roma, e o cheiro deve ser o mesmo.

As paredes foram talhadas na rocha, o chão é sujo.

Glória puxa um cordão suspenso do teto e uma lâmpada se acende, iluminando fracamente o espaço cavernoso.

— Nossa, é imenso! — exclamo, apertando os olhos para enxergar os cantos sombrios, e me assusto ao ver vultos em um grande nicho.

— O porão estende-se sob toda a igreja — Glória explica e então, apontando para os vultos e persignando-se, continua: — Esses são os santos destituídos. Você sabe, aqueles que o Vaticano declarou que não são mais santos. Então, trouxeram as imagens aqui para baixo.

— Como é que destituem um santo? — pergunto, desviando o olhar das estátuas de mármore e bronze e pensando que as imagens têm nos olhos fundos a mesma expressão que cães presos num canil usam para despertar compaixão.

Glória senta-se em uma cadeira de escritório, meio bamba e com o estofamento rasgado, e a faz rodar para perto de uma fileira de arquivos de aço no lado oposto ao nicho dos santos depostos.

— A Igreja decide que eles não existiram, como por exemplo São Cristóvão — responde, levando a mão ao pescoço e tocando uma medalha que suponho ser a imagem do santo despojado da santidade. — Ou, então, que os milagres que eles fizeram não foram realmente milagres, como no caso de Santa Catarina. Você disse que sua mãe estudou aqui na década de 30 ou 40?

— Bem, ela nasceu em 1924, de maneira que deve ter se formado no início da década de 40.

Puxando uma das gavetas, Glória faz um sinal para que eu me aproxime e move a cadeira para trás. Tira do bolso um novelo de la e agulhas e começa a tricotar. Noto que a lã é da mesma cor de calamina do debrum do casaco que estou usando.

Ajoelho-me diante do arquivo, franzindo o rosto ao sentir dor nos joelhos feridos, e tento ler os nomes escritos à mão nas etiquetas brancas coladas nas pastas marrons. As pastas estão apertadas umas contra as outras, sem abas pelas quais eu possa segurá-las, e cada vez que puxo uma para a frente, a borda afiada da de trás machuca minhas cutículas. A caligrafia nas etiquetas é rebuscada, quase impossível de decifrar, e imagino que seja trabalho de uma freira morta há muito tempo, tão fantasmagórica quando as estátuas cujo olhar sinto perfurar minhas costas curvadas e doloridas. Além disso, essa freira não parecia levar muito em consideração a necessidade de manter as pastas em perfeita ordem alfabética.

— Os "Mc" vem antes ou depois dos outros "M"? — pergunto, erguendo a cabeça para olhar para Glória.

Ela me olha, mas suas mãos continuam movendo as agulhas.

— Não faço idéia, mas se você quiser ver também a igreja, terá de se apressar. Anthony faz um intervalo para jantar às quatro e meia.

Percorro todos os "M", mas não encontro Morrissey, nem McGlynn.

— E se ela saiu da escola antes de se formar? — insisto, lembrando que minha mãe nunca disse que se formou, e que Rose McGlynn teve de abandonar os estudos.

Glória suspira e, baixando o trabalho para o colo, toca a medalha em seu pescoço. Suponho que esteja pedindo a São Cristóvão que a livre da presença de gente idiota, e também aposto que mais tarde Danny vai ouvir poucas e boas.

— Há algumas caixas lá, com documentos de alunos desistentes e expulsos — ela informa, apontando uma das agulhas na direção dos santos depostos. — Acredito que estejam organizadas por décadas.

Que os desistentes e expulsos compartilhem o mesmo espaço com os santos que perderam a popularidade me parece algo perverso. Imagino uma vida no além, onde mulheres como minha mãe e Rose McGlynn flutuam no limbo, a não ser que a Igreja haja eliminado o limbo, assim como eliminou os santos indesejáveis. Ajoelho-me aos pés de uma santa branca como cal e começo a examinar as pastas na caixa da década de 40.

Encontro as duas que procuro, e vejo que estão ligadas por um elástico. No topo da pasta de cima há um papel dobrado e preso por um clipe. Pego o papel, que ficou com a marca enferrujada do clipe, desdobro-o e vejo que é uma carta, que obviamente foi escrita pela freira da letra rebuscada.

"Prezado Monsenhor Ryan,

Em anexo, o senhor encontrará as pastas das duas meninas acusadas de roubar dinheiro da bandeja de ofertas durante a missa de domingo passado. Como deve se lembrar, suspeitamos de Rose McGlynn imediatamente por causa da recente separação de sua família, e quando a interrogamos, ela não negou sua culpa. Mais tarde, naquela tarde, outra aluna, Katherine Morrissey, veio ao meu gabinete e disse que era a responsável pelo roubo. Notei que elas usavam medalhas idênticas, que eu nunca as vira usar. Perguntei às duas, separadamente, é claro, como haviam conseguido as medalhas, e ambas se atrapalharam, incapazes de dar uma resposta satisfatória. São meninas pobres, não poderiam comprar as pesadas medalhas de ouro; então, concluí que elas haviam roubado o dinheiro para comprá-las. Confesso que me senti inclinada a perdoá-las porque, afinal, usaram o dinheiro para comprar algo religioso, mas, então, vi que as medalhas eram de Santa Catarina, cuja beatificação foi revogada recentemente pela Igreja. É embaraçoso, mas preciso lhe dizer que as moças deste bairro rezam à suposta santa para que ela lhes arrume um marido. Fiquei ainda mais desiludida com o caráter das duas meninas, quando me mostraram uma foto delas — que também incluo aqui — na companhia de um rapaz, num parque de diversões. Se olhar bem, talvez usando uma lupa, o senhor notará que elas estão usando as medalhas. Levando em consideração que ambas confessaram o roubo, assim como seu comportamento indecoroso, sou obrigada a recomendar que sejam expulsas da escola Santa Maria Estrela do Mar."

A carta é assinada por Amélia Dolores, madre superiora. É desconcertante ler, duas vezes no mesmo dia, que minha mãe foi acusada de roubo. Eu gostaria de pensar que foi Rose quem roubou o dinheiro das ofertas, mas lembro que encontrei a medalha de ouro com uma corrente no porta-jóias de minha mãe, e que ela a arrancou de mim bruscamente, quando a viu em meu pescoço. Meu pai disse que ela reagiu daquela maneira por causa de seu ressentimento contra a Igreja Católica, mas agora começo a pensar que a medalha a fazia lembrar o delito que cometera e sua vergonhosa conseqüência.

Ao dobrar o papel novamente, noto que há alguma coisa escrita no verso, na metade da folha que ficara virada contra a pasta. É um bilhete, e a caligrafia é diferente, maior e mais redonda.

"Prezado Monsenhor,

Por favor, observe que o rapaz na foto é John, um dos irmãos mais novos de Rose McGlynn. Desconfio que foi ele quem roubou o dinheiro da bandeja de ofertas e que as meninas o estão protegendo."

Quem escreveu o bilhete foi uma freira, irmã Agatha Dorothy.

Abro a pasta, e uma fotografia em preto-e-branco, amarelada pelo tempo, cai em meu colo. Os três jovens estão encostados em uma grade de madeira em frente ao mar: John McGlynn, que reconheço pela outra foto que vi dele, e duas mocinhas bonitas. À primeira vista, elas são tão parecidas, que poderiam ser irmãs. As duas usam saias justas e blusas brancas de renda. Os cabelos são penteados do mesmo modo, no estilo pajem, e é possível ver que elas têm os lábios pintados com batom escuro. É possível ver que elas usam algo no pescoço, mas eu precisaria de uma lupa para saber se são medalhas com a efígie de uma santa. Não preciso de lupa, porém, para notar o que diferencia as duas garotas. Os cabelos de minha mãe ondulam-se na brisa, os olhos grandes, cercados por cílios escuros, são lindos, mesmo na foto em preto-e-branco. Rose é como uma pálida sombra da amiga, embora seja óbvio que a imita em tudo, mas seus cabelos não são fartos e caem lisos até os ombros, a pele é maculada por sardas, e ela aperta os olhos para a câmera. Não é que Rose não seja bonita, mas sua beleza de modo algum compara-se à de minha mãe.

Olho para Glória, mas ela está resmungando, debruçada sobre o tricô, e suponho que tenha deixado escapar um ponto. Então, faço com que a foto escorregue de meu colo para minha bolsa aberta no chão a meu lado. Examino rapidamente as pastas, mas não encontro nada de muito interessante. As duas meninas tinham notas boas. Irmã Agatha Dorothy era a professora de inglês, matéria na qual ambas sempre tiravam "A". Mas foi Rose, e não minha mãe, quem ganhou o prêmio de melhor redação no primeiro ano do curso médio. Embora não haja nada de grande importância para mim nas pastas, reluto em deixá-las aqui, mofando aos pés de uma santa rejeitada, mesmo que a placa no pedestal a identifique como Santa Catarina, a padroeira das moças que querem casar e cuja imagem estava gravada nas medalhas que minha mãe e Rose compraram com dinheiro roubado da bandeja de ofertas. Glória agora está desmanchando parte de seu trabalho, irritada, resmungando em italiano, enquanto a lã cor-de-rosa amontoa-se em seu colo. Enfio as pastas em minha bolsa, então endireito as costas doloridas e digo a Glória que estou pronta para ver a igreja.

A igreja é linda, ampla, arejada, um bálsamo após o frio úmido e o ar estagnado do porão. Um jovem de macacão e rabo-de-cavalo, que me diz chamar-se Anthony Acevedo, acende as luzes uma por uma, enquanto andamos pela nave central, iluminando cada parte da abóbada do teto, até que chego ao altar principal.

Janelas perfuram as grossas paredes de pedras, e as imagens representadas nos vitrais coloridos parecem flutuar lá em cima.

Na janela central, acima do altar, a Virgem Maria aparece de pé em um rochedo, no meio de um mar revolto. Fico desapontada porque, a não ser pelo manto azul que lhe cobre os cabelos, ela não usa nada na cabeça. Não há coroa, nem rede de lágrimas.

Viro-me para Anthony, que veio postar-se a meu lado.

— Obrigada por me mostrar a igreja. É realmente muito linda.

Ele concorda, então põe um dedo sob o olho direito e puxa a pele levemente, num gesto que diz: "Você não me engana".

— Está procurando alguma outra coisa, não é? — pergunta.

— Pensei que a Virgem tivesse uma coroa — digo. — Quero dizer, vi um quadro de Santa Maria Estrela do Mar, num slide, onde ela está usando um enfeite na cabeça.

Anthony sorri, claramente deliciado. Inclina-se para mim e, embora estejamos sozinhos, cochicha em meu ouvido:

— Está procurando Santa Catarina. Venha comigo.

— Mas pensei que ela houvesse sido destituída — comento, voltando pela nave central atrás dele.

Por fim, ele vira e dirige-se a um pequeno altar lateral, perto da porta principal. Velas enchem um largo suporte de metal, muitas queimadas até o fim, outras ainda brilhando fracamente. Além do cheiro das velas, capto outro, adocicado, então vejo que há pétalas de rosa flutuando na cera líquida.

— As mulheres que vêm acender velas para a santa trazem pétalas de rosa por causa do nome dela em italiano, Catalina della Rosa, ou seja, Catarina da Rosa — Anthony explica, então aponta para o quadro a óleo na parede. Um século e meio de fumaça de velas fizeram um estrago, e mal consigo distinguir a figura de manto azul ali retratada.

— Mas o quadro não é um retrato da Virgem Maria? — indago.

— É, por isso não o tiraram. Mas diz a lenda que a modelo foi Catalina della Rosa.

Chego mais perto e reconheço o quadro que vi no slide de Gordon, Maria na praia, copiada do retrato de Catalina em traje de núpcias. Parece mentira que isso foi apenas uma semana atrás. Observo a pintura e vejo, meio escondida por uma camada escura de fuligem e verniz velho, a lágrima de esmeralda suspensa de uma guirlanda de brilhantes e pérolas. Tiro da bolsa a foto esmaecida de minha mãe com Rose e John McGlynn. Os três parecem felizes. Aquele devia ter sido um dia perfeito para eles, um dia de inocente alegria. A irmã Agatha Dorothy — eu a vejo como uma mulherzinha gorducha, redonda como sua caligrafia — teria razão, supondo que o dinheiro fora roubado por John? Ele roubara o dinheiro e levara a irmã e a amiga para passar um dia na praia, para brincar no parque de Coney Island, e depois comprara para cada uma delas uma medalha da santa que elas amavam? Acho que nunca vou saber. Mas posso imaginar que, quando foi expulsa da escola, minha mãe sentiu que aquele dia feliz fora o começo do fim. E o que ela teria sentido mais tarde, quando John foi condenado por um crime mais sério? Não é de admirar que ela tenha relacionado a guirlanda da santa com uma rede tecida de lágrimas.

Anthony toca meu braço gentilmente. Em vez de se sentir embaraçado ao ver que estou chorando, ele guia minha mão para uma caixa de metal onde ficam as varetas de madeira usadas para acender as velas, usando a chama das outras. Seguro uma vareta acima de uma vela acesa até que ela pegue fogo, mas hesito antes de aproximá-la do pavio de uma das velas apagadas.

— O que as mulheres pedem quando vêm rezar aqui? — pergunto, lembrando algo que a irmã Amélia Dolores escreveu em sua carta. — Pedem para se casar?

— Não exatamente — Anthony responde. — De acordo com minha irmã, as moças pedem a Santa Catarina que as proteja do perigo de casar com o homem errado.

28

ANTHONY ME EXPLICA como chegar ao Lar São Cristóvão, que agora se chama Assistência Social de São Cristóvão. Fica do outro lado da avenida Atlantic, a uns vinte minutos de caminhada pela rua Court.

— Peça para falar com a irmã D´Aulnoy — ele recomenda. — E diga que foi o Anthony da igreja de Santa Maria quem a mandou.

D´Aulnoy. Essa freira pelo menos tem um nome só, penso, subindo a rua Court. Depois de tantos anos sem ter nada a ver com freiras, de repente estou cercada por elas. Tia Sophie me contava uma história sobre algo que aumentara a animosidade de minha mãe contra a Igreja Católica. Depois que salvaram minha alma com um batismo tardio, minha mãe me pôs no jardim-de-infância de uma instituição católica, em Kingston. Um dia, quando ela e tia Sophie me levaram à escola, tive um ataque de birra na porta de entrada. Um ataque daqueles, por causa da lancheira, que eu dizia que não queria porque não era a minha, de acordo com o relato de Sophie. Minha mãe já estava furiosa comigo, quando uma freira parou perto de nós e disse a ela o que faria comigo, se eu fosse sua filha. Minha mãe respondeu: "Talvez seja por isso que Deus quis que eu fosse mãe, e que você fosse freira". Aquele foi meu último dia na escola católica.

Chego à avenida Atlantic e vejo do outro lado um grande prédio quadrado de seis andares. Parece que uma das paredes laterais estivera escondida por um prédio vizinho que, quando fora demolido, deixara-a com aquela aparência sem graça de criança apanhada fazendo uma travessura. Para compensar isso, pintaram na parede da frente, acima do pórtico, o logotipo do

Lar São Cristóvão, uma gigantesca mão segurando um bebê estilizado e um anúncio de seus serviços de assistência social. Anjos entalhados em baixo-relevo abrem as asas sobre a porta de entrada.

É um prédio imponente e, quando me aproximo da porta, pego-me esperando que a irmã D´Aulnoy seja mais parecida com Agatha Dorothy do que com Amélia Dolores. Na portaria, falo com o guarda de segurança, que me anuncia pelo interfone. Pouco depois, aparece uma mulher baixa, compacta, de cabelos curtos. Não usa hábito, e se não fosse pelo crucifixo de prata pendurado em seu pescoço, ninguém diria que é uma freira. O casaco azul-marinho ostenta na lapela um broche da Cruz Vermelha.

Ela me leva a seu gabinete. Podíamos estar em qualquer prédio de escritórios, a não ser pela capela no fim do corredor, que vejo através de uma porta de vidro.

— Anthony Acevedo me telefonou e disse que você está fazendo uma pesquisa para escrever um livro sobre sua mãe — a irmã D´Aulnoy diz, sentando-se atrás da escrivaninha coberta de pastas de papelão.

— Isso mesmo. Minha mãe cresceu neste bairro e estudou na Santa Maria Estrela do Mar — explico, me acomodando numa cadeira em frente à escrivaninha.

A freira tira os óculos de meia-lua e deixa-os pender no peito, preso por um cordão alaranjado que logo se enrosca no crucifixo. Junta as mãos no colo e reclina-se na poltrona giratória, esperando que eu conte minha história. Nada em sua postura sugere impaciência, mas ela deve estar muito ocupada, a julgar pelas pilhas de pastas na mesa e etiquetas *post-it* grudadas no tampo, lembrando: "Biscoitos", "Bolas de basquete para o Lar Staten Island!" Olho em volta e vejo que as paredes estão cobertas de fotos de meninos e moços, negros, brancos, latinos, usando trajes militares, becas de formatura e uniformes de times de basquete. Olhando para a irmã D´Aulnoy, quase me sinto culpada por fazê-la perder tempo com a mentira que vou lhe contar.

— Os irmãos de minha mãe vieram para o São Cristóvão, depois que minha avó morreu — começo, achando fácil mentir.

Tudo o que preciso fazer é trocar a história de minha mãe pela de Rose McGlynn. Além disso, uma voz íntima me incentiva, dizendo que, afinal, fora isso o que minha mãe fizera, de certa forma, quando usara o que acontecera à família McGlynn para criar a história dos habitantes de uma terra de fantasia, Tirra Glynn. Rose era sua melhor amiga, e John, agora tenho certeza, seu namorado da adolescência. Foi a história deles que a fez fugir da cidade em 1949, e foi a história deles que a matou, quando, em 1973, levou-a de volta ao Brooklyn. Foi por causa deles que eu a perdi, então sinto-me no direito de usá-los para conseguir o que desejo.

— Acredito que um de meus tios, Arden McGlynn, morreu aqui, e que os outros dois, John e Allen, acabaram na prisão — continuo. — Pelo menos, foi o que li num artigo de jornal. Tiro da bolsa a cópia da petição de Rose no tribunal e entrego-a à irmã D´Aulnoy, mas ela apenas olha rapidamente a folha e volta a fixar os olhos azuis em mim.

— Sua mãe nunca lhe falou deles?

— Não. A ruptura da família deve ter sido muito dolorosa para ela — alego.

Penso, então, que talvez fosse naquela mesma sala que Rose via os irmãos, quando ia visitá-los, e sinto, pela primeira vez, como aquilo devia lhe causar sofrimento. Como eu, Rose perdeu a mãe muito cedo, mas ela perdeu também todo seu mundo, o que não aconteceu comigo. O pai dela desabou, os irmãos foram entregues a estranhos. Em sua súplica ao juiz, ela disse que lamentava não ter ficado com eles. Mas como poderia? Tinha apenas dezessete anos.

— Compreendo que deve ter sido doloroso para toda a família — a freira diz. — Mas o que aconteceu a eles aconteceu a muitas outras pessoas. Quando o Lar São Cristóvão foi fundado, recebia somente órfãos que viviam nas ruas, ganhando a vida, se é que se pode dizer isso, como jornaleiros. Mas então, durante a Depressão, muitos pais que não podiam mais alimentar os filhos recorriam ao Lar, onde os deixavam. Nossos registros daquele tempo são muito incompletos. Crianças entravam e saíam todos os dias. Mas eu gostaria de ajudá-la. O quê, exatamente, você quer saber?

— Bem... quantos anos os meninos tinham, como foi que Arden morreu e... — Faço uma pausa, de repente sem saber o que esperava daquela minha visita, e corro os olhos pelas fotografias nas paredes.

Noto que nem todas as fotos são de meninos e jovens, que há também homens de meia-idade com suas famílias, na frente de casas ou estabelecimentos comerciais. Ex-internos do São Cristóvão, mostrando seu sucesso na vida, órfãos transformados em pais de família.

— Eu gostaria de saber se Allen e John ainda estão vivos — continuo. — Quero dizer, poderiam estar, não é? Ainda poderiam ter contato com o Lar.

Irmã D´Aulnoy não responde imediatamente. Noto que me observa e tenho medo de que perceba que estou mentindo. Se ela não acreditar que John e Allen McGlynn são meus tios, é pouco provável que me dê alguma informação que possa ter sobre o paradeiro deles.

— Preciso procurar nos arquivos, no porão — ela diz.

Outro porão. Minha viagem ao Brooklyn está se tornando uma expedição exploradora de subterrâneos, penso.

A freira deve perceber minha relutância, ou então quer primeiro examinar o que encontrar, porque sugere:

— Se quiser, pode esperar na capela. Se eu achar alguma coisa, trarei para você.

Depois da espaçosa igreja de Santa Maria Estrela do Mar, com seu teto abobadado, a capela parece baixa e muito pequena. Os vitrais nas grossas paredes brancas deixam passar apenas alguns raios e luz esverdeada. O teto é pintado de azul-claro, talvez para representar o céu, mas naquela luz me dá a impressão de que estou embaixo da água.

— A capela era assim, na década de 40? — pergunto à irmã D´Aulnoy.

— Conforme foi diminuindo o número de católicos, bancos e imagens foram sendo retirados, mas deixamos o vitral que representa São Cristóvão carregando o Menino Jesus através do rio. De qualquer forma, nesse vitral há mais rio do que santo. — Ela aponta para as cadeiras enfileiradas ao longo de uma das paredes laterais. — Sente-se e espere, enquanto vou procurar a pasta com os documentos de seus tios. — Pousa a mão em meu braço. — Muitas pessoas acham a capela um recanto de paz.

Sai com passos silenciosos, e me sento, olhando em volta. A verdade é que eu nunca soube o que fazer em igrejas e sinagogas, tendo recebido tão pouco ensinamento religioso. Nunca sei o que fazer com as mãos, para onde olhar, o que pensar. Numa igreja, costumo recorrer ao que aprendi em palestras sobre arte ou história e olho para tudo, abóbadas, naves e vitrais, menos para as imagens ou os quadros que representam as etapas da via-sacra. Hoje não é diferente. Fico olhando para o vitral de São Cristóvão que ocupa quatro janelas na parede oposta. A irmã D´Aulnoy tem razão. Ali há mais rio do que santo. Correndo ao longo da parede que vai da porta ao altar, o enorme vitral dividido em quatro partes mostra um único episódio da vida do gigante, aquele em que ele atravessa o rio levando o Menino Jesus em um dos ombros. A princípio, o rio é calmo e raso, mas vai ficando turbulento e profundo à medida que São Cristóvão avança. No meio do vitral, ele já está com água até o pescoço, e seus pés arqueados como os de um bailarino mal tocam o fundo. O nível da água não baixa, nos últimos dois quadros, e a correnteza, em redemoinhos de vidro azul e verde, enroscam-se nas pernas e braços do santo, tomando a forma de cobras e enguias. Eu nunca vira nada assim na arte sacra, mas as figuras me lembram a descrição que minha mãe fez das mulheres-focas soltando a pele no rio afogado, no lugar onde a água salgada encontra-se com a doce.

— Bem diferente, não acha?

Sobressalto-me como se estivesse profanando a pia de água benta ou roubando dinheiro da bandeja de ofertas, como acusaram minha mãe de fazer. Viro-me e vejo a irmã D´Aulnoy, que se aproxima de mim com seus passos silenciados pela sola de crepe dos sapatos.

— Esse vitral foi feito por volta de 1900, por um rapaz criado no Lar São Cristóvão. Pode-se notar a influência da *art nouveau* nas curvas sinuosas da correnteza e no jeito como a água transforma-se em vários tipos de criaturas. Li as cartas que ele escreveu ao monsenhor, dizendo que queria mostrar que, assim como esse santo levou Jesus em segurança através do rio turbulento, o Lar o fez atravessar em segurança os anos difíceis de sua vida de criança órfã.

Olho para o último quadro, que representa São Cristóvão saindo da água. Ele parece exausto e triste, não triunfante. O cajado em sua mão brota em luxuriante folhagem, formando um toldo protetor sobre ele. Penso em Deirdre, quando ela sai do rio, sem a pele de foca, toda nua, e anda pela floresta, sob a proteção das árvores que a vestem com seu pólen. Lembro o vitral no bar Red Branch, que mostra Naoise e os irmãos que, claro, chamam-se Allen e Arden, carregando Deirdre através da água, para longe do perverso rei Connachar. Tudo isso deve ter se entrelaçado na mente de minha mãe. E sinto que ela pensava no vitral desta capela, quando descreveu a transformação de Deirdre no rio, o que sugere que vinha aqui visitar John McGlynn.

— Quer ver a pasta de seus tios?

Por um momento, fico confusa, esquecida de que menti. Não são meus tios, penso. E um deles foi namorado de minha mãe, o rapaz que ela deixou em uma prisão à margem do rio.

— Estou surpresa em ver como a encontrou depressa — comento, evitando o olhar perscrutador da freira, pois imagino que ela tenha muita experiência em detectar mentiras. — A senhora desceu ao porão e...

— Não precisei ir ao porão — a freira informa, gentilmente me guiando de volta para as cadeiras junto à parede oposta. — O nome McGlynn me pareceu familiar, então lembrei que um membro de nossa diretoria pediu a pasta desses meninos alguns meses atrás. Ainda estava em uma das gavetas de minha escrivaninha.

Quase pergunto quem é esse membro da diretoria, mas ela já pôs os óculos para ler alguma coisa para mim. Não quero parecer mais interessada nele do que em meus "tios", mas prometo a mim mesma que descobrirei o nome dessa pessoa antes de ir embora.

— Lembrei também que li os papéis de admissão dos meninos — irmã D´Aulnoy continua. — A freira que os preencheu, irmã Dominica, foi admiravelmente cuidadosa e fez um relato completo da situação da família — Quer ouvir?

— Quero, sim.

Penso que seria melhor se eu mesma lesse os papéis, mas ela parece determinada a servir de mediadora entre mim e sua antecessora.

— John McGlynn, seu avô, veio ao Lar São Cristóvão em março de 1941, pedir asilo para três filhos — ela começa a contar, interpretando o que lia. — Não podia cuidar deles depois da morte da esposa, Deirdre, e...

— Deirdre! — exclamo. — O nome da esposa dele era Deirdre?

Irmã D´Aulnoy me olha por cima das lentes em semicírculo dos óculos.

— Sim, sua avó chamava-se Deirdre. Sua mãe nunca lhe disse o nome da mãe dela?

Abano a cabeça. Minha mãe realmente nunca me disse o nome de sua mãe, e esse fato agora me faz corar de vergonha. Notando meu embaraço, a freira discretamente baixa os olhos para o relatório e continua:

— A esposa de John morrera recentemente, de parto. Aquela criança, que também morreu, era o sétimo filho do casal. — Antecipando minha nova interrupção, irmã D´Aulnoy ergue a mão num gesto severo. — Ela já perdera dois filhos, nascidos em casa, e estava tão ansiosa para que nada acontecesse com esse bebê, que foi tê-lo no hospital Sagrada Família, mas infelizmente ambos morreram. O sr. McGlynn, com a mente perturbada pelo sofrimento, sinto muito lhe dizer isso, começou a beber demais e a culpar o hospital pela morte da esposa, dizendo que os médicos haviam querido salvar o bebê, pondo a vida dele acima da vida da mãe. Também culpava a Igreja pelo fato de a esposa ter tido tantos filhos, ficando com a saúde debilitada.

— Como se ele não tivesse nada a ver com isso! — digo com raiva; então, assustada com minha ousadia, rapidamente ponho a mão na boca, embora seja tarde demais.

Agora sei por que minha mãe me tirou da escola católica. Parece que freiras despertam em mim o que tenho de pior. Para minha surpresa, porém, irmã D´Aulnoy não se abala com meu comentário impensado.

— Ele não foi o primeiro, nem será o último a culpar a Igreja por encorajar famílias numerosas e proibir o controle de natalidade — ela observa, mostrando mais compaixão do que eu por John McGlynn. — Pobre mulher! Imagine ter sete filhos! Vejo, pelas certidões de nascimento dos meninos, que ela só tinha trinta e nove anos, quando morreu. Mas receio que a irmã Dominica não foi muito compreensiva neste ponto. Ela escreveu: "Repreendi-o por culpar a Igreja, principalmente na presença da filha que o acompanhava, mas ele estava muito entorpecido pela dor para me ouvir, e a mocinha, em vez de me agradecer, declarou que o pai não estava dizendo nada que ela também já não dissera. Como a menina já tem idade suficiente para cuidar-se sozinha, não podemos impor-lhe nossa ajuda, de modo que só nos resta fazer o melhor que pudermos pelos meninos".

Irmã D´Aulnoy pára de falar, mas vejo, pelo movimento de seus olhos atrás das lentes grossas, que ela continua lendo o relatório.

— Bem, o que há aí a respeito dos meninos? — pergunto.

— A irmã Dominica escreveu resumidamente sobre o estado físico deles, e os dois maiores pareciam estar bem, mas o menor, Arden, tinha um braço defeituoso.

— Um braço defeituoso?

— É, que não se desenvolveu, porque o menino tivera poliomielite.

— Não foi ele que morreu aqui?

A freira folheia o resto do conteúdo da pasta e retira um papel com aparência de documento oficial.

— Ele morreu um ano depois de ser admitido no Lar — informa. — Acredito que fosse fraco, devido a doença que teve quando era menor. — Ergue os olhos para mim, e vejo neles uma expressão contrita que não esperava ver. — Quero que saiba que nem todas as histórias daqui são assim. Muitos de nossos meninos cresceram saudáveis, preparados para a vida, seguiram carreira, criaram uma família.

Penso nas fotografias que vi nas paredes de seu gabinete e concordo com um gesto de cabeça.

— Eu poderia lhe mostrar cartas lindas que eles nos escrevem — ela prossegue. — Os rapazes que chegam à maioridade saem daqui e vão para lares comunitários, onde ficam até se firmarem, e muitos deles estão na faculdade. Sugeri ao monsenhor que usássemos os andares superiores deste prédio para alojar esses meninos, mas até agora não conseguimos o dinheiro necessário...

Sua voz treme, e ela faz uma pausa, antes de continuar:

— Mas nada disso muda o fato de que a experiência de seus tios aqui não foi boa.

Fico aliviada, quando ela torna a olhar para os papéis. Aquela explicação em tom de desculpa deveria ser dada a um dos McGlynn, mas como pelo que sei não existe mais nenhum, eu ouço e aceito.

— O menino mais velho, John, era bastante promissor. O monsenhor ia recomendá-lo para uma bolsa de estudos na faculdade São José, mas depois da morte de Arden o comportamento do rapaz mudou. Quando fez dezoito anos, ele saiu do São Cristóvão sem terminar o curso colegial. Aqui há alguns endereços, a maioria de Coney Island, e imagino que fossem da irmã, Rose, que devia informar o novo endereço sempre que se mudava. John sempre vinha buscar Allen para passar o fim de semana fora, mas...

Irmã D´Aulnoy faz nova pausa, lendo uma outra página e abanando a cabeça. Vários dos papéis que ela segura caem no chão, e me abaixo para pegá-los.

— Em um desses passeios de fim de semana, Allen e John foram apanhados roubando em uma loja, em Flatbush. Depois disso, Allen ficou proibido de sair e de receber visitas.

— Nem Ro... isto é, nem minha mãe podia visitá-lo?

— Parece que sua mãe fora expulsa da escola Santa Maria Estrela do Mar por roubar dinheiro da bandeja de ofertas. Foi considerada uma má influência, o que acho lamentável. Há várias cartas dela, pedindo para ver Allen... e eu... não estou vendo nenhuma cópia de uma resposta do Lar.

Ainda estou ajoelhada, juntando os papéis. Meus joelhos machucados ardem em contato com o mármore. Ergo a cabeça para olhar para a irmã D´Aulnoy. Ela tirou os óculos, e há lágrimas em seus olhos. Estende a mão para mim; então, para meu total constrangimento, ajoelha-se a meu lado, passa um braço ao redor de meus ombros e com a outra mão segura uma das minhas.

— Oh, como sua pobre mãe deve ter sofrido!

Depois disso, quero ir embora o mais rápido possível. Não sei o que me deixa mais horrorizada: a história da família McGlynn, ou eu mesma, que me faço passar por uma descendente deles. Irmã D´Aulnoy promete que tentará descobrir o que aconteceu aos meninos e me acompanha por um longo corredor que leva à saída, segurando minha mão como se eu fosse uma criança. Mostra-me as fotos em uma das paredes, de fundadores e antigos dirigentes do Lar São Cristóvão, freiras dominicanas que foram professoras aqui, jovens em uniformes de policiais e bombeiros, recebendo medalhas, grupos de meninos em piqueniques, jogos de basquete e formaturas. Depois vêm fotos de mulheres e homens elegantemente vestidos, em jantares e bailes beneficentes. Estamos quase chegando ao fim do corredor, quando vejo um rosto conhecido em uma fotografia de jornal que foi emoldurada. A legenda diz: "Membros da Diretoria do Lar São Cristóvão no Jantar Beneficente Anual de 1962". São cinco homens e uma mulher, sorrindo para a câmera. Um dos homens eu reconheço, é Peter Kron, mas não foi seu rosto que primeiro chamou minha atenção, mas o da mulher, Hedda Wolfe. Ela está sentada ao lado de Peter, com uma das mãos compridas e finas, ainda não deformadas pela artrite, pousada no braço dele.

— A senhora disse que recentemente um membro da diretoria pediu para examinar a pasta dos McGlynn. Seria Hedda Wolfe?

A freira me olha como se fosse me dizer que essa é uma informação confidencial, mas então se rende, sem dúvida em consideração à história trágica de "minha" família.

— Foi a sra. Wolfe, sim. Você a conhece? Ela e o sr. Kron, não esse que está na foto, o irmão dele, são dois dos membros mais antigos de nossa diretoria.

— Humm... já ouvi falar dela, é uma famosa agente literária. Pergunto-me como foi que Hedda ficou sabendo de Rose McGlynn e seus irmãos e por que não me falou que minha mãe tinha ligação com eles. Tenho novamente a sensação de estar andando em um labirinto, mas em vez de me deixar tonta, isso agora me enfurece.

Como a irmã D´Aulnoy ainda segura minha mão, não posso me despedir apertando a dela de modo formal. Ela parece relutante em me deixar ir embora, mais uma órfã McGlynn que o Lar São Cristóvão está soltando no mundo, abandonando na margem do rio. Sinto o desejo de confessar que menti, de contar que minha mãe foi namorada de John, não irmã dele, que suponho que ela ainda tivesse uma família, quando deixou a cidade, mas quando a freira me puxa para seus braços, não oponho resistência. Afinal, também sou órfã, estou tão sozinha no mundo quanto qualquer um dos meninos que um dia procurou abrigo aqui.

O trânsito na avenida Atlantic é uma rude surpresa, depois da tranqüilidade da capela. Quase sou atropelada ao atravessá-la para voltar à rua Court. Paro na calçada oposta e viro-me para olhar mais uma vez o prédio na luz do entardecer, e noto que um dos anjos na fachada tem apenas uma asa, que a outra quebrou-se. Olho para ele durante um longo tempo, pensando no braço mirrado de Arden e nas criaturas nos livros de minha mãe, cujas asas rasgam-lhe as costas, e também na história que Gretchen Lu me contou no mercado, tantos meses atrás, de uma moça que tentou salvar os irmãos mantendo-se calada e tricotando camisas para eles, mas que não conseguiu terminar uma das mangas da última, o que deixou o irmão mais novo com uma asa quebrada no lugar de um braço. Por fim, recomeço a andar na direção da estação do metrô para tomar o trem que me levará de volta para Manhattan.

29

JÁ ESCURECEU, quando saio da estação de metrô na rua Catorze. Estou exausta, como se houvesse atravessado o rio East a nado, ensopada de suor — o trem em que viajei não tinha ar-condicionado — e meus joelhos doem. Quero, mais que tudo, chegar em casa, tomar um banho frio e pedir comida chinesa pelo telefone, mas, se deixar para fazer amanhã essa última visita, mais um dia se passará antes que eu possa falar com Aidan. Ele terá de esperar mais um dia, imaginando se vou, ou não, telefonar.

Ando pela rua Catorze na direção do distrito de frigoríficos. As novas lojas elegantes e galerias de arte estão fechadas, mas as barracas que oferecem carne fresca continuam abertas, o cheiro de sangue misturando-se com o da brisa que vem do rio. Por um instante penso em voltar atrás, mas quando me aproximo do prédio onde Hedda mora, vejo que há luz em seu apartamento na sobreloja. Desvio-me do jato de água da mangueira manejada por um açougueiro e me aproximo da porta do prédio. Aperto o botão do interfone, e Hedda abre a porta imediatamente, sem perguntar meu nome, como se estivesse me esperando, ou pelo menos esperando alguém.

Não era a mim que ela esperava, deduzo, vendo-a parada no topo da escada de metal, usando uma blusa de seda decotada, calça capri de cetim, agarrada no corpo, um duplo fio de pérolas pendendo do pescoço. Se ela não ficou surpresa ao me ver, fingiu muito bem, embora eu não consiga, de onde estou, ver sua expressão claramente.

— Íris, até que enfim! Tentei falar com você o dia todo. Recebeu meus recados?

— Não, estou voltando agora do Brooklyn — respondo, subindo a escada.

Eu não havia percebido, em minha primeira — e única — visita àquele lugar, como o som de passos nos degraus de metal ecoa através de todo o espaço vazio do armazém no andar térreo.

— Brooklyn? — Hedda repete, quando chego ao topo.

Noto que ela segura a porta parcialmente fechada atrás de si.

— Fui ao Lar São Cristóvão. Acredito que você conheça o lugar.

Ela ergue a mão livre e torce o colar de pérolas, então toca nos cabelos, como que pondo para trás uma mecha rebelde, mas seu penteado, como sempre, está perfeito.

— Entre — convida, abrindo a porta. — Acho que precisamos conversar.

Leva-me através da sala de estar, para além de uma escada em espiral que leva ao pavimento superior, e entramos na cozinha. Ao contrário da sala, um ambiente frio e formal, a cozinha é aconchegante, com armários cor de mel e brilhantes panelas de cobre penduradas nas paredes. Hedda me oferece uma cadeira junto a uma maltratada mesa de carvalho e tira da geladeira uma garrafa de vinho branco pela metade.

— Não, obrigada — respondo, quando ela pergunta se quero tomar um copo, pois, embora o líquido gelado seja convidativo, preciso manter toda minha clareza mental. — Mas aceitaria um pouco de água.

A dificuldade dela, de fazer algo tão simples quanto pegar um copo e enchê-lo com água, me desarma, mas resisto ao impulso de sentir pena. "Essa mulher mentiu para você", digo a mim mesma. "E suas mentiras podem ter causado a morte de Joseph."

Ela me dá o copo de água, enche outro com vinho e senta-se a minha frente.

— Então, se foi ao São Cristóvão, suponho que tenha compreendido que havia uma ligação entre sua mãe e os McGlynn — diz.

— Eu já havia compreendido, mas não graças a você. Minha mãe lhe falou de Rose e John McGlynn?

Ela toma um gole do vinho, um gole tão pequeno, que imagino que foi apenas um ardil para adiar a resposta. Em todas as nossas conversas até agora, sempre fui respeitosa, mas ela não parece surpresa com meu tom áspero. Na verdade, há uma sugestão de sorriso em seus lábios.

— Não, ela nunca me falou deles. Acredito que descobri a respeito dos McGlynn do mesmo modo que você, lendo a respeito do roubo de jóias no Crown e do julgamento de John. Liguei o sobrenome deles a Tirra Glynn e ao nome com que sua mãe registrou-se no hotel onde morreu. Foi assim, seguindo essas pistas, que você chegou ao São Cristóvão?

— Foi — admito. — Só que muitos meses depois de você. Não acha que poderia ter me poupado muito tempo?

— Não é minha tarefa poupar seu tempo. Espero que você conte, na biografia de Kay, como foi que descobriu os segredos dela. Está registrando tudo, não está?

— Não se trata mais da biografia, Hedda, mas da morte de Joseph.

— Eu não a mandei contratar um ex-condenado e deixar que ele tivesse acesso a quadros valiosos, Íris. E não sei o que Joseph tem a ver com sua pesquisa.

— Não sabe? Então, por que passou o verão interrogando-o? E não vá me dizer que queria que ele a ensinasse a usar fertilizantes corretamente.

Hedda toma um gole maior de seu vinho, usando as duas mãos para segurar o copo, quando o coloca de volta na mesa. Então, desloca a cadeira para mais perto da mesa, as pérolas de seu colar tilintando como pequenas castanholas.

— Eu falava com Joseph sobre uma pessoa que um dia foi hóspede do hotel.

— Peter Kron?

Ela desvia o olhar para um ponto atrás de mim, na direção da escada espiralada, como se o homem cujo nome eu dissera estivesse lá em cima, em seu quarto. Quando volta a me fitar, seus olhos estão brilhando, cheios de lágrimas, mas não sei se são lágrimas de tristeza ou de raiva.

— O que a faz pensar que Peter Kron significou alguma coisa para mim?

— Bem, para começar, há aquela foto de vocês dois no jantar beneficente do São Cristóvão, em 1962...

Vou acrescentar "e vi sua reação, quando ouviu o nome dele", mas decido que isso não é necessário, quando as lágrimas começam a rolar pelo rosto dela.

Eu daria uma péssima inquisidora, penso, desviando o olhar, enquanto Hedda usa as mãos para enxugar as lágrimas, conseguindo apenas borrar o rímel.

— É verdade — ela diz finalmente. — Eu amava Peter, e ele me amava. — A mulher dele, a grande poetisa Vera Nix, era cliente da primeira agência em que trabalhei. Ele telefonava para a agência, de vez em quando, porque ela dizia que tinha uma reunião lá, o que naturalmente não era verdade. Há certos escritores que acham que seu talento lhes dá o direito de fazer o que querem. Sua mãe não, ela era diferente. Bem, eu ficava morrendo de pena de Peter pelo jeito como era tratado por Vera. Notava-se que ele não era uma pessoa forte, talvez pelo que sofrera na guerra, e provavelmente foi por isso que nunca se separou dela. Quando ele ligava, eu tinha de obedecer às instruções de Vera e dizer que sim, que ela estivera na agência, falando com o sr. Lyle, mas que saíra para almoçar com ele, e que eu sentia muito, mas esquecera o nome do restaurante. Como se isso fosse possível! Mas eu preferia passar por uma tonta incompetente a deixar que Peter pegasse a mulher com outro homem.

Hedda levanta-se para tornar a encher o copo de vinho, o líquido jorra de uma vez, espirrando em seus dedos retorcidos.

— Então, um dia, decidi não mais seguir as instruções. Recitei a mesma fala de sempre, e quando Peter brincou, dizendo que apostava que eu esquecera o nome do restaurante onde fizera as reservas para Vera e o sr. Lyle, eu respondi que não, que eles haviam ido ao restaurante do Plaza. Soube na hora que ele iria lá. E eu também fui. Esperei-o na frente do hotel, e quando ele chegou, contei-lhe tudo, não só apenas a respeito dos almoços fictícios, como também o que ouvira dizer que Vera fazia, quando viajava em turnês para apresentar um novo livro, e as coisas que ela falava a seu respeito. Disse que achava um crime o que ela fazia com ele, um homem que merecia coisa muito melhor. Peter, então, me perguntou se merecia uma moça como eu, corajosa o bastante para ser tão honesta. Eu respondi que sim. Passamos aquele fim de semana no Plaza, porque Vera viajara, e dali por diante passamos a nos encontrar lá sempre que podíamos. Isso foi em meados da década de 50, alguns anos antes de eu começar a representar sua mãe junto às editoras. Então, como você deve ter entendido, ela não teve nada a ver com isso.

— Mas mais tarde você descobriu, através de Peter, que ele a conhecera no hotel Crown. Ele lhe contou que eles tiveram um caso?

— Contou. Disse que foi um caso rápido e que, quando Vera descobriu, acusou-a de roubo para que ela fosse demitida.

— Isso foi revelado no segundo julgamento de John McGlynn — comento. — Vera acusou minha mãe de roubar algumas de suas jóias, mas não foi capaz de identificá-la no meio das outras camareiras.

— Nem poderia. Alguém disse a ela que Peter estava tendo um caso com uma camareira chamada Katherine Morrissey, provavelmente a que entrava e saía de sua suíte duas vezes por dia, mas Vera nunca se dera ao trabalho de olhar para a moça. Por mais que ela andasse pelo Harlem e o Village, desprezava completamente as pessoas de classe baixa. Era um monstro.

— Monstro o bastante para ainda alimentar ódio contra minha mãe, vinte anos depois, quando encontrou-a no hotel Equinox. Ou, talvez, pensasse que ela e Peter continuavam tendo um caso.

— Talvez continuassem, mas não podemos ter certeza. Joseph jurou que não.

— Então, o que você estava tentando descobrir através de Joseph e de mim era se Peter ainda estava apaixonado por minha mãe naquele verão.

Hedda estende a mão por cima da mesa e a põe sobre a minha. Um toque úmido e frio, diferente do toque caloroso das mãos da irmã D´Aulnoy.

— Você deve estar se perguntando que importância isso pode ter, tantos anos depois da morte de Peter. Bem, ele rompeu nosso relacionamento naquele verão, dizendo que finalmente Vera concordara em ter um filho, mas sempre duvidei de que essa fosse a verdadeira razão. Nunca mais outro homem significou tanto para mim quanto Peter, e eu gostaria de saber se ele se sentia da mesma forma a meu respeito.

— E o que descobriu, falando com Joseph? — indago, tirando minha mão de baixo da dela.

— Ele não achava que eles estavam tendo um caso. Disse que os viu juntos uma vez, e que eles estavam discutindo. Imagino por quê. Quando descobriu que Kay Greenfeder era Katherine Morrissey, Peter me disse que acreditava que ela se mudara de Nova York levando uma jóia que pertencia a Vera.

— Minha mãe não roubaria nada daquela mulher!

— Eu sei. Peter me disse que dera a jóia a ela, mas suspeito que não contou que era de sua mulher, porque fez isso comigo também. Um dia, vi na coluna social de uma revista antiga, Vera usando um par de brincos que ele me dera.

Quase digo o que penso do caráter de um homem que dá jóias da esposa para as amantes, mas reflito que falar mal de Peter seria contraproducente, porque agora eu preciso de mais informações, não de uma briga.

— Joseph lhe contou se Peter conseguiu o que queria de minha mãe? — pergunto.

Hedda abana a cabeça, as pérolas tilintam.

— Só disse que Peter partiu abruptamente em meados de agosto, mas que continuou ligando para o hotel, pedindo para falar com Kay.

— Como é que Joseph sabia disso?

— A telefonista, Janine, contou a ele.

— E minha mãe falava com Peter?

— A princípio não, mas por fim deixou um recado para Janine transmitir a ele. Um nome, Joseph disse, um nome que Janine não conseguia lembrar. Depois disso, Kay falou com Peter, quando ele ligou novamente. Isso foi na última semana de setembro...

— Na época da conferência de que minha mãe ia participar. Ela deve ter concordado em encontrar-se com ele no hotel Dreamland. Parece que Peter encontrou uma maneira de fazer com que ela devolvesse o que ele lhe dera.

Olho para Hedda. Não há mais sinal de lágrimas em seus olhos cinzentos, que não mostram mais emoção.

— A rede de lágrimas — continuo. — O colar que vimos no slide que Gordon mostrou, de Catalina della Rosa. Era isso que estava em poder de minha mãe e que Peter queria de volta. E era isso que você queria também, não o último manuscrito de minha mãe. Achou que eu talvez eu encontrasse o colar, enquanto procurava o manuscrito, sabendo o tempo todo que não havia um terceiro livro.

— Não, Íris, nesse ponto você está enganada. Sua mãe escreveu o último livro da trilogia. Ela mesma me disse, e Joseph confirmou que ela escreveu durante todo aquele último ano. Achei que, se você encontrasse o livro, teríamos a explicação de tudo o que aconteceu, porque a história da mulher-foca e dos homens alados é na verdade a história dos McGlynn, do roubo de jóias no Crown, da fuga de sua mãe e Rose para um lugar longe da cidade.

— E você pensou que, lendo o manuscrito, ficaria sabendo se ela e Peter, que seria o perverso rei Connachar, continuavam apaixonados. Você me usou!

— Da mesma forma que você me usou para satisfazer sua ambição de se tornar escritora. Por favor, Íris, você estava disposta a usar sua própria mãe para ver seu nome na capa de um livro.

Meu primeiro impulso é protestar, mas reconheço que Hedda tem razão.

— Muito bem, não vamos ficar culpando uma à outra — digo. — O que eu quero saber é quem matou Joseph. Você e eu não fomos as únicas a assediá-lo com perguntas nesses últimos meses. Phoebe também fez isso. O que você acha que ela sabia a respeito de Peter e minha mãe?

— Phoebe nem havia nascido, no verão em que ele esteve no Equinox com Vera.

— Mas ela tem o diário da mãe e está trabalhando nele para publicá-lo.

— Phoebe está "trabalhando" no diário há dez anos. Isso já virou piada no mundo das publicações. O que corre por aí é que o diário de Vera revela os desatinos de uma viciada, uma louca. Quando Phoebe eliminar tudo o que há a respeito de drogas e atividades ilegais ou imorais, não sobrará material para uma revista em quadrinhos.

— E se uma dessas "atividades ilegais" de Vera incluir assassinato? E se ela matou minha mãe?

Espero que Hedda se surpreenda, mas pelo jeito nervoso como ela olha em volta, percebo que essa idéia já lhe ocorreu.

No entanto, há escárnio em sua voz, quando ela responde:

— Então, você acha que Vera matou sua mãe no Dreamland, onde a surpreendeu com Peter? E depois? Incendiou o hotel?

— Na verdade, pensei que ela marcou um encontro com minha mãe no hotel, para conseguir alguma coisa de volta... talvez uma prova de seu envolvimento no roubo de jóias no Crown, mas gostei mais de sua explicação. Quanto ao incêndio, poderia ter sido obra de Peter, para ocultar o crime de sua mulher. Monstro, ou não, ela estava esperando um filho dele. Depois de ouvir durante anos seu irmão Harry falar sobre o perigo de fogo em hotéis, Peter sabia que o Dreamland não oferecia nenhuma segurança contra incêndios.

— É uma possibilidade — Hedda concorda, desviando o olhar.

— Você sempre soube que foi Vera quem matou minha mãe, não é? Mas não denunciou o crime porque ainda queria proteger Peter. Depois, quando ele e Vera morreram, você não podia dizer mais nada, porque ficaria claro que ocultara informações que deveria ter dado à polícia.

— De que adiantaria eu falar? Todos os envolvidos estavam mortos.

— Nem todos. Meu pai e eu saberíamos que minha mãe não ia fugir com um amante, quando morreu.

— Seu pai nunca duvidou de Kay, nem por um instante. Quanto a você, eu lhe ofereci a oportunidade de descobrir a verdade por si mesma, e veja, descobriu. Teria feito pesquisas com tanto empenho, Íris, se eu não houvesse concordado em ser sua agente para ajudá-la a publicar seu livro? Eu a faria tomar esse rumo, se tivesse medo do que você pudesse descobrir?

— Você me fez tomar esse rumo sem me dizer que algumas pessoas estariam dispostas a matar para preservar seus segredos. Não pensou no que Phoebe poderia fazer, se fosse revelado que a mãe dela matou a minha?

— Acha que foi ela quem atirou em Joseph? Porque ele sabia que Kay fora encontrar-se com Peter, na noite em que morreu? É possível. Sempre achei que Phoebe herdou da mãe a instabilidade mental, mas por que ela pensaria que Joseph, depois de tantos anos de silêncio, diria a alguém que sua mãe fora encontrar-se com o pai dela?

— Porque você e eu, durante todo o verão, tentamos tirar alguma informação de Joseph — respondo, então acrescento com relutância: — E porque eu a fiz pensar que ele acabaria por me contar alguma coisa.

— Ainda assim, ela precisaria estar completamente louca para matar o velho, se ele não tinha nenhuma prova de que Kay foi encontrar-se com Peter.

— E se tivesse? Talvez uma carta de Peter, pedindo o colar, ou o último manuscrito de minha mãe, que contava toda a história?

— Por que Phoebe pensaria que encontraria o manuscrito ou alguma prova na suíte que Joseph estava ocupando?

— Porque Vera escreveu em seu diário que ouvia minha mãe datilografando na suíte acima da dela, a mesma que Joseph ocupou.

— Então, ela foi lá para procurar o manuscrito, ou o colar ou, então, para exigir que Joseph lhe entregasse o que estava procurando, ameaçando-o com um revólver. Quando ele se negou, ela atirou nele e derrubou seu namorado com uma pancada na cabeça.

— Acho que o plano dela era incriminar Aidan, porque quando o encontrou no corredor disse-lhe que Harry queria que ele verificasse os quadros mais uma vez para ver se estava tudo em ordem.

Hedda ergue as sobrancelhas, surpresa, e percebo que deixei escapar que tive contato com Aidan depois da noite do crime, mas isso não me assusta, porque ela seria a última pessoa a procurar a polícia agora.

— Ela se escondeu no corredor que leva ao quarto da suíte e esperou até que Aidan entrasse e abrisse o armário; então, derrubou-o com uma pancada na cabeça. Joseph, alertado pelo barulho, foi para a sala. Vendo Aidan no chão, tentou sair para pedir ajuda, e Phoebe atirou nele. Ela planejou tudo, para que Joseph nunca pudesse contar a ninguém que minha mãe viajara para encontrar-se com Peter, na noite em que morreu. Não sei se ela encontrou o manuscrito, mas tenho certeza de que não encontrou o colar.

Hedda corre os dedos pelos fios de pérolas, pensativamente, e agora, em vez de produzir um som perturbador, elas soam como chuva.

— Como pode saber que Phoebe não encontrou o colar?

— Ele não estava naquela suíte. Talvez nem mesmo Joseph soubesse onde fora escondido. Mas agora eu acho que sei.

30

NO FIM, NÃO FOI NADA do que Hedda disse que me levou a deduzir onde a rede de lágrimas fora escondida, mas as pérolas de seu colar. O som delas batendo umas nas outras lembrou-me o tempo todo dos colares de minha mãe, que tilintavam quando ela se curvava para me beijar, à noite. O som que ouvi na noite em que ela foi embora. Fecho os olhos e me sinto novamente com dez anos, na cama, minha mãe inclinada sobre mim para me dar um beijo. Quase sinto o perfume dela e a maciez da gola de seu casaco. Abro os olhos e por um instante a vejo, como a vi naquela última noite, com o casaco abotoado até o pescoço, escondendo qualquer colar que estivesse usando. Então, eu não podia ter ouvido as pérolas tilintar como ouvi. Foi outra coisa que produziu o som. De súbito, compreendo. O colar roubado. Ela o tirara do bolso e escondera em meu quarto. Torno a fechar os olhos e ouço sua voz, contando a história da mulher-foca, que vivia numa terra entre o sol e a lua. Entre o sol e a lua...

Os arremates das duas colunas da cabeceira de minha cama haviam se quebrado, e Joseph fizera outros, um sol e uma lua. Acho que minha mãe decidiu, no último instante, não levar a rede de lágrimas com ela, talvez imaginando que correria perigo, depois que a entregasse a Peter Kron. Então, a escondera dentro de uma das colunas de minha cama, sob o sol ou a lua entalhados em madeira. Deixou-me a jóia como um presente de despedida, como a mulher-foca deixou para a filha uma guirlanda tecida com espuma do mar e orvalho.

Já liguei para o número que Aidan me deu, verifiquei os horários dos trens e examinei meu mapa de cinco bairros para ver como posso ir da estação Marble Hill, na linha norte, até o parque Inwood. Não há mais nada a fazer, a não ser dormir, descansar para a longa viagem que me espera amanhã. Duvido que consiga conciliar o sono, mas quando fecho os olhos ouço a voz de minha mãe contando a história da mulher-foca, talvez por ter pensado tanto nela e nos últimos momentos que passamos juntas. Ouço até o ponto em que a filha leva a pele de foca para a mãe, e as duas adormecem envolvidas em seu calor, então durmo.

Sonho que estou seguindo minha mãe mar adentro. Nadamos juntas até a foz do grande rio, e a maré salgada nos leva para a frente, como se fosse uma gigantesca mão nos carregando. Só fico com medo quando sinto os dedos gelados da correnteza doce do rio. Tento segurar a mão de minha mãe, mas ela está subindo para a superfície, na direção do sol que brilha através da água. Consigo tocá-la, e sua pele sai em minha mão. Mas eu lhe dei a pele de volta, penso. Ela se vira para mim, como se ouvisse meu pensamento, então se transforma em uma coluna de luz, girando na direção da luz do sol.

Acordo molhada de suor, com a boca seca e sentindo-me febril. Chuto o lençol que me cobre e vejo que está manchado de sangue. Os cortes em meus joelhos abriram-se durante a noite. Mesmo depois de tomar um banho frio e dois copos de água, ainda me sinto quente, com um ardor na garganta. Tiro minha temperatura e descubro que estou com trinta e nove graus de febre. Tomo duas aspirinas, enfaixo os joelhos e saio de casa, rumo à estação Grand Central.

Decidi viajar de trem, não apenas porque estou farta de metrôs, mas também porque posso descer em Marble Hill, ir ao parque Inwood e depois voltar para a estação e continuar viagem para o norte, para o Equinox. Não estou levando bagagem, a não ser por minha costumeira bolsa de lona, onde coloquei uma muda de roupa e algumas coisas de uso pessoal. Não sei se devo dizer a Aidan que estou indo para o hotel. Ele vai querer ir comigo, e aquele é o último lugar do mundo onde deve aparecer.

Desembarco na estação de Marble Hill. Atravesso a rua Duzentos e Vinte e Cinco e o canal Harlem Ship, que seria a fronteira de Manhattan, se não fosse pelo bairro anômalo de Marble Hill, que se estende ao norte do canal. Paro no meio da ponte de aço, olho na direção de um grande "C" pintado num rochedo e consigo ver um trecho do Hudson além da ponte Henry Hudson. Num passeio turístico que fiz ao bairro vários anos atrás, aprendi que aquele "C" foi pintado pela equipe de remo da Universidade Colúmbia, na década de 30, e que o canal, que liga o rio Harlem ao Hudson, foi aberto em 1917 para o transporte de ferro até às fábricas de munição. Antes do canal, os dois rios eram ligados pelo riacho Spuyten Duyvil, que às vezes era mais um pântano do que riacho. Quando entro no parque Inwood Hill, vejo um remanescente daquele pântano, um estuário de maré, que se enche ou se esvazia, conforme o mar avança ou recua pelo Hudson. Uma pequena garça solitária, esbelta e branca, caminha graciosamente ao longo da margem. No nevoeiro úmido, é possível imaginar como era Manhattan quando os colonizadores holandeses a compraram dos índios algonquinos. Um ilha pantanosa, na entrada do mar, abraçada por três rios e um riacho. A rocha onde Aidan me pediu para encontrá-lo tem uma placa que comemora a compra da ilha, realizada sob uma árvore, uma magnólia, cortada há muito tempo.

Chego antes de Aidan, então me encosto na rocha e observo alguns adolescentes deitados na grama, garotas de short e miniblusa, passando um frasco de loção bronzeadora de uma pra outra, e rapazes usando calças de brim exageradamente largas, atirando um *frisbee* para a frente e para trás e puxando as calças para cima depois de cada jogada. Um outro jovem, de cabelo espetado e descolorido, com o mesmo uniforme de calça larga e camiseta preta, está deitado de lado, lendo um livro que tem uma sereia na capa. Ele fecha o livro, caminha em minha direção e se transforma em Aidan. Seu disfarce, roupas de adolescente, cabelos descoloridos e óculos escuros, faz com que ele pareça dez anos mais jovem.

— O que foi que me denunciou? — ele pergunta depois de me beijar.

Duas das garotas cochicham entre si e começam a rir. Já é bastante ruim, que eu, com quarenta anos, namore um homem de vinte e nove, e agora dou a impressão de gostar de rapazes de dezoito.

— O livro — respondo. — É de minha mãe, o segundo da trilogia... e o último. Meu pai sempre detestou essa edição por causa da sereia.

— É, também não gostei, porque não há nenhuma sereia em todo maldito livro.

Sorrio, satisfeita com essa prova de que ele realmente o leu.

— Onde o encontrou?

— Num sebo, em Riverdale. Pensei que podia aproveitar minhas férias para fazer uma pesquisa. — Aidan vira-se para o gramado e nota que as moças estão olhando para nós. — Vamos andar. Conheço um lugar onde teremos um pouco mais de privacidade.

O caminho por onde ele me leva é sombreado por árvores altas, e a vegetação rasteira nos dois lados torna-o muito estreito. Na verdade, logo não parece mais um caminho, e Aidan e eu temos de andar um atrás do outro, com ele na frente.

— Tem certeza de que sabe aonde estamos indo?— pergunto, abanando a mão para me livrar de um enxame de mosquitos em volta de minha cabeça.

— Eu cresci neste parque — ele informa, virando a cabeça ligeiramente.

Nesse ângulo, com aqueles cabelos loiríssimos e os óculos escuros, ele não parece Aidan, de jeito nenhum. Uma irracional onda de pânico me invade. Ou talvez não seja tão irracional, penso. Afinal, estou na companhia de um homem procurado pela polícia, acusado de assassinato, seguindo-o através de um lugar onde um cadáver poderia ficar durante anos sem ser encontrado.

Aidan, inconsciente de meu receio, está falando sobre o parque, explicando que aquela é a mais antiga reserva florestal do Estado de Nova York, que ainda é possível encontrar ruínas de mansões de milionários entre as árvores, e que ossos de um mastodonte foram descobertos ali, por volta de 1900. De repente pára, vira-se para mim e me toma nos braços. Estamos tão pegajosos de suor, que suas mãos deslizando por baixo de minha camiseta parecem serpentes enroscando-se em meu corpo. Ele me beija, sua boca sobre a minha é quente e exigente, suga meu fôlego, e me vejo dividida entre o impulso de lutar e o de me afundar mais profundamente em seu abraço.

— Não pensei que fosse vê-la de novo — ele murmura contra meu pescoço, quando finalmente interrompe o beijo.

Não sei o que dizer, então aperto-o com mais força nos braços, o suor colando meu corpo ao dele.

Atravessamos um viaduto que passa por cima dos trilhos da ferrovia Metro-North e chegamos a um campo coberto de grama, com bancos ao longo da margem do rio. Sentamos em um dos bancos de onde se pode ver o Tappan Zee, onde parece que o rio se torna largo como o mar. Conto a Aidan tudo o que descobri na biblioteca da Faculdade John Jay, na igreja de Santa Maria Estrela do Mar e no Lar São Cristóvão.

— Não foi à toa que sua mãe deu o nome da família McGlynn a sua terra de fantasia — ele comenta. — Essa gente teve uma sorte ainda pior do que a maioria dos irlandeses que conheço. Ler este livro de sua mãe é viver a agonia de um povo. Homens pobres com as costas abertas ao meio, mulheres despedaçadas pelo rio... E, mais impressionante, é que ela não escreveu sobre sua própria família, mas sobre a família da amiga.

— Há muitas coisas da vida dela na história, só que "Tirra Morrissey" não soa tão bem quanto "Tirra Glynn", não é? Acho que a parte que fala do caso de Deirdre com Connachar é um relato de seu romance com Peter Kron, mas estou quase certa de que Naoise é John McGlynn, que a imagem de asas partidas vem tanto dos entalhes acima da porta do São Cristóvão como com o que aconteceu com Arden, e a mulher-foca despedaçada no rio é Rose, sua melhor amiga, morta sob um trem. Além disso, tenho certeza de que ela estava apaixonada por John. Como vê, os McGlynn eram como sua família.

Mostro a Aidan a foto de minha mãe com Rose e John na praia, em Coney Island, depois conto toda a conversa que tive com Hedda.

— Não duvido que Phoebe fosse capaz de matar Joseph antes que ele provasse que a mãe dela era uma assassina, mas há uma coisa que não entendo — ele comenta. — Você acha que Peter Kron roubou o colar descrito no livro de sua mãe quando esteve na Itália e deu-o à esposa? E que depois John McGlynn roubou-o dela?

— Isso mesmo. Gordon disse que a *ferronière* pode ter sido retirada da igreja e levada para a casa de um descendente dos della Rosa, e Peter Kron ficou escondido na casa de uma condessa, na Itália. Gordon conversou com Joseph, depois de sua primeira palestra, e disse que agradecia a pista que ele lhe dera, falando sobre uma condessa que conhecera depois da guerra. E Harry me contou que conversou com a condessa que abrigou Peter, quando a encontrou no hotel Charlotte, em Nice, o mesmo hotel em que Joseph foi trabalhar, quando a guerra acabou. Penso que Joseph estava ajudando Gordon a ligar o roubo da *ferronière* a Peter Kron.

— Por que Phoebe se empenharia tanto em proteger um segredo do pai? Você mesma disse que ela o julga um homem desprezível.

— E é verdade, mas o fato de ele ter dado a *ferronière* a Vera podia ligá-la ao roubo das jóias e ao assassinato de minha mãe.

Aidan concorda com um gesto de cabeça, mas parece que minha explicação não o convenceu completamente. Então, ele tira os óculos, e vejo as fundas olheiras sob seus olhos. Talvez esteja cansado demais para seguir meu raciocínio.

— Penso que saberemos mais, se encontrarmos o colar — observo. — Talvez minha mãe tenha deixado uma mensagem, explicando o que aconteceu. Afinal, a mulher-foca deixa a rede de lágrimas para a filha, quando parte, como uma mensagem de amor.

— Eu devia ir ao hotel com você.

— Sabe que isso não é possível, Aidan. Ramon e Paloma estão lá, não ficarei sozinha.

— Por que não leva Jack com você?

— Aidan...

— Falo sério, Íris. Não vou ficar com ciúme. Prefiro saber que você está em segurança. Promete que irá para casa, agora, e que pedirá a Jack para ir com você amanhã?

— Está bem — rendo-me, olhando para a larga expansão do rio. — Farei isso. Posso mandar recado pelo mesmo número de telefone, quando descobrir mais alguma coisa?

Ele põe os óculos e move a cabeça afirmativamente. Imagino se está tentando esconder a expressão assustada, angustiada, que pressagia fuga. Lembro o que o investigador March me contou, sobre Aidan ter saltado de um carro roubado e causado a morte de um policial que o perseguia.

— Vou descobrir algo que o inocentará — afirmo. — Mas não saia da cidade. Promete?

Em vez de responder, ele me dá o exemplar de *A Rede de Lágrimas*.

— Leve o livro. Já li, e talvez você deva ler de novo. A história pode lhe dar uma nova idéia sobre o que aconteceu com sua mãe.

— Obrigada —agradeço, pondo o livro na bolsa. — Esqueci de trazer alguma coisa para ler no trem.

Aidan me encara, mas tudo o que posso ver agora é meu reflexo nas lentes espelhadas de seus óculos.

— O livro é bom — ele diz. — Por que não procura mais um pouco pela terceira parte, enquanto estiver lá no hotel? Eu gostaria de saber como as coisas acabaram para o povo de Tirra Glynn.

Fico aliviada por Aidan não se oferecer para me levar até a estação, pois assim não saberá que não tomarei o metrô para o centro da cidade. São quase cinco horas, quando embarco no trem da Metro-North, e estou tão cansada, depois da caminhada no parque, que me afundo num banco sem reparar que é virado para a parte de trás do trem. Fecho os olhos para protegê-los do brilho do rio e cochilo. Mas continuo consciente da luz que atravessa minhas pálpebras e se transforma, em minha sonolência, no sol brilhando através da água, como no sonho que tive à noite. Vejo a silhueta de minha mãe recortada contra a luz, o rosto coberto por uma sombra, o corpo oscilante e etéreo.

Acordo com uma sacudidela de um passageiro, um homem robusto que se curva sobre mim e avisa, quase me sufocando com seu hálito de cebola:

— Temos de descer. Falha no equipamento. Estão mandando outro trem.

Salto para a plataforma um instante antes de o trem vazio pôr-se em movimento. Olho em volta, procurando um lugar para sentar, mas todos os bancos estão ocupados por pessoas aborrecidas que olham para o relógio, depois ao longo dos trilhos, na direção sul, então novamente para o relógio. Encosto-me em uma parede e fico olhando o rio, vermelho-dourado na luz do sol que desce para as colinas.

Aquela vista me é familiar, e depois de um instante reconheço a estação de Rip Van Winkle. De repente, tenho uma estranha sensação de *déjà vu*. Estou na mesma estação onde minha mãe esperou que retirassem o corpo de Rose dos trilhos para poder embarcar e continuar viagem até o hotel Equinox. Lembro que quando eu era pequena ela me contava que descera do trem nesta estação, para pegar outro — nunca falou do suicídio da amiga — e que enquanto esperava pensara em voltar para a cidade. A idéia de que ela poderia ter voltado sempre me apavorou, porque, se isso acontecesse, ela não conheceria meu pai, não seria minha mãe. Mas agora pego-me imaginando como ela pôde ter continuado viagem, depois da tragédia que acontecera aqui. Estou quase cedendo ao impulso de atravessar a ponte sobre os trilhos e tomar o trem de volta para a cidade — Aidan talvez tivesse razão ao dizer que eu devia levar Jack comigo — quando vejo a mulher parada a minha frente pôr a mala no chão e dar um passo na direção dos trilhos. Sem pensar, adianto-me e seguro-a pelo braço. Surpresa, ela se vira. Não posso ver seu rosto claramente, porque o sol poente está às suas costas.

— Conheço você? — ela pergunta, confusa.

Abano a cabeça e recuo.

— Desculpe. Pensei que fosse outra pessoa.

Ela sorri nervosamente, então aponta para um ponto ao longo dos trilhos.

— Veja, nosso trem está chegando.

31

NÃO HÁ NINGUÉM me esperando na estação — nem Joseph nem Aidan —, então tomo um táxi para me levar para o outro lado do rio e montanha acima, até o hotel.

— Pensei que o Equinox estivesse fechado — o taxista comenta quando estamos atravessando a ponte.

— Só temporariamente, para reforma.

— O que dizem na cidade é que fechou para sempre.

— Vai abrir de novo, na primavera — asseguro.

Mas, quando paramos na entrada do hotel, eu própria não me sinto muito segura do que afirmei. O prédio está totalmente às escuras. Nem as luzes externas foram acesas.

— Parece que não há ninguém em casa — o homem observa secamente, enquanto lhe dou o dinheiro da corrida.

— O recepcionista e uma das criadas ficaram no hotel, onde vão passar o inverno. A equipe da empresa construtora deve ter ido embora no fim da tarde, e talvez a eletricidade foi desligada para algum reparo na instalação.

O taxista, sem nenhum interesse em minhas conjeturas, e nada preocupado por me deixar aqui sozinha, engata a primeira marcha para partir.

— Posso precisar de um táxi amanhã de manhã — digo.

Ele pára o carro, que já pusera em movimento, só o tempo suficiente para me dar um cartão com o número do telefone da empresa de táxis, então vai embora. Quando a luz vermelha das lanternas traseiras desaparece na curva, fico na escuridão quase total. A lua, que notei é cheia esta noite, ainda não subiu o bastante para iluminar este lado do hotel. Mas, mesmo no escuro posso ver os sinais do abandono do jardim. As plantas anuais das bordas do canteiro mais próximo de mim estão secas, e as roseiras, sem poda, mostram cachos de flores mortas nos ramos que sobem pela treliça. É óbvio que os jardineiros, Ian e Clarissa, foram dispensados, embora eu achasse que Harry ficaria com eles por mais algumas semanas. Um vento vindo do norte varre o jardim, fazendo voar algumas folhas e produzindo um som áspero ao atravessar a vegetação maltratada. Estremeço, desejando ter trazido um suéter — é tão fácil esquecer como faz frio aqui — e entro.

No saguão, a luz do luar entra pelas portas de vidro do outro lado, formando poças prateadas nas capas brancas que protegem os móveis e o carpete. Há duas escadas de abrir no meio do aposento. Grandes latas de tinta enfileiram-se em cima do balcão da área de recepção, que também foi coberto por um pano branco. Aproximando-me do balcão, vejo que além de latas de tinta há outras, de líquidos de limpeza e produtos impermeabilizantes e muitas de poliuretano. Uma das latas prende uma pilha de recibos e de folhas de papel onde Ramon — a letra é dele — fez uma lista de tudo o que foi comprado para a reforma. Vejo uma folha de papel no chão. E quando me abaixo para pegá-la, um sopro de brisa infiltra-se no saguão, enrugando o tecido branco das capas sobre os móveis. Ergo-me e vou para perto das portas de vidro, encontrando uma delas aberta, mantida assim por mais uma lata de poliuretano. Os pintores devem ter feito isso para que haja ventilação, mas foi uma imprudência, já que não há ninguém aqui. Fecho e tranco a porta, então leio o papel em minhas mãos à claridade da lua. É um fax de Harry para Ramon, com o endereço de uma loja de material hidráulico em Syracuse, onde devem ser compradas as peças de metal para os novos banheiros. O fax tem data de hoje, e Harry dá instruções a Ramon para providenciar o material imediatamente, já que os encanadores começarão o trabalho amanhã. Por isso Ramon não está aqui. São pelo menos cinco horas de viagem de carro até Syracuse, e o fax foi recebido às três e dez da tarde. De modo algum ele chegará lá antes de a loja fechar. Ele e Paloma devem ter decidido viajar assim mesmo, para chegar a Syracuse à noite, de maneira a pegar o material pela manhã e então voltar para o hotel. Se conheço bem Ramon, ele pegará estradas secundárias através das montanhas Catskill para mostrar a Paloma todos os hotéis onde se apresentou como ator.

Entro no escritório e ergo o telefone do gancho para ver se está funcionando. Está. Então, pego uma lanterna no armário. Por um momento, penso em chamar um táxi, ir dormir num hotel da cidade e voltar para cá amanhã cedo, mas estou ansiosa para descobrir se realmente adivinhei onde minha mãe escondeu o colar. Já enfrentei muitos períodos de falta de energia aqui no hotel para poder subir ao sótão até de olhos vendados.

A luz da lua entrando pelas janelas dos patamares ilumina bem a escadaria principal. E, sem luz artificial para ofuscar os olhos, a vista que tenho do vale e do rio, prateados pelo luar, é fantástica. Subir a escada é como subir por uma coluna de luz, e me sinto como se flutuasse sobre o mundo em miniatura, lá embaixo no vale. Uma vez, eu tinha cinco ou seis anos, minha mãe me acordou no meio da noite, embrulhou-me em seu casaco e me levou no escuro até o patamar do quinto andar. Uma tempestade de neve deixara-nos sem energia elétrica e o vale parecia coberto por um manto de cristal. "Veja, é como estar dentro de um globo de vidro, daqueles que têm uma paisagem dentro", ela disse.

Chego ao quinto andar e paro à janela para olhar para fora, lembrando a maciez da mão de minha mãe na minha, o calor da gola de pele em meu rosto. Naquela noite eu senti que minha mãe criara aquele espetáculo para mim, com a mesma facilidade com que pegaria um globo de vidro e o viraria para fazer cair neve sobre uma paisagem em miniatura. Mesmo mais velha, nunca duvidei de que ela tivesse o poder de segurar um mundo na palma da mão, o mundo que ela criara, cheio de criaturas fantásticas, vindas de uma terra sob o mar, de mulheres que podiam trocar de pele e homens que podiam voar. Agora me pergunto se ela conseguia realmente controlar aquele mundo. Talvez houvesse tentado, transformando os fantasmas de sua juventude em seres de fantasia, mas o mundo que inventara ergueu-se como um vagalhão e inundou a vida que ela criara aqui, comigo e com meu pai.

Quando entro no corredor do quinto andar, não há mais a luz das janelas. Acendo a lanterna e, apalpando a parede com mão livre para me guiar, caminho na direção da escada do sótão. Noto que meus sapatos estão grudando no chão, produzindo um ruído estranho cada vez que ergo um pé para dar outro passo. Paro e respiro fundo, quase sufocando com o cheiro forte, e entendo por que os pintores deixaram aquela porta aberta no saguão. Já haviam começado a aplicar verniz no piso. Com aquele cheiro permeando tudo, terei mesmo de ir dormir na cidadezinha ao pé da montanha. Mas, de qualquer forma, abrirei algumas janelas antes de ir embora. Agora não há nada que eu possa fazer a respeito do dano que causei ao piso, mas amanhã direi a Ramon que o trabalho no quinto andar precisa ser refeito. A escada para o sótão, felizmente, ainda não foi envernizada.

Na porta de meu quarto, preciso pôr a lanterna no chão para procurar a chave em minha bolsa. Quando não a encontro, xingo a mim mesma pela imprevidência, porque agora terei de voltar ao andar térreo para pegar uma chave mestra no escritório. Mas, então, lembro que a coloquei na bolsinha onde levo os artigos de toalete. Por fim abro a porta, deixando a chave na fechadura, e ponho a lanterna em cima da escrivaninha, virada para a cama. O facho de luz cai sobre a coluna com o arremate em forma de sol, e decido que será ali que procurarei primeiro, mas só depois que acender uma vela para iluminar melhor o quarto.

Acendo a vela e começo a tentar desatarraxar o arremate, mas é mais difícil do que pensei. Joseph deve ter usado cola para fixá-lo. Se foi isso, é pouco provável que minha mãe tenha escondido o colar ali. Quando consigo soltá-lo, ilumino o interior da coluna com a lanterna. Vazio. Inclino-me para recolocar o arremate no lugar e derrubo a lanterna atrás da cama. Vejo que ela ficou presa entre a cabeceira e a parede. Puxo a cama para a frente, e a lanterna cai no chão. Lembro de minha última atividade clandestina, entrar na suíte de Harry para pegar o livro de registros de 1973, e fico satisfeita por agora não haver ninguém no hotel para ouvir o barulho que estou fazendo.

Suponho que foi pensar naquele livro guardado em um armário que me deu a idéia de examinar a parte de trás da cabeceira. Noto que o forro de madeira, pregado nas laterais da cabeceira, não recebeu acabamento, e um dos lados está meio solto, formando uma abertura. Introduzo a mão na abertura e no mesmo instante toco em alguma coisa. Pelo tato, percebo que é um livro com capa de couro. Consigo tirá-lo, puxando a tábua para trás para despregá-la um pouco mais e alargar a abertura. É um livro de registros, mas não há data na lombada. Abro-o e vejo que as folhas foram arrancadas e que em seu lugar há um maço de papéis atado por um elástico. Leio as palavras datilografadas na primeira página: *A Filha da Mulher-Foca – Lembranças de uma Infância no Brooklyn*.

Sento-me na borda da cama e tiro o elástico. Olho a segunda página e leio: "Muito tempo atrás, antes de os rios serem tragados pelo mar, numa terra entre o sol e a lua..." Uma onda de desapontamento me invade. É apenas um rascunho do primeiro livro sobre Tirra Glynn. Talvez minha mãe o tenha escondido ali quando ainda era camareira. Mas, então, continuo a ler e descubro que não se trata de uma história de ficção. Depois de repetir algumas linhas da narrativa sobre a mulher-foca, minha mãe começa a contar: "Essa era minha história favorita, quando eu era criança. Minha mãe a contava para mim, como a dela contara para ela, e assim por diante, uma longa linhagem de mães que teve origem numa pequena ilha, Cloch Inis, Ilha de Pedra, que fica entre Grian Inis, Ilha do Sol, e Gealach Inis, Ilha da Lua".

A terra entre o sol e a lua. Obrigo-me a parar de ler. Terei tempo para isso mais tarde. É difícil acreditar que, depois de tentar durante anos extrair os segredos de minha mãe da teia de seu mundo de fantasia, as respostas estavam todas lá, atrás de minha cabeça, quando eu dormia, não disfarçados em contos de fadas, mas contados numa autobiografia.

Fico só um pouquinho desapontada ao pensar que este livro torna desnecessário aquele que eu pretendia escrever. Minha mãe escreveu sua própria história. Não precisa de mim para fazer isso.

Ponho o livro de lado e começo a tentar tirar o arremate em forma de lua. Dessa vez não encontro dificuldade, a peça de madeira sai depois de eu girá-la algumas vezes. Sem me preocupar em usar a lanterna, ponho a mão no interior da coluna. Meus dedos tocam algo macio. Um camundongo morto, penso, arrepiando-me, mas forço-me a pegar seja lá o que for e vejo que é um saquinho de veludo. Puxo o cordão que o fecha e deixo cair o conteúdo na palma da mão. Nesse momento, ouço um ruído vindo do andar de baixo. Parece alguém arrancando uma forte fita adesiva de um pacote. Passos no corredor, depois na escada para o sótão. Olho para o que tenho na mão. Sei quem é que está vindo e sei o que tenho de fazer.

Quando Harry aparece na porta de meu quarto, estou sentada na beirada da cama, que tornei a encostar na parede.

— Minha querida! — ele me saúda. — Eu sabia que você os encontraria! Sabia que minha confiança em você seria recompensada.

Tira a chave da fechadura, coloca-a no bolso, e quando sua mão emerge, segura um revólver. Então, ele fecha a porta e se aproxima de mim.

— A *ferronière* e o manuscrito — continua. — Bom trabalho! Importa-se, se eu olhar primeiro a jóia? Não sou muito fã de obras de ficção.

Entrego-lhe o saquinho de veludo, sem poder desviar os olhos da arma em sua mão.

— Não é ficção — esclareço. — É uma autobiografia. De minha mãe.

Harry retira a jóia do saquinho e a ergue à luz da lanterna. As pedras brilham como um borrifo de água no quarto escuro.

— Lindo, não é? Ninguém nunca fez jóias como os ourives italianos do século XV. E não é só o puro valor deste colar que deve ser levado em conta, e ele vale milhões, eu lhe asseguro, mas sua história, as lendas que o rodeiam. E sua mãe aumentou esse valor, incluindo-o em seus livros. Vou considerar isso como juros pagos por um empréstimo a longo prazo.

— Suponho que seu irmão roubou-o, e que quando você descobriu já era tarde demais para devolvê-lo à condessa — comento.

Harry ri.

— Peter? Quando eu o encontrei na casa da condessa Val d´Este, ele estava num estado de estupor tão profundo, efeito do medo e do álcool, que não seria capaz de distinguir uma jóia de quinhentos anos de uma bijuteria barata. A condessa me disse que acreditava que a *ferronière* continuava escondida na igreja da vila de Santa Maria Estrela do Mar. Quando meu batalhão entrou na vila, apenas algumas horas após ela ter sido libertada pelos aliados, fui direto para a igreja. A abadessa escondera a *ferronière*, mas quando eu lhe disse que era oficial da defesa de monumentos e obras de arte, e que precisávamos levar todos os tesouros artísticos nacionais para um lugar seguro, ela me mostrou onde a guardara. Por infelicidade, a abadessa foi atingida por uma bala disparada por um franco-atirador inimigo, e mais tarde a igreja foi bombardeada. Então, você vê que, se não fosse por mim, a *ferronière* estaria perdida para sempre.

Movo a cabeça, concordando, como se sua explicação o desculpasse por ter matado uma abadessa ou qualquer dos outros crimes que cometera desde então para manter o roubo em segredo, mas ele está deslumbrado demais, admirando seu tesouro recuperado, para prestar atenção em mim. Não se importa com o que eu penso, do contrário me deixaria continuar acreditando que fora Peter quem roubara a jóia. Não se importa porque não pretende me deixar sair daqui com vida. Compreender isso é como mergulhar na água gelada da piscina ao pé da cachoeira, algo doloroso, mas um alívio, depois da incerteza experimentada na margem.

— Você deve ter ficado furioso, quando John McGlynn roubou a *ferronière* — observo. — Depois de todo o trabalho que teve...

— Não. Eu contratei John McGlynn para roubá-lo. Peter, o idiota, dera-o para Vera. Eu fui o culpado, suponho, porque havia mostrado a *ferronière* a ela. Podia tê-la obrigado a me devolver a peça, mas queria tirar também o resto das jóias da família de suas mãos, porque aquela mulher estúpida acabaria por perder a maioria delas. Então, pensei em matar dois coelhos com uma só paulada. O único problema foi que John, quando deixou as jóias no lugar que havíamos combinado, "esqueceu-se" de deixar a *ferronière*. Achou que escaparia impune, ficando com ela.

— Porque sabia de onde a *ferronière* viera. Rose disse a ele. Ela conhecia a história da jóia, que ouviu na escola Santa Maria Estrela do Mar. John deduziu que, como você a roubara, não podia procurar a polícia.

— Rapaz estúpido. Tive de fazer com que amigos meus da polícia o prendessem, surpreendendo-o em seu quarto de motel com as jóias que já me havia devolvido. Mas a *ferronière* não estava lá, ele a escondera em outro lugar.

— Por que John não contou à polícia que você o contratou para roubar as jóias?

— Em quem eles acreditariam? Num milionário, um pilar da comunidade, ou num rapaz criado num orfanato, que já cometera alguns crimes? Acredito que ele contou a seu advogado, que sabiamente dissuadiu-o da idéia de dizer isso no tribunal. Mas eu sabia que ele não seria inteligente o bastante, nem paciente, para esperar vinte anos para tirar a *ferronière* de seu esconderijo, que diria à irmã onde a jóia estava.

— Então, você mandou um de seus homens à estação de Rip Van Winkle para ameaçar a moça e forçá-la a contar. — Visualizo a estação como a vi hoje e a mulher a minha frente, que pousou a mala no chão e deu um passo na direção dos trilhos. — Só que ele exagerou. Deixou a coitada tão apavorada, que ela caiu nos trilhos, quando o trem estava chegando.

Harry estala a língua, abanando a cabeça.

— É isso o que acontece, quando uma pessoa não cuida pessoalmente de seus próprios negócios. Dá tudo errado. A propósito, como sabe que não fui eu mesmo que falei com ela na estação?

— Porque teria percebido que a moça que caiu sob o trem não era Rose McGlynn, mas Katherine Morrissey. Rose McGlynn... — Fecho os olhos e vejo a silhueta de uma moça desenhada contra o sol poente, virando-se para os trilhos, a outra jovem dando um passo à frente. — Rose McGlynn, minha mãe, estava atrás dela. Quando ela viu o que acontecera, quando percebeu do que você seria capaz para reaver a jóia, pegou a bolsa de viagem de Katherine e deixou a sua na plataforma, para que todos pensassem que a moça morta era Rose McGlynn, porque aí você pararia de procurar por ela.

— Muito bem, Íris, você herdou o cérebro de sua mãe. Mas infelizmente herdou também a imprudência. Imagine só, ela escreveu aqueles livros, contando os fatos, embora em forma de história fantástica, e descreveu a *ferronière* de modo muito preciso.

— Você não leu os livros. Não foi assim que compreendeu o que ela fizera.

— Não. Devo agradecer isso a você, Íris. No instante em que a vi na galeria, naquela noite, soube que era filha de Rose.

Harry encosta a ponta fria do cano do revólver sob meu queixo, obrigando-me a erguer o rosto. É a primeira vez na vida que não fico contente quando me dizem que sou parecida com minha mãe. Imagino que ele pretende me matar e pôr a culpa em Aidan.

— Mas só soube agora, este ano, quem foi que matou minha mãe no hotel Dreamland?

— Bem, essa é uma história muito interessante. Pena que você não tenha tido tempo para escrevê-la. Passei o verão daquele ano na Europa, não soube do incêndio. Quando voltei, no outono, logo percebi que alguma coisa grave acontecera a Peter, porque sua lenta e ainda decorosa marcha para o alcoolismo, que vinha se desenrolando havia anos, de repente tornou-se um mergulho de cabeça. Comecei a investigar e fiquei sabendo tudo sobre o incêndio no Dreamland, então juntei as peças e entendi que Vera seguira Peter e o pegara lá com uma mulher. Quando descobri que o nome de solteira da mulher era Katherine Morrissey, não fiquei surpreso e nem muito interessado, pois sabia que Peter e ela haviam tido um caso, muitos anos atrás. Errei, devia ter procurado saber mais. Imagino que Peter estava tentando tirar o colar de Kay, que ele naturalmente reconheceu como sendo Rose, e que Vera interpretou essa "reunião de negócios" como um encontro romântico.

— Então, Vera atirou em minha mãe porque pensou que ela fosse Katherine Morrissey.

Compreender que minha mãe morreu por causa de um engano dói mais do que qualquer coisa que descobri até agora.

— Lamento, Íris, que as coisas tenham de acabar assim, mas não posso pensar em outra solução — Harry diz, interpretando mal minhas lágrimas, achando que estou com medo por ter percebido que ele vai me matar. — Peter e Vera tiveram muita sorte, porque o corpo de sua mãe foi consumido tão completamente pelo fogo que nenhuma bala foi encontrada, mas não posso depender da sorte.

Assim que ouço a palavra "fogo", percebo que o cheiro de poliuretano aumentou, tornando-se quase insuportável, e compreendo o que Harry pretende fazer.

— Não tem medo de que o incêndio pareça suspeito? — pergunto.

— Um hotel velho, operários descuidados, todas aquelas latas de poliuretano deixadas perto de uma chama piloto na cozinha, piso envernizado, ainda úmido... Será um incêndio não só fácil de explicar como também misericordiosamente rápido. Mas, antes que o fogo chegue aqui, você terá morrido, sufocada pela fumaça.

Ele ergue a mão que segura o revólver e deixa-a cair com força sobre mim. Vejo um brilho de metal que explode numa luz branca em meu cérebro, então, mais nada. Mergulho na escuridão.

32

AGORA SOU EU que bóio na superfície, olhando para minha mãe que está nadando abaixo de mim. Ela tenta me dizer alguma coisa, mas de sua boca só saem bolhas que sobem e estouram ao redor de minha cabeça. Um, dois estouros suaves, então, uma série de explosões, sincopadas como numa mensagem em código Morse. Minha mãe abre a boca, e uma grande bolha eleva-se lentamente em minha direção, sua película cintilando como os sacos plásticos na lavanderia do sr. Nagamora. A bolha emerge, por fim, e a correnteza a minha volta agita-se e enrola-se, formando um braço forte que me tira da água e me deita sobre algo duro. Estendo a mão na direção de minha mãe, tentando tocá-la, mas tudo o que sinto sob os dedos é a lama compacta da margem do rio. Luto para abrir os olhos e vejo que estou deitada no assoalho de meu quarto no sótão.

As explosões que ouvi cessaram, mas sei o que eram: mais de trinta latas de poliuretano explodindo ao calor do fogo. Erguer o corpo do chão exige tanto esforço, que penso que me colaram ali, mas, exceto pelos resíduos pegajosos em meus sapatos e nas roupas, estou seca. Sinto um pouco de umidade na têmpora direita, onde Harry me atingiu com a coronha do revólver.

A lembrança da arma milagrosamente clareia minha mente. Embora eu não encontre a lanterna, há bastante luz entrando pela vidraça da janela, o que significa que a lua subiu e está iluminando a face oeste do hotel. Quanto tempo fiquei inconsciente? Tempo suficiente para Harry descer ao térreo, levar as latas de poliuretano para a cozinha, deixando-as perto da chama piloto, para que o calor as faça explodir. Ele com certeza vai esperar que o fogo comece, antes de partir.

Arrasto-me para a janela e, usando o parapeito como apoio, ponho-me de pé e olho para fora. Seis andares abaixo, o jardim e a alameda que leva ao bosque estão vazios. Os quiosques e canteiros, os estreitos caminhos cobertos de cascalho e cercas vivas formam uma paisagem em miniatura, uma vila natalina armada na vitrine de uma loja, iluminada por lâmpadas vermelhas e alaranjadas... Sinto a boca secar, quando percebo que o jardim está iluminado pelo fogo no andar térreo.

Vou até a porta e tento abri-la. Está trancada. Procuro nos bolsos de minha calça, não encontro a chave extra que escondi ali, quando pressenti o que ia acontecer, antes de Harry aparecer na porta. Teria ele me revistado e encontrado a chave? Ou ela caíra do bolso? Deito-me no chão perto da cama e apalpo em volta, forçando-me a ficar calma, a procurar cuidadosamente e ignorar a sensação de que o assoalho está quente, como se as chamas já estivessem lambendo o teto do quarto abaixo do meu.

Quanto tempo vai demorar? Quanto tempo vai demorar para o fogo subir através de cinco andares e chegar ao sótão? Alguém na vila verá o clarão do incêndio e mandará ajuda? Mas, mesmo que isso aconteça, será tarde demais. Foi por isso que meu pai mandou instalar um sistema de bombas para trazer água do lago. O sistema que Harry desativou no início do verão. Ele já estava planejando incendiar o hotel assim que conseguisse o que queria? Tento expulsar esses pensamentos. Depois voltarei a pensar nisso, penso. Tem de haver um depois, porque não posso permitir que ele fuja, deixando apenas o esqueleto calcinado do hotel para trás, como um inseto nojento deixa a casca antiga, já revestido com a nova.

Não encontro a chave no chão. Sentada nos calcanhares, tento lembrar em que lugar da cama eu estava, quando Harry bateu em minha cabeça. Vejo-me caindo. Então, lembro que sempre que eu perdia alguma coisa, um brinco, um marca-páginas, minha mãe corria a mão entre a moldura da cama e o colchão e encontrava o objeto perdido, que me apresentava com o gesto floreado de um mágico que tira uma moeda de trás da orelha de uma criança. Introduzo a mão entre o colchão e a moldura e procuro, no entanto só encontro poeira. Mas, na metade da tábua de uma das laterais, meus dedos tocam uma fita. Puxo-a para fora. Amarrada nela está a chave que eu havia colocado no bolso, a mesma que minha mãe mantinha pendurada numa das colunas da cama, para uma emergência, como explicava. Ela devia ter caído de meu bolso, quando tombei. Se não houvesse ficado presa ali, cairia no chão, e Harry ouviria.

Prendo a respiração, quando ponho a chave na fechadura, imaginando que Harry pode ter bloqueado a porta do lado de fora, mas ela se abre para o corredor escuro. Dou uma olhada para trás e vejo que ele deixou o livro de registros sobre a cama. Não estava mesmo interessado na história de minha mãe. Pego o livro e coloco-o em minha bolsa, que ponho nas costas, passando os braços pelas alças, como se fosse uma mochila, e saio, antes que pense em qualquer outra coisa que possa estar deixando para trás. Cubro o nariz e a boca com a mão, quando sinto o cheiro acre de fumaça. Corro de volta para o quarto, vou ao banheiro, pego uma toalha, molho-a e coloco-a na cabeça, cobrindo parte do rosto. Saio novamente e começo a andar pelo corredor rumo à escada, apalpando a parede. Chego ao quinto andar e ouço o fogo abaixo de mim, um som que se parece estranhamente com o de água numa corredeira. Com uma das mãos na parede, e outra segurando a toalha contra o nariz e a boca, começo a avançar pelo corredor. A escada de serviço deve ser mais segura, pois é fechada, mas quando abro a porta, uma onda de fumaça me envolve, quase me sufocando. Fecho-a rapidamente e me abaixo, apoiando-me nas mãos e nos joelhos, então rastejo até chegar a um lugar onde posso respirar melhor. É claro que, se Harry iniciou o incêndio na cozinha, a escada de serviço seria a primeira a encher-se de fumaça, penso. Só posso esperar que o fogo ainda esteja contido nesse lado do prédio, o lado norte, e que a escadaria central esteja intata. Presto atenção ao barulho do fogo, para saber se diminuiu, mas o som é um rugido que pulsa no ritmo das batidas descontroladas de meu coração, tomando a forma de vozes humanas, gritos horríveis e gemidos, que sei que são apenas frutos de minha imaginação.

Chego ao topo da escadaria, e pela janela vejo o terraço lá embaixo iluminado como que para um baile de gala, mas os vultos que se movem não são hóspedes dançando, mas reflexos das labaredas que devoram o hotel. O fogo soa como o uivo de uma multidão apavorada, é como se o hotel estivesse lotado, e os hóspedes gritassem desesperados, querendo fugir. De repente, ouço uma voz clara acima das outras, chamando meu nome.

Tiro a toalha da boca e grito:

— Aidan!

Penso ouvir uma resposta no andar de baixo e começo a descer a escada, sempre gritando o nome de Aidan. Quando, porém, alcanço o quarto andar, o patamar está vazio. Paro e escuto, mas o que ouço não é a voz dele, é o fragor de vidro quebrando-se.

— Aidan! — chamo de novo.

Talvez eu tenha imaginado ouvir a voz dele. Ou foi Harry que, apanhado no inferno que criou, gritou por mim? Se foi isso, estou disposta a arriscar minha vida para salvá-lo? Se o fragor que ouvi foi o das vidraças das janelas dos patamares explodindo com o calor, precisarei ir à escada do lado sul e tentar escapar por ali.

Agora estou no patamar do terceiro andar, e ali também não há ninguém.

— Aidan! — repito.

E dessa vez ouço a voz dele responder, não do andar de baixo, mas do de cima, o que me dá a certeza de que tudo não passa de imaginação, que a visão de Aidan indo me salvar é tão irreal quanto a de minha mãe nadando abaixo de mim no rio.

Sento no chão, não tanto para fugir da fumaça que enche o ar a minha volta, como porque de repente estou muito cansada. Imagino se foi assim que minha mãe se sentiu, quando partiu daqui para ir encontrar-se com Peter Kron no hotel Dreamland, se teve a mesma sensação de que precisava render-se ao destino inevitável do qual conseguira fugir uma vez, na estação de Rip Van Winkle. Talvez, por ter roubado a identidade de outra mulher, ela sentisse que estava vivendo uma vida emprestada.

Toco na medalha em meu pescoço e sinto-a fria. Abro o fecho da corrente para tirá-la e ver a medalha mais uma vez, não a efígie da santa, mas as palavras gravadas no verso: "Para Rose, com amor, de seu irmão John". Foi isso o que minha mãe deixou para mim na coluna da cama, não a rede de lágrimas, mas o segredo de sua identidade. O colar que Harry levou é a cópia feita por Natalie Baehr, que estava em minha bolsinha de toalete. Ele vai perceber que é falsa assim que a olhar sob uma boa luz. Pelo menos, reservei uma surpresa para Harry Kron. Minha mãe deve ter levado o colar verdadeiro quando foi encontrar-se com Peter, mesmo sabendo que ele poderia matá-la depois que o tivesse em seu poder. Acho que sei por que ela foi àquele encontro. Peter deve ter ameaçado fazer mal a John McGlynn. Foi esse o nome que ele deixou no recado telefônico e que finalmente a fez concordar em ir vê-lo. Ela fora salvar o irmão, como tentara fazer anos antes, quando intercedera por ele no tribunal.

Ponho a corrente de volta no pescoço. Mesmo que a medalha não responda a todas as perguntas, pelo menos levantará algumas, quando eu for encontrada. Meus dedos apertam-se ao redor da pequena placa ovalada. Catalina della Rosa. Santa Catarina, padroeira das mulheres solteiras. Jogando seu enfeite nupcial no canal veneziano, ela se livrou de um casamento arranjado. O que fora que Anthony Acevedo dissera sobre a santa? Que ela protegia as moças do perigo de casar com o homem errado. Minha mãe fugira da cidade e de Harry Kron e encontrara meu pai. Ela amava meu pai. Agora tenho certeza disso. Ela não nos deixou por outro homem, mas por amor ao irmão, assim como a mulher-foca teve de voltar para junto de seus filhos que haviam ficado no mar.

Torno a ouvir meu nome, mas o som parece vir do fundo do oceano e, quando abro os olhos, a fumaça é tão espessa que é como olhar através de água lamacenta. Uma luz brilha, e vejo um vulto a minha frente. O homem curva-se sobre mim, e vejo uma elevação em suas costas, onde as asas estão lutando para rasgar a pele e brotar.

Aperto ainda mais a medalha entre os dedos e penso: Sim, Aidan é o homem certo.

— Vamos, Íris, você precisa se levantar. Tome, ponha isto no rosto.

Ele me dá um lenço molhado, que ajeito sobre a boca e o nariz, e passa a lanterna para a outra mão, para tentar me erguer do chão. Não consigo, e ele insiste:

— Vamos, temos de sair pela janela.

— Para você é fácil dizer isso, porque tem asas.

Aidan ri, mas o riso transforma-se em tosse. Então, me ocorre que anjos não tossem.

— É melhor não gastar fôlego dizendo bobagens, Íris. Vamos!

Por fim consigo me pôr de pé, e Aidan em guia na direção do lance de escada que leva ao patamar do segundo andar, escuro de fumaça.

— Pensei que fôssemos sair pela janela — observo.

— Pela janela do segundo andar — ele explica, me levando para a frente. — A menos que você crie asas, como os homens nos livros de sua mãe. Peguei alguns lençóis para fazer uma corda, mas não vai ser bastante comprida para ir do terceiro andar ao térreo.

Continua falando comigo enquanto descemos os degraus, suponho que para me acalmar, como se eu fosse um cavalo nervoso que precisasse de antolhos para não se assustar e disparar.

— Não quer saber como adivinhei que você estava aqui? — pergunta, mas não espera por minha resposta. — Percebi que você vinha direto para cá, quando disse que esquecera de levar um livro pra ler no trem, o que significa que planejava fazer uma viagem mais longa, não simplesmente voltar para casa. Eu a segui até a estação de Marble Hill e a vi embarcar no Metro-North. Tomei o trem seguinte. Peguei uma carona para vir para o lado de cá do rio, mas o homem me deixou no começo da estrada para o hotel, e tive de subir a montanha a pé. Um carro ia descendo, e me escondi no meio da vegetação. Quase morri de medo quando vi que era Harry, porque pensei que fosse tarde demais, que ele houvesse matado você. Cheguei ao jardim e vi o fogo na cozinha. Parei no escritório só o tempo suficiente para telefonar para a polícia de Kingston e dar o número da placa do carro de Harry, pedindo que fossem atrás dele. Os policiais vão achar muito esquisito, quando o pegarem, recendendo a poliuretano e fugindo da cena do incêndio de seu próprio hotel.

No patamar, Aidan derruba as tábuas que tapam a enorme janela, golpeando-as com um pé. Ouço o barulho que elas fazem ao cair no terraço e não posso evitar de pensar no corpo quebrado de Joseph, imóvel no piso de pedras.

— Foi Harry que matou Joseph — digo. — Não basta que ele seja preso apenas por tentar me matar e destruir o hotel.

— Bem, então vamos sair daqui depressa para contar nossa história à polícia. — Aidan me puxa para junto da janela, tira uma mochila das costas, aquilo que tomei como asas brotando, e arranca de dentro uma porção de lençóis. — Adivinhe onde arrumei isto.

— Não sei — respondo, observando-o começar a amarrar os lençóis um no outro.

As chamas sobem pela passadeira de carpete da escada e já estão atingindo a balaustrada de madeira no patamar. Um golpe de vento empurra-as para cima, e vejo o teto ao redor do lustre ficar preto e encher-se de bolhas.

— Todo os lençóis já haviam sido retirados das camas — Aidan continua. — Que turma de empregados você arranjou, srta. Greenfeder! Tinham de ser tão eficientes? — Amarra a ponta da corda na grade do aquecedor embutido na parede perto da janela, puxando-a com força para testar o nó. — Mas me lembrei dos lençóis que enfiamos no elevador de roupa suja no terceiro andar. — Aidan olha para mim, enquanto aperta os outros nós ao longo da corda. — Lembra-se daquele dia, Íris?

Movo a cabeça, concordando, e vejo os olhos dele alargaremse, horrorizados. Então, sinto uma dor lancinante nas costas, como se alguém derramasse ácido nelas. Aidan me agarra e me joga no chão, usando o próprio corpo para apagar as chamas que me envolvem. Então, põe minhas mãos ao redor da corda de lençóis e me empurra para fora da janela.

— Agarre-se firme — ele grita.

Estou no lado de fora, no ar fresco, olhando para ele, para sua cabeça e os ombros escuros recortados contra o brilho do fogo.

Tento gritar que queria, que devia ficar agarrada a ele, mas o urro das chamas, irrompendo através da janela, abafa minha voz.

33

UM DOS MUITOS PERIGOS que uma vítima de queimaduras corre, além de infecção e falência renal, é o da desidratação. Por isso, o líquido usado para esfoliar a pele morta é uma solução salina. Eu sentia o cheiro do sal vindo do banheiro, antes de o tratamento começar. Havia outros cheiros, mas eu procurava me concentrar no do sal. Davam-me uma injeção de morfina — as boas enfermeiras sabiam como dosar a droga para que o efeito durasse até o fim do processo — e eu fechava os olhos e tentava pensar no oceano. Era uma técnica tão boa quanto qualquer outra pra lidar com a dor, mas desde então venho pensando que ela arruinou a imagem do oceano para mim.

Tive queimaduras de primeiro grau em dez por cento do corpo. Quando a bolsa de lona onde eu pusera a autobiografia de minha mãe incendiou-se, Aidan arrancou-a de minhas costas, por isso as queimaduras estendiam-se apenas em duas longas faixas, das omoplatas para baixo, nos lados do lugar protegido pela bolsa. O livro, que se perdeu no incêndio, e os ágeis reflexos de Adam salvaram a maior parte da pele de minhas costas.

Aidan não teve tanta sorte.

Quando o fogo irrompera pela janela, ele já estava ajoelhado no parapeito, estendendo as mãos para a corda de lençóis. As costas de sua camisa incendiaram-se, e ele deve ter pulado da janela, porque o vi solto no ar, depois seu corpo contorcer-se sob um manto de fogo. De alguma maneira, ele conseguiu agarrar-se à corda. Desci o mais rapidamente que pude, com ele logo acima. No meio da descida, a dor deve ter se tornado insuportável, porque ele soltou a corda. Tentei segurá-lo, mas com a colisão de nossos corpos, nós dois caímos no chão do terraço. Ele bateu a parte de trás da cabeça no piso de pedra, não com tanta força como bateria, se eu não houvesse amortecido sua queda, mas com força suficiente para fazê-lo perder a consciência. Ou, talvez, tenha sido a dor das queimaduras que o fizera desmaiar. Virei-o de bruços e apaguei o fogo em suas costas com os lençóis, mas vi que a carne fora profundamente queimada.

A essa altura comecei a ouvir sirenes. Puxei Aidan para o mais longe que pude do prédio em chamas e corri para a alameda de entrada, por onde chegaria o socorro. Dois bombeiros correram comigo até onde Aidan estava, puseram-no em um maca, levaram-no para a ambulância, e fomos para o hospital. Não me lembro de ter olhado para trás, nem de ter pensado no hotel. A última visão que tive do Equinox foi algumas horas mais tarde, do helicóptero que levou Aidan e a mim para o Centro de Queimaduras do Hospital da Universidade de Manhattan.

O sol subia pelas encostas do lado leste da cordilheira, e quando olhei para baixo, vi um toldo de fumaça no lugar onde antes existira o hotel. Para além da fumaça, estendiam-se os picos da Catskill, e de onde eu estava deitada, no interior do helicóptero, parecia que outra cordilheira fora juntada à longa linha de montanhas, feitas de mármore cinzento e riscadas por trechos de quartzo vermelho-fogo. Vi que o toldo de fumaça estava se movendo, erguendo-se do rochedo e flutuando na direção do rio, e pensei na história que fala do navio de Henry Hudson navegando acima das montanhas Catskill. Quando a injeção de morfina começou a me deixar entorpecida, imaginei aquele navio fantasma descendo o rio lá embaixo, indo para o mar.

A primeira pessoa que vi, ao acordar no hospital, foi tia Sophie. Não entendi como ela veio da Flórida tão depressa, até que fiquei sabendo que estivera inconsciente por trinta e oito horas. Ela me disse que o estado de Aidan era estável, mas que ele ainda não recobrara a consciência e que sofrera queimaduras de terceiro grau em trinta por cento do corpo. Nas semanas que se seguiram, aprendi muito sobre graus de queimaduras e porcentagem de pele perdida, mas tudo se resume a uma questão, que parece brincadeira, mas não é: quanto de pele uma pessoa pode perder sem perdê-la toda.

As enfermeiras me disseram que era uma bênção Aidan estar inconsciente, e como eu também passava por tratamento doloroso, concordei. O fogo não atingira seu rosto, nem a parte da frente do corpo, de modo que ele parecia ileso, apenas como se estivesse dormindo profundamente. Ele era Tam Lin, que adormeceu no bosque e foi levado pelos duendes e fadas. Logo passaria pelo poço, e eu o puxaria de seu cavalo encantado e faria um círculo de terra e água benzida a seu redor. E não o deixaria sair de meus braços, fosse qual fosse a forma que assumisse.

No começo eu não queria que ninguém fosse me visitar, a não ser tia Sophie e Eveline, a mãe de Aidan, uma mulher miúda, que o fumo envelhecera prematuramente e que ficava silenciosa como uma pedra, sentada ao lado da cama do filho com um rosário nas mãos. Eu queria que o tempo parasse, enquanto Aidan dormia, da maneira como tudo parara no castelo, enquanto a Bela Adormecida estivera sob encantamento. Não queria saber o fim da história, até que ele voltasse a si. Mas, então, minha tia começou a me contar o que os visitantes lhe diziam, e comecei a passar as informações para Aidan, como migalhas de pão formando um caminho que o guiaria para fora da floresta da inconsciência.

— Pegaram Harry na estrada Thruway — contei-lhe um dia. — Ele não só estava coberto de poliuretano, como levava três dos quadros roubados no porta-malas e a falsa *ferronière* no bolso. Foi preso por incêndio criminoso, tentativa de homicídio e pelo assassinato de Joseph. O mandado de prisão contra você foi revogado.

— Penso que vi uma pálpebra dele tremer um pouquinho — Eveline disse. — Ele gosta do som de sua voz.

Eu achava espantoso Eveline Barry não me culpar pelo estado do filho. No lugar dela, eu culparia. Ela parecia aceitar aquele colossal infortúnio com estoicismo e insistia em ficar sentada lá, o dia todo, dia após dia, até que sua irmã Fiona fosse buscá-la e a levasse para casa. Elas paravam no caminho para acender velas na igreja de São Patrício, como diziam, "para vocês dois".

Mesmo achando que Eveline inventara o estremecimento na pálpebra de Aidan, naquele dia decidi que receberia quem quer que fosse nos visitar e que pudesse me dar mais informações sobre os terríveis acontecimentos, de modo que eu pudesse passá-los para ele. Esse seria meu círculo de terra e água benzida.

Nunca poderia imaginar que a primeira pessoa a me visitar fosse Phoebe. Uma visita que me desagradou, porque eu não podia fingir que gostava dela, depois de saber que sua mãe matara a minha. Gostei menos ainda, quando ela admitiu que sempre suspeitara disso.

— No diário, ela escrevia obsessivamente sobre Kay Morrissey. Não podia acreditar que uma camareira com quem meu pai tivera um caso tornara-se escritora. Era isso o que a deixava louca. Quando se hospedou no Equinox, ouvia sua mãe datilografando na suíte acima da dela e estava convencida de que ela estava escrevendo sobre seu caso com Peter.

— Então, foi por isso que você se escondeu na suíte de Joseph naquela noite. Pensou que o manuscrito de minha mãe estivesse guardado lá, com os quadros. Disse a Aidan que Harry o mandara verificar os quadros, para que ele abrisse... Mas como você esperava examinar o armário? Sabia que Aidan não deixaria.

Phoebe ergueu os ombros ligeiramente, o que nela é um gesto eloqüente.

— Pensei em assustá-lo, entrando na suíte inesperadamente... não sei... talvez o convencesse a me deixar dar uma olhada... — tentou explicar.

Desviou o olhar, mas continuei a encará-la. Eu não conseguia crer que ela arquitetasse um plano tão idiota, então de repente compreendi. Phoebe tencionara *seduzir* Aidan e induzi-lo a deixar que ela examinasse o armário.

— Dá para acreditar na audácia dessa mulher? — queixei-me mais tarde, monologando para Aidan. — Como se tivesse alguma chance com você! E, então, ela me contou que a mãe dela nunca mais conseguiu escrever, depois do incêndio do hotel Dreamland, como se eu fosse dizer: "Nossa, lamento que sua mãe tenha ficado com bloqueio pelo fato de matar a minha".

O silêncio de Aidan me pareceu uma repreensão, então continuei:

— Bem, ela pediu desculpas por se intrometer em meu trabalho, por querer me dizer o que eu podia ou não escrever. "Foi falta de profissionalismo", admitiu. E acrescentou que estava preparada para aceitar qualquer coisa que eu escrevesse no livro sobre minha mãe. Não falei que desisti de escrevê-lo. — Fiz uma pausa, como se esperasse um comentário, então prossegui: — Eu sei que o livro de minha mãe queimou-se no incêndio, então acho que ainda posso escrever o meu, mas estive pensando, e cheguei à conclusão de que ela escreveu sua própria história para que eu não precisasse fazê-lo. Sei que parece uma idéia um pouco louca, mas acho que foi por isso que ela deu ao livro o título de *A Filha da Mulher-Foca*. A mãe, na história da mulher-foca, deseja que a filha seja livre, e acho que era isso o que minha mãe desejava para mim. Ela não queria que eu passasse a vida contando a história dela, queria que eu contasse a minha.

A segunda pessoa a me visitar foi Hedda. Ela se aproximou de mim como uma penitente em busca de absolvição. Disse que não imaginava que Harry estivesse tentando recuperar a *ferronière*, muito menos que matara Joseph. Se isso lhe passasse pela cabeça, teria me dito que ele estava no andar de cima, na noite em que fui vê-la em seu apartamento.

Foi assim, então, que ele soube que eu ia voltar ao Equinox para procurar a jóia, pensei.

— Harry me lembrava Peter — ela continuou num tom de voz mais próprio de um confessionário do que de uma enfermaria da unidade de queimados. — Por isso, senti-me atraída por ele neste verão — confidenciou, pondo a mão sobre a minha.

Submetera-se a uma operação nas mãos, desde a última vez em que a vi, e as bandagens que as envolviam fizeram-me pensar nos rolos de gaze que as enfermeiras usavam para tirar a pele morta das costas de Aidan. Retirei a mão. Talvez, quando Aidan acordasse, eu fosse capaz de perdoá-la.

Jack foi me ver várias vezes, assim como Ramon, Paloma, Natalie e alguns de meus outros alunos. O sr. Nagamora sempre me levava uma sopa feita de algas marinhas que, segundo ele, aceleraria minha cura. Ia me visitar com tanta freqüência, que por fim percebi que ele estava interessado em tia Sophie. De fato, na última semana de setembro, ele a levou para assistir a um concerto, e ela levou-o a uma exposição de tecidos indianos no museu do Brooklyn.

Quando a irmã D´Aulnoy foi me ver, convidei-a a ir ao quarto de Aidan, não porque esperasse algum tipo de intervenção divina, mas porque achei que a presença de uma freira talvez chamasse a atenção dele. Contei a ela que menti, quando fui ao asilo São Cristóvão, que na época não sabia que Rose McGlynn era minha mãe e que John, Arden e Allen eram meus tios.

— Mas, como vê, você não mentiu — ela observou. — Às vezes, Deus nos conduz à verdade quando achamos que mais estamos longe dela.

Olhei para Aidan, ainda ligado a um emaranhado de tubos que o alimentavam e tiravam as toxinas de seu corpo. Sua pele estava ainda mais clara. Mais clara até do que era quando ele estava na prisão. Lembrei algo que ele escreveu em sua redação sobre Tam Lin. "Acho que às vezes, depois que nos acostumamos com algo ruim, como estar na prisão ou em poder de fadas, seria melhor continuar nessa situação do que tentar mudá-la. E se, tendo a chance de mudar, cometermos um erro, pondo tudo a perder? E se essa for nossa última oportunidade?"

— Se esse foi o preço, teria sido melhor eu não conhecer a verdade — comentei.

Irmã D'Aulnoy olhou para o rosto de Aidan, e fiquei esperando ouvir um sermão, ou pelo menos a citação de algo bíblico, como "a verdade vos libertará", mas ela apenas abanou a cabeça com tristeza e disse:

— Não podemos escolher as verdades que Deus nos revela, mas podemos escolher o que fazer com elas, com quem vamos compartilhá-las, e como. — Estendeu-me um pedaço de papel dobrado que tirou do bolso do casaco. — Fiz uma pesquisa e descobri que seu tio John morreu na prisão, de um derrame cerebral, um ano antes de acabar de cumprir sua pena, mas Allen ainda está vivo. Ele começou a mandar donativos para o São Cristóvão, dez anos atrás. Fui ao endereço que encontrei no livro de doações, e a proprietária do apartamento me informou que ele se mudara para um lar de idosos, em Coney Island. Allen está com setenta anos, e sua saúde não é das melhores. Imagino que tenha levado uma vida dura e desregrada, mas parou de beber há dez anos, e a proprietária disse que ele sempre foi um bom inquilino.

Durante todo o tempo em que falou, a freira continuou me oferecendo o papel, mas não o peguei.

— Penso que ele pode lhe contar algumas coisas sobre sua mãe, Íris.

Desviei o olhar para a janela, onde pombos barulhentos disputavam o espaço do parapeito, trinta andares acima do chão.

— E você poderá contar a ele algumas coisas sobre ela — a freira insistiu.

Suspirei e peguei o pedaço do papel, que pus em meu bolso sem olhar.

— Não sei se quero sair de perto de Aidan — expliquei. — Além disso, detesto viajar de metrô.

No dia seguinte, eu estava jogando cartas com tia Sophie, o sr. Nagamora e Fiona, quando Aidan abriu os olhos e disse que uma vez assistira a um filme em que dois sujeitos jogavam xadrez, disputando a alma de um outro sujeito, mas que ele pensava que sua alma valia mais do que um jogo de cartas.

Vou depressa para junto da cama dele, tia Sophie sai correndo para chamar a enfermeira, e Fiona vai buscar a irmã na lanchonete do hospital.

— Tive um sonho, sempre o mesmo, em que aves bicavam minhas costas — Aidan me contou. — Como é mesmo o nome daquele grego que todos os dias tinha o fígado comido por uma ave?

— Prometeu. Estava sendo castigado por ter roubado fogo dos deuses. Os médicos disseram que o pior já passou, Aidan.

Isso não era uma mentira, mas também não era a pura verdade. Os médicos haviam dito que as queimaduras estavam quase curadas e que dentro de algumas semanas talvez pudessem começar a enxertar uma nova pele sintética nas partes profundamente lesadas de suas costas.

Fiona e Eveline entraram, acompanhadas por um dos médicos. Assim que acabou de ouvir as explicações sobre seu estado, Aidan adormeceu, e sua mãe e a tia foram embora para acender mais velas na igreja de São Patrício. Tia Sophie, então, disse que o sr. Nagamora tinha algo para me dizer, mas que eu precisava ir à lavanderia com ele. Eu não queria deixar Aidan, mas a enfermeira garantiu que ele dormiria por várias horas.

— Pode ir, ele já está fora de perigo.

No ônibus, com o sr. Nagamora e tia Sophie, fui repetindo para mim mesma: "Ele já está fora de perigo". E decidi que esse seria meu estribilho favorito, para sempre.

A lavanderia estava fechada, e a família do sr. Nagamora já fora para casa. Tia Sophie foi a primeira a passar pelo túnel de sacos plásticos pendurados, batendo neles para abrir caminho, como se durante toda sua vida houvesse trabalhado num estabelecimento daqueles, e chegamos a uma sala nos fundos, virada para um pequeno jardim. Notei, pendurado em uma das paredes, o quadro que a vi pintando, de uma tempestade nas montanhas.

— Isao, vou fazer chá, enquanto você mostra aquilo a Íris — ela avisou, entrando na cozinha.

— Aquilo, o quê? — perguntei. — O que é que vocês querem me mostrar?

— Não queríamos contar, enquanto você estivesse preocupada com Aidan — tia Sophie grita da cozinha. — Mas agora que está mais calma, bem... alguém terá de contar à polícia.

Sempre comandando o espetáculo, mesmo de longe, pensei.

— Contar o quê, sr. Nagamora? Já contei tudo o que sabia.

Ele me olhou, movendo a cabeça afirmativamente.

— Mas não podia contar o que não sabia, não é? No entanto, foi muito bom a senhorita ter me trazido o vestido.

— Que vestido? — Só então notei um cabide recoberto por um saco plástico pendurado na porta atrás dele. — Não me diga que Phoebe Nix esteve aqui, tentando pegar o vestido da mãe dela!

— Tenho uma teoria a respeito desse vestido — tia Sophie anunciou, entrando com uma bandeja onde arrumara xícaras, um bule e um prato com pastéis doces. — Sua mãe já tinha o vestido, quando chegou no hotel pela primeira vez. Eu sei, porque o vi no armário dela e, bem você me conhece, tinha de lhe perguntar como conseguira uma coisa tão cara. Vi que ela ficou embaraçada, quando respondeu que uma amiga lhe dera. Explicou que essa amiga ganhara o vestido de um admirador, mas que não podia usá-lo, porque a esposa do homem a vira usando e ficara furiosa, porque antes ele já lhe dera o mesmo vestido, imaginem! Na época não acreditei que essa amiga existisse, achei que fora ela própria quem ganhara o vestido. Mas agora penso que Peter Kron deu o vestido a Katherine Morrissey, e que sua mãe ficou com ele porque trocou sua mala pela de Katherine, na estação. Nunca vi sua mãe usá-lo. Ela devia achar que ele causara infelicidade a sua amiga. Mas eu nunca entendi por que ela o conservava, se não o usava. Mostre a Íris o que encontramos, Isao. Mal posso esperar para ver a reação dela.

O sr. Nagamora abriu um cofre de aço e tirou de dentro uma pequena caixa laqueada, decorada com garças dançando. Depois de erguer a tampa, entregou a caixa para mim, segurando-a com as duas mãos, o rosto marcado por centenas de linhas provocadas pelo largo sorriso. O tecelão de seda entregando sua vela mais fina a um capitão de navio. A caixa estava repleta de pérolas e brilhantes, além de uma esmeralda lapidada no formato de uma lágrima.

— Onde... — comecei a perguntar, mas já adivinhara a resposta. Aquelas eram as pequenas esferas que faziam peso na faixa drapeada do vestido verde. Minha mãe costurara as pérolas, os brilhantes e a esmeralda da rede de lágrimas dentro da faixa.

Hoje, dois dias depois, penso em tomar o metrô e ir a Coney Island.

— Você precisa ir — Aidan me incentiva. — Allen é que devia estar encrencado com Peter Kron, porque John já morrera. Foi por causa dele que sua mãe encontrou-se com Peter. Mas nunca saberemos com certeza, se você não falar com o velho. Ele pode morrer de uma hora para outra, de um ataque cardíaco.

— Não preciso saber de mais nada — declaro, mas não estou sendo totalmente sincera. — Veja no que deu, correr atrás da história de minha mãe.

Aidan aperta minha mão.

— No que deu? Em nós dois juntos. De qualquer modo, quero saber o fim da história.

Então, vou. De novo num trem de metrô, até o fim da linha. Sigo as instruções para chegar ao Bel Mar — Vida Decente para Idosos, Junto ao Mar — um edifício alto, de frente para o passeio de madeira ao longo da praia. Allen McGlynn encontra-se comigo na sala Buena Vista, usada para reuniões sociais. Não sei o que estava esperando ver, mas não era aquele homenzinho calvo e franzino, de casaco esporte amarelado e camisa pólo verde. Alguém deve ter dito a ele que a cor verde realça seus olhos, que lembram os de minha mãe, mas fixo os meus num ponto além do ombro dele, para uma faixa azul do Atlântico além do passeio de tábuas, mal visível através de uma janela. Não quero que essa semelhança me amoleça, pelo menos não antes de saber que papel ele teve nos fatos que culminaram com a morte de minha mãe.

— A irmã D´Aulnoy me disse que o senhor poderia lançar alguma luz sobre o que aconteceu a minha mãe em 1973 — começo, sem fitá-lo. Um enfermeiro de uniforme branco abre a porta corrediça de vidro, deixando entrar o cheiro do oceano, fazendo-me lembrar a sala de curativos onde Aidan talvez esteja agora. — Esteve com ela naquele ano?

Allen corre uma das mãos pela cabeça luzidia e rosada.

— Um pouco antes de Rose morrer, fiquei sabendo por John que ela ainda estava viva. Acho que ele temia me deixar sozinho, quando morresse, e eu sempre lhe dizia como sentia a falta dela, mais até do que sentia a falta de nossa mãe. Eu me lembro mais de Rose...

— Então, ia vê-la no hotel Equinox?

Ele afirma, movendo a cabeça, e olha em volta nervosamente, com um breve sorriso para alguém que lhe acena do corredor. Aquilo não estava sendo a reunião familiar que ele devia ter esperado.

— E via você também, de longe. Rose a levava para o jardim, para que eu a visse. Alguém podia pensar que eu ia lá pedir dinheiro a ela, mas não era isso. Não que eu não precisasse de dinheiro. Eu era doente por um jogo, naquela época, além de beber muito, um vício que deixei quando me coloquei nas mãos de um ser superior.

Eu me remexo um pouco na poltrona, só para deixá-lo saber que não me sinto muito bem ouvindo-o falar de um ser superior. Uma coisa é ouvir a irmã D´Aulnoy falar de Deus, outra, muito diferente, é ouvir isso de um homem que pode ter atraído minha mãe para a morte.

— Naquele tempo, eu estava devendo dinheiro à metade dos agiotas do Brooklyn — ele prossegue. — Mas eu nunca contei isso a Rose. Só queria vê-la. Quando nós éramos pequenos, ela nos contava as histórias que nossa mãe nos contava antes de morrer.

— Como ela ficou sabendo de suas dívidas?

— Peter Kron contou a ela. Ele deve ter nos visto conversando no Equinox e começou a investigar minha vida. Então, disse a ela que compraria todas as minhas dívidas, para evitar que alguns sujeitos quebrassem minhas pernas, como estavam ameaçando. — Allen olha em volta do salão, então continua, baixando a voz: — Você se importa de conversarmos lá fora, no passeio?

Imagino que não queira que seus companheiros de canastra ali do asilo saibam de seu passado, e dizer isso está na ponta de minha língua, mas então olho para ele. É irmão de minha mãe, penso, e ela o amava tanto que arriscou a vida por ele.

— Claro, vamos — respondo. — Eu gostaria de dar uma olhada no mar.

Lá fora, no passeio de tábuas, o sol e a brisa marinha quase me tiram o fôlego, de tão agradáveis. Andamos um pouco, depois nos sentamos em um banco protegido por uma cobertura, voltado para o mar. É mais fácil, para mim, ouvir o resto da história olhando para aquela imensidão azul.

— Rose me contou que Peter Kron queria uma coisa que estava com ela, um colar. Imaginei que fosse uma peça do lote que John roubou do cofre do Crown. Ela disse que não se importava de entregar a jóia, mas que temia que ele nos matasse a ambos, assim que a tivesse em seu poder. Eu não entendia por que ele faria isso, e ela explicou que tinha algo a ver com a origem do colar e que Peter faria qualquer coisa para que seu irmão, Harry, não soubesse que a jóia estava com ele. Ela disse que se encontraria com Peter no hotel Dreamland e combinaria com ele a forma de entregar-lhe o colar, mas que eu devia esperá-la no passeio, em vez de ir com ela ao hotel, para o caso de algo dar errado. E parece que deu.

— A esposa de Peter seguiu-o até o Dreamland e matou minha mãe com um tiro de revólver, porque pensou que os dois estavam tendo um caso — eu conto.

Allen levanta-se e vira-se, ficando de costas para o mar.

— Eu estava aqui, naquela noite, esperando por ela, quando vi o Dreamland em chamas. — Aponta para um espaço vazio entre dois edifícios. — Era ali que ficava o hotel.

Olho para o lugar onde minha mãe morreu. Acho que é importante o que as pessoas fazem, erguer uma cruz ao lado da estrada onde alguém querido morreu num acidente, por exemplo, e sei que na Itália colocam flores no beco onde foi encontrada uma vítima da máfia, mas não sinto o espírito de minha mãe naquele espaço entre os dois prédios. Eu o sinto, porém, no homem de pé a meu lado, com o rosto molhado de lágrimas, passando a mão trêmula nos olhos verdes.

— Então, saí da cidade — ele continua. — Tomei um trem e atravessei o país, até o Oregon. Passei vinte anos viajando de cidade em cidade, e por fim encontrei o caminho de volta para cá, o lugar onde nasci. Eu devia ter procurado você e contado tudo, mas achei melhor manter distância porque, se o irmão de Peter Kron ainda estivesse em busca do colar, o fato de eu procurá-la poderia chamar a atenção dele para você.

— Não estava interessado em saber o que acontecera ao colar?

— Não — ele responde, olhando de frente para mim pela primeira vez desde que havíamos saído do prédio do asilo.

Sei que tudo o que ele disse é verdade. Não a verdade que eu estava procurando, mas como diz a irmã D´Aulnoy, nem sempre podemos escolher as verdades que nos são reveladas.

Imagino o que ele pensaria dos planos que agora estão sendo feitos para o colar. Gordon del Sarto, seguindo uma pista dada por Joseph, localizou a condessa Oriana Val d´Este, e ficou provado que ela tem pelo menos tanto direito à *ferronière* quanto a Igreja. O caso pode ficar nas mãos da Justiça durante anos. Como alternativa, Hedda Wolfe e a irmã D´Aulnoy pediram à Igreja e à condessa que permitam que o colar seja leiloado em benefício do Lar São Cristóvão. Falam de um fundo para bolsas de estudo e a instalação de alojamentos nos andares superiores, para os órfãos que atingem a maioridade e precisam deixar o Lar mas não têm para onde ir. Acredito que Allen McGlynn gostaria dessa idéia, mas decido não lhe dizer nada por enquanto. Meses se passarão, antes que o destino do colar seja decidido. Quando isso acontecer, eu contarei a ele.

— O São Cristóvão mantinha um tipo de acampamento de verão para os órfãos, aqui nesta praia — Allen está me dizendo agora. Volta a sentar-se no banco, e noto como parece cansado. — John e eu vínhamos passar o dia aqui, com Rose, quando ela ia nos buscar no orfanato.Tomávamos sorvete, sentados à beira da água, e Rose nos contava as histórias que nossa mãe costumava contar. Dizia que era o melhor modo de nos lembrarmos dela. Mas depois Rose parou de vir, e esqueci como eram as histórias.

Ergue o braço para enxugar as lágrimas do rosto com a manga do casaco, tornando a se levantar.

— Bem, acho que é só isso que eu posso lhe contar. Espero ter ajudado...

Eu o puxo pela barra do casaco, fazendo-o sentar de novo.

— Posso lhe contar uma das histórias, se quiser — ofereço.

Ele me olha com tanta ânsia, que me sinto embaraçada. Desvio os olhos, fixando-os no horizonte azul, então começo:

— Muito tempo atrás, antes de os rios serem tragados pelo mar, numa terra entre o sol e a lua...